教育部人文社会科学研究青年项目"民国时期外国文学与国民教育关系研究"（19YJCZH249）

民国时期

外国文学与国民教育

关系研究

张珂◎著

光明日报出版社

图书在版编目（CIP）数据

民国时期外国文学与国民教育关系研究 / 张珂著
. --北京：光明日报出版社，2024.5
ISBN 978 - 7 - 5194 - 7979 - 4

Ⅰ.①民… Ⅱ.①张… Ⅲ.①外国文学—关系—国民
教育—研究—民国 Ⅳ.①I106②G522.3

中国国家版本馆 CIP 数据核字（2024）第 106088 号

民国时期外国文学与国民教育关系研究
MINGUO SHIQI WAIGUO WENXUE YU GUOMIN JIAOYU GUANXI YANJIU

著　者：张　珂

责任编辑：杨　茹　　　　　　　　责任校对：杨　娜　贾　丹
封面设计：中联华文　　　　　　　责任印制：曹　净

出版发行：光明日报出版社
地　　址：北京市西城区永安路 106 号，100050
电　　话：010-63169890（咨询），010-63131930（邮购）
传　　真：010-63131930
网　　址：http：// book. gmw. cn
E - mail：gmrbcbs@ gmw. cn
法律顾问：北京市兰台律师事务所龚柳方律师

印　　刷：三河市华东印刷有限公司
装　　订：三河市华东印刷有限公司
本书如有破损、缺页、装订错误，请与本社联系调换，电话：010-63131930

开　　本：170mm×240mm
字　　数：322 千字　　　　　　　印　　张：18.5
版　　次：2024 年 5 月第 1 版　　　印　　次：2024 年 5 月第 1 次印刷
书　　号：ISBN 978 - 7 - 5194 - 7979 - 4
定　　价：98.00 元

目　录
CONTENTS

绪　论

一、研究缘起

近代以来，西方的思想和学术对中国现代学术的建立与发展产生了极为深刻的影响，"文学"作为现代学科的一种在东西文化的剧烈碰撞中被不断建构和规划，不仅中国文学以学科化、知识化的方式被纳入现代文学知识生产的系统和框架，外国文学在中国也经历了一个学科建构和知识生产的漫长进程，并与中国文学的发展始终形成一种互动关系。外国文学在中国的学科化和知识化进程至少可以从两个方面来理解：一方面，伴随着晚清以来西学东渐，近代意义上的外国文学作品以及文学理论大面积译入中国，中外文学之间的流动、碰撞与交融，形成一种文学的跨文化传播。这也是文学作为一种全球知识不断世界化与地方化的过程。在外国文学中国化的过程中，"原初的外国文学"演化为"中国化的外国文学"，"成了蕴含中国思维方式、具有中华精神文化特色的新的文本，成了中国文学的重要文化因子和文学现象"，成为文化交流与互补的重要成果。① 另一方面，外国文学的输入不仅极大地改变了中国人的文学观念，形构了现代意义上的中国文学概念，也促使中国文学和外国文学逐渐演化为两个貌似截然不同实则密切相关的知识生产领域。在中外文学的分野与沟通之下，外国文学作为一种反思中国文学、认知世界文学的参照系，逐渐获得了一种整体性内涵与意义，而这一过程与现代国民教育体系的建立与发展密不可分。在现代国民教育体系的制度支撑和保障之下，外国文学才有了学科建构与知识生产的可能，才能在中国现代的社会文化变革中发挥更为积极和深刻的作用，实现较为深入的跨文化传播，实现知识价值的增长与传递。因此，理解外国文学在中国的学科化和知识化进程必然离不开对现代中国国民教育的发展的整体观照和反思。这就引出了本课题对民国时期外国文学与国民教育关系的思考。

1898 年京师大学堂建立，这是中国现代教育史和学术史上的一个标志性

---

① 刘建军. 外国文学中国化的基本经验 [N]. 社会科学报，2019-10-03 (5).

事件。京师大学堂不仅是晚清戊戌变法这一政治变革的产物，也是外国文学学科在中国的重要起点。外国文学学科在中国的起源伴随着中国对现代政治文化的探索，晚清民初国民教育思潮的勃兴更表明了文学、教育、政治等各种话语的相互缠绕。随着西方现代学科与知识体系的引入，有识之士已经开启对外国文学知识生产相关的制度设计与位置考量。通过仿效西方模式建立起现代国民教育体系及学术建制，外国文学逐渐成为"西学"或"新学"中的一员，有了所谓"西国文学史"的课程设置及其所代表的外国文学学科的一名之立。与此同时，严复、林纾等人的翻译活动及西洋文学译介已经开始产生重要的社会影响，这种影响也显著地反映在教育变革之中，影响了从晚清到"五四"的几代学人。因而，无论是从文学传播的角度看，还是从知识生产的角度看，外国文学与国民教育都有着密不可分的联系。尽管外国文学在中国现代学术体系起步期处于极为边缘的地位，但它不可或缺的价值却是有目共睹的，并由此成为重新理解和阐释中国文学的一个重要维度，因此其历史意义不容忽视。

　　民国时期外国文学与国民教育关系研究从本质上来说涉及学术史和教育史两个维度。本课题以"民国时期"作为观察和统摄外国文学与国民教育两者关系的主要时间范围，是因为外国文学的知识生产历程从晚清开始酝酿，至民国时期已获得一定程度的发展，并对新中国成立后的外国文学与国民教育有深刻影响。因此，民国时期是我国外国文学学术史和教育史上承上启下、意蕴丰富、不能忽略的重要阶段。在西学东渐的大背景下，民国时期外国文学与国民教育之间的互动，不仅标志着中国人文学观念的改变和外国文学知识生产方式的形成，更承载了中国知识分子沟通中外和再建文明的使命，映照着中国人对待外国文学的基本立场与思维方式，形塑了此后百余年外国文学作为一种知识生产在中国的基本框架。因此，本课题试图结合文学学术史和教育史的双重视野，借鉴比较文学跨文化与跨学科的研究视角，对民国时期作为知识生产与学科建构的外国文学演进历程及其与国民教育的关系进行历史溯源与脉络梳理，反思近代以来外国文学的学科化和知识化进程，以期更好地理解外国文学中国化这一时代命题。

二、学术回顾

　　由于种种原因，民国时期的文学文化与学术研究一度是一个不太受重视的领域。近年来，在文学研究领域，国内学者对民国文学史研究方法和视野的提倡一定程度上使这种状态有所扭转。以李怡、张中良两位学者主编的

"民国历史文化与中国现代文学研究丛书"和"民国文学史论丛书"两套丛书为代表,国内现代文学界近十余年来围绕民国文学(史)的话题进行了持续的探讨。2015 年,"民国历史文化与中国现代文学研究丛书"作为国家社科基金研究重点项目的成果陆续出版。这是国内第一套从民国历史文化角度重新梳理中国现代文学发展的丛书,在学界产生了广泛的影响。丛书提出"作为方法的民国机制"的问题,提倡回到"民国文学"的现场,强调以民国视角重新构建现代文学史。其中,李怡教授对"民国机制"做出了深入界定,认为"民国机制"即"从清王朝覆灭开始,在新的社会体制下逐步形成的推动社会文化与文学发展的诸种社会力量的综合"。这种综合力量既包括"经济方式、法律形态、教育制度等各种社会的环境围合形成的支撑(当然也包括某种限制)我们文化发展的因素",还包括"在此基础上出现的独特的精神导向"。① "民国机制"既充分重视了文学外在的社会体制,又凸显了民国历史时空环境中作为文学活动参与者的"人"的动态精神选择与追求,强调了其与国家政治、社会制度、文化环境等历史时空生态共生、杂糅和互动的复杂关系。② 丛书研究涉及民国时期文学知识生产的多个层面的话题,其中个别研究如马睿的《文学理论的兴起:晚清民初的一份知识档案》(山东文艺出版社 2015 年版)触及民国时期文学知识生产与国民教育的关系问题,从知识和方法等层面启发了本课题的研究。民国时期文学研究的另一套重要丛书"民国文学史论丛书"也获得了国家出版基金资助,2014 年和 2019 年陆续推出丛书的第一、二辑,呈现了民国文学的丰富性和复杂性。如论者所指出的,民国时期军阀混战,政权分裂,国土沦陷,内忧外患,绝非一个美好和理想的年代。但对于文学发展来说,民国时期的特殊性就在于它是一个"王纲解纽"的时代,是"大一统"消失的社会,这反而为文学在各种政治文化夹缝中自由生长和蓬勃发展提供了空间。③ 学界关于民国文学的持续讨论,大多强调民国时期的具体历史情境以及它们对文学生产和发展的特殊影响,部分著作也涉及文学发展与教育的关系,这为本研究理解具体的历史文化语境,进而考察作为一种知识生产的外国文学与民国时期国民教育发展之关联提供了重要的背景参考和方法启示。

---

① 李怡. 作为方法的"民国"[M]. 济南:山东文艺出版社,2015:60.
② 教鹤然. 中国现代文学研究的方法论探索:评《作为方法的"民国"》[J]. 现代中国文化与文学,2018(3):322-325.
③ 张瑛,罗执廷. 断代史思维、微观史学方法与民国文学史研究:由《民国文学史论》丛书引出的思考[J]. 现代中国文化与文学,2021(1):367-376.

在教育史研究领域，对民国教育史的研究也一度较为薄弱。20 世纪 90 年代以来，民国教育史研究成为中国教育史研究的一个热点。熊明安《中华民国教育史》（重庆出版社 1990 年版）、申晓云主编《动荡时转型中的民国教育》（河南人民出版社 1994 年版）、李华兴主编《民国教育史》（上海教育出版社 1997 年版）等民国教育史著作相继问世，极大地促进了这一研究领域的发展。民国时期的教育被认为"奠定了中国现代教育的基石"①，是中国教育现代化进程中的一个重要阶段。进入 21 世纪，伴随着国内史学界民国史研究的升温，一批民国教育史料得到系统整理与出版。如大象出版社 2010 年起先后影印出版了"民国史料丛刊"及"民国史料丛刊续编"，2015 年又影印出版了"民国教育史料丛刊"，其中不少内容涉及民国时期文学与教育的发展。这些史料的出版为进一步研究民国时期教育的思想、制度和实践提供了重要的资料基础。近年来，其他涉及民国时期教育的专题史研究或断代研究也不断出现。如 2019 年出版的田正平主编"民国教育史专题研究丛书"涉及民国时期大学教师生活状况、中小学教科书、乡村教育、社会教育等内容。已有教育史领域的著作普遍重视了民国时期教育在中国教育史上的重要性、特殊性和多线索发展问题，为本研究提供了关于民国教育总体发展状况和社会背景方面的重要参考。

就外国文学与国民教育这一具体论域来讲，尽管近年来学界不乏对外国文学与当代国民教育的关注，② 但对民国时期外国文学与国民教育关系的研究仍未能引起学界的充分重视，围绕此话题的专题研究仍然较少，与之相关的研究则可简略概括为以下几个方面：

首先是综合性或专题性外国文学学术史研究中对民国时期外国文学与国民教育关系的关注。就学术史研究来说，中国古代就有"辨章学术，考镜源流"的传统，清末民初梁启超、章太炎、鲁迅等一批现代文化的先驱者都不同程度涉及过学术史研究。20 世纪中叶以后，由于种种原因，学术史研究一度陷入停滞。20 世纪末和 21 世纪初，对 20 世纪中国学术史的研究又重新兴起，成为学术热点。在中国文学学术史的研究方面，北京大学的几代学人如王瑶、陈平原等一批学者引领了学术潮流。学术界在对中国文学学术史的反思中深入探讨了文学如何教育、如何成为知识等问题。这方面，王瑶主编《中国文学研究现代化进程》（北京大学出版社 1998 年版）、陈平原《中国现

---

① 李华兴. 民国教育史［M］. 上海：上海教育出版社，1997：3.

② 彭青龙，杨明明. 文学经典重估与当代国民教育［M］. 北京：清华大学出版社，2020.

代学术之建立》（北京大学出版社 1998 年版）、《作为学科的文学史》（北京
大学出版社，初版 2011 年，增订版 2016 年）、陈国球《文学如何成为知识》
（生活·读书·新知三联书店 2013 年版）等是有着广泛影响的代表性著作，
其中个别内容也触及民国时期外国文学与国民教育的关系问题。从整体上来
看，外国文学学术史研究相对中国古典文学学术史、近现代文学学术史研究
来说仍较为滞后。21 世纪以来，对外国文学学术史的专门研究也逐渐引起学
界的重视。学者们在外国文学学术史的研究中，对民国时期外国文学与国民
教育，特别是大学教育的关系给予了一定关注，主要从大学章程制定、课程
设置、教材编写、研究环境、话语转型等方面进行讨论，认为民国时期大学
教育的发展是推动外国文学研究的重要因素。这方面代表性的著作有龚翰熊
《西方文学研究》（福建人民出版社 2005 年版）、叶隽《德语文学研究与现代
中国》（北京大学出版社 2008 年版）、温华《外国文学研究话语转型》（东方
出版社 2014 年版）等。近年来国家社科基金指南多次涉及外国文学学术史研
究，在这一导向之下，一批重要的外国文学学者主持和开展了多项规模宏大、
卓有成效的外国文学学术史研究项目。几种多人合作的大型外国文学学术史
丛书陆续出版，如陈建华主编《中国外国文学研究的学术历程》（重庆出版社
2016 年版）、申丹主编《新中国外国文学研究 60 年》（北京大学出版社 2015
年版）、吴笛《外国文学经典生成与传播研究》（北京大学出版社 2019 年
版）、何辉斌等《20 世纪外国文学研究史论》（浙江大学出版社 2014 年版）
等。这些论著集结了国内众多知名学者和学术新秀，是关于外国文学学术史
的标志性成果，也为本研究提供了重要的参考。不过，由于这些著作大多以
国别文学研究或不同文体的研究为构架基础，虽或多或少涉及民国时期外国
文学与国民教育的关系，但并非围绕该话题进行的专题研究，这也为本课题
提供了一定的研究空间。

其次是相关教育史研究中对民国时期外国文学与国民教育关系的关注。
涉及这一话题的研究大致可分为三类：第一是外语教育史或大学史的研究和
整理中涉及民国时期外语教育、外国文学学科建制的相关内容。如付克《中
国外语教育史》（上海外语教育出版社 1986 年版）、李良佑等《中国英语教学
史》（上海外语教育出版社 1988 年版）、李传松《中国近现代外语教育史》
（上海外语教育出版社 2006 年版）、李良佑和刘犁主编《外语教育往事谈》
（上海外语教育出版社 1988 年版）、束定芳主编《外语往事谈（第二辑）》
（外语教育往事谈 2005 年版）等。这类研究对本课题的零星触及多限于史料
价值。第二是大学教育，特别是其与中国现代文学的关系研究中对此类问题

的观照。如姚丹《西南联大历史情境中的文学活动》（广西师范大学出版社 2000 年版）、王彬彬《中国现代大学与中国现代文学》（上海人民出版社 2011 年版）、季剑青《北平的大学教育与文学生产：1928—1937》（北京大学出版社 2011 年版）、朱鲜峰《"学衡派"与近代中国大学教育》（南京大学出版社 2021 年版）等。这类研究虽非针对本课题的专门研究，但部分章节已经开始重视外国文学在大学教育和文学生产中的独特作用，对本课题亦有较大启发。第三是对民国时期中小学语文教科书中外国文学内容的研究。这类研究早前多以单篇论文形式出现，从基础教育的视角探讨外国文学在基础教育中的出现与变迁，关注外国文学在教科书中的历史和形态等问题，近年来也有若干专著出版。如管贤强《民国初期中学国文教科书外国翻译作品研究》（社会科学文献出版社 2019 年版）、张心科《经典翻译文学与中小学语文教育》（华东师范大学出版社 2019 年版）等。这些研究多以教育学视角立论，回应当代教育领域，尤其是语文教育领域的关切问题，一定程度上也触及外国文学在国民教育尤其是基础教育中的学科意义和知识价值。

近年来，在全球化的语境之下，"世界文学"成为学术前沿话题，对世界文学教育传统与学科实践的讨论也成为重要议题之一。这在某些方面也为我们研究中国的外国文学与国民教育的关系问题提供了参照和启发。21 世纪以来，美国学者大卫·达姆罗什（David Damrosch）①、约翰·皮泽（John Pizer）② 等学者或讨论全球化时代的世界文学教学实践，或研究世界文学作为一门课程或学科在美国的历史，不同程度地涉及世界文学与国民教育，尤其是与国家观念、国民意识的关系问题。大卫·沙姆韦（David R. Shumway）在对美国文学学科史的研究中认为学科想象与其建制发展密不可分，美国文学学科的建立和教育的开展同时塑造着美国的国民意识。③ 美国学者杰弗雷·盖尔特·哈派姆（Geoffrey Gatt Harpham）讨论了人文学科在美国的发明及其在美国教育体系之中的重要性，认为对于美国历史而言，人文学科及人文教育是国家发展到一定程度的标志，也是一种精神性的奖励。人文学科具有特殊意义与文化内涵，它对社会的贡献虽难以量化，但影响是实实在在的。人

---

① DAMROSCH D. *Teaching World Literature* ［M］. New York：The Modern Language Association of America，2009.

② PIZER J. *The Idea of World Literature*：*History and Pedagogical Practice* ［M］. Baton Rouge：Louisiana State University Press，2006.

③ SHUMWAY D R. *Creating American Civilization*：*A Genealogy of American Literature as an Academic Discipline* ［M］. Minneapolis：University of Minnesota Press，1994.

文教育与幸福感和充实感密切相关，它深化人们对于生命意义的认识，强化生活体验的广度和深度，给人内心以力量，这种力量来自对生命本质问题进行批判思考的能力。① 这些观点或成果从跨文化比较的视角为本课题认识外国文学之于人文学科与文学教育的意义带来一定启示。

总之，以上研究一定程度上对民国时期外国文学与国民教育的关系有所讨论，整理和挖掘了许多相关史料，勾勒和回溯了近代以来外国文学学科发展、知识传播与中国国民教育发展的主要历程，为本研究提供了重要的基础和参照。但总体来看，已有研究对民国时期外国文学与国民教育更为广泛的历史联结和建构关系还缺乏较为系统的探索。作为学科、知识和话语的外国文学在中国现代国民教育兴起背景下的起源与变迁等问题，仍值得进一步进行梳理和研究。民国时期外国文学学科在促进中国文学变革、传播世界文学理念、成就现代学术体系、塑造现代国民精神、促进中外文明互鉴等方面的功能和意义也仍有较大的探索与阐释空间。

三、概念方法

英国学者雷蒙·威廉斯（Raymond Henry Williams）曾在其著名的关键词研究中发现，一个时代往往会有一些彼此关系密切的概念同时出现，它们构成了一个关键词的结构，由此深刻反映了特定时期的社会和文化，描绘了那个时代的知识地图。② 20 世纪末以来，文学研究中关于知识生产的问题成为学术的热点，文学、学术与周边的种种关系引发了人们的兴趣和思考，丰富了人们对于历史的认识。如周宪教授所言，"今天的知识生产，很大程度上就是新概念的生产"③。新概念的出现往往意味着观念的发生与变革。对于本课题来说，如何界定和理解"外国文学"这一概念，重新将其陌生化，并阐释它在晚清民国时期社会文化和历史生成中的价值和意义，是首先要面临的问题。

虽然现今学界人们常常在学科分类、知识描述、作品指称等不同的场合会使用"外国文学"这一四字词语，它的内涵和意义似乎无须界定、不言自

---

① 杰弗雷·盖尔特·哈派姆. 人文学科与美国梦［M］. 生安锋，沈蠹，译. 北京：社会科学文献出版社，2019.

② 雷蒙·威廉斯. 关键词：文化与社会的词汇［M］. 刘建基，译. 北京：生活·读书·新知三联书店，2005.

③ 周宪，陈蕴倩. 观念的生产与知识重构［M］. 北京：生活·读书·新知三联书店，2013：1.

明，但在笔者看来，这恰恰遮蔽了对"外国文学"作为一种整体性文学观念的历史由来和知识构成问题的反思。仔细体察，就其概念化程度而言，"外国文学"一词本身似乎并不是一个理论化程度特别高的专门术语，它更多地体现了人们对于异域文学的一种较为模糊的、笼统的、集成性的认识。通常使用这一词语可以最大限度地囊括中国以外的世界各国文学。这个词语背后所体现的实际上是基于中外之分的一种世界意识与文学观念，代表了人们对文化差异性的理解和认识。它在中国特定的历史条件中形成和出现，有它特定的组成、层次和范围。饶有意味的是，由于"中国文学"和"外国文学"这两个术语都具有某种整体性，在这种意义上它们作为实际并不完全对等的两个概念常常被并举使用。外国文学在中国语境的实际运用中还常常以西方文学、东方文学、欧美文学、俄苏文学等表述形式出现，这些短语标识的实际是中国化的外国文学或曰某种具体的外国文学。正如刘建军教授所总结的：

> 在国内学术界，外国文学的组成长期以来大致分为三个部分：一是欧美文学，主要指的是欧美大陆一些国家的文学，如欧洲的希腊、英国、法国、德国、意大利、西班牙、荷兰、挪威等国以及美洲的美国、加拿大、哥伦比亚、巴西等国家和民族自古至今所产生的文学。二是俄苏与东欧文学，包括俄罗斯—苏联文学以及东欧的波兰、捷克、匈牙利等国家的文学。三是亚非文学，也即我们今天经常说的"东方文学"。这种划分，在"五四"新文化运动之后已初见雏形，在中华人民共和国成立初期的一段时期内得到广泛认可。①

这段话虽然并没有严格界定何谓外国文学，但它较为全面地讲出了长期以来中国人眼中的外国文学包含哪些具体内容，也提示了一个重要的学术信息，即我们惯用的外国文学概念实际上主要是在现代世界意识和民族国家观念主导之下，在现代文学观念的支配之下对文学的一种认知方式和表达方法。因此，国家的文学、民族的文学乃至某一区域的文学构成中国视野下外国文学的存在方式。作为一种历史形成的文学观念，中国人的外国文学观念至少在"五四"之前就已经开始孕育和分化。

---

① 刘建军. 百年来欧美文学"中国化"进程研究：第1卷：理论卷 [M]. 北京：北京大学出版社，2020：3.

　　我们将百年来中国引进外国文学的过程视为一个知识生产的过程，主要是受到近年来人文社科领域知识生产反思视角的启发。现代意义上的知识生产要解决的主要问题是"知识何以可能"，主要探讨成为知识的种种因素和条件，重点在于揭示知识与社会环境之间的复杂关系。① 知识社会学领域的开创者卡尔·曼海姆（Karl Mannheim），将知识的分析置于特定社会情境之中，强调知识是群体互动和社会协商的结果。② 马克斯·韦伯（Max Weber）揭示了知识与社会文化因素的互动关系，认为社会文化因素决定了知识的内容，知识的内容也影响社会文化。③ 20世纪80年代，法国思想家布尔迪厄（Pierre Bourdieu）借鉴物理学的概念，认为在语言、文学、教育、科学等社会的和谐统一体中，都存在着由不同位置的客观关系构成的相互作用的网络空间，即场或场域（field），由此提出了语言场、文学场、教育场、科学场等概念。在各种场域中，教育场具有特殊性。它通常是象征资本和经济资本对抗和合谋的产物，与文学场、学术场规则的形成有密切关系。知识分子由此获得了自主性，成为一种独立的力量。④ 福柯（Michel Foucault）的知识考古重在探讨知识与权力的关系，认为知识就是一种话语，是特定历史时期内各种因素进行的一系列实践。⑤ 随着20世纪中后期知识观念的变革，后现代语境下的哲学、社会学越来越把知识生产看作由复杂的社会因素介入的活动。美国人类学家吉尔兹（Clifford Geertz）提出了"本土性知识"（local knowledge，或译"地方性知识"）的概念，认为知识总是在特定的地域和情境中生成并得到保护的。当一种知识经历若干环节进入一种新的场域中，就会产生各种变异。外来新知识和新观念能否生根，往往取决于在新的历史语境中是否能与本土知识和文化形成有效互动，即文化本土化或文化适应。因此，对知识的考察要分析和重视形成知识和传播知识的具体情境条件。⑥

　　以上这些理论给了本研究较大的启发。从知识社会学的视角看，自19世

① 邢建昌. 20世纪80年代以来文学理论的知识生产及其相关问题［M］. 北京：人民出版社，2019：8.
② 卡尔·曼海姆. 意识形态与乌托邦［M］. 姚仁权，译. 北京：商务印书馆，2009.
③ 马克斯·韦伯. 社会科学方法论［M］. 韩水法，莫茜，译. 北京：商务印书馆，2013.
④ 布尔迪厄. 艺术的法则：文学场的生成与结构［M］. 刘晖，译. 北京：中央编译出版社，2001.
⑤ 米歇尔·福柯. 知识考古学［M］. 谢强，马月，译. 北京：生活·读书·新知三联书店，1998.
⑥ 吉尔兹. 地方性知识：阐释人类学论文集［M］. 王海龙，译. 北京：中央编译出版社，2004.

纪末 20 世纪初，伴随着中国现代国民教育的兴起和确立，外国文学作为西学的一种，也开始了其在中国的知识生产历程。从全球范围的知识流动视角出发，这一进程客观上也是文学知识全球化进程中的一部分。外国文学在中国的知识生产受到中国本土知识与情境的选择与制约，与之形成交流与互动，产生诸多本土化的变异。外国文学进入中国，其本质是一种跨文化的知识生产，中国视角是其显著特征。这也是作为知识生产的外国文学的特殊性所在。百年来，围绕着外国文学的知识生产，在中国已经形成了一个由多重因素参与的、庞大而专业的社会场域。在这一过程中，教育场无疑是进行跨文化知识生产的重要场域。人类文化发展史表明，一种文化只有不断保持与异质文化的交流互动能力，才能拥有持久的生命力。跨文化的知识生产最终要以文化与文学的交流为旨归。通过外国文学的知识生产和传播，中国文学不仅获得了创新的资源和动力，还塑造出一系列中国化的外国文学经典，铭刻了中国人对外国文学的情感与记忆。本土化的外国文学最终成为现代中国文化和文学的重要组成部分，从而深度参与和见证了中国思想文化和社会的变革。对于现代中国而言，"西学的传播和新知识的出现，并不只是从文本到文本的纸面联系，而是知识在不同地域间'旅行'的结果。无论是知识本身，还是它的载体，都经历了生产、交易、消费的曲折过程；知识的运送者、贩卖者、消费者、附带品，都是这趟旅行中不容忽视的部分"①。这一判断同样可以用来理解外国文学在中国的知识生产与传播，借助对外来文学和文化的参照，中国现代性的知识体系得以建构。

　　学科建制作为中国现代性成果的见证，主导着现代的知识生产。如前所述，作为知识生产的外国文学至少可以从两个方面理解：一是作为知识本体或接受对象的外国文学，二是作为学科的外国文学。以晚清民国时期国民教育的萌生与发展为依托，外国文学作为一门学科在中国兴起，与伴随着社会转型而发展起来的现代国民教育相适应，并以之为体制基础。近代以来大量外国文学作品和理论在中国传播、译介与被公众接受，这种大面积的文化输入成为建构外国文学学科的事实基础和文化基础。从外国文学作为知识实践的存在方式来看，它所涵盖的知识范围既包括近代以来被中国大众广泛接受的、不同国家和民族的文学作品，还可以包括移植和输入的各种外来文学理论形态。这类知识可以称为"中国化的外国文学"或"本土化的外国文学"，

---

① 张仲民，章可. 近代中国的知识生产与文化政治：以教科书为中心 [M]. 上海：复旦大学出版社，2014：3.

它们通常以翻译文学或曰译本为文本形态。从语言形式上看，外国文学的存在方式自然还应包括通常由文化精英阅读、研究、教学与传播的直接对象，即以对象国语言为载体的原语文学文本，或言"原初的外国文学"。长期以来，这两种话语形态分别成为外国文学学科在中国国民教育中的两种存在方式与研究对象：一是大学中文系的外国文学，二是大学外文系的外国文学。从中国现代学术体制诞生以来，二者虽分途发展，但时有交叉和流动，由此造就了外国文学知识生产在中国的复杂面貌和种种问题。

20世纪末以来，关于翻译文学到底是属于中国文学还是外国文学的问题有过不少讨论。目前学界已基本达成一致的看法，即翻译文学是中国文学的一个特殊组成部分。近年来，新兴的世界文学理论也把翻译看作世界文学形成的关键因素，强调一种民族文学从原语国家到目的语国家的文化介质作用。翻译文学不仅是原初文学生命的延长与再生，而且是文化交流与创新的重要方式。从实际情况看，"本土化的外国文学"和"原初的外国文学"在中国语境下其实是同时存在的。它们以不同的方式和形态存在于中国的国民教育当中，进而作为一种重要的话语方式参与了现代学术体系的构建。它们在中国语境的各种场域中被选择和被言说，对塑造人们的知识结构和思想观念产生强大的辐射力量，并深度参与中国现代社会的文化变革。这可以构成理解外国文学这一概念的第三个层面，即作为社会话语的外国文学。随着作为社会话语的外国文学的传播，外国文学实现知识价值的增长和传递，其意义正如巴赫金（Михаил Михайлович Бахтин）所言，"外国文学"这一话语符号某种程度上也是"最敏感的社会变化的标志"①。需要说明的是，尽管我们从三个层面来理解外国文学，但作为学科、知识和话语的外国文学实际是相互交融的。由于本课题试图在国民教育体制、现代学科建制以及现实文化问题召唤的三维框架里对外国文学与国民教育之关系进行反思和研究，因而行文论述中所用到的外国文学一词可兼具三种含义，其侧重点可随着论述语境的不同而略有不同。

本课题所涉及的另一个重要概念是国民教育。"国民教育亦称公共教育，国家为本国国民（或公民）实施的学校教育。"②通常情况下，国民教育的含义可理解为国家为国民提供的最基本的教育。我国台湾学者司琦所撰《中国

---

① 巴赫金. 马克思主义与语言哲学［M］//钱中文. 巴赫金全集：第2卷. 石家庄：河北教育出版社，2009：352.

② 顾明远. 教育大辞典［M］. 上海：上海教育出版社，1998：526.

国民教育发展史》指出，"国民教育"这一名词最早见于光绪二十九年（1903）《奏定学堂章程》，但正式作为我国学制特定名称则自民国二十九年（1940）三月，国民政府核准公布《国民教育实施纲领》开始。① 因国民教育实施的主体是国家，必须依靠公共教育，又常常被称为国家教育或公共教育。由于教育在东西方历史中都有着悠久的传统，东西方古代先贤的思想中很早就出现了国民教育的思想萌芽。在西方，古希腊学者柏拉图（Plato）提出应由国家来举办教育，实行全部教育共有，构建和谐和正义的理想国。在中国，孔子提出有教无类的思想，即受教育权的平等，开创平民教育的先河。这种思想也蕴含着后世国民教育的要义。中国传统社会中主要是以私塾、家塾、义学、书院为主体的私学教育。这些是中国古代社会教育、国民教育的基础。从教育思潮的角度看，19世纪末中国近代的国民教育思想开始萌发，并形成一股重要的教育思潮。这股思潮在民初趋于鼎盛，"五四"新文化运动后，逐渐消退，但其影响犹在，并为其他新兴的教育思潮提供滋养与材料。国民教育不同于传统教育，传统教育以造就治国方术的国士为目的。国民教育兴起缘起于甲午战败，国人变法图强。国民教育以全体国民为对象，而非少数富家子弟，教育内容在于培养健全国民。

　　国民教育的内涵丰富，解释驳杂。从狭义的角度理解，民国时期的国民教育主要指国家实施的义务教育。如1931年《中华民国训政时期约法》专章讨论国民教育，即包含义务教育与民众补习教育。1940年，国民政府教育部颁布的《国民教育实施纲领》规定："国民教育分义务教育及失学民众补习教育两部分"，"应尽先充实义务教育部分"。② 郭有守和刘百川在出版于1944年的《国民教育》中认为"国民教育"是"国家规定的国民应受的基础教育"。③ 从广义的角度看，国民教育则可以包含学校教育、职业教育、社会教育等不同层次和类别，其包括范围可以极为广阔。以社会教育为例，民国时期也受到了相当的重视。孙中山即认为，社会教育也是国民教育的组成部分。南京临时政府教育部成立，专设"社会教育司"。1912年1月，教育部通令各省教育司，筹划推行社会教育的办法。社会教育主要通过学校以外的社会文化教育机构对青少年和人民群众进行教育，其实施机构一般有图书馆、博物馆、文化馆、影剧院、公园、体育场和展览会等。蔡元培指出，"必有极广

---

① 司琦. 中国国民教育发展史 [M]. 台北：三民书局，1981：1.

② 教育部国民教育司. 国民教育法规辑要 [M]. 南京：正中书局，1946：101.

③ 郭有守，刘百川. 国民教育 [M]. 北京：商务印书馆，1944：1.

之社会教育，而后无人无时不可以受教育，乃可谓教育普及"①。舒新城指出，"民国成立，于学校教育以外，加入社会教育"②。可见，现代意义上的社会教育，既是国民教育的重要组成部分，也是学校教育的有益补充。

以上种种，教育界讨论国民教育，基本不触及教育学科以外的具体学科或课程的问题，多着眼于宏观层面的理论或实践研究，但这些研究为本课题提供了重要的文化语境参考。从外国文学学术史或教育史的角度而言，我们关心的主要是作为学科和知识的外国文学在国民教育中的起源、发生和发展等问题。因而，本课题所谈之国民教育，实际上是一种较为广义的国民教育，是对民国时期由国家主导的学校教育形式或体制的一种泛指和泛称。它包括但不限于清末民初的国民教育思潮所谈之意蕴，而是涵盖了从晚清到民国时期与国民教育相关的各种思想、制度与实践。因为考察这一时期外国文学与国民教育的关系，必将涉及以上多个层面的问题。根据民国时期外国文学学科演变和话语实践在国民教育中的发展实际，本课题的具体研究内容既包括对外国文学观念的追溯与反思、外国文学在国民教育体制中的缘起、重要历史人物的国民教育思想及其与外国文学的关联，也涵盖对外国文学在国民教育（主要是大学教育）中的具体实践的梳理与反思。继而，通过对具有代表性的知识分子如何在国民教育中展开外国文学教育实践等问题的考察，思考外国文学学科对促进中外文学互通、塑造现代国民精神、建构中国现代学术知识体系的重要价值和意义。

作为一种现代性的知识建构，外国文学在中国既开启了它作为一门学科和知识的历史，也开启了它作为社会话语深度参与文化变革的历史。中国现代国民教育的兴起不仅为外国文学学科的发展提供了制度保证，客观上也培养了更多外国文学的专业读者，这就为外国文学在中国的传播与被大众接受提供了不可或缺的社会基础。两者相辅相成，彼此协调，正体现了外国文学与国民教育密不可分之关系。作为学科或知识的外国文学在现代国民教育体系中具体体现在学科建制、课程设置、师资配备、教材编写、研究对象等诸多层面。学院空间成为外国文学发生影响的最为重要的策源地与发生地。作为社会话语的外国文学则在学院空间以外更广泛的社会空间层面产生巨大影响。这种文化现象，也可视为外国文学发挥社会教育功能的过程。

文学与教育在中国现今的学科分类中属于两个大类，这里也想就本课题

---

① 高乃同. 蔡孑民先生传略 [M]. 北京：商务印书馆，1943：9.

② 舒新城. 中国近代教育史资料 [M]. 北京：人民教育出版社，1981：230.

研究中所思考的跨学科问题略论一二。由于人类知识总量的激增远超人类个体的生命与智慧承载力，现代学术与古典时期的最大不同就是学科分类的出现和日渐专业化。现代意义上的学科分化，必是科学发展到足够强大的结果。学者的身份在不同的学科背景里得以表述和确立。各学科知识范型的形成，既带来了研究的专门化与精密化，也产生了不易冲破的学科壁垒。然而学科的分野并非学科的分割，由于源自共同的知识母体，各学科的对象之间存在千丝万缕的联系。因此，跨越不同的学科藩篱，跳出自身的学科阈限，主动融入相关学科视野，就成为现代学术的必然选择。文学研究也不例外。在当今科技高速发展与人文学科面临新挑战的语境下，跨学科研究日渐成为学界的前沿和热点。

在世界比较文学学科史上，美国学者于 20 世纪 50 年代提出文学的跨学科研究问题，并将其作为比较文学学科的一个重要研究领域。在文学跨学科的研究视角下，事实上比较文学界已经有不少文学的跨学科研究成果。我国外国文学界对跨学科问题的关注近年来也日渐升温。蒋承勇指出，就文学研究来说，其本质属性除了近代以来形成的审美性意义上的文学性之外，还应包括学科知识的包容性和统摄性，因为文学本身就具有对人类活动和知识构成的统摄性。虽然从狭义角度来讲，纯文学研究是存在的，但文学的跨学科研究也是文学研究与生俱来的。① 金衡山结合美国文学研究的历史，追溯了跨学科研究的渊源，指出了在文化研究影响及西方文论的理论支撑中，跨学科研究的必要与必然，认为跨学科的学理根源于"共同问题意识"，但就文学研究而言，无论怎么"跨"学科，都不能离开文学的本体性。② 陈后亮则认为，跨学科多数意义上指的是方法论意义上的跨学科，尤其是从其他学科借鉴研究方法、概念范畴或理论框架，而方法上的混杂性则一直是历史上文学研究的特色。跨学科意味着在研究对象和内容上打破传统学科界限，某种程度上意味着反学科，是对传统知识范围和话语边界划分的一种威胁。经由文学的跨学科研究，文学研究能够生产出跨学科的知识、发挥跨学科的影响。尽管用其他学科的知识理念有可能重新激活文学研究，使之生产出更多的标准知识，提升文学研究的"硬实力"，但他同时提醒，采用跨学科的路径进入文学研究，不是为了替代其他学科知识，而是希望通过一种有趣的思考来增加我

---

① 蒋承勇. 跨学科互涉与文学研究方法创新 [J]. 外国文学研究，2020，42 (3)：61-72.
② 金衡山. 外国文学研究的跨学科方式及其缘由：从美国文学研究谈起 [J]. 四川大学学报（哲学社会科学版），2021 (6)：83-92.

们对历史、生活与世界的认识和理解。① 由这些讨论可见，如何借助他者的眼光深化对自身问题的认知，乃是跨学科研究的关键。钱钟书先生曾用"回过头来另眼相看"一语来描述"跨"的方法论意义。② 具体到实践中，"即首先循着对象、材料或问题之间的某种联系，突破自身学科疆界，主动投入其他相关学科的知识与学理场域，继而以他者的眼光回看自身，在一个新的视角下收获对自身学科的新理解"③。这就是说，走近其他学科之后，仍应返回自身的学科视野和语境，在他者的观照之下重新审视自身学科。

　　鉴于以上方法论的考量，本课题已触及文学与教育之间的跨学科研究。近代以来，外国文学作为一种知识生产，与国民教育有着密切关联，两者之间存在着互动与建构关系。因而，笔者尝试在教育史的参照之下，考察外国文学在中国的学术史或知识史的一些侧面，以期获得对相关问题更深入的理解。这种研究显然既不属于一般意义上专注于作家作品或文学史的文学研究，也不属于一般社会科学层面的教育研究，而是试图在现代学术史的链条上，通过教育史视角的介入，寻找和梳理近代中国的外国文学学科的起源，描述它的创生和发展，思考外国文学如何成为现代国民教育所关切的知识构成，国民教育又如何塑造了中国人对外国文学的认知视野，铭刻了中国人的外国文学知识与记忆。同时，笔者也希望经由此研究深化对中国学术现代化进程的理解，反思中国现代性知识获取的经验和不足。当然，尽管本课题试图在外国文学和国民教育两者之间寻找一个交叉点与平衡点，但由于学力所限，以外国文学为重心或本体，兼顾国民教育思想的演化和国民教育体制的发展，考察外国文学在国民教育中的发生、发展与存续仍然是本研究的偏向和重点。

四、主要内容

　　近代以来，外国文学作为一种学科、知识和话语深刻参与了中国社会文化变革，成为其重要思想参照、理论来源和文本借鉴。外国文学在现代中国的社会文化变革中发挥了重要作用，有其重要文化和社会价值，对国民教育也产生了深远影响。在与中国文学的对照下，外国文学因其显著的外来文化

① 陈后亮. 文学跨学科研究的三重内涵：基于对英文学科百年发展历程的反思［Z］. 中央民族大学外语学科前沿讲座，2022-09-23.
② 钱钟书. 读拉奥孔［M］//钱钟书. 钱钟书作品集. 兰州：甘肃人民出版社，1998：483.
③ 杨果. "跨学科"非"解学科"：文学研究中心的数字人文应用［J］. 中国文学批评，2022（2）：169.

特征成为不同于中国传统文学的一种文学知识形态，成为现代国民教育体制中的一种获得广泛传播的现代知识内容。外国文学进入具有现代性的国民教育伴随着现代国家观念的兴起，伴随着国民教育思潮的形成和中国文学观念的变革，与社会历史和文化政治的发展息息相关。对外国文学的关注是文化主体向外寻求思想驱力的具体实践，是对于中外之别的理解、接纳与改造，是近代中国人关于"外国"的知识整体中不可分割的一部分。中国知识分子在对外国文学的认识和转化中，将之融入逐渐兴起的现代国民教育，这个过程亦伴随着国民教育思想的发生与成型。

就具体的章节设计来说，本课题确定的第一个研究重点是对中国语境之下外国文学与国民教育关系的溯源研究及学科创生问题，这主要体现在本书第一章至第三章。第一章将从近代中国语境中"外国"与"文学"词形符号的出现及两者结合为"外国文学"带来的观念演变入手，进而分析外国文学知识在中国的早期传播及其与教育之间的关联，剖析民国时期外国文学在国民教育中出现的历史条件。第二章在晚清国民话语兴起的背景下回溯国民教育思潮发生的历史语境及其与外国文学学科创生的关系，尤为关注从京师大学堂到国立北京大学为代表的外国文学学科在晚清民初的演化，以便更好地理解这一时期文化语境与学术思想的变迁。第三章以个案方式分析康有为、梁启超、王国维、严复等知识分子的国民教育思想与外国文学之间的关联。在以上章节中，笔者尝试将民国时期外国文学与国民教育的关系放置在历史的原点，综合考察近代以来影响外国文学与国民教育发生关联的历史因素和文化心理准备，探索近代以来外国文学与国民教育发生联结的历史条件，分析其话语基础、体制基础和思想基础，论证外国文学融入民国时期国民教育的可能性与必然性。

民国时期作为一个特定的历史时期具有整体性，但从现代国民教育发展的内在脉络来看又可以分为不同的阶段。影响不同阶段外国文学与国民教育关系的因素不仅包括域外文化资源的借鉴、思想观念的革新，也包括教育政策的制定和实施、社会文化氛围的改变等方面。高等教育中的外国文学实践最为突出，但也并非外国文学在国民教育中的全部。中等教育中对外国文学的吸纳与利用也为后续国民教育中外国文学的存在与发展提供了基础和条件。不同时期国民教育的本土需求形塑了外国文学教育不同的时代特色与使命。外国文学与国民教育的关系也因此呈现出不同的历史样貌。为了更好地把握民国时期的教育语境，本书第四章对民国时期国民教育概况做出整体性描述，在此背景下，整理分析民国时期与外国文学有关的法令法规情况，并对民国时期的大学教育格局和外国文学学科概况做出划分和梳理，以进一步理解外国文学学科在民国时期发展的体制基础。

本课题的第二个研究重点主要探讨民国时期外国文学融入国民教育的具体实践形态与存在方式，分析民国时期外国文学在国民教育中的独特功用与精神价值，反思民国时期外国文学融入国民教育的时代意义与历史影响。这主要表现在本书的第五章至第八章。随着现代国民教育的兴起，各种知识也被重新建构，外国文学亦进入这一序列。民国时期外国文学在国民教育中的存在形态和实践方式不仅表现为学术建制方面的课程设置、教材编写、科系分布、师资培养与学术研究的开展等方面，也表现在与中国文学等相邻学科之间的矛盾与互动当中，更体现在几代知识分子、多所现代大学的探索与实践、成功与挫败之中，反映了中国现代教育和现代学术体系的发展历程和时代变革。第五章至第八章在民国大学教育格局学分南北的视角之下，结合相关史料，重点分析以梅光迪、吴宓等为代表的"学衡派"在20世纪二三十年代的国立东南大学、国立中央大学、东北大学、国立清华大学、国立浙江大学等高校的外国文学教育实践及其影响。与之形成对照，重点分析在新文化运动期间"新文化派"主导下的国立北京大学及受其影响的其他高校如国立武汉大学等高校的外国文学教育实践，以此来理解外国文学与国民教育的相互交融，回溯外国文学在中国的学科化和知识化中走过的曲折道路。

晚清以降的留学潮和本土教育体制的西化，使得"西学"在中国教育场域中不仅是一个具体仿效的对象，也逐渐成为一个价值认同的对象，代表着开化、先进、文明等正面的文化价值。在这种语境下，曾一度受到质疑、受到本土文化排斥的外国文学某种程度上成为一种新的文化象征资本。这种趋势表现在现代学科建构中，外国文学不仅成为中国新文学创作的模仿对象，也成为现代大学专业领域教与学的研究对象。随着学科化进程的推进，现代中国出现了专门的外国文学研究者、从业者，他们的知识结构也随着代际的变化发生着明显的调整。大致来说，最初的外国文学研究者多具有深厚的国学功底，外国文学是他们思考中国文化、发展中国文学的重要参照，中国文学与学术研究仍是他们的主业。随着留学热与新教育的普及，外国文学专业化程度增高，尽管人们仍然看重中国传统学问的价值，但大体来说他们是否具有深厚的传统治学功底似乎不再那么重要。由于传统文化的强大惯性，如何处理外国文学与中国文学的关系，不但成为中国的外国文学从业者需要面对的具体学理问题、实践问题，也关乎他们的文化选择和情感认同。由于外国文学自带"西学"属性，它绝不只是单纯的知识生产与传播的对象，其背后隐含的意识形态、历史传统、文化信仰、政治倾向等复杂因素必然在更深层面影响和塑造着相关从业者的精神世界。

应该看到，作为知识生产的外国文学在中国应是一个整体，而外国文学教育又是整个文学教育中不可分割的一部分，因此评估它的功用与价值应具有整体性视角。民国时期的知识分子在外国文学的教育实践中面临何种历史与个人的境况，他们如何处理中外之别的文化差异、持有什么样的文化立场、承担了什么样的角色与使命、有过什么样的坎坷与挫折，甚至有过什么样的思考与心情，都需要严肃认真对待，需要站在学术史与教育史的整体视角上进行评估，方能理解和认识这一时期先辈们走过的道路。外国文学在国民教育中的传播与实践，不仅见证了近代以来中国人在知识视野、情感态度和价值观等方面的转变，也逐渐形成了中国视野下的外国文学经典，更塑造了具有丰富内涵的全新国民。外国文学和国民教育形成了一种有效的历史互动，提升和丰富了国民的精神品格与审美趣味，激发和增强了中国人的国民意识和国家认同。

综上所述，本课题借鉴外国文学学术史研究与教育史研究的资源与经验，试图用整体性思维对民国时期外国文学与国民教育的关系进行较为全面系统的研究，努力建立民国时期外国文学教育的整体观，打破单一学科对外国文学学科整体的割裂，将对外国文学学科的反思上升到理论、制度和实践等层面，尝试构建基于本国历史和国情的外国文学与国民教育研究范式。通过对民国时期外国文学在国民教育中出现的历史缘起、存在形态、实践方式、使命特色、价值功用、历史影响等问题的研究，深入理解两者的关系，探索作为一种知识生产的外国文学如何融入和成就具有现代性的国民教育，加深对外国文学学科在学术史、教育史乃至思想史上的状态与文化位置的理解，并希望通过这种研究面向当代和未来，为外国文学在新时代国民教育中更好地发挥价值和功用提供历史借鉴与理论依据。

第一章

晚清民初外国文学与国民教育关系溯源研究

金观涛、刘青峰在《观念史研究》中曾指出，"观念是指人用某一个（或几个）关键词所表达的思想"，人们通过这些观念"进行思考、会话和写作文本，并与他人沟通，使其社会化，形成公认的普遍意义，并建立复杂的言说和思想体系"。① 无论是"外国文学"还是"国民教育"，对于正在经历从传统到现代转变的近代中国人来说，无疑都是来自域外的新事物，它们代表了一套现代的知识生产体系和话语方式。从晚清到民国，人们如何获得外国文学观念？现代的国民教育如何在中国生根发展？两者如何发生关联？外国文学以何种形式进入并存在于国民教育？哪些历史人物思考过相关问题？外国文学在晚清民国时期国民教育中的作用、价值和意义如何？为了回答这些问题，有必要回到历史现场，回溯和反思外国文学观念的历史生成，探究它作为新概念或新名词在近代中国出现的历史语境与具体内涵，进而探讨外国文学在国民教育中的传播与发生，思考外国文学与国民教育发生关联之必然性。

第一节　近代中国语境中的"外国"与"文学"

从词语构型来说，"外国文学"包含"外国"和"文学"两个维度。考察作为概念或观念的外国文学，有必要分别就这两个维度研究其意义生成与黏合的过程。从中国的文化传统而言，"外国"观念的出现与"中国"观念的演变及中国历史书写中对周边民族的认识有关。古汉语"中国"一词除了地理意义上的中原王朝，更多的内涵指向政治和文化层面的天子之国以及民族层面的华夏民族。商周时期，就出现了将周边民族与地理位置相联系的记录，出现了"宅兹中国"的地理观念。春秋时期，出现了"尊王攘夷""内诸夏而外夷狄"等观念。自秦汉以来，已经形成了核心区域的政治区域、行政制度和文化传承，更形成了强大的中国历史意识。在唐代及以前的史书中，

---

① 金观涛，刘青峰. 观念史研究［M］. 北京：法律出版社，2009：3.

通常是用四夷格局来认识周边民族，体现出强烈的华夷之辨。宋元之后的史书逐渐开始用"外国"指代周边民族。《旧五代史》中出现了《外国列传》，涉及 12 个民族和地区。元代建立后，中国的概念有了重大转折，统治者想要淡化华夷之别，此后正史书写中的四夷格局才被外国观念取代。《明史·外国传》中记录了 92 个国家，特别是对与中国交往较为密切的朝鲜、安南、日本等国进行了比较详细的记载。这些"外国"与作为明朝代名词的"中国"相对照。

从他者的角度而言，"中国"或"外国"等词语通常与外国人看中国有关，更多的是一种他称或自称。明代起外国传教士进入中国，他们留下的记述一定程度上反映了前现代时期中国人淡漠的外国意识。1615 年的《利玛窦中国札记》被认为是欧洲第一部系统叙述中国情形的书，此书作者向西方人解释了"中华帝国"的名称、位置和版图，可视为这一用例的证据。作者站在他者的视角，对中国人缺乏外国意识的问题直言不讳："中国人从来没有听说过外国人给他们的国度起过各样的名称，而且他们也完全没有察觉这些国家的存在。""中国人认为他们的辽阔领土的范围实际上是与宇宙的边缘接壤的。与他们国家相邻接的少数几个王国——在他们知道有欧洲存在之前就仅知道这几个国家——在他们的估计中几乎是不值一顾的。"① 显然，"中国""中国人"在这里作为他称，是与作为自称的"外国"或"外国人"相对照的用词，体现出明显的中外差别意识。

另一个典型的例子来自 1833 年普鲁士传教士郭士立（Karl Friedrich AugustGützlaff）在广州创办的杂志《东西洋考每月统记传》（*Eastern Western Monthly Magazine*，下文简称《东西洋考》）。这是中国境内最早的关于中西文化交流的中文期刊，其目标是"合四海为一家，联万姓为一体，中外无异视"②。郭士立在用英文撰写的编辑刊物缘起中提到，该刊出版是"为了使中国人获知我们的技艺、科学与准则"，以对抗中国人"一如既往、依然故我"，视自身为"天下诸民族之首尊"，视其他民族为蛮夷的倾向，旨在用事实使中国人相信，"他们仍有许多东西要学"。③ 杂志首次用中文向国人介绍了一些西洋的新事物和新概念，刊登大量介绍世界历史、地理知识的文章，将中西

---

① 利玛窦，金尼阁. 利玛窦中国札记［M］. 何高济，王遵仲，李申，译. 北京：中华书局，2010：43.

② 国务院古籍整理出版规划小组. 东西洋考每月统记传［M］. 北京：中华书局，1997：3.

③ 国务院古籍整理出版规划小组. 东西洋考每月统记传［M］. 北京：中华书局，1997：12.

历史置于同一框架中来看待，为中国人看待历史提供了新的视角。① 早期传教士的这些文化实践，成为当时中国人了解外国、了解世界的一扇窗。这些记述对中国人与外国人的分别意识是很明显的，但为了顺利传教，也表现出一定的融合中外的倾向。据考证，魏源、梁廷枏、徐继畲等晚清开明士人都读过《东西洋考》，并不同程度地受其影响，他们向国人介绍外国知识的著作，如《海国图志》《海国四说》《瀛寰志略》等书中多有对该杂志内容的引述。

　　鸦片战争后，中国被迫进入国际条约体系。在《中英南京条约》中，"中国"一词成为具有明确主权国家意义的中文表述。这也意味着"外国"作为与"中国"相对照的词语表述，具有了统称中国之外的国家和地区的近代意义。自此之后清政府官员的奏折文件中已经大量使用中国、外国等词语用于自称或他称，具有更加明确的对照意义。随着中国近代化进程的推进，"外国"作为一种凸显中外差异的总括性观念，在时人的言说中更具体化为英国、德国、日本等某一近代国家。例如，清末创办的《时务报》《译书公会报》《中国女报》《教育世界》《浙江潮》等近代报刊当中，就已经出现了大量与"外国"相关的词语用例或栏目。如外国政策、外国商务、外国纪事、外国学校、外国近事、外国要闻、外国新闻、外国贸易等。这些用例多与时政要闻、经济商贸有关，并常常与本国之部相对照。此外，还有泰西、西国、西洋、东洋等同类词语与"外国"杂陈并用。对外国言说的大量出现也从一个侧面表明传统中国的四夷观已经逐渐演变为近代意义上的国际观。

　　"外国"与"中国"对照使用的情况在早期维新派思想家何启、胡礼垣发表于1887年的一篇文章中颇具代表性，兹录选段于下：

　　　　至谓外国所以待中国者，揆以交际常情，殊失公道，此事确凿，受侮正多，可为长太息者矣。夫中国自主之国也。言其民庶，天下无与比伦。论其冠裳，各邦无此文物。礼教则先于万国，纲常久炳于中华，似宜出则为外国所钦，入则为外人所敬矣。今也不然。和约各款，有大失中国之权衡者矣。然而不得不行也。苛求之事，有多违中国之意见者矣。然而不得不从也。中国所为，或于约章稍类不合，外国则严斥而切责之，中国不敢不作速谢过也。外国所事，或于约款大觉相违，中国虽婉言而善道之，外国犹搪塞未遽持平也。盖一则视和约为一成不易之规，一则视和约为可有可无之物也。为

---

① 彭鹏.《东西洋考每月统记传》与中西文化交流［J］. 文史知识，2017（4）：26-32.

上如此，为下可知。今中国人之与外国人交接者，应得之礼数，鲜
可得之也；应有之体面，鲜能有之也；事之可为者，鲜见其准为之
也；情之可谅者，鲜见其能谅之也。其待华人也；有以畜类待之，
而不以人类待之者矣。其视华人也，有以鬼物视之，而不以人物视
之者矣。①

　　这段话通篇以中外之别立论，是对近代中国遭受外国不平等对待即"受
侮正多"的义愤反驳，其言语之中表达出对中国作为"自主之国"今昔境况
巨大反差的忧患意识。显然，这里所言"中国"和"外国"已经具有较为明
确的近代国家意蕴，充分反映出19世纪末中外关系和国际秩序变化对近代中
国人造成的心理冲击和影响。民族自豪感和民族耻辱感的同时存在，成为中
国追求与外国平等地位的深层动机。与新的国际秩序相适应的外国观的出现，
其本质反映了中国人天下意识的逐渐瓦解与世界意识的凸显，也意味着中国
人近代国家观念的酝酿与发生。这也为从民族国家的话语层面认识中国文学
发展的历程提供了必要的思想基础。当古老的中国对自身位置的判断以"宅
兹中国"的神话思维自居，仍被传统的天下观制约时，自然缺乏中外之分的
自觉意识，对文学的认识也是如此。只有当中国步入现代国际秩序，作为现
代国家体系中的一员时，才有可能激发文学现代性的生成。
　　20世纪末以来，中国文学概念的现代性生成问题曾引起学界的集中讨论
和反思，出现了一批对中国文学作为一个整体概念进行反思的文章，如冯骥
才《关于"中国文学"的概念》（《文学自由谈》1996年第4期）、吴泽泉
《错位与困境：一份关于中国文学的知识考古学报告》（《文学评论》2009年
第3期）、张未民《何谓"中国文学"？——对"中国文学"概念及相关问题
的讨论》（《文艺争鸣》2009年第9期）等。中国文学何时进入现代世界？如
何进入现代世界？进入何种现代世界？这些问题成为各方关注的焦点。在海
内外中国现代文学研究界的共同参与和推动之下，中国现代文学的发生论此
前已经由20世纪初的文学革命和五四运动，向前延伸至晚清文学，晚清文学
被压抑的现代性受到重视与挖掘。2017年，在王德威主编的《哈佛新编中国
现代文学史》中，又将"现代"延伸至四百年前的晚明。因彼时信奉天主教
的晚明文人杨廷筠，已经接受了西方传教士艾儒略（Giulio Aleni）等对文学
的看法，开始在他的文集里思辨什么是文学。这部文学史不把中国文学的现

----

①　何启，胡礼垣．新政真诠［M］．沈阳：辽宁人民出版社，1994：84．

代化看作一个根据既定时间表不断前进发展的整体过程，而是将其视为一个具有多个切入点和突破点的坐标图，对依据革命历史进程划分的近代、现代和当代三段论史观提出了修正。编者将现代文学视为一种与生产、传播和消费相关的文化活动，并把它作为中国现代性的最明显表征之一：

> 19 世纪末以来，进口印刷技术、创新营销策略、识字率的普及、读者群的扩大、媒介和翻译形式的多样化，以及职业作家的出现，都推动了文学创作和消费的迅速发展。随着这些变化，中国文学——作为一种审美形式、学术科目、文化建制，甚至国族想象——成为我们现在所理解的"文学"。文学定义的变化，以及由此投射的重重历史波动，的确是中国现代性最明显的表征之一。①

这一论辩显示出超越了本质主义框架规定之后，对于中国文学现代性观念的一种全面向的理解。伴随着人们对越来越长的时间性"现代"和"当代"的体悟，伴随着全球化时代新的世界文学观念的兴起，需要重审中国文学的现代性及其与世界文学的关系，与之相关的一系列问题近年来仍是学界不断反思和讨论的话题。王德威借用海德格尔（Martin Heidegger）的"世界中"（worlding）观念，将世界中的中国现代文学看作一个意义复杂的、涌现的过程。中国一旦被纳入全球性循环体系，那些促使中国进入现代的因素势必会激发出本土因应的迫切感。中国文学现代化的肇始条件离不开这些因素，但这些因素能否解释中国文学现代性意义究竟有何独特？作为一个外来的概念和经验，现代性究竟是跨文化和翻译交汇的产物，还是本土因应内里和外来刺激而产生的自我更新的能量？中国经验又在何种程度上促进或改变了全球现代性的传播？该书从书写者到读者可谓都凸显了一种世界性的特征，不仅书写者来自中国与世界各地，书中一半以上的文学史描述也都直接或间接触及对外翻译、传媒等问题。这些问题以及其所昭示的世界意识、跨文化视角和世界文学观念也促使我们进一步反思世界、外国、全球、本土这样的字眼及其背后的内涵之于中国文学进入现代的意义，也促使我们再一次反思，对于中国、中国文学、中国读者来说，外国文学究竟意味着什么。

与学界对中国文学现代性等问题的讨论相对照，"外国文学"这一概念或观念的生成过程和学理价值却并没有得到充分的重视，似乎它是一个"不言

---

① 王德威. 哈佛新编中国现代文学史［M］. 成都：四川人民出版社，2022：6.

自明"甚至无须阐释的问题。从文学观念上来看，中国文学这一概念本质上是近代以来形成的以民族国家观念为基础的现代文学概念。正是在与"外国文学"对照或竞争的过程中，"中国文学"才获得一种观念上的自觉，具有了现代性内涵。陈众议先生指出，中国现代意义的文学研究起步较晚，在一定意义上先有外国文学学科，后有中国文学学科。外国文学学科与中国文学学科如同是一枚钱币的两面，难以截然分割。① 如同中国文学的概念一样，外国文学的概念产生也需要基于两个条件：一是世界意识的获得和具有现代民族国家意义的"中国"及"外国"观念的产生；二是以想象虚构为核心的现代文学观念的出现。"现代民族国家观念的出现，并作为一国文学的整体命名，是文学现代性的一个重要事件，它使一种超越朝代和文类的整体性命名和描述成为可能，并为一种与之相关的意识形态的建构奠定观念的基础。"② 外国与文学联系在一起，其合法性的建立，也就反向证明了中国文学存在与建构的合法性。无论外国文学还是中国文学概念的确立，究其实质，都是文学与国族意识形态之间联系的建立，是政治认同和文化认同的统一。

从文学发展的角度而言，尽管中国文学在历史上就有与外来文化交流而获取新的质素的例证，但自19世纪中叶以来随着西方文化的影响，中国被迫进入世界化进程，开启从传统向现代的过渡与转变，由此引起的整个文学面貌的变化才是更为深刻与剧烈的。1894年，甲午中日战争中国战败，中国的世界意识被空前地激发出来，彻底改变了过去以中国为中心的天下观。朝野上下都已经意识到向西方学习的重要性，近代世界知识尤其是地理和历史知识开始在中国广泛传播，外国文学也通过各种译介形式大量登陆中国。据统计，从清末1900年到民初1911年，中国共出版840余部外国文学作品，其中欧美作品占到总数的88%，这一译介格局成为20世纪中国的外国文学知识总貌的雏形。整个民国时期，国人一共翻译了6000多部外国文学作品，翻译和出版了近800部外国文学研究著作，国别范围也扩大到非洲和拉丁美洲。③ 这种大面积的文学和文化翻译不但让中国读者逐渐熟悉了不同的外国文学风貌，也促使人们开始在更高的学术层次对外国文学的价值有了深入认识，成为近代以来外国文学学科建立的重要社会基础。从知识生产的角度看，外国文学在中国的译介和传播，反映了世界范围内文学知识的流动，是文学作为全球

---

① 陈众议. 学术史研究及其方法论辨正 [J]. 外国文学动态研究, 2020 (3): 6-11.

② 郑焕钊. 梁启超与"中国文学"概念的现代发生 [J]. 暨南学报 (哲学社会科学版), 2015, 37 (11): 122.

③ 何辉斌, 蔡海燕. 20世纪外国文学研究史论 [M]. 杭州: 浙江大学出版社, 2014: 9-11.

知识不断世界化传播和地方化发展的过程。这一过程也促使世界各个地方的文学有机会进入古老的中国，成为重新建构中国现代知识体系的重要因素。众多的有识之士都曾推动和参与外国文学在中国的知识化和社会化进程，成为外国文学中国化的知识主体和重要力量。

"外国""外来""域外"与"本国""中国"相对照，不仅具有地理时空的意义，它们与文学一词相结合，更指向文化心理层面的内外之分。外国文学作为具有异质性的文化形态，其存在大大扩展了传统中国的文学想象空间。人们对文学的性质和功能的认识也伴随着外国文学这一参照系的出现具有了更为现代的内涵。"晚清以来随着西方文明的冲击而不断输入的大量西方文学资源，作为一个他者的参照，越来越处在显要的位置，从文学观念、文学史观到具体的文学形式，给本土的文学传统带来巨大的冲击与变异，也因而促成了人们对于中国自己有关民族、国家新的文学风貌的想象构建。"① 中国与外国、本土与西方由此成为不同文明和知识体系交接的两极，产生出复杂而具体的交流碰撞。不同身份背景和文化立场的主体，由于不同的历史机缘和现实焦虑，所吸收接纳的外来文化资源也不尽相同。对外国文学的接受过程也是中国文学重新建立起关于自我认识的历史过程。外国文学之于中国文学最重要的意义在于为中国文学的发展营造出一种世界文学的语境，成为文学发展与创新的资源与动力。正如查明建、谢天振所指出的："20世纪中国文学是在外国文学的刺激和影响下发展起来的。尽管中国文学自身的主体性要求是20世纪中国文学发展的内因，但外国文学的刺激性因素也在很大程度上影响了其发展方向和形态特征。无论是在文学观念的变革、文学思潮的兴起，还是叙事结构、创作手法、技巧等方面，都受到了外国文学的影响。20世纪的外国文学翻译为中国文学的发展营造了一种世界文学语境。在这种世界文学语境中，中国文学得以反观自身与世界文学的差距，由此激发出文学创作的动力。"②

对于文学一词在中文语境下现代含义的获得，学界论者已多。③ 按照雷蒙·威廉斯的观点，从长时段来看，"文学"一词的意义始终是变化的，是社会历史作用的结果。在中国语境下，如鲁迅指出的，现代所用的"文学"概

---

① 陈广宏. 中国文学史之成立 [M]. 上海：上海古籍出版社，2016：2.
② 查明建，谢天振. 中国20世纪外国文学翻译史：上卷 [M]. 武汉：湖北教育出版社，2007：1.
③ 中文学界关于文学概念的研究代表作可参见余来明. 文学概念史 [M]. 北京：人民文学出版社，2016.

念，不是从"文学子游子夏"上割下来的，是从日本输入的他们对于英文 literature 的译名。① 大体来说，其内涵经历了从传统的文章博学即广义上的学术、学问，逐渐变为现代意义上语言艺术形式的专门指称即纯文学的变迁。这种现代转换是以日本为中介，与西语中的文学（literature）概念对接与通约的结果。这一嬗变过程也伴随着文学与历史、哲学的分野，典型地体现了晚清民初外来冲击影响本土文化的模式。作为双音节词语的"文学"被视为来自日本的"回归借词"。这一用法在中文语境中比较早的用例见诸 1903 年佚名所撰《论文学与科学之不可偏废》一文。此文作者接受了西方将科学（science）与文学（literature）相对峙的观点，认为近代中国无所谓科学，也无所谓文学。由于中国文学和科学不符合西方的学术体系，呼吁"文学科学之大革命"②。这里的文学已经不同于传统意义的文学了。由于中国传统关于文学的学问通常是社会文化伦理的核心支撑，是意识形态话语的组成部分，并非作为一种专业的知识而存在，更多的是对社会责任的主动承担。文以载道、经世致用等都是这种状况的表述。因此，文学在近代中国含义的变化无疑是具有"革命性"的。1915 年，陈独秀在《文学革命论》中有言："文学革命之气运，酝酿已非一日"，可以说正是对上述呼吁的一种历史呼应。

由于中国文学的概念本身是在与外国文学（主要是西方文学）对照的基础上出现的，这里有必要先简略回顾一下西方语境下对于"文学"（literature）这一概念的认识历程。美国文学理论家乔纳森·卡勒（Jonathan Culler）指出："literature 的现代含义：文学，才不过两百年。1880 年之前 literature 这个词和它在其他欧洲语言中相似的词指的是著作或者书本知识。"③ 在很长一段时间，西方语境下的文学概念都与学问、书本知识或著述相关。随着 18 世纪以降浪漫主义批评的出现，人们对文学本质的认识，才发生了革命性的变化。最迟至 19 世纪 30 年代，后来的文学词义初现雏形。这就是艾布拉姆斯（Meyer Howard Abrams）所论述的："一件艺术品本质上是内心世界的外化，是激情支配下的创造，是诗人的感受、思想、情感的共同体现。"④ 英国文学理论家伊格尔顿（Terry Eagleton）也指出，这种现代意义上的文学

---

① 鲁迅．门外文谈［M］//鲁迅．且介亭杂文．北京：人民文学出版社，1973：87.

② 佚名．论文学与科学不可偏废［J］．大陆，1903（3）：3.

③ 乔森纳·卡勒．当代学术入门：文学理论［M］．李平，译．沈阳：辽宁教育出版社，1998：21—22.

④ 艾布拉姆斯．镜与灯：浪漫主义文论及批评传统［M］．郦稚牛，译，北京：北京大学出版社，1989：25.

定义自浪漫主义时代开始发展，大约是 18 世纪末的发明，直到 19 世纪才真正出现。① 英国学者彼得·威德森（Reter Widdowson）则援引韦勒克（René Wellek）的论述强调，文学这个词在 1760 年代之前已经经历了"民族化"和"审美化"的双重过程。"审美化"即文学定义为具有创造性和想象性的特殊作品，将一种新的更高的价值赋予这一可以区别辨认的品种。② 威德森用大写的 Literature 和小写的 literature 区分历史上广义的文学概念和晚近出现的狭义的现代文学概念。方维规从概念史的角度考证说，以上诸位学者对文学概念的梳理，由于主要考察的是英国的状况（而非德、法等国），因此他们不同程度地"忽略了 literature 在整个 19 世纪诸多含义并存的现象，尤其是现代'文学'概念远未占有主导地位这一事实"。他指出，彼时对文学概念的宽泛界定，"是体现人类精神活动之所有文本的总称"，"纯粹的""排他的"现代文学概念，只有 100 多年历史。③ 厘清这一点，才能理解 20 世纪之前欧洲那些冠之以"文学"或"文学史"的著述为何如百科全书般无所不包。这种观念直到 20 世纪初仍对日本和中国的文学史书写和国别文学概念建构产生过重要影响。

伴随着欧洲范围内文学概念的现代化，与之相关的国别文学概念也开始生成。实际上，从国别文学的概念出发，更能理解文学概念的现代转换问题。18 世纪末至 19 世纪，以德国的弗里德里希·施莱格尔（Friedrich Schlegel）、赫尔德（Johann Gottfried Herder）、歌德（Johann Wolfgang Van Goethe）等人为中心，欧洲历史主义思想兴起。这股历史主义思潮对于文学起源、发展与连续性的重视，以及后来与进化观念的糅合，对欧洲各国国别文学史的出现影响深远。英国社会文化学者雷蒙·威廉斯指出，"国家文学"的概念从 1770 年代开始在德国发展出来。"一个国家"拥有"一种文学"意味着一个重要的社会、文化和政治的发展。④ 早期欧洲各国的文学史书写，如埃贝林（Christoph Ebeling）的《德意志文学史》（1767—1768）、沃顿（Thomas Warton）的《英国文学史》（1774—1781）、戈培尔斯坦因（August Koberstein）的《德意志文学史纲要》

---

① 伊格尔顿. 二十世纪西方文学理论 [M]. 伍晓明，译. 北京：北京大学出版社，2007：16-17.

② 彼得·威德森. 现代西方文学观念简史 [M]. 钱竞，张欣，译. 北京：北京大学出版社，2006：36.

③ 方维规. 历史的概念向量 [M]. 北京：生活·读书·新知三联书店，2021：376，378.

④ 雷蒙·威廉斯. 关键词：文化与社会的词汇 [M]. 刘建基，译. 北京：生活·读书·新知三联书店，2005：271.

(1827)、盖尔维努斯（Georg Gervinus）的《德意志民族诗性文学史》等已经将富有诗性即文学性的作品纳入国别文学史书写的框架。① 对于近代欧洲来说，作为知识体系的国别文学概念在 19 世纪开始成型。这本身是西方社会知识演变的一种结果，也是现代意义的文学观念得以确立的一个重要因素。换句话说，国别文学概念出现与知识体系的成型，本身就形塑了西方现代意义上的"文学"概念，各个国家和民族由此才有了所谓文学的叙事。诗学意义上的文学成为展示人类文化史的窗口，文学史成为民族史和国家史的重要组成部分。进而，为了突破国别文学的限制，新的学科如比较文学开始兴起。如 1827 年至 1829 年，法兰西学院院士、评论家和政治家维尔曼（Abel - Francois Villemain）在巴黎大学用新的比较的精神讲授 18 世纪法国文学，出版《法国文学讲稿》。欧洲语境下这种文学观念的生成演变及知识体系的发展很大程度上也影响了近代东方对文学与知识的理解。

在欧洲近代国别文学概念生成与文学史撰写的背景下，早期的中国文学史也首先由外国人书写，由此建立起的中国文学观念也伴随着近代以来的西学东渐得以传播。德国人肖特（Wilhelm Schott）的《中国文学论纲》（1854）、俄国人王西里（ВсипийПэвич Восилвев）的《中国文学史纲要》（1880 年）、德国人顾路柏（Wilhelm Grube）的《中国文学史》（1902）、英国人翟理斯（Herbert Alen Giles）的《中国文学史》（1901 年）都是早期欧洲人书写中国文学史的代表。这些著作在欧洲的出现，已经有了将中国文学视为一种整体知识体系的观念。不过，早期这些中国文学史著作对中国的影响都十分有限，日本明治时期大量涌现的中国文学史著述，才真正开始对中国产生影响。这从京师大学堂相关章程的设计及此后黄人、林传甲等人编纂的中国文学史多参考日本人的著述即可看出。中国文学观念的出现，既是民族国家观念发展的结果，也是东西文化交流与交融的结果。对于欧洲人来说，他们对中国文学史的书写实际上正是一种书写"外国文学"的方式。这就意味着，在近代中国人开始外国文学研究之前，欧洲人的中国文学言说已经建立起一套观察和体验"外国文学"的标准和范式。这种范式进而深刻影响了东方各国对于自身民族国家文学历史的认知。

19 世纪末 20 世纪初，伴随着世界范围内的知识流动，中国人也开启了以民族国家观念重新认识和建构文学历史的过程。正是在与域外文学、外国文学对照的基础上，才激发了中国文学观念的自觉，促成了中国文学观

---

① 方维规. 历史的概念向量［M］. 北京：生活·读书·新知三联书店，2021：374.

念的现代转型。这里面的内在逻辑既有历史意识和哲学层面的内外之分，也有以近代国家民族观念为基础的文学想象。"中国古典'文学'被迫按照现代文学的观点，被全新地创造出来。"① 与欧洲国别文学概念生成相似的是，对于中国而言，对文学一词现代含义的确认与中国文学观念的获得过程也是一致的。这从 1911 年 5 月出版的《普通百科新大辞典》的"文学"词条可见一斑：

> 我国文学之名，始于孔门设科，然意平列，盖以六艺为文，笃行为学。后世虽有文学之科目，然性质与今略殊。汉魏以下，始以工辞赋者为文学家，见于史则称文苑，始与今日世界所称文学者相合。叙艺文者，并容小说传奇（如《水浒》《琵琶》）。兹列欧美各国文学界说于后，以供参考。以广义言，则能以言语表出感情者，皆为文学。然注重在动读者之感情，必当使寻常皆可会解，是名纯文学。而欲动人感情，其文辞不可不美。故文学虽与人之知意上皆有关系，而大端在美，所以美文学亦为美术之一。惟各国国民性情思想，各因习惯，其言语之形式亦异。故各国文学，各有特色。以外形分，则有散文、韵文之别。而抒情诗、叙事诗、剧诗等（以上皆于我国风骚及传奇小说为近），于希腊时代，虽亦随外形为区别，而今则全从性质上分类。要之我国文学，注重在体格辞藻，故所谓高文者，往往不易猝解，若稍通俗随时，则不甚许以文学之价值，故文学之影响于社会者甚少，此则与欧美各国相异之点也。以源流研究文学者曰文学史。或以种族，或以国俗，或以时代，种类甚多，颇有益于文学。而我国则仅有文论、文评及文苑传而已。②

这是被誉为苏州奇人的黄人在当时中国早期的教会大学之一东吴大学任教期间写下的文学词条。在此之前，他已经编写完成了由中国人书写的最早一部《中国文学史》（撰写于 1904 年，1907 出版）。该文学史的撰写正是为了满足当时正在兴起的中国新式教育的需要。从这个词条的撰写可以看到，近代中国人对于文学的理解已经具有了现代性的内涵，这种新知识的获取正

---

① 刘禾. 跨语际实践：文学、民族文化与被译介的现代性［M］. 宋伟杰，译. 北京：生活·读书·新知三联书店，2002：49.

② 陈平原. 作为学科的文学史［M］. 北京：北京大学出版社，2011：248-249.

是参照欧美各国文学界说的结果。从此时起，中国文学与外国文学已经成为比较鉴别的两级，人们自然而然将"各国文学"与"我国文学"相互比照，分析评论其差异。外国文学带来的是整套知识系统和评价标准的改变，在这一参照系下，整个中国文学不仅被重新建构，也被作为知识化的方式重新理解。鉴于中外文学观念的差异，黄人采取了将"欧美各国文学"的界说分列于后，以供参考的做法。这也成为此后多年中国出版的各种论著在传播文学知识时的一种通行做法。

黄人论及编纂这部辞典是本着"中外兼赅，百科并蓄"的原则，"搜辑一切学语"，编纂的目的也是借助西学，惠及学界，以求"国势之强盛，人才之发达"。似乎要将"外"与"中"同等对待，实际上书中与外国相关的条目比中国传统固有的还多。以内容论，该辞典分为政治、教育、格致、实业四大类，每类下有若干科目。"教育"被列为四大类之一，其名下所包含的科目甚广：本国史学、世界史学、本国舆地、外国舆地、哲学、教育学、宗教学、心理学、伦理学、名学、社会学、（本）国文学、世界文学、言语学、图画学（雕刻、音乐、装饰、游戏），几乎涵盖了现代人文科学知识领域的主要内容。显然这些也是编纂者心目中"教育"所应该涵盖的领域，换句话说，黄人是按照现代的学科体系和知识分类来理解教育的，这与中国传统对教育的理解有很大不同。而编者的分科意识具有明显的中外之别，"本国"与"世界""外国"的相关知识被分门别类地对举，体现出晚清先进读书人的世界观念与近代意识，当然也暗含着中学与西学之间的冲突与融合。

值得注意的是，这部辞典的编纂已经显示出文学与教育，尤其是外国文学与近代教育之关联的某种必然性。黄人将"本国文学"与"世界文学"在教育大类下并列分立，这一做法无疑显示出彼时人们对教育与文学关系的一种理解。这里，世界文学分类下的实际内容就是外国文学，并不涵盖中国文学。这种学科分类方法已与今天将中国文学与外国文学分科设置基本相似。"世界文学"类目之下收入了21条相关条目，涵盖从文学家到文学思潮流派等诸多内容。其涉及的外国文学家包括英国小说家史蒂芬孙（George Stephenson）、德国诗人海涅（Heinrich Heine）、法国文学家斯达尔夫人（Madame de staël）等。涉及的文学思潮流派包括印象主义、感伤主义、自然主义、写实主义等。辞典对这些思潮在欧洲的兴起也做出了精要描述。虽然这些有关外国文学的词条只占辞典全部词条极小的一部分，[①] 但已经显示出编者极高的文

---

① 钟少华. 中国近代第一部百科全书型的工具书 [J]. 百科知识, 1983（3）: 46.

学见识，至少外国文学已经被明确作为西学新知的一种来进行对待。黄人对于中外文学差异的比较和分析，对各国文学的描述也丝毫没有晚清一些士大夫对外国文学的漠视或鄙夷之意。这既是沟通中外的努力与尝试，也是对外国文学地位与价值的接受。

不同于中国传统的类书，百科全书或具有百科全书形式的"辞典"在 18 世纪以降的启蒙时期的欧洲出现，本身就是现代知识汇集的一个结果，是现代知识生产的一种重要方式。运用来自西方的百科全书或辞典这种方式处理庞大驳杂的现代知识，本身就是中国人知识体系转变的明证。与黄人大辞典几乎同时出版的《博物大辞典》（1907）的例言如是写道："我国通行学界者，只有字典，而无辞典。自译籍风行，始有注意于撰普通辞书，以便读者诸君之检查。本书为教师学生读书参考之用，莫要于博物一科，因先编纂付刊，余当续出。"① 可见，晚清民初这类书籍的出版其读者对象就是新式学堂的教师和学生，与新式教育场域息息相关，其编纂策略经历了从译、编到撰的过程，其中的创造性也逐渐凸显。以是观之，黄人通过编纂百科全书的实践，不仅较早地为中国人介绍了现代文学概念，确立起明确的国别文学观念，也传播了具体的外国文学知识。正是由于对外国文学知识的体认，对中外文学的比较与观察，才使黄人较早地拥有了世界文学的眼光和意识。他将中国文学与世界文学的知识分类方法列入教育的视野之下，显示出文学与教育在近代的复杂关联。严复盛赞这部辞典，称其"饷馈学界，裨补教育"，正彰显出包括外国文学在内的西学与现代中国教育发展之关联。

黄人编写《普通百科新大辞典》和《中国文学史》的年代已经是 20 世纪初，此时距欧洲国别文学观念和国别文学史的出现已有距离。因此，黄人所理解的外国文学应该说也是建立在欧洲诸国文学发展历史的基础上的。从知识生产的角度出发，他的文学史撰写和辞典编纂，正与 19、20 世纪之交国民教育思潮的演进和由此引发的教育变革颉颃，是中国近代教育实践中的产物和成果。由于传统文学观念的强大惯性和影响，尽管黄人所理解的中国文学和外国文学与今天所指尚有差距，但伴随着他的著述与实践，可以说外国文学已经作为知识生产的一部分出现在现代中国国民教育的场域之中了。外国文学与近代教育这种复杂的关联性在日后更多的外国文学知识生产实践当中亦可以找到。

---

① 曾朴，徐念慈. 博物大辞典：例言 [M]. 上海：宏文馆，1907：1.

第二节　外国文学词形符号和知识的早期
传播及与教育之关联

考察外国文学作为知识生产的历史时，必然会面临与学科身份相关的一系列问题："外国文学"这一概念何时出现？外国文学何时成为一个独立学科？已有研究者指出，限于资料匮乏，"外国文学"这一概念在中国出现的确切时间尚不得而知，不过可以从"中国文学"概念的出现侧面推定出来。当晚清知识界最初接触到外国文学作品时，虽然曾根据中国传统的"大文学"观念去衡量它们，但很快就接受了他者的评价标准，并以之重新认识自己的文学传统。随着"中国"的"文学"在大学教育及其配套装置中被生产出来，外国文学这一概念也就随之出现。这一观点从观念对照和学科层面对外国文学概念的出现进行了概要描述，也点出了外国文学与现代教育发展之关联。① 然而，概念的出现实际是观念演变和知识积累的语言表现形态。想要更为精确具体地了解外国文学概念出现的历史背景及其与教育之间更多的关联，还必须进一步考察外国文学知识或词形符号在中国的出现和传播情况。

就在黄人的大辞典出版后的两年——1909 年，《教育杂志》刊登过一则题为《外国文学博士赏给中国文学进士》的"记事"："士服部宇之吉任京师大学堂师范馆教习数年。去腊期满回国。现充任东京帝国大学文科大学教授。近闻学部堂官以服部博士功绩不小。除赏给宝星外，并赏给文科进士，以示优异。昨已具折入奏。奉旨依议矣。"② 这是目前笔者发现的中文语境下最早出现的外国文学词形符号。在这里虽然外国、中国分别与文学一词并置使用，然观其内容，并不具有现代意义上的"外国文学"或"中国文学"内涵。外国、中国仅用作区别国籍身份，对"文学"一词也不具有特殊的限定含义。外国、中国与文学的并置出现，应该被视为一种语言的耦合现象。这说明在20 世纪初，"外国文学"一词的固定化和黏合程度仍不紧密，至少仍未完全定型。不过，"外国文学"和"中国文学"两个耦合名词在这份以"教育"为名的近代刊物中看似偶然同时出现，却恰好构成一种颇有意味的隐喻，似

---

① 温华. "外国文学"课程设置与学科发展：从清末到民国［J］. 中国图书评论，2011 (10)：53-61.

② 记事：本国之部：外国文学博士赏给中国文学进士［J］. 教育杂志，1909 (8)：56.

乎预示出此后百年来外国文学、中国文学与教育场域之间密不可分的联系。

　　根据现有资料，"外国文学"作为语义连接紧密的词形符号大约要到"五四"新文化运动后才多有使用，然而从 19 世纪末开始中国人已有诸多对外国文学本体和知识的了解。19、20 世纪之交，在中文语境中，外国文学多以泰西文学、西洋文学、欧洲文学、欧罗巴文学、西国文学、某国文学等词形符号出现，其文学语义所指多受到传统文学概念的惯性制约。1889 年江南制造局刊行的《列国陆军制》对各国的军事教育课程做了详细介绍，其中出现了"日耳曼文学""法国文学"等名称。① 后文要论及的康有为的《日本书目志》（1898）中已经将"文学门"列为知识之一类，收录了包括日本文学史、英国文学史、希腊文学史等国别文学（史）的著作，在中文语境中较早传播了外国文学相关的词形符号。20 世纪伊始，留学德国的马君武撰写了《法兰西文学说例》（1903）一文，这是已知较早的以某国文学命名的外国国别文学介绍。该文将法国文学分为"文体"（散文）与"诗体"（诗词）两类，其文学观念介于古典和现代之间，既包括近世文学的小说、戏剧，也包括历史、哲学和学术著作。② 以上都是中文语境中较早出现的关于外国文学的描述和用例。

　　"外国文学"这一四字词组在外延上尽管可以包括除本国文学之外的其他国别或民族文学，但就这个词本身来说，它的内涵实际上指向一种与本国文学对照的整体性的文学观念，是本国之外其他国别或民族文学所构成的共同体。从中外文化与教育交流的角度看，对外国文学词形符号及其知识的传播最早可追溯至早期来华传教士，伴随着这些词形符号的传播，随之而来的还有近代西方的知识和教育体系。随着近年来全球史视角的介入，海外中国学研究的推进和对现代中国"文学"多重缘起的重新挖掘，晚明时期的来华传教士艾儒略（Giulio Aleni）、艾约瑟（Joseph Edkins）等人对于西方"文学"概念在中国的早期传播越来越为人关注。这里需要强调的是，早期传教士不但把西方对"文学"概念的理解带入了中国，影响了中国的士人，实际上也传播和输入了外国文学的知识，他们对这些知识的言说带有明显的与教育相关的来源和背景。

一、从艾儒略到艾约瑟：传教士言说中的外国文学

　　明代中后期，随着欧亚航路的开辟，耶稣会的传教士登陆中国，在传教

---

①　余来明.文学概念史［M］.北京：人民文学出版社，2016：116.

②　马君武.法国文学说例［M］//马君武.马君武集.武汉：华中师范大学出版社，1991：176-180.

的同时带来了先进的天文、地理、科技等西学知识，也带来了作为西方教育模式和学术体系的文教知识。意大利籍耶稣会传教士艾儒略在杭州刊行中文著作《职方外纪》（1623）。该书卷二《欧逻巴总说·建学设官之大略》首次向中国人介绍了当时欧洲各类学校的设置、教师资格、课程结构、学习年限、发展规模等内容。其中记载："欧逻巴诸国皆尚文学，国王广设学校，一国一郡有大学、中学，一邑一乡有小学。小学选学行之士为师，中学、大学又选学行最优之士为师，生徒多者数万人。……此欧逻巴建学设官之大略也。"①这段话是中文语境中关于欧洲学校教育的最早论述，其中出现的"文学"一词，也被一些学者认为是中文语境下近代"文学"概念的最早用例。

但仔细考究其语境，可以发现其所言"文学"并非今天所理解的作为语言艺术的文学概念。它可以有两种解释：一种指"学问"或"学术"，另一种则与今天的"教育"含义接近。联系上下文语境，将此处的"文学"理解为教育更为妥当。一因其内容所谈为学校事，二因其标题又曰"建学设官之大略"，也取自《文心雕龙·时序》中"元皇中兴，披文建学"的典故。即使将"文学"理解为"学问"或"学术"，也与后世所言教育的含义多有关联。因为中国古代"学"与"教"两字本就是可以互通的。段玉裁《说文解字注》有言："学所以自觉，下所效也。教所以觉人，上之施也。"故古代常有以"学"指称今日"教育"之含义的用法，如《学记》今天被视为古代教育论著。民国初创，前清的"学部"改称"教育部"。可见，无论做何种解释，"文学"一语的早期用例的含义均与教育有不可分割之关联。《职方外纪》是唯一全文被收入《四库全书》的早期汉译西书，其所载知识流布深广，还东传日本。清人魏源撰写《海国图志》等著作时对其多有参用。早期传教士以文学表达教育之含义的用法也影响了近代日本学者对于文学与教育两个汉字词的使用。直至明治初期，日本仍有以"文学"指称"教育"的用法。②

讨论西方近代分科知识和观念的传入，还必须提及艾儒略的另一本中文著作《西学凡》。该书主要介绍了当时欧洲耶稣会教育中所涉及的基本学科、

---

① 艾儒略. 职方外纪校释 [M]. 谢方校，译. 北京：中华书局，1996：69.
② 近代日本对 education 的译名曾有"学"与"学问"，"教"与"教导"，"教学"等多种用例。英国人罗存德（Wilhelm Lobscheid）编纂的《英华字典》（1866—1869，香港刊行）中较早将 education 及相关英文词汇的汉译名定为"教养、教育、养育"等。该字典及其用法也很快东传日本，从而影响了日本字典中对 education 相关译名的定字过程。加之福泽谕吉、中村正直、内田正雄等日本近代重要人物在重要文本中对"教育"的使用，教育作为 education 的译名才最终突显出来。参见聂长顺. Education 汉译名厘定与中、西、日文化互动 [J]. 中国地质大学学报，2008（4）：6-11.

课程设置、教学内容和方法等，较早向中国人展现了西方教会教育，尤其是文科教育的基本样貌。书中将"文科"（rhetorica，书中音译为"勒铎理加"）列为六科之一：

> 极西诸国，总名欧逻巴者，隔于中华九万里，文字语言，经传书籍，自有本国圣贤所记。其科目考取，虽国各有法，小异大同，要之，尽于六科。文科云何？盖语言只可觌面相接，而文字则包古今，接圣贤，通意胎于远方，遗心产于后世，故必先以文辞诸学之大路。其文艺之学……大都归于四种，一古贤名训，一各国史书，一各种诗文，一自撰文章议论。又附有交接进退之规，有拊奏之乐，有合节之舞，有书数之奥、赞经之咏。次诸学各有一公堂习之。自幼习文学者，先于一堂试其文笔，后于公所试其议论……终至公所主试者之前诵说之，或登高座与诸智者辩论焉……文学已成，即考取之，使近于理学。①

　　一种文化进入另一种文化通常必须有所依傍，才能得到异文化的认同。自明代以来，来华传教士为了传教的成功，不但学习中国的语言和典籍，甚至连日常服饰都以中国知识分子为标准。他们积极与中国知识分子寻求合作，其所带来的西学知识不仅配合了本土时代思潮的演变，也影响了中国士人对文学的理解。② 从这里的论述来看，"文科"或"文学"实为广义的修辞学，是包括了"古贤名训""各国史书""各种诗文""自撰文章议论"的"文艺之学"。修习文科的目的是磨炼文笔议论，为其他学科的学习做基础和准备。艾儒略这本书大约是最早以"西学"指称以欧洲为中心，含有基督教价值观，包括文学在内的西洋学术的中文著作。正是看到当时科举教育在中国社会中的主导地位，意识到教育对于传教事业的重要性，他们才在相关著作中着力

---

① 艾儒略.西学凡［M］.济南：齐鲁书社，1995：630.
② 《哈佛新编现代中国文学史》将现代中国文学的起点推前至 17 世纪前期的晚明时期。因信奉天主教的儒家士人杨庭筠（1562—1627）的《代疑续编》（1635）已经用"文学"指称诗文、史书、论说，包括古代圣贤格言等文字艺术。杨庭筠正是艾儒略的友人，在与耶稣会士的来往过程中他的文学视野得以拓宽。他吸收了艾儒略在《西学凡》中对"文艺之学"（文章之技艺）的用法，将之融入中国传统的文学话语中，从而使文学一词获得了一种新的意义。杨庭筠这种对文学概念的理解，也是晚明思潮剧变的一种表征。参见王德威.哈佛新编现代中国文学史［M］.成都：四川人民出版社，2022：41-47.

介绍西方的教育制度和体系。传教士以中文进行著述，对"文科"或"文学"等词语的使用，体现了早期西学知识与中学知识的对话与沟通，这些历史积淀也为近代以来文学与教育的紧密关联提供了异域的借鉴。

19世纪以后，随着欧洲知识系统"文学"语义的近代化转变，逐渐兴起的国别文学观念也参与了欧洲现代教育内容的演变。1835年，"英国文学"作为一门学科开始在大英帝国的殖民地印度出现，意味着以语言和文学为中心的近代文学课程兴起，其背后有着非常强烈的文明进步论和等级观的预设。这种学科实践也随着知识的交流与传递影响到近代中国，进而影响了中国关于外国文学知识的理解。从词形符号上看，与传教士相关的一些文献中对"文学"一词的使用已经开始与表示异域的限定词相联结，出现了"西邦文学""西国文学"这样具有整体意味的说法，在某种程度上可以视为中文语境下"外国文学"观念出现的先声。

1854年，由马礼逊教育会资助，刊行于香港的《遐迩贯珍》记载："伦敦印度司事大人致书于印度总督，……欲以西邦文学教育印度之人。此固可为印度贺，而亦可为中华劝也。甚愿华民智慧日加，攻于西邦文学，不然中华将不复可称为东邦诸国之冠矣，不可不致思也耶。"① 这段话所言"西邦文学教育"实质就是英国作为殖民者在印度学校推行的以 English literature 为核心的课程，"西邦文学"即为国别文学（英国文学）的代名词。论者认为印度推行的"西邦文学教育"可以成为中华文教的参照，甚至将其意义归于增加华民智慧和维护东方大国地位。这可以视为中文语境下较早的外国文学教育的言论。1857年，英国传教士伟烈亚力（Alexander Wylie）在上海创办《六合丛谈》。创刊号上刊登了英国传教士艾约瑟②以中文撰写的《希腊为西国文学之祖》一文，这是来华传教士较早介绍近代意义上的西方文学的专论。

《六合丛谈》中的文章都以文言文撰写，且目录皆用中英文标出，这为确定作为翻译词语的文学或西国文学提供了线索。创刊号英文目录中《希腊为西国文学之祖》的标题使用了 western literature 这一说法。这篇文章实际是

---

① 松浦章，内田庆市，沈国威. 遐迩贯珍：附解题·索引［M］. 上海：上海辞书出版社，2005：104.

② 艾约瑟，原名约瑟夫·埃德金斯（Joseph Edkins，1823—1905），英国伦敦会传教士，汉学家。毕业于伦敦大学。1848年来华传教，1905年病逝于上海，在中国长达57年。其本人学识渊博，有较高的中文修养，著有多种著作，涵盖了宗教、科学、政治、经济、语言等多个方面。曾将"泰西新出学塾适用诸书"若干种译为华文，并与中国知识分子多有交往。

《六合丛谈》"西学说"专栏撰稿的系列文章中的一篇。这个栏目的其他文章还包括《希腊诗人略说》《罗马诗人略说》《古罗马风俗礼教》《西国文具》《基改罗传》（今译：《西塞罗传》）、《百拉多传》（今译：《柏拉图传》）、《和马传》（今译：《荷马传》）、《黑陆独都传》（今译：《希罗多德传》）等。这些文章中涉及的 western literature 在对译成中文时分别使用了"西国文学"或"西学"两种不同的说法。以"西学"对译 western literature 这种用法甚至还更突出。可见，western literature 与"西国文学"的对译关系还不固定。以往研究者已经注意到这是中文语境下较早出现的"文学"与 literature 对译的用例，实际从词组这个角度来讲，这也是近代意义上的"西国文学"的较早用例，应该被视为中文语境中具有整体性的"外国文学"内涵的词语用例的早期形态。

据学者考证，艾约瑟在来华之前，曾在伦敦大学接受了以语言为中心的各国文学教育，包括希腊罗马语言文学与古代遗产、英国文学、东方文学、法国文学、意大利和西班牙文学等。① 这种课程体系虽已初具近代 literature 和国别文学的内涵，但在传教过程中，他所遭遇到的仍是相对较为稳固的中国古典学问知识体系，他对文学一词的使用虽已接近后世所说的 literature，但仍不能完全脱离广义的文学内涵。因此这些文章传递的实际是更为广义的外国文学知识。艾约瑟眼中的 western literature 或曰西学、西国文学，实际包含了中国古典语言中"学"所具有的文章、学术、学问等人文含义，具有较为广阔的容纳性。他所讲述的希腊文学不仅涵盖诗人、戏剧家，也包含历史学家、政治家等：

> 今日泰西各国天人理数文学彬彬，其始皆祖于希腊。列邦童幼必先读希腊罗马之书入学鼓箧，即习其诗、古文辞，尤中国之治古文名家也。文学一途，天分抑亦人力，教弟子者，童而习之，俾好雅而恶俗。初，希腊人作诗歌以叙史事（明人杨慎《二十一史弹词》即其类也）。和马、海修达二人创为之，余子所作今失传。当中国姬周中叶，传写无多，均由口授，每临胜会，歌以动人。和马所作诗史（唐杜甫作诗关系国事谓之诗史，西国则真有诗史也），传者二种，一《以利亚》，凡二十四卷，记希腊列邦攻破特罗呀事，一《阿

---

① 余来明，蒋培卓. 晚清早期西方传教士与近代"文学"概念生成［M］//李建中，高文强. 文化关键词研究. 武汉：武汉大学出版社，2016.

陀赛亚》，亦二十四卷，记阿陀苏自海洋归国事，此二书皆每句十字，无均（古"韵"字），以字音长短相间为步，五步成句，犹中国之论平仄也。和马遂为希腊诗人之祖。希腊全地文学之风，雅典国最盛。雅人从幼习拳勇骑射，以便身手，其从事于学问者凡七：一文章，一辞令，一义理，一算数，一音乐，一几何，一仪象，其文章辞令之学尤精，以俗尚诗歌，喜论说也……罗马作诗之名士曰微尔其留，所作诗曰《爱乃辑斯》，实仿和马而作。……自耶稣降生前一千二百年至二百年，中国商末至楚汉之间，前后有八百六十三家，所著于典籍者，至今人犹传诵之。猗欤盛哉！希腊信西国文学之祖也。①

这篇文章的口吻蕴含着一种比较意识，将古希腊罗马典籍与中国古文相对照，将荷马史诗与中国诗歌做比较，自然是为了便于中国人理解和接受。除希腊文学外，还论及古罗马文学如西塞罗（Marcus Tullius Cicero）、维吉尔（Publius Vergilius Maro）的主要成就。在艾约瑟的叙述中，希腊之所以为西国文学之祖，不仅因其包含以荷马史诗为代表的古希腊诗歌，更在于古希腊文明典籍的兴盛。论者以中国历史时间为衡量标准，将中外文学对举论述，字里行间充满对希腊作为西国文学之祖的推崇。《希腊为西国文学之祖》代表了《六合丛谈》重视以古希腊文学为代表的西方古典人文知识的传播这一倾向。作为一篇西方古典文学总论，几十年后《万国公报》《申报》对之予以重刊，一定程度上也能说明它的含金量和影响力。②

再以《六合丛谈》所刊载的《希腊诗人略说》（1857）为例，艾约瑟论说了荷马（Homer）、赫西俄德（Hesiod）和萨福（Sappho）等人的作品和风格，还介绍了古希腊的悲剧传统及三大悲剧家。今天看来，这些介绍和点评不但精简扼要，而且暗含比较之精神：

　　（荷马）作诗以扬厉战功，为希腊诗人之祖……其诗足以见人心之邪正，世风之美恶，山川景物之奇怪美丽，纪实者半，余出自匠心，超乎流俗。……（赫西俄德）与之同时，所歌咏者，农田鬼神

---

① 艾约瑟. 希腊为西国文学之祖［M］//沈国威. 六合丛谈·附解题·索引. 上海：上海辞书出版社，2006：524—526.

② 陈德正，胡其柱. 19 世纪来华传教士对西方古典学的引介和传播［J］. 史学理论研究，2015（3）：125—134，160.

之事。……周末一女子能诗，名曰撒夫，所存者犹有二篇。……周定王时，希腊人始有演剧之事，每装束登场，令人惊愕者多，怡悦者少。有爱西古罗者（埃斯库罗斯）作传奇本六十六种，今存者七种，观之能乐于战陈，有勇知方。后有二人，一娑福格里斯（索福克勒斯），一欧里比代（欧里庇得斯）。娑所著，今存七种，精妙绝伦，人尤爱之。欧所著，今存二十种，笔意稍逊，所演儿女之情，诲淫炽欲，莫此为甚。以上诸种传奇，长于言衷，览之辄生悲悼。①

艾约瑟对荷马、柏拉图等人在古希腊文学中的地位极为认可，着墨颇多，在《六合丛谈》发表的系列文章中还专门为其立传。"如此大规模地介绍西方的文学、历史人物等情况，艾约瑟是第一人。"② 《六合丛谈》第 2 卷第 1 号有一段小引颇能说明编者的用意和心情："言乎人事，则文学为先。中国素称文墨渊薮，与他邦之好学，亦必乐闻。西国童孺，入学鼓箧，即习诗古文辞。风雅名流，类能吟咏。艾君约瑟，追溯其始，言皆祖于希腊，因作西学说，以是知此学之兴，非朝夕矣。"③ 这段话指出了西国文教的悠久历史，正可以作为中国文教的参照，体现出明显的中西比较视野。艾约瑟作此系列西学说，其意义正在于向中国人说明西洋有着与中国相比毫不逊色的古典文学。在此之前，中国人对西方古典文学的了解是极为缺乏的。后世学者认为，这充分体现了艾约瑟的文化理解力和在他眼中西方教育应有的样子。艾约瑟对西方文学的推崇也经由中国知识分子的消化与吸收产生了重要影响，此后百年，中国也开启了对西方古典学（Classics）更多的介绍与研究。④ 以这些文章的传播为代表，也可说明当时西方传教士与中国知识分子关于文学和教育的看法已经开始有了较为深入的交流。

有学者认为，《六合丛谈》讨论西方文学，原本是中西文学交流史上的一段重要史实，但因将 western literature 译为西学，实际上降低了文学或西方文学在西学中的重要性。⑤ 这种看法固然有一定的道理，但从另外一个角度看，

① 艾约瑟. 希腊诗人略说［M］//沈国威. 六合丛谈：附解题·索引. 上海：上海辞书出版社，2006：556.
② 沈国威. 六合丛谈：附解题·索引［M］. 上海：上海辞书出版社，2006：27.
③ 沈国威. 六合丛谈：附解题·索引［M］. 上海：上海辞书出版社，2006：731.
④ 钱林森，周宁. 中外文学交流史：中国—希腊、希伯来卷［M］. 济南：山东教育出版社，2015：19.
⑤ 段怀清. 王韬与近现代文学转型［M］. 上海：复旦大学出版社，2015：57.

这种用法正反映了晚清文化先驱眼中关于西学构成的真实内容，即西方文学是作为西学的一部分被加以认知的，这未尝不是对其知识地位的一种承认。作为一个历史形成的概念，"西学"近代以来主要指中国乃至东亚学者所理解的关于西方的学问、西方知识和西方的知识体系。无论西学的概念怎样演化和变动，其范围大致可以归为两点："一是西方人在中国或东亚地区用中文介绍的西方学问，二是中国或东亚学者所理解和认识的关于西方的学问。"① 近代中国学术的整体取向基本是以西学为主导衍生和发展起来的，即使是讨论中国古代的思想和传统，也都是以西学作为比较的背景，有着浓厚的西学研究方法。从这一点出发，无论是西人介绍的外国文学，还是中国人介绍和研究的外国文学，实际都属于"西学"的范围。从艾儒略到艾约瑟，尽管他们所谈文学的含义不尽相同，但都将文学作为西学的一类加以介绍。这已经能够说明文学应是西学的题中之义。

艾约瑟关于西方文学的介绍还见于 1885 年出版的《西学述略》一书。此书对西学一词在中文语境的传播影响极大。该书分十卷，卷三"文学"实际是一部扼要的欧洲文学小史，涉及希腊文学、欧洲词曲、口辩、论说、翻译、新闻及德国诗学的介绍，涉及的文学家、诗人还包括弥尔顿（John Mitton）、司各特（Watter Scott）、莎士比亚（William Shakespeare）、莱辛（Gotthold Ephraim Lessing）、歌德等人。艾约瑟这里对文学的介绍已经与后世的文学边界基本相当，且已经具有将欧洲文学视为一个整体的意识。一个不容忽略的背景是，该书的译著是在当时中国海关税务司赫德（Robert Hart）的建议下，将"泰西新出学塾适用诸书"于"公牍之暇译以华文"的成果之一。从该书其他卷宗的内容来看，还涉及训蒙（此处指西方幼儿教育的方法和内容）、方言（此处指对各国语言文字源流的考证）、教会、理学、史学、格致、经济、工艺、游览（此处指西方历史上的地理探险活动）等内容，实际向中国人展示了当时欧洲教育即"西学"的知识体系。而文学正是这个知识体系中重要的教育内容之一，由此也能说明文学在西方教育中的历史地位。

二、晚清"文学兴国论"中的教育意蕴及外国文学

近代以来，西方传教士中文著作中"文学"的语义多与教育相关，这种用法在 19 世纪末年仍表现得非常突出。日本作为东西文化交流的中介，此时

---

① 邹振环. 晚明汉文西学经典：编译、诠释、流传与影响 [M]. 上海：复旦大学出版社，2011：10.

仍发挥了重要作用。中日词汇交流史的研究表明，与文学一词在近代的定型过程相似，"教育"作为近代双音节汉字词的出现及与英文 education 对应译名的确定，实际上也是近代以来中西日文化互动的结果。"教育"作为词形符号出现，在中国典籍中最早见于《孟子·尽心上》："得天下英才而教育之。"这里的"教育"并不是双音节词，而是"教"和"育"两个词的并置。《说文解字》曰："教，上所施，下所效也；育，养子使作善也。""教育"作为 education 的译名，这一术语身份的确立是在 19 世纪七八十年代明治时期的日本，恰与 literature 与"文学"在"以语言文字为表现媒介的艺术"这一词义上形成对译关系几乎同步。在此之前，education 的汉字译名有"教化""肄业""文学"等多种用法。甲午战争之后，日本对"文学"（literature）、"教育"（education）的对译用法随着中日文化的交流互动传至中国。"教育"在清季开始专指西式教育，后概称历代所有教与育的有关机构行事。1901 年 5 月在上海问世的《教育世界》对于"教育"一词在中国近代含义的确立与传播影响巨大。①

晚清文化语境中文学与教育有着密切的关联，这从彼时影响较大的"文学兴国论"这一话语中可见一斑。1872 年，日本驻美国代理公使、教育家森有礼辑录了 13 位美国教育界名流对日本教育改革问题的复函，题为 *Education in Japan*，在纽约出版。他还拟将 *Education in Japan* 与美国教育制度相关资料一起译为日文，题为《教育振兴策》，但因故中辍。1896 年，*Education in Japan* 由美国传教士林乐知（Young J. Allen，1836—1907）与清朝士人任申茂合作翻译成中文出版，题为《文学兴国策》。这本书的题目"文学兴国"将"文"与"国"相联系，在近代文学观念的演进中颇具象征意义，传统文以载道的观念在这里又演化为构成现代国家的某种力量。从词语用例上来看，"文学"一词在该书的对译语正是 education，书中提到的"文学部"也对应"ministry of education"。从日本的情况看，随着日本近代学制的建立和对教育著作的译介，日本将 education 对译为汉字词"教育"在 1896 年该书出版的时候已基本定型，以"文学"来对译纯文学含义下 literature 的用法也已经成型。应该说，文学与教育的不同译名此时已有所分别，但这种区分显然在中文语境中并没有完全得以体现。那么，中文译者为何要选择使用"文学"一语来对译 education 呢？一个可能的原因恐怕在于历史上来华传教士对汉字词

---

① 聂长顺. Education 汉译名厘定与中、西、日文化互动［J］. 中国地质大学学报，2008（4）：6-11.

"文学"之教育含义的使用。长期以来中文语境下"文学"一词所包含的教育内涵也影响了人们对于近代的 literature 一词的接受和理解。"文学"不仅与"教育""文化教育"有着紧密的联结，也因此被赋予了"兴国""救国"之重任。

《文学兴国策》多篇复函都涉及欧美近代教育制度和教育思想，主张为民众立学，培养国民意识，强调教育和国家兴亡的关系，对于中国近代教育体制的变革、国民教育思潮的发生和发展都产生了深远影响。该书对"文学"一词的使用基本与教育或学问相当，仍属于传统上较为广义的文学概念，但个中内容也包括了狭义的文学，并不乏对外国文学的介绍。如书中提及古希腊"诗歌之美"与"诗歌之学"，还论及《圣经》文学以及英国诗人威廉·琼斯（William Jones）（书中译为"查威理"）的诗歌等，都强调了文学对于开启民智、振兴国家的作用。兹将论及威廉·琼斯之处摘录如下：

> ……敝邦中学士、文人无不以国家之坚固振兴，实在于众人之读书明理，学问与道德俱深也。二百年前，有英国著名诗人查威理曾作诗以明之，兹译其诗于下：
>
> 国何为而设立兮？匪高城而厚垣兮，匪坚墙而吊桥兮，匪堞楼而望台兮。匪海湾与大埠兮，仅风浪之可避兮。匪名器与冠服兮，仅启骄而长傲兮。舍大人其谁恃兮？权力超乎众物兮，如物之在林麓兮。才能超乎木石兮，惟大人之尽职兮。知本分而敢为兮，不为势力所夺兮。不为暴虐所缚兮，此为国所与立兮。有律法以为主兮，君与民其共守兮。群兴善而除恶兮，彼愁眉其可展兮。纷纭之散若雾兮，庶皇冕之有耀兮，威名振乎万方兮。
>
> 观于前诗之意，益可信兴学崇道之功效，不限于国权之有异也。无论君主、民主之国，其权力之盛衰皆以民人学问道德之盛衰为衡。盖有学则民多明而国之权盛，无学则民多愚而国之权亦衰矣。①

从该诗的内容和后续分析来看，论者引述此诗主要是为了强调教育对国家的重要性，看重的是诗歌的思想价值。从外国文学的传播与发生这一视角看，这些内容虽非对外国文学的专门引介，但客观上也成为外国文学在中国传播的重要见证，自有其知识史意义。从全书命意来说，书中对外国文学的

---

① 森有礼. 文学兴国策［M］. 林乐知，任廷旭，译，上海：上海书店出版社，2002：61-62.

引证初衷主要是论证"兴学"的意义，旨在强调振兴教育与学术的重要性。这一点应该说与中国传统士人对文学功能的理解是有着契合之处的。晚清民初，教育救国思想一度盛行，从某种程度上说，跟《文学兴国策》此书的翻译与传播有密不可分的联系。近代中国人在接受这本书的时候，一开始也多从"学"的层面，强调"文学"之"学"的意义。"文学"被化用为推动教育变革的思想资源，或曰以文促学。译者在序中也强调："欲变文学之旧法，以明愚昧之人心，而成富强之国势，此《文学兴国策》之所为译也。"① 在译者看来，中国"文学之旧法"亟须变革，即强调教育变革的重要性。书中追述了日本明治维新重视教育的经验，提出了"兴学"的迫切性。"今观国人之文学衰微极矣，若与西国之文学絜短较长，可耻孰甚焉。嗣后当勤求新法，以兴学为要务。"② 这里虽出现了"国人之文学"和"西国之文学"的说法，但其含义仍然指向教育振兴。晚清士人龚心铭在为此书写序时，将文学兴国与八股制艺取士的弊端联系起来，指出国朝"文品日卑，学之所由废也"，为使"四裔有学"，所以亟须"振兴文学"。③ 书中有复函也提出，"凡国之兴学，当合于本国之所需而补其缺也""但国当立意设法，使民人无不可读书也""文学当兼练习、教习言之也"④。这说明，当时有识之士对于"振兴文学"、变革教育已经形成了一种时代共识，这自然成为后续废除科举制的社会思想基础。

随着《文学兴国策》的翻译和传播，教育救国的理念在晚清知识分子中深入人心。1897 年，《时务报》曾发表译自英文《字林西报》的《中国宜亟开民智论》。文中写道："且夫所以识字者，盖欲读书而进于学耳。既识字矣，华人所读者何书乎？蒙非敢蔑视中国之文学也，就其文而论之，已毕文章之能事，然读之而能周知天下事乎？人之聪明才力，固应尽消磨于此，而自余无可学者乎。"⑤ 以他者的视角来看，"中国之文学"固然不容小视，但由于新学之不振，中国人已面临无书可读的状况，国家的振兴自然无从谈起。对于彼时的中国人而言，"周知天下事"已经成为一种迫切的要求，故而进行教育变革势在必行。这里的言说思路与"文学兴国"话语本质上有着一致性。伴随着此间文学新旧含义的交错与转换，"文学兴国"甚至成为晚清的一种文

---

① 森有礼.文学兴国策［M］.林乐知，任廷旭，译.上海：上海书店出版社，2002：3.
② 森有礼.文学兴国策［M］.林乐知，任廷旭，译.上海：上海书店出版社，2002：4.
③ 森有礼.文学兴国策［M］.林乐知，任廷旭，译.上海：上海书店出版社，2002：1.
④ 森有礼.文学兴国策［M］.林乐知，任廷旭，译.上海：上海书店出版社，2002：50-52.
⑤ 孙超，王史.中国宜亟开民智论［J］.时务报，1897（43）：11-12.

学意象和思想潮流。维新运动期间，梁启超在《变法通议》和《西学书目表》中都提到了《文学兴国策》一书。在维新派那里，"文"更明确地指向语言形式之本体，"学"则成为周知天下事、容纳世界文明学说的知识与实践，"文学"成为民智开启的关键。"文学兴国"在某种程度上成为维新运动的一种话语策略，指向全新学问知识的"学"，亟须借助语言文字"文"的变革来实现，由之带来了从诗文到小说全方面的革新实践。① 质言之，"文学兴国"话语中的文学既表现出近代以来语言文字艺术的学科指向，又表现出与传统的学术、学问、教育等意蕴相整合的倾向，反映了19、20世纪之交特殊历史背景下文学与教育的复杂关联。

三、晚清民初新学书目与外国文学知识传播

晚清士人对西方的"文学"概念和知识内涵虽略有接触，但传统文学观念的影响仍然十分强大。传统的惯性也使中国人在接触作为知识或学科的外国文学时，也常常出现新旧交杂的理解与认知。除了上述传教士对文学含义的使用与传播，晚清民初中国人辑录的各类新学书目也是集中反映彼时人们对文学与教育关系认识的一个重要窗口。这些书目普遍设文学、教育、历史、小说等相关类别，呈现出近代以来中国人移植西学知识体系、进行本土化改造过程中的一种驳杂状态。由于近代以来小说地位的上升，许多新学书目常常将"小说"与"文学"各自单列，"文学"与"教育"又常常掺杂交错，反映出彼时对于西学知识的分类与界限尚不稳定的状况。

1902年，由徐维则辑录、顾燮光补订的《增版东西学书录》（1899年初版）在介绍岭学报馆所译《德国文教说略》一书时写道："德以文学雄地球，普鲁士兴，藉其通学慧智之民而兵之"，"间考德文史教列表，其文学以撒逊为最，通国不知书者仅千之七，宜其强也。此编考德之乡校书院颇详"。② 从这里文学的用法和此书的内容来看，文学在这里主要是识字教育、文化教育之义。正是由于文教之发达，德国才"赫然为欧洲望国"，编者的识语显然寄托了对教育发达与国家强盛之关系的看法。随后，顾燮光在接续《东西学书录》所编成的《译书经眼录》③ 中，"学校"一卷按照学制、教育、教授、文

---

① 张弛. 晚清维新运动与中国"文学"观念的演进［J］. 文学评论，2022（1）：91-99.
② 熊月之. 晚清新学书目提要［M］. 上海：上海书店，2007：37.
③ 《译书经眼录》虽迟至1934年由杭州金佳石好楼石印出版，但实为编者30年前之旧稿，所收为1902—1904年所见之新学译著。参见熊月之. 晚清新学书目提要［M］. 上海：上海书店，2007：8.

学、幼学的顺序依次列入译书目录，介绍相关书籍。在"本国人辑著书"一卷的文学类，收录多种中小学国文教科书、讲义、字典和书目等，也收录了林传甲所编纂的《中国文学史》。这些分类方法和语义使用虽多有交叉，但也显示出编者对文学与教育含义相关性的理解。

值得注意的是，由于这些书目收录大量新学译著，其中不乏对外国文学的介绍和议论。这不但显示出彼时治学者的新学认知，而且客观上传播了新的文学观念和外国文学知识。如《译书经眼录》"学校卷"所收之文学书有《罗马文学史》（开明书店洋装本，日本涩江保译著，何震彝译）。编者如此介绍："本书考罗马文学分三大期，时代有王政、共和、帝政之异，计三篇，凡若干章，于罗马古世戏曲、诗歌、文史、哲理之源流沿革、著作姓名、皆言其大略，惟译笔宜加条理方能醒目。"① 将某国文学加以分期整理，又重在梳理"戏曲、诗歌、文史、哲理源流之沿革"，这代表了近代意义上人们对"文学史"作为著述体例的一种理解。但更具意味的是，作为外国文学史的《罗马文学史》在"学校卷"出现，这无疑具有某种象征意义。无论是"外国文学"还是"文学史"，从内容到文体都属于域外新知，这些知识都需要通过教育实践加以传达。

由于小说在近代文学中地位的迅速上升，《译书经眼录》还把"小说"单列一类，依次收入政治小说、科学小说、侦探小说、儿女小说、冒险小说、神话小说、社会小说、理想小说之译著。编者在述略中自述缘起："林琴南先生以译小说而得盛名，操觚之士群趋于译小说之一途，新著乃日出不穷，阅者亦应接不暇，过眼云烟，瞬息即幻，本书著录无多，聊备一格而已。"② 这一描述显示出以林译小说为代表的外国文学在当时的巨大影响力，该书收录外国小说译著，尽管只是"聊备一格"，但已经能够显示出文学观念的新旧交替和文学界的巨大变革。编者对这些翻译小说的介绍和议论多侧重于其社会功能，并时常与中国小说做比较，寄托时变之思，已略具研究之雏形。如介绍日译政治小说《政海波澜四卷》："所记系十余年情形，为彼都风俗议论之影，书中如东海国治及松叶、竹枝、梅花三女史情形缠绵，讲求政治而无佻达之行，大异吾国小说家所记才子佳人幽期密约之事，所论自由演讲各节亦措辞正大，无偏激诡随之习，吾于小说而知国家盛衰社会兴替之由矣。至其

① 熊月之．晚清新学书目提要 [M]．上海：上海书店，2007：281．
② 熊月之．晚清新学书目提要 [M]．上海：上海书店，2007：221-222．

文笔旖旎，颇得六朝气习，是亦大可观者。"① 又如介绍《吟边燕语一卷》："书凡二十则，记泰西曩时各佚事，如吾华《聊斋志异》《阅微草堂》之类。作者莎氏为英之大诗家，故多瑰奇陆离之谭，译笔雅驯隽畅，遂觉豁人心目，然则此书殆海外《搜神》、欧西《述异》之作也夫。"② 以书目的方式治学本是中国古人的重要述学方式，如同这般在书目编纂过程中对外国文学的介绍和议论，虽还不能称为现代意义上的学术研究，但无疑反映了新旧文学观念交替之际人们借助外国文学推进国家社会变革的时代诉求。

再以 20 世纪初，由留日学生编纂的《新学书目提要》（1903—1904）一书为例。该书仅出法制、历史、舆地、文学四卷，"文学"单列一卷，编者对文学的理解更接近学术，该卷所收多为晚清士人的域外游记、日记、新学讲义和译著等。如吴汝纶《东游丛录》、张謇《癸卯东游日记》、载振《英轺日记》、汪荣宝等《新尔雅》、梁启超《饮冰室自由书》、严复译《群学肄言》等。至于近代意义上的文学，诗歌、戏曲、小说之类并无收入。引人注意的是，该书亦收入涩江保的《罗马文学史》，但并不列入文学卷，而是将其列于历史卷之中。编者在识语中写道：

> 罗马之文学吸取于希腊，而与希腊迥异，希腊之学术重实用，尤重理想，故哲学、理学、法学及美术学阐发于纪元以前，影响及十五世纪以后，开欧洲之文明，希腊实为初祖。罗马承希腊之后，专主实用，而以理想为不屑，故其国民有善美之体魄而无善美之精神，当时所谓文学，自诗歌、散文、戏曲、小说而外未闻有以学说名者，此编所载所谓王政时代、共和时代、帝政时代，上下千年而文学之程度未见进步……罗马之戏曲，不过供春秋报赛之用，故韵脚无律，且流于猥亵，不能合文学之格，此书列为文学之一种，未免失语芜杂。盖自理想之派绝于罗马，而罗马之学术遂灭迹于历史，即其文学诸家如诗歌、散文皆无裨实际，文学史之名亦作者好大之词，不足据为实录者矣。③

这段识语显然比《译书经眼录》中的介绍更为完备，且有更多议论和判

---

① 熊月之. 晚清新学书目提要 [M]. 上海：上海书店，2007：347.
② 熊月之. 晚清新学书目提要 [M]. 上海：上海书店，2007：351.
③ 熊月之. 晚清新学书目提要 [M]. 上海：上海书店，2007：499-500.

断。从这段话中可知，编者对于文学的理解实乃古典意义上的学术之义，甚至具有某种崇高的性质和品格。因此，编者盛赞希腊文明，至于罗马之诗歌、散文、戏曲、小说等所谓文学，尤其是戏曲，编者评价不高，认为其"流于猥亵，不能合文学之格""诗歌、散文皆无裨实际"。编者对"文学史"这种外来著述体例的认识与历史无异，认为《罗马文学史》一书虽名为文学史，但实在不符合历史实录之精神。这些评价显示出传统文学含义和文学观的影响依然强大，影响着人们对外国文学新学书籍的接受和解读。后世所理解之纯文学和民族国家意义上的外国文学实际仍然处于"妾身未明"的状态，外国文学的价值和地位仍尚待承认。

晚清文学家曾朴的一段回忆颇能反映1900年前后国人对于外国文学的认知：

> 那时候，大家很兴奋地崇拜西洋人，但只崇拜他们的声光化电，船坚炮利；我有时候谈到外国诗，大家无不瞠目结舌，以为诗是中国的专有品，蟹行蚓书，如何能大雅扶轮，认为说神话罢了；有时候讲到小说、戏剧的地位，大家另有一种见解，以为西洋人的程度低，没有别种文章好推崇，只好推崇小说、戏剧……最好笑有一次，我为办学校和本地老绅士发生冲突，他们要禁止我干预学务，联名上书督抚，说"某某不过一造作小说淫辞之浮薄少年耳，安知教育"，竟把研究小说，当作一种罪案。①

西学东渐以来，中国人对待外国文学的态度透露着十分复杂的历史心情。对中外文学的或模糊或清晰的体认与区分也意味着对自身文明价值和地位的重估。对外国文学，从视而不见到赞赏推崇甚至视其为师，从不过尔尔到平等相待乃至批判利用。这个变化也大致反映在对待中国文学的态度上，从自视甚高到自感落后，再到借助西学重构自身的文学观念，或重新发现自身的文学价值。凡此种种，无不说明，如何对待外国文学，实际上映射了我们自身如何看待中国文学。

从19世纪中叶至20世纪初，尽管文学一词在中文语境中仍处于古典含义和近代含义交织混用的一种状态，但新的知识体系已经伴随着大量新学著作的出现与传播开始构建，这一过程也伴随着人们对文学与教育、外国文学

---

① 胡适. 胡适文存：第3册［M］. 北京：外文出版社，2013：505-506.

与国民教育关联性的理解。有识之士对外国文学有意无意地摄取，许多都与国家发展、教育振兴和社会变革有关，这在某种程度上也成为百年来中国人吸收、借鉴和研究外国文学的一种传统。当然，在近代中外文学的交汇碰撞中，外国文学作为一种知识生产的话语模式，想要在中国获得更为广泛和深入的传播，最终还需要教育体制的变革和支撑，"通过教育活动才能镶嵌入新一代知识阶层的知识谱系之中"①。而有了此前传教士对西邦文学、西国文学等西学内容的介绍，有了有识之士通过编译西书对振兴教育的提倡和外国文学知识的摄取，多重因素叠加之下，外国文学进入新的教育体制，成为构建现代知识体系的一部分就有了某种必然性。在接下来的一章中，我们将回溯晚清民初的国民教育思潮与外国文学学科的创生，分析作为学科的外国文学与现代教育体制的复杂关联。

---

① 栗永清. 知识生产与学科规训：晚清以来的中国文学学科史探微 [M]. 北京：中国社会科学出版社，2012：61.

第二章

晚清民初国民教育思潮与外国文学学科创生

作为中国近代化的重要标志之一，中国教育的近代化自 19 世纪下半叶已经开始。由于近代中国认识西方文化是由武力接触开始的，对西方船坚炮利的认识必然反映在新式学堂教育内容的选择上。洋务运动时期，中国虽仿照西方兴办了一些新式学堂，新式学堂也从学习外国语言文字逐渐扩展到学习工艺、军事、实业，并派遣学生留学欧美，但洋务派奉行的是以中学为体、西学为用为思想宗旨的人才教育，目的是培养洋务人才，维护封建专制统治，至于普通老百姓有没有受过教育是不重要的。甲午战争之后，民族危机日益加深，不少中国人逐渐察觉列强国富民强的秘诀在于教育的普及。伴随着中国近代国民话语的形成，近代教育在建设民族国家过程中重要性的凸显，人们对国民话语的讨论更多地涉及教育问题，对国民内涵的理解成为维新思想家们提倡国民教育的重要思想基础，因而国民教育思潮在这一时期的兴起也是国民话语中的重要组成部分。为了更好地考察晚清民初国民教育思潮与外国文学之间的关联，有必要回溯晚清民初国民话语与国民教育思潮形成的历史语境，联系近代外语教育的背景及以京师大学堂为代表的教育改革，以此为基础考察近代国民教育变革中外国文学学科的创生问题。

第一节　晚清的国民话语与国民教育思潮

从词形构成来说，"国民"一词对近代中国人来说是一个经过改造的新语汇。尽管在中国先秦典籍当中，已经有"国民"二字连用的用例，但它通常用来表示封建王朝意义上"一国之民"，其内涵随着历史上"国"的含义的变化而略有差异。春秋战国以前，国多指周王朝分封的诸侯国，"国民"指某诸侯国之民。如《左传·昭公十三年》："先神命之，国民信之。"西汉以后史书中的"国民"多泛指某一政权统治之下的普通百姓。国民有时亦被称为"国人""庶民""黎民""子民""黔首"等，或被简称为"民"。在中国历史上，国民的内涵基本上两千余年没有发生根本性的变化。甲午战争之后，中国掀起全面学习西方的热潮，国民的内涵开始发生变化，西方近代意义上的国民渐渐取代了中国古典意义上的国民。"国民"作为一个使用频率极高的新名词，引起人们的广泛注意。

19世纪末20世纪初，梁启超在《清议报》和《新民丛报》上发表了多篇文章，对"国民"这一新名词进行了频繁使用，最早对国民的概念做出了近代意义上的阐释。"国民者，以国为人民公产之称也。国者积民而成，舍民之外，则无有国。以一国之民，治一国之事，定一国之法，谋一国之利，捍一国之患，其民不可得而侮，其国不可得而亡，是之谓国民。"① 1900年，麦孟华在《清议报》发文宣告中国国民创生："国民者与国家本为一物"，"盖国家者，成于国民之公同心"，"于是欧美国民之风潮，簸荡而及我中土。中土国民之出现，今日为其时期矣"。② 维新思想家们揭示了国家与人民之间的联系，国家由国民组成，国家之忧患皆与国民有关。这一国民理念尽管还不系统，但它否定了封建专制时代的朕即国家观，也开始注视国民主体对治理国家的重要作用，是晚清知识分子国民意识生成和发展的最初导引。这一时期大量鼓吹国民意识文章的发表，有力地推动了近代国民话语的传播。③

随着"国民"一语的风行与讨论，国家不再被视为"家天下"之王朝，而是被理解为一种基于契约伦理之上的政治共同体，并且被置于近代国际关系和种族竞争的框架里加以审视。人们认识到国家主权是由国民权利合成，国民开始成为民族国家的组成单位，国民话语成为一种共享的政治力量。1903年上海各界成立"国民公会"。1905年官方文书直接宣称"盖立宪政体，向无种族之别，今后无论满人、汉人，皆一律称为国民"④。可见当时国民一词流传之广，影响之深。经由时代风潮鼓荡，"国民"一词成为知识界最常用的词语之一，与"国民"有关的问题成为时人讨论的热点。如当时人们常常将"国民"的内涵与"奴隶"对举。⑤ 章士钊《箴奴隶》写道："奴隶者，

---

① 梁启超. 论近世国民竞争之大势及中国前途 [M] //梁启超. 梁启超全集：第2卷. 北京：北京出版社，1999：309.

② 麦孟华. 论中国国民创生于今日 [J]. 清议报，1900 (67)：4240.

③ 梁景和. 清末国民意识与参政意识研究 [M]. 长沙：湖南教育出版社，1999：12.

④ 故宫博物院明清档案部. 清末筹备立宪档案史料：上 [M]. 北京：中华书局，1979：527.

⑤ 郭双林，龙国存. "国民"与"奴隶"：对清末社会变迁过程中一组中坚概念的历史考察 [J]. 中国文化研究，2003 (1)：123-134.

国民之对点也。民族之实验，只有两途，不为国民，即为奴隶。"① 两者的对立和提出，主要是从人的权利角度着眼的，反映的是一种近代意义上的人的发现。② "国民"作为近代民族国家的人格载体和主要建构力量，引发了在中国社会阶级结构变动中崛起的市民阶级的强烈共鸣。他们不仅自视为"国民"的一员，而且通过各种途径积极参与社会和地方的公共事务和民族国家的重建，建构起自身对于国民和国家的政治想象。对国民身份的认同，自然地转化为各个阶层和群体的社会主体意识和社会责任自觉。在他们看来，国家的进步和民族的振兴，很大程度上依赖于国民的努力。"今日中国的危亡已经不是一个单一的政治、经济、学术、外交或军事手段所独立解决的问题。要救中国只有回到一个更根节的问题才有可能，那就是人的改造。"③ 国民意识的提倡实质也是在倡导一种不同于封建文化观念的新的人与人、人与社会、人与国家的道德观念。这种新道德观念反映了先觉者对人与人、人与社会、人与国家之间关系的理解。这一点成为日后中国文学家发起新文学运动的重要思想背景和新文学者从外国文学中所识得的重要精神价值。

在国民话语风潮中，最早明确提出国民教育迫切性问题的是维新派的康有为，他也是甲午战争之后最早使用"国民"一词来指称中国人的知识分子。1898 年，康有为向光绪帝上书《请开学校折》，请求光绪进一步改革教育体制，向德国和日本学习，"广开学校"，兴"国民学"，建立近代教育体制。康有为所使用的"国民学"一词已经带有国民教育的意味。他参照欧美各国和日本的教育制度，区分了各种层次教育所承担的社会功能："小学中学者，教所以为国民，以为己国之用，皆人民之普通学也。高等专门学者，教人民之应用，以为执业者也。大学者犹高等学也，磨之砻之，精之深之，以为长为师，为士大夫者。"④ 为说明教育普及的重要性，他还将普法战争普胜法和甲午战争日本战胜中国的原因归结为教育的成功，认为只有通过广开学校才能教育国民，实现国家发展的长远大略。"我中国地合欧洲，民众倍之，可谓

---

① 章士钊. 箴奴隶［M］//张枬，王忍之. 辛亥革命前十年间时论选集：第 1 卷. 北京：生活·读书·新知三联书店，1960：702.

② 摩罗，杨帆. 人性的复苏："国民性批判"的起源与反思［M］. 上海：复旦大学出版社，2011：34.

③ 黄金麟. 历史、身体、国家：近代中国的身体形成（1895—1937）［M］. 北京：新星出版社，2006：59.

④ 康有为. 请开学校折［M］//舒新城. 中国近代教育史资料. 北京：人民教育出版社，1981：150.

庞大魁巨矣，而吞割于日本，盖散而不群、愚而不学之过也。"① "泰西之富，不在治炮械军兵，而在务士农工商，农工商之业，皆有专书千百种，自小学课本，幼学阶梯，高等学校皆分科致教之。"② 他认为，我国人口众多，却不能成为国家的优势，原因就在于国民的受教育程度低，因而提升国民素质是中国获得生存和持续发展的基础。西方之所以国富民强，正是由于其国民教育的发达。

康有为主张的国民教育是"鼓荡国民，振厉维新"的强国大计，把近代教育的缺失看作中国近代国力赢弱、政治变革难以实现的根本原因，"中国之弱，由于学之不讲、学之未修，故政法不举"③。他极力强调教育之于开创中国新世界的功用，"欲任天下之事，开中国之新世界，莫亟于教育"④。梁启超继承和发扬了康有为的国民教育思想，主张培育具有世界资格的国民，对晚清民初国民教育的倡导亦发挥了重要作用。"教育者何？国民教育之谓也。"⑤ "办学校者，所以养成国民也。"⑥ 但国民教育不应局限于学校教育，而应该是包括学校教育在内的广义的各种形式的社会教育，凡是对养成近代国民有益的内容都应该包括在国民教育中。在这个意义上，梁启超也称之为"公共教育"，"夫一国之公共教育，所以养成将来之国民也"。⑦ "将来之国民"自然区别于传统社会中的臣民或奴隶。梁启超主张新教育的宗旨在于"养成一种特色之国民，使之结为团体以自立竞存于优胜劣败之场"，"为本国之民而非他国之民，为现今之民而非陈古之民，为世界之民而非陬古之民"。⑧ 即养成兼具民族性、现代性与世界性的新民。在《新民说》中，梁启

---

① 康有为. 上海强学会后序 [M] //康有为. 康有为政论集. 北京：中华书局，1981：171.

② 康有为. 两粤广仁善堂圣学会缘起 [M] //康有为. 康有为政论集. 北京：中华书局，1981：189.

③ 康有为. 附上海强学会章程 [M] //康有为. 康有为政论集. 北京：中华书局，1981：173.

④ 梁启超. 南海康先生传 [M] //夏晓虹. 追忆康有为. 北京：生活·读书·新知三联书店，2009：5.

⑤ 梁启超. 新大陆游记 [M] //梁启超. 梁启超全集：第2卷. 北京：北京出版社，1999：1149.

⑥ 梁启超. 答某君问办理南洋公学善后事宜 [M] //梁启超. 梁启超全集：第2卷. 北京：北京出版社，1999：1094.

⑦ 梁启超. 新民说 [M] //梁启超. 梁启超全集：第2卷. 北京：北京出版社，1999：687.

⑧ 梁启超. 论教育当定宗旨 [M] //梁启超. 梁启超论教育. 北京：商务印书馆，2017：126.

超全面阐述了新民的要义，新民的特性和品质是讲公德、爱国家，具有权利义务之思想、自由、自治、进步、合群、尚武等。他尤为注重对近代民主政治的教育，培养具有近代观念的新国民，认为这是国民教育的核心内容。

如果说康有为主要从政治学层面出发，将兴学校、废科举作为变法的重要内容和维新救国的重要手段，梁启超则进一步从文化学的层面，在思考中国国民性与传统文化的关系基础上，提出开民智之重要性，丰富了国民教育的思想。康、梁等维新派对国民教育的思考是在维新变法政治运动推动下发展起来的，实则是一种以启蒙为中心的大教育理念，它的对象范围应该是全体国民。教育、学术与政治相结合是他们教育思想的特色。基于对国民与国家关系的理解，他们认为国家的强盛有赖于传统国民性的改造和国民整体素质的提升，因此必须大力发展国民教育。尽管维新变法以失败告终，但他们对于国民内涵和国民教育的思考已经产生了广泛的社会影响。从历史层面看，国民教育的着眼点在国民，寻求国民精神的改造和塑造理想的国民，这是近代中国人寻求救国道路中思维方式的重大突破，也是一代人心目中坚定的救国路径。随着晚清知识界、教育界对国民教育日益注目，对救国的思考逐渐从外在的物质形式转向内在的国人心灵的自觉，这就为此后文学话语进入教育场域提供了一定的社会基础和思想的可能性。后文将论及康有为、梁启超等维新者的国民教育思想与外国文学之间的关系。

除了维新思想家们的推动，日本作为向中国传播西学的重要中介，在国民意识的传播与国民教育思潮的形成方面，对中国也产生了重要影响。甲午战争之后，中国朝野上下掀起向日本学习的热潮，清政府大量派遣留学生留学日本，不少士人赴日考察。当时大量的日本考察记都传达了日本的教育普及和民智开启的情形，对日本各类学校的课程做出了详细记录。较早开眼看世界的女性知识分子单士厘在参观了大阪举行的劝业博览会教育馆之后，发出感叹："中国近今论教育矣，但多从人才一边着想，而尚未注重国民……大之被政府指使，小之为自谋生计，可叹！况无国民，安得有人才？无国民，且不成一社会！"① 可见，在面对"国民"这个文明新语和来自域外的强烈对比时，发展中国的国民教育已成为时人的重要关切。罗振玉在考察日本教育后写道："近日东西教育家分人民与国民为二，所谓国民者，已受义务教育与国家之兴衰有关系之谓也。教育家又言，学生为第二班国民，盖谓卒业以后，乃得为完全国民；未卒业时，则国民之候补者耳。若夫人民之未受义务教育

---

① 单士厘. 癸卯旅行记 [M]. 北京：朝华出版社，2017：19.

者，则不得冒国民之称，以此等人民未进化也。"①他认为，"中国今日尤当以普及教育为主义"，若"教育不及齐民"，则"有法令而不能施之人民也"。罗振玉通过借鉴日本经验，尤为强调具备普通知识与国民资格养成的关系，主张大力发展作为国民教育之基础的小学教育。这一主张后来得到张之洞的重视。1902 年 10 月 31 日，时任湖广总督的张之洞在为湖北省进行教育规划时阐述了国民、国家与教育之关系："其教法大指，一在修身，使人人知义理；一在爱国，使人人知保护国家；一在资生，使人人谋生有具，故谓之义务教育，又曰国民教育。"他将国民教育与"修身""爱国""资生"等内涵联系在一起。"言必入学知大义后为我国之民，不入学则不知民与国一体之义，不得为我国之民。且君上不使斯民开其知觉，是视同膜外，不以为本国之民也。"② 张之洞为"本国之民"规定了三条标准：知大义，知民与国一体，知中外有别。由于张之洞在此后实际成为清末教育改革的实权派人物，他的这些理解和思想也成为影响新教育发展的重要因素。

在晚清民初的国民教育思潮中，留日学生作为一个重要的群体，发挥了重要作用。为谋求救国图存之策，他们通过组织社团、创办报刊、翻译教科书、集会演说甚至发动革命活动等方式来呼唤国民精神的觉醒，助推了国民教育思想的传播。"知中国之患不在一人，而在全体也，于是汲汲言教育，固也，未有民德卑、民力弱、民智塞，而国能自存者也。"③ 留日学生大多接受了近代日本教育家下田歌子等人的"教育乃立国之根本"说和国民教育须包含"德育、智育、体育"说的灌输。当时一位日本人曾言："今中国文士多言教育，诚知救国之术在振起国民之精神，养成国家之思想，于是大声疾呼而言国民教育。言国民教育者尽人而同声矣。"国民教育"为救中国之第一义谛，存中华民族之第一关键者"④。对甲午战败记忆犹新的留日学生们把救国的热忱和能量引向振兴国民教育的运动，他们对国民教育的讨论极大地推进了国民教育思想的传播。

1903 年，留日学生所编刊物《游学译编》发表译自日文的《国民教育

---

① 罗振玉. 扶桑两月记 [M] //吕长顺. 晚清中国人日本考察记集成：教育考察记. 杭州：杭州大学出版社，1999：234.
② 张之洞. 筹定学堂规模次第兴办折 [M] //朱有瓛. 中国近代学制史料：第 2 辑：上册. 上海：华东师范大学出版社，1987：68.
③ 飞生. 国魂篇 [J]. 浙江潮，1903（1）：1.
④ 民族主义之教育 [M] //张枏，王忍之. 辛亥革命前十年间时论选集：第 1 卷：上册. 北京：生活·读书·新知三联书店，1960：404.

论》，将中国近代的落后归结于国民教育的落后，认为比起"崇拜英雄之教育"，实施国民教育更为迫切。国民教育是否发达决定了一国在世界文明中的兴废存亡。"国民教育必以世界大势为标准。今日文明各国，人人有普通教育，否则不容于今日文明社会，不能生存。……世界文明，兴废存亡，不徒恃武力，故曰兵之强弱，可决一时之胜败，而世界列国永远之成败则在国民智力及道德势力。"① 同年，留日学生创办的《湖北学生界》发表万声扬的《中国当重国民教育》，系统分析了国民的内涵，指出培育发展健全的国民，主要手段在于推行新式国民教育。"凡为国之一民，其身即国之一分子，不放弃一分子之责任者，即可谓之国民，理言之，非有独立之精神，有合群之性质，有自主之品格，有进取之能力，有协图公利之思想，有不受外界抑制之气魄，不足以为国民……必先广播国民之种子，然后可静观国民之结果，广播国民之种子，舍教育奚由，舍国民教育奚由？"② 论者从精神、性质、品格、能力、思想和气魄几个方面界定现代的国民，强调国民对于国家的责任，以此作为参与世界竞争的基点，认为国民教育是塑造国民、挽救国家和民族前途的根本之策。

可以说，20 世纪初，唤起国民意识，塑造现代国民，需要大力发展国民教育，是当时仁人志士的共识。国民教育的迫切性不但在于国民的养成，也是赓续国家命脉的基础。至于国民教育的内容如何，因对国民内涵理解的不同，时人看法并不完全统一。由于彼时的有识之士对国民内涵的讨论主要在政治范畴进行，早期对国民教育的关注也多具政治色彩。如革命派就把国民教育与革命运动联系起来，鼓吹革命教育，反对奴隶教育，培养革命的国民。1903 年，邹容《革命军》列出国民教育四大目标："上天下地预备自尊独立不羁之精神""冒险进取赴汤蹈火乐死不避之气概""相亲相爱爱群敬己尽瘁义务之公德""个人自治团体自治以进人格之人群"。③ 革命派关注国民的品格素质，将社会教育理解为国民教育的重要组成部分，呼吁通过集结团体、组织公共机关、流动秘密书报等"社会教育"的方式使中下层民众获得应有的教育，最终目的是实现"最大多数之最大幸福"。④ 革命派对国民教育实现方式的理解已更具实践性，已经注意到利用"集结通俗讲演之会场"和"流

① 佚名. 国民教育论 [J]. 游学译编，1903（5）：7-9.

② 万声扬. 中国当重国民教育 [J]. 湖北学生界，1903（2）：28-37.

③ 邹容. 革命军 [M] //邹容. 邹容文集. 重庆：重庆出版社，1983：40-74.

④ 民族主义之教育 [M] //张枬，王忍之. 辛亥革命前十年间时论选集：第 1 卷：上册. 北京：生活·读书·新知三联书店，1960：406.

通通俗演讲之文学"的方式，启蒙与教育民众，培养革命的国民，为中国民族革命服务。

近代中国对国民教育内涵的思考与国民教育的实践几乎是同步进行的。有识之士将国民教育的提倡与民族救亡联系起来，为中国建立国民教育制度做了思想和实践准备。随着国民意识的觉醒和国民教育演进成一股庞大的社会思潮，晚清政府也不得不重视国民教育问题。1901年清政府宣布变法，实行新政。"是以庚子以后，上有各府州县官学堂之设立，下有爱国志士热心教友蒙学女学各种私学堂之设立，游学之徒，数以千计，足迹遍东西强国，岁资费千百万以上，时有增加，未有已日，不可谓非一时之盛。"① 1904年，清政府颁布《奏定学堂章程》。1905年，废除科举制。这是晚清最重要的教育改革，触动了中国教育的根本格局。这一变化打破了传统教育以儒家经典核心一统天下的局面，在一定程度上改变了过去"学而优则仕"的人才培养目标，为新教育的发展开启了更多的可能性。1906年，清政府颁布"忠君、尊孔、尚公、尚武、尚实"的教育宗旨，确定普通教育"不在造就少数之人才，而在造就多数之国民"。②

已有研究者指出，清末教育宗旨受到近代日本《教育敕语》的深刻影响，实际上确立的是一种国家主义的教育观。教育从属于政治，国民服务于国家，政教统一，国民一体。③ 清末教育宗旨虽仍以中体西用为思想核心，维护封建君主专制，但也体现了在20世纪初世界形势和格局之下，对国家意识、民族主义和文化认同的要求，其制定受到了当时国民教育思潮的直接影响，体现了清末兴学的时代共识。需要特别指出的是，新教育者在确立教育宗旨时，希望通过教育宗旨的颁布达到保存国粹的目的："各国教育，必于本国言语、文字、历史、风俗、宗教而尊重保全之，故其学堂皆有礼敬国教之实。"④ 近代教育改革的具体实践因借鉴外国学堂的已有经验，通过对各国教育内容的考察，本国言语、文字、历史等被落实为分门别类的学科知识。这就为文学学科在国民教育体制中的发展提供了思想和制度基础。

---

① 论教育 [J]. 东方杂志，1904（7）：151.
② 学部官报馆. 学部奏请宣示教育宗旨折 [M] //朱有瓛. 中国近代学制史料：第2辑：上册. 上海：华东师范大学出版社，1987：151.
③ 杨晓. 中日近代教育关系史 [M]. 北京：人民教育出版社，2004：250.
④ 学部官报馆. 学部奏请宣示教育宗旨折 [M] //朱有瓛. 中国近代学制史料：第2辑：上册. 上海：华东师范大学出版社，1987：152.

第二节 从京师大学堂到国立北京大学： 外国文学的学科创生

一、晚清外语教育背景下的外国文学学科

中国外国文学学科的创生是近代以来中国人学习西方现代文化和教育、构建现代学术体系的必然结果。外国文学学科的创生本质上与近代中国亟须了解世界、富国强兵、改革社会、抵御外侮的时代需求密切相关。鸦片战争后，为应对西方的挑战与冲击，对洋务的重视成为以后西方科学文教思想大规模输入中国的基础和条件。中国儒家向来有重视教育的传统，由于近代中国被迫纳入以西方为主的世界体系，不少晚清士人都积极地了解西方的学校和教育情况，希冀找到西方国富民强的原因。在这种睁眼看世界的时代氛围中，大量的西学知识登陆中国。"外国语言文字"和"外国文学"也开始在中国朝野对新教育的关注中出现。因外交急需翻译人才，外国语言文字学堂在各类新式学堂中创办最早，客观上为中国外国文学学科创生提供了思想和制度基础。

1862年，京师同文馆设立，"外国语言文字""外国语言文学"等词语用法开始密集在官方文书中出现。1863年，李鸿章向同治皇帝上书《请设外国语言文字学馆折》，指出中国与洋人互市以来，"彼酋之习我语言文字者不少，其尤能读我经史，于朝章、宪典、吏治、民情，言之历历。而我官员绅士中绝少通习外国语言文学之人"，"中国能通洋语者，仅恃通事"。① 这种状况必然对外交不利，故而请求仿照京师同文馆之例，在上海添设外国语言文字学馆，以裨助中国自强之道。这份奏折中已经出现了"外国语言文字"和"外国语言文学"的词语用例。虽然它们的含义更侧重语言文字本身，但已经预示着"通习外国语言文学"将成为对外交往的必要基础。同文馆作为新教育的开端，一开始就与外国语言文字知识直接相关，这也为以后外国文学学科和知识逐渐进入国民教育提供了可能性。在清末新政的教育改革中，围绕着不同层级学堂的设置，相关章程中开始频繁出现外国文、外国语、外国语文、外国文字、外国语言文字乃至某国文学、外国文学的词语

---

① 舒新城. 中国近代教育史资料［M］. 北京：人民教育出版社，1981：126.

用例。这些语汇虽然不如备受学界关注的国家、民族、公民、个人、权利等新名词思想史意义重大,但就外国文学学科史的角度来说,这些词语用例的出现与定型,反映了中国外国文学学科从无到有的历史发展过程,意味着外国文学作为专门知识领域的出现,并由此成为中国现代学术体系的重要组成部分。

京师大学堂成立后,作为官方最高学府,对外国语、外国文的学习一度为主事者所重视。京师大学堂的考试题目中甚至出现了"论述学习外国文之必要性"这样的考题,可见外国文在大学堂学科之中的重要性。[1] 在进行具体学科设计和考量时,大学堂强调"文科中如英文科、法文科、德文科,固专重外国文",即使"其余如伦理、西洋史等门类,非参考外国书籍,均不能造诣高深"。[2] 为培养国家急需人才,主事者甚至寄希望于多种外语的学习,"必须兼通两国语文方足敷研究精深学问之用"。这一设计虽用意可嘉,但在国民教育尚未普及的条件下,显然带有不切实际的理想化倾向。故而此后又不得不做出调整:"今该学生等非由中学毕业升入,有于外国语从未习过,致不能同时习两国语文者,若必强令兼习,反致有名无实,自应准其单习一国语文,俾可专精。"[3] 这一举措虽是一种基于现实状况做出的调整,但也反映出彼时中国国民教育整体的落后,没有良好的基础教育做支撑,想要单独发展高等教育必然面临很多掣肘之处。不过,京师大学堂对于外国文地位的重视无疑为外国文学此后的单独设科提供了可能性。

近代中国外国文学学科化的实践最先出现在以京师大学堂为代表的高等教育之中,围绕外国文学的分科设置及课程的出现意味着制度层面学科意识的发生。京师大学堂主要仿效日本大学的分科制度,从而开启近代中国的高等教育学术建制。1898 年,梁启超草拟的《奏拟京师大学堂章程》设英、法、俄、德、日五种"西文"课程,以其作为"西学发凡"。1902 年,张百熙主导的《钦定京师大学堂章程》正式开启分科制度,分别于"预备"和"速成"两科之中设上述五国语言文字之专科。在大学分科中又专设"文学科"七种:经学、史学、理学、诸子学、掌故学、词章学、外国语言文字学。

---

[1] 仕学馆及师范馆外国文论题目 [M] //王学珍,郭建荣. 北京大学史料:第 1 卷:1898—1911. 北京:北京大学出版社,1993:268.
[2] 分科大学牌示功课科目 [M] //王学珍,郭建荣. 北京大学史料:第 1 卷:1898—1911. 北京:北京大学出版社,1993:259.
[3] 咨大学堂预备科学生准其单习一国语文 [M] //王学珍,郭建荣. 北京大学史料:第 1 卷:1898—1911. 北京:北京大学出版社,1993:256.

这种分科之法所谓的"文学"实际上还是沿用中国传统的"文学"范式，除外国语言文字学外，其他皆是中国传统学问的内容。以今天的眼光视之，此文学科相当于不同人文学科的综合体，与日后的通识教育接近。但将"外国语言文字学"和"词章学"等传统学问并列，同设文学科之下，体现了设计者对"外国语言文字学"在近代学术体系位置的一种理解。在传统儒家学问被细分为经学、史学、理学、诸子学、掌故学、词章学等内容时，外国语言文字学在时人理解中也属于广义的文学，应该说这是设计者以本国之标准对其外来性的初步体认。

近代中国较早从学术分科角度引介外国文学的是黄遵宪，这与他的出使经验直接相关。1877年，黄遵宪曾出任驻日公使参赞，先后撰写了《日本杂事诗》（1879）、《日本国志》（1887）等著作，不同程度地介绍了日本近代大学的分科，包括文学科的情况。他介绍日本东京大学的分科："学校隶于文部省。东京大学生徒凡百余人，分法、理、文三部。法学则英吉利法律、法兰西法律、日本今古法律；理学有化学、气学、重学、数学、矿学、画学、天文地理学、动物学、植物学、机器学；文学有日本史学、汉文学、英文学。"① 这里出现的"汉文学"和"英文学"对于日本来说自然属于"外国文学"。虽然黄遵宪的介绍在当时并未获得广泛流通，但这是中国人较早接触到近代意义上的文学学科，其中也包含了作为"外国文学"的文学学科。此后日本学校的学科设置，包括文学立科的情况陆续受到晚清士人的关注。如郑观应在《盛世危言》（1895）中也介绍过东京帝国大学文科的学科设置，包括哲学、本国文学、史学、博言学，② 已经与今天的人文学科较为接近。"汉文学""英文学""本国文学"等作为学科分类名称的出现，也成为中国近代教育改革的模仿对象。

京师大学堂在倡议阶段和最初章程制定时期均以日本近代大学分科制度为学习楷模。尤其是张百熙受命主持京师大学堂时期，曾奏请吴汝纶以总教习身份赴日本考察学务。吴汝纶考察日本之后写成《东游丛录》（1902），详细介绍了日本帝国大学的分科系统，直接影响了京师大学堂章程的制定。《东游丛录》记载，日本文科大学共设九学科，修业年限各三年，即"第一哲学科、第二国文学科、第三汉学科、第四国史科、第五史学科、第六言语学科、

①　黄遵宪．日本杂事诗［M］//黄遵宪．黄遵宪全集：上册．北京：中华书局，2005：23.

②　郑观应．郑观应集：上册［M］．上海：上海人民出版社，1982.

第七英文学科、第八独逸文学科、第九佛兰西文学科"①。这个学科设置可以概括为文、史、哲和外国文学。"汉学科""国文学科"和"英文学科"三科的课程设置具有一定的共性，颇值得注意。哲学概论、西洋哲学史、东洋哲学史、美学、美术史、教育学、声音学属于三者共有的必修课程科目，即"非随意科"。三科还分别设有一定数量的专门科目，如汉学科的中国史、中国法制史、中国语等；国文学科的国史、国语学、国文学、国文学史等；英文学科的西洋文学史（近世）、拉丁语、英语、佛兰西语等。汉学科和国文学科还设有共同科目，如东洋哲学（中国哲学）、东方哲学（佛教哲学）和汉文学。这些设置显示出日本近代大学的学科设置兼采东西洋的复杂特点。对于近代日本而言，"汉学科"和"英文学科"显然都属于外国文学学科，这两者与研究本国文学的"国文科"并立，已经彰显出近代日本对外国文学学科独立地位的承认和重视。具体课程中，"西洋文学史"的位置也引人注意，这一课程既属于英文学科为数不多的专业性较强的"非随意科"，又分列汉学科和国文学科的"随意科"。这些做法也深深影响了京师大学堂的中国文学和外国文学的学科设置。

二、《奏定大学堂章程》中的外国文学学科

1903 年，张之洞主导的《奏定大学堂章程》正式开启对外国文学学科和课程的设计和考量。《奏定大学堂章程》之于中国近代以来"文学立科"的意义颇为以往研究者所重视，学者们多强调它之于"中国文学"知识生产与学科建制的重要性。从外国文学学科史的角度看，这一章程在确立中国文学之学科地位的同时，实际上也是体制层面中国的"外国文学"设科的开端。作为晚清大学堂章程制定和探索历程中的一份最终成果，这一章程集中反映了中国文学与外国文学作为独立学科浮出历史地表的原初形态和复杂纠葛。不过，《奏定大学堂章程》虽受日本学制影响，但并没有完全因袭日本的课程设置，而是显示出一定的自主努力。京师大学堂成立之初，大学堂虽设文学科，但其地位尚未从传统经学当中分离出来，是为经学服务的，相关章程的设计者们仍然非常重视经学科的核心地位。张之洞把原来《钦定京师大学堂章程》中的"文学科"中的经学一门，独立为"分科大学"之一，经学科与文学科、政法科、医科、格致科等分科大学并列。

不少教育史研究者都认为这是张之洞教育思想保守的一面。但也有研究

---

① 吴汝纶. 东游丛录［M］. 长沙：岳麓书社，2016：181-198.

者指出，张之洞并非不懂变通的顽固官僚，他也明白"尊经"这种传统的道德要求，"与现代大学着重知识生产的学术研究，不应混为一谈"①。章程所言"文学科大学"毫无疑问是广义的，大致相当于现代包含文史哲的"人文学院"。从文学立科的角度来看，章程将文学与经学、政法、格致、医、农、工、商分科并列，相当于承认了文学科不同于经学科的独立地位，这未尝不是对传统儒家学问分类体系的一次突破。在此格局下，无论是"中国文学"还是"外国文学"，都获得了更多的学术和教育空间："文学科大学分九门：一、中国史学门，二、万国史学门，三、中外地理学门，四、中国文学门，五、英国文学门，六、法国文学门，七、俄国文学门，八、德国文学门，九、日本国文学门。"②

这一设计当中，外国文学按照国别均单独设科，以各国文学门（英、法、俄、德、日）的形式与中国文学门并立，已经较为接近现代大学的分科设置形式。这实际上是最早从学科设置上承认中国文学与各外国文学相对平等的地位。即使单从词形符号上看，如此密集地出现各国文学的说法，在近代中国也是极具历史意义的。这一举措不亚于一次对域外文学的"集体命名"，同时也意味着观念和体制层面以民族国家为核心的文学观念开始确立。从课程设置来说，外国文学类课程首次在章程中有了明确规定，此时的课程设置也更为细化，外国文学课程分列于中外文学各门之中。以中国文学门为例，课程设置如下：

主课：文学研究法、说文学、音韵学、历代文章流别、古人论文要言、周秦至今文章名家、周秦传记杂史、周秦诸子

补助课：四库集部提要、汉书艺文志补注、隋书经籍志考证、御批历代通鉴辑览、各种纪事本末、世界史、西国文学史、中国古今历代法制考、外国科学史、外国语文（英法俄德日，选习其一）③

这一课程设计颇为引人注目的是中国文学门也需要修习"西国文学史"，以语言学习为目的，"外国语文"在本门中所占学时比重也最多。这一设计的用意在于强调学习中国文学者，也必须了解外国语文和文学。从其历史意义

---

① 陈国球. 文学如何成为知识［M］. 北京：生活·读书·新知三联书店，2013：60-62.

② 舒新城. 中国近代教育史资料［M］. 北京：人民教育出版社，1981：582.

③ 舒新城. 中国近代教育史资料［M］. 北京：人民教育出版社，1981：582.

看，这也是中国现代大学中文学科设置中第一次出现专门的外国文学史类课程。中国文学门除要修习"外国语文"和"西国文学史"之外，甚至还要修习"外国科学史"。这一考量不但体现出晚清以来对西方科技迫切的时代之需，放在今天来看，更是有超前于时代的参考价值。多年之后，蔡元培在《北京大学月刊》发刊词中谈道："治文学者，恒蔑视科学，而不知近世文学，全以科学为基础；治一国文学者，恒不肯兼涉他国，不知文学之进步，亦有资于比较。"① 这段话不仅揭示出一种重要的治学方法，也有助于理解晚清新式教育的改革者试图培养兼顾文理、通晓中外的文学人才的苦心。即使是《奏定大学堂章程》非常看重的经学科大学理学门，也规定应兼习"中国文学""西国文学史"等随意科目。② 在中国传统学问体系中，经学当然与文学有着密不可分的联系，在张之洞等设计者看来，研习经学自然也离不开对中国文学和西国文学的涉猎。这一设计更多地体现了对于传统学问分类体系的理解和依赖，尽管他们未必完全了解西国文学史的这种现代学术范式的意义，但未尝不是努力去接纳新学的一种尝试。这似乎是一个很有趣的悖论，正是旧式知识分子的这些新式设计，为此后民国时期中国文学和外国文学的学科发展奠定了一定的基础。

再者，《奏定大学堂章程》对外国文学门的课程设计虽以外语为主课，但也颇为重视文学史和中国文学的修习。如英国文学门除主课"英语英文"一门外，列出六门补助课：英国近世文学史、英国史、拉丁语、声音学、教育学、中国文学。同时规定"以上各科目外，应以中国史、外国古代文学史、辩学、心理学、公益学、人种及人类学、希腊语、意大利语、荷兰语、法语、德语、俄语、日本语等为随意科目"③。后面这一补充颇能体现出设计者学问和语言文化层面的世界意识和办学雄心。在文学成为"中学"退居的最后阵地之时，"中国文学"被列为外国文学门的补助课，这种课程设置体现出浓厚的"中学为体，西学为用"的色彩。京师大学堂对外国文学门的课程设置在日后影响极其深远。这种影响至少表现在两个方面：一是随着外国文学史逐渐成为外国文学门的重要课程，为满足现代学科发展和课程设置的需要，现代中国开启了各种外国文学史的编纂，尤其以英国文学史编

---

① 蔡元培. 北京大学月刊发刊词 [M] //蔡元培. 蔡元培讲读书. 南京：河海大学出版社，2019：23.

② 舒新城. 中国近代教育史资料 [M]. 北京：人民教育出版社，1981：578.

③ 舒新城. 中国近代教育史资料 [M]. 北京：人民教育出版社，1981：590-591.

写最盛。① 二是中外文学的互通互补成为现代大学早期设计者理念中的一种不可或缺的知识装置。此后民国大学至新中国成立之后大学科系中的文学教育都基本保留了这一配置，形成了一种独特的以我为主、融通中外的文学教育传统。

然而，对比这份章程中的"中国文学门"和各个国别文学门的具体细则会发现，相较于能对接中国传统文学知识形态的中国文学门，外国文学的学科内涵仍是较为笼统模糊的。显然，彼时的制度设计者还缺乏对外国文学作为学科的内在学理认识。例如，章程对"中国文学研究法"的"略解"实则详尽，共列出"研究文学之要义"四十一则。这些条目不仅细说传统学问中有关经史、辞章、文字、训诂之学的求学之道，连对在外来影响下所出现的"历代文章流别"这样的科目，也提供了可资参考的资源："日本有《中国文学史》可仿其意自行编纂讲授"——这便是后来林传甲、黄人等编纂《中国文学史》之依据——甚至别有深意地列举应研究"翻译外国书籍函牍文字中文不深之害"。② 这些看法在今天看来仍是真知灼见。相较于中国文学门解说中的铺陈要义，罗列经典，对英国文学门、法国文学门、德国文学门、日本国文学门的描述则显得含糊不清，甚至只有只言片语。各外国文学门主课仅列一门语言课程，显示出对语言工具性的偏重。至于教科书的说明，则以"各科所用外国书籍，宜择译善本讲授"③ 一带而过。这表明在制度设计之初，虽然外国文学作为一种现代学科形态得以在大学堂中获得一席之地，显示出晚期帝国吸纳西学的某种谦虚态度，但这种设计似乎更多是基于现代性的压力对其知识必要性的被迫承认，还远远谈不上对其知识形态和学科内涵的深入考察和反思。对于新教育的改革者而言，他们多半仍怀着对自身文学传统强大的信念，只是模糊地意识到外国文学在现代知识体系中的存在。至于外国文学在西学中的价值如何，对此种"西学"究竟应持何种看法，态度仍然显得暧昧，毕竟彼时外国科学技术才是他们心目中所谓"西学"的主体。

就文学与教育的关系而言，晚清新教育者对"中国文辞"的强调正是以外国学堂对文学教育的重视做参照的。1904 年，《奏定学务纲要》这段话对

---

① 据笔者对民国时期英国文学史类著述（含译著）情况的粗略统计，这一时期中国出版的英国文学通史、断代史、专题史及带有文学史性质的专题著作 20 余种，其中有相当一部分是为满足外国文学课堂的需要。参见张珂. 民国时期我国的英美文学研究［M］. 北京：中央编译出版社，2017：17.
② 舒新城. 中国近代教育史资料［M］. 北京：人民教育出版社，1981：589.
③ 舒新城. 中国近代教育史资料［M］. 北京：人民教育出版社，1981：591.

于理解晚清新教育者对于中外文教的看法颇为关键：

> 学堂不得废弃中国文辞，以便读古来经籍。中国各体文辞，各有所用。古文所以阐理纪事，述德达情，最为可贵。骈文则遇国家典礼制诰，需用之处甚多，亦不可废。古今体诗辞赋，所以涵养性情，发抒怀抱，中国乐学久微，借此亦可稍存古人乐教遗意。中国各种文体，历代相承，实为五大洲文化之精华。且必能为中国各体文辞，然后能通解经史古书，传述圣贤精理。文学既废，则经籍无人能读矣。外国学堂最重保存国粹，此即保存国粹之一大端。……盖黜华崇实则可，因噎废食则不可。今拟除大学堂设有文学专科，听好此者研外，至各学堂中国文学一科，则明定日课时刻，并不妨碍他项科学；兼令诵读有益德性风化之古诗歌，以代外国学堂之唱歌音乐。各省学堂均不得抛荒此事。……中小学堂于中国文辞，止贵明通。高等学堂以上于中国文辞，渐求敷畅，然仍以清真雅正为宗，不可过求奇古，尤不可徒尚浮华。①

这里所使用的"文学"或"中国文学"一语，实际是"中国文辞"的同义语，包括古文、骈文、诗辞赋等"各体文辞"在内，是通解经史古书，传述圣贤精理的不二门径，故言"文学既废，则经籍无人能读矣"。晚清以降，富国强兵救亡图存成为当务之急，文学得失往往不在主政者的视野之内，他们甚至还常常把重点落在"废虚文"和"兴实学"之上，形成一种以致用为目标的改革倾向。在这种重时务轻虚文的时代氛围中，这里虽也指出中国文学具有或"阐理纪事，述德达情"或"涵养性情，发抒怀抱"的功能，却也不忘强调需黜华崇实，不可因噎废食。因此，"专习文藻，不讲实学"是要受到批判的，新教育自然不应再沉溺辞章。但在西人的学堂中，文学一科又是不能缺少的。这恰恰给他们提供了一个坚守"中学"的阵地。他们虽然坚定地认为"中国各种文体，历代相承，实为五大洲文化之精华"，但彼时直接促成中国文学设科的恐怕还是"外国学堂最重保存国粹"这一西学参照。某种程度上正是看到"西国最重保存古学"②，而文学正是保存国粹的重要工具，

---

① 璩鑫圭，唐良炎．中国近代教育史资料汇编：学制演变［M］．上海：上海教育出版社，2007：499-500.

② 璩鑫圭，唐良炎．中国近代教育史资料汇编：学制演变［M］．上海：上海教育出版社，2007：498.

才有了大学堂中的文学设科。这也彰显出文学教育之于现代国家的重要性。与之呼应，林传甲在为京师大学堂编纂《中国文学史》讲义时直言："我中国文学为国民教育之根本。"① 在拟定清末教育宗旨时，《学部奏请宣示教育宗旨折》（1906）中则宣示："夫教育之系于国家密且大矣""各国教育，必于本国言语、文字、历史、风俗、宗教而尊重保全之，故其学堂皆有礼敬国教之实"。② 外国学堂借助文学教育保存国粹之倾向，无形中成为晚清新教育者主张重视本国文学教育以保存国粹的有力依据。

晚清以来，中国知识分子在接受外来文化与文学影响的同时，都不约而同地生发出一种对于中国传统文化价值能否延续的焦虑，由此引发出持续百年之久的关于中学和西学关系的讨论。晚清士人对中学的强调，虽是文化守成主义的一种表现，常常出于维护中国文化传统的深层动机，却在客观上使彼时对于西学的接受有了更多的中学依据和根底。主导晚清教育改革的重臣张之洞的论述最具代表性。他认为，无论是从国家发展的角度，还是学术学理的角度，中学和西学都具有某种一致性。如果中士不通中学，西学反而会成为疾视中国的依据，这样的人才国家也就无从使用。"今欲强中国、存中学，则不得不讲西学；然不先以中学固其根底，端其识趣，则强者为乱首，弱者为人奴，其祸更烈于不通西学矣。""西学必先由中学。""华文不深者不能译西书。"③ 这些说法有着明确的维护本民族文化传统的意蕴和指向，通西学者若不以中学"固其根底，端其识趣"，由此带来的危害是更具毁灭性的。

陈国球指出："'文学'现代学科地位的确定，并不是由思想前卫的梁启超来推动；反而教育观点相对保守的张之洞变成'文学'的护法。因为这个'致用'为上的时代，鼓动维新的梁启超也只能从'实用主义'的角度去推行教育；'文学'既不能应时务之急，就无暇关顾了。然而，因为'文学'无论从语言、文字，以至其表达模式，都与文化传统关系密切，抱着'存古'思想的张之洞，反而刻意要在西潮主导的现代学制中留下传统的薪火。"④ 在面临传统文化价值失落的紧要关头，在传统教育向现代教育体制变革的关键时期，在力求博通、崇实黜虚的时代氛围之中，恰恰是文化守成者如张之洞，

① 林传甲. 中国文学史 [M]. 长春：吉林出版集团股份有限公司，2017：2.
② 学部官报馆. 学部奏请宣示教育宗旨折 [M] // 朱有瓛. 中国近代学制史料：第2辑：上册. 上海：华东师范大学出版社，1987：151-152.
③ 张之洞. 劝学篇 [M] // 徐中玉. 中国近代文学大系：文学理论集. 上海：上海书店出版社，1994：45-46.
④ 陈国球. 文学如何成为知识 [M]. 北京：生活·读书·新知三联书店，2013：71-72.

经由西方教育的参照，发现和维护了"文学"的价值，这一点颇为耐人寻味。陈平原认为，在中西比较参照之下，张之洞等人主张设立"中国文学"科目，"与其说是出于对文学的兴趣，不如说是担心'西学东渐'大潮之过于凶猛导致传统中国文化价值的失落"①。这一设计既适应了建立现代大学，发展现代学术的时代需要，同时又通过对文学研究和文学教育的肯定，实现了作为民族主体保存国粹的目的，使"中体西用"内化为国民教育的一种价值底蕴。

从欧洲现代国家文化发展的历史来看，文学教育正是实现文化认同或文化殖民的重要手段。这一点可见之于伊格尔顿对英国文学学科兴起的详细描述。② 重视文学教育之于民族国家的价值和功能，乃是 19 世纪后半叶到 20 世纪初期欧洲国家的一种历史潮流。正是在这个意义上，文学教育与国家意志之间被赋予了重要的联系。这不仅为中国文学进入国民教育体制提供了必要的理念支撑，同时也为外国文学进入国民教育体制，成为建设民族国家文学的重要参照提供了文化基础。《奏定大学堂章程》拟想的中国文学学科不仅在很大程度上是现代意义上中国文学学科的雏形，而且它的设置命意、参照资源和对外国文学学科的构想也可以说是现代意义上外国文学学科的一种制度化的开端。这些章程和科目的设计所涉文学一词含义甚广，更多地体现出对西方古典学问中修辞学、语文学传统的接受。但从其文献意义来看，这毕竟是在中文语境官方文件中最早出现的有关把中国文学和外国文学作为学科名称的表述，说明其设计者已经开始注意到高等教育中近代文学学术体系的建构问题。中国文学作为文学科之一门，其与各国文学门的并举显然也存对照之意。或者说，正是在各国文学门的相互映照中，外国文学作为国别文学的学科概念才渐渐清晰起来。与这种学科的创生相伴的是中国亟须向西方学习，寻求教育救国之道的迫切心情与努力。中国近代的教育改革对于文学的重视一定程度上也呼应了世界潮流。尽管彼时的许多设计随着清王朝行将灭亡，更多只是停留在了章程之中，但这无疑为外国文学学科进入民国时期的教育体制，尤其是高等教育，提供了一种制度上的准备。

三、民初的大学规程与国立北京大学的外国文学学科

京师大学堂时期对现代大学的学科设计在一定程度上为民国时期高等教

---

① 陈平原. 作为学科的文学史［M］. 北京：北京大学出版社，2011：7.

② 伊格尔顿. 二十世纪西方文学理论［M］. 伍晓明，译. 北京：北京大学出版社，2007. 参见该书第一章"英国文学的兴起"。

育的发展提供了基础。新教育培养的是能够服务于现代国家发展的新国民，这种理念也成为民国时期的国民教育的一种精神底色。民国初创，现代学术和教育体制的建立成为国家发展的重要标志。对包括外国文学在内的西方学术与知识的研究，成为构建中国现代国民教育知识体系的一个组成部分。1913 年，民国教育部公布的大学规程，成为民国初年最为重要的大学法令之一。由于当时北京大学是唯一的国立大学，这份规程基本上也可以视作国立北京大学现代学术体系构建的一个基本依据。

这份规程按照文、史、哲、地四类构建现代学术体系，将大学文科分为哲学门、文学门、历史学门和地理学门四类。文学门分为国文学、梵文学、英文学、法文学、德文学、俄文学、意大利文学和言语学八类。中国文学和外国文学分别单独设科。文学此时显然已经更多地具有了近代文学的意味，从而与传统的文章、文辞等概念区分开来，中外文学因此可以共享一种学术分类体系。外国文学门的范围扩大至意大利、印度，兼顾东西方，显示出民国初建时教育界的办学视野。各国文学门的具体科目体现出明确的古今皆备、中外互通、兼顾文史之意。这一设计基本奠定了民国时期分科大学外国文学学科和课程的主要格局。以国文学、英文学、法文学为例，相应课程规划如下：

国文学：（1）文学研究法（2）说文解字及音韵学（3）尔雅学（4）词章学（5）中国文学史（6）希腊罗马文学史（8）近世欧洲文学史（9）言语学概论（10）哲学概论（11）美学概论（12）伦理学概论（13）世界史

英文学：（1）英国文学（2）英国文学史（3）英国史（4）文学概论（5）中国文学史（6）希腊文学史（7）罗马文学史（8）近世欧洲文学史（9）言语学概论（10）哲学概论（11）美学概论

法文学：（1）法国文学（2）法国文学史（3）法国史（4）文学概论（5）中国文学史（6）希腊文学史（7）罗马文学史（8）近世欧洲文学史（9）言语学概论（10）哲学概论（11）美学概论 ①

这份规程的课程设计一定程度上呼应和实践了王国维 1906 年针对京师大学堂章程所提出的建议，不仅中外文学分别设科，而且各科均列有哲学、美

---

① 舒新城. 中国近代教育史资料［M］. 北京：人民教育出版社，1981：645-647.

学等课程。从学理角度看，作为学科的外国文学，由于涵盖多国文学的复杂性和异质性，如果不建立在具体的国别文学研究基础之上，是很难从整体上构建其知识体系的。为此，规程对外国文学学科的考量显然吸收了晚清新教育改革以来的历史经验，并不追求专深，各文学科的具体科目的设置思路大致相似，多有重叠，以史和概论类课程最为突出。中国文学史、近世欧洲文学史、希腊文学史、罗马文学史等为各文学科所共有。延续晚清大学堂的设置思路，这份规程对中国文学学科的规划，仍然将外国文学考虑在内。但不同于晚清时期的一纸虚文，这一设置经由周作人在国立北京大学中国文学门和英国文学门讲授"欧洲文学史"课程得以落实。① 这一实践也被许多研究者视为中国的外国文学学科的重要发端。外国文学学科则将"文学"与"文学史"作为两种课程分立，这一立意在此后民国大学外国文学学科也多有实践：前者强调文学作品的赏读，后者侧重文学历史脉络的把握。在外国文学学科中，占主体的课程也是各种文学史，除研究各对象国文学史外，还设有偏重古典文学的希腊罗马文学史，以及具有整体性意味的近世欧洲文学史课程。这在一定程度上能反映彼时教育设计者对于外国文学学科具体知识图景的认识，反映了民国初年外国文学学科在高等教育规划中的基本风貌。

无论是中国文学学科还是外国文学学科，它们的创生和对外国文学课程的设计，从一开始就与中国文学自身的历史传统和现实语境密切相关。虽然晚清以来不少士人竭力维护中学的价值，但由西方而来的范型和影响，已经不可避免地使中学话语体系中的"文学"发生了转义，中国传统的文学意蕴更新和改造成为一种必然。这种传统的惯性和吸收外来文化的必然性表现在课程设置中，一方面体现为中国文学学科里的"外国文学"课程的足资借鉴和不可或缺，另一方面表现在外国文学学科当中"中国文学"课程的保留。这两点深刻影响了百年来中国语境下的外国文学学科的历史面貌，是一种基于本国国情且富有远见的历史实践。由于民初外国文学学科的课程设置很大程度上延续了晚清以来对中国文学教育的强调，这使得中国文学学科和外国文学学科在发展之初就呈现出一种新旧文学观念交织碰撞、相互掣肘的特点，并影响了大学场域文学课程的讲授。

以国立北京大学英国文学门为例，每周 3 学时的"中国文学史要略"这

---

① 文本科本学年各门课程表 [J]. 北京大学日刊，1918（213）：2-4. 周作人不仅在国立北京大学国文门讲授欧洲文学史，同样也是英国文学门欧洲文学史课程的讲授者。

一课程长期以来都是面向一、二年级学生的一门选修课，由朱希祖讲授。①
1920年10月，朱希祖还出版了基于该课程讲义的专著《中国文学史要略》。
他自述："《中国文学史要略》，乃余于民国五年为北京大学校所编之讲义，与
余今日之主张，已大不相同。盖此编所讲乃广义之文学，今则主张狭义之文
学矣，以为文学必须独立，与哲学、史学及其他科学可以并立，所谓纯文学
也。此编所讲，但述广义文学之沿革与兴废，今则以为文学史必须述文学中
之思想及艺术之变迁。"② 从1916年至1920年，朱希祖一直为国立北京大学
英国文学门讲授中国文学史。据其所述，其间他对文学的认识也发生了从广
义到狭义的巨大变化。在他的认识中，不仅文学与哲学、史学等学科皆应具
有独立地位，而且对文学史如何著述也已有较为成熟的看法。1919年，朱希
祖撰写《文学论》援引培根（Francis Bacon）、尼采（Nietzsche）、托尔斯泰
（Пев Никалæвич Тоистой）等外国文学家，以"欧美文学"和"吾国文学"
相比较，全面阐述了自己对新文学观念的接受，认为文学与历史、哲学相互
独立乃是中国文学未来的发展方向。这篇文章被研究者视为"文学"之名得
到系统宣示，西来内涵进入体制，形塑百年来现代文学文化的重要标志。③

朱希祖文学观念的变化在那个时代具有典型性，绝非偶然。这正反映了
民国思想文化界对现代学术体系分类认识的变迁。导致这种变化的一个最为
重要的时代背景，就是1917年前后开始的新文化运动。文学观念的巨大变化
不仅冲击到像朱希祖这样此前坚持传统文学观的知识分子，也开始深刻影响
教育场域的文学讲授。当时的国立北京大学会集了一批接受了外国文学影响，
秉持新文学观的知识分子。如新文化运动的主将胡适当时也在英文门授课，
讲授短篇小说。同在一个学系讲授文学，观念碰撞不可避免。朱希祖虽与周
作人、钱玄同等人同为太炎门生，但1919年之前却基本不与当时正在发生的
文学革命有过多交集。他所恪守的文学观念仍是师承章太炎的传统文学观，
因此，他在英国文学门所讲的中国文学史略虽包括了传统诗文和词曲，但不
涉及小说。随着文学革命的声势日大，对身处文学革命洪流中的朱希祖来说，

---

① 朱希祖（1879—1944），近代历史学家，语言文字学家，师承章太炎。1918年，国立北
京大学废科设系，朱希祖为中文系主任，"五四"后史学系从中文系独立，朱又为史学
系主任，朱也是文学研究会发起人之一。1917年，国立北京大学英国文学门第一次毕
业摄影中，朱希祖即在列，这也能够说明当时中文学科和外文学科之间的沟通与往来。
参见《老照片》编辑部. 老照片 [M]. 济南：山东画报出版社，2018：36-37.
② 朱希祖. 朱希祖文存 [M]. 上海：上海古籍出版社，2006：352.
③ 陈雪虎. 理论的位置 [M]. 桂林：广西师范大学出版社，2019：119.

他也必须顺应时代潮流，在教育实践中与新兴的外国文学学科保持观念一致。后文将继续论及新文化运动时期国立北京大学的外国文学学科问题。

　　需要强调的是，从外国文学学科史的角度来看，朱希祖在国立北京大学英国文学门开设"中国文学史"这一课程的意义对中国的外国文学学科而言，实不亚于周作人在中国文学门讲授欧洲文学史之举。身为太炎门生，在中国文史研究方面成绩斐然，且日后身为文学研究会发起人之一的朱希祖在外国文学学科中讲授中国文学史，这本身就极具象征意义。朱希祖当时以国立北京大学教授的身份，不但在英国文学门讲授中国文学史课程，而且通过发表论著阐明新的文学观念，代表了现代文化机构和教育体制对于新文学观念的认可。蔡元培评价道："（朱希祖）邃于国学，且明于世界文学进化之途径，故于旧文学之外，兼冀组织新文学。惟彼之所谓新者，非脱却旧之范围，盖其手段不在于破坏，而在于改良。"① 于文学而言，新文化人虽多接受外国文学的影响，却不可能完全抛弃中国文学之传统。从教育实践与影响来看，民国大学中的外国文学学科以设置中国文学课程的做法保留了对本国文学传统的亲近，外国文学学科培养的许多人才成为日后中国新文学发展的重要力量。

　　除了外国文学学科对中国文学知识的强调，在这份民初的大学规程中，值得注意的还有各外国文学门对文学概论、哲学概论、美学概论等概论科目的设置。这一设置不但显示出对晚清新教育实践有益历史经验的延续，更重要的是在一定程度上提升了外国文学学科的理论特征，丰富了学理内涵。尤其是"文学概论"一科并未在中国文学学科下出现，而是出现在各外国文学学科的框架之下，这一点颇为耐人寻味。② 虽然这多半是直接移植域外课程体系的结果，体现出文学作为一种专业性的知识身份的确立，但也颇能反映出学科设计者对基于近代西方纯文学概念之下具有异质性的外国文学的认识。换句话说，正是因为彼时的人们已经认识到中外文学观念的巨大差异，因此需要有一门统摄性的课程阐释外国文学之"文学"究竟何为。而中国文学科尽管也需要修读现代知识形态的中国文学史、希腊罗马文学史、近世欧洲文学史等文学史课程，但由于中国传统意义上的文学相关学问（如说文解字、音韵学、尔雅学、词章学等），似乎无法用与西方文学同等性质的文学概论课程加以统摄，因此仍暂时沿用晚清时期的"文学研究法"这一名称。这种对

---

① 蔡元培. 蔡元培全集：第 3 卷 [M]. 杭州：浙江教育出版社，1997：582.

② 据考证，直至 1920 年，文学概论这一课程才真正进入国立北京大学中国文学科的课程设置。参见程正民，程凯. 中国现代文学理论知识体系的建构：文学理论教材与教学的历史沿革 [M]. 北京：北京大学出版社，2005：6.

传统知识的保留与眷恋深刻地反映了传统学问融入现代学科体系的踌躇与困境。

　　总之，回顾外国文学学科在晚清民初国民教育变革中创生的历史进程，我们发现，外国文学学科的创生与中国文学学科的创生实为不可分割的整体，与近代以来国民教育的变革和文学观念的转变有着密不可分的联系，也与现代政治文化产生了难以分割的历史牵连。此后百年，中国的外国文学学科在发展中不断凸显的多重辩证关系与价值追问（如西学与中学、传统与现代、民族与世界等问题）也与这一起源相关。从外国文学与国民教育发展关系的角度看，外国文学学科创生中的一些问题也进一步凸显，如中国知识分子在晚清民初国民教育的思考和实践当中，有过哪些有关外国文学的思考？利用了哪些外国文学资源？他们如何将传统学术中的文学加以知识化的改造并与西学发生对接？如何处理源自西学的外国文学知识与经历重塑的中国文学知识之关系？如何在吸收借鉴外来文学知识的同时保有自身的文化立场？等等。这些问题不仅反映在当时知识分子的文学思考当中，也开启以后百年文学学科层面文学教育何为、外国文学何为、外国文学如何中国化等时代命题的讨论。在接下来的一章中，我们将以康有为、梁启超、严复和王国维为代表，挖掘他们在国民教育的探索与实践中对外国文学资源的思考、借鉴与化用，以期更好地理解外国文学学科创生的思想基础和文化心理准备。

第三章

晚清民初知识分子的国民教育思想与外国文学

"中国近代国民教育思想的产生是与近代中国人对西学价值观念的转变及对西学内涵认识的逐渐加深相联系的。"① 晚清民初，为唤起近代中国人的国民意识，破除封建的奴隶意识，不少有识之士把希望寄托于教育的变革，国民教育思潮应运而生，并在维新运动期间迅速发展，产生了广泛的社会影响。作为中国现代学术初建的标志之一，中国外国文学学科的创生是近代国民教育思潮演化与国民教育变革当中的一件值得注意的事件。作为百日维新的政治成果，以 1898 年京师大学堂的成立为契机，中国人在对新教育的关注中正式开始对外国文学学科的设计和考量。以往学界对京师大学堂相关章程之于近代以来"中国文学"立科的意义颇为重视，多强调它们之于中国文学知识生产与学科建制的重要性。实际上，从外国文学学科史的角度看，京师大学堂相关章程在确立中国文学之学科地位的同时，也开启了对外国文学学科的设计和规划。京师大学堂相关章程的草拟和修订以百日维新为契机，从这个意义上来说，外国文学学科创生也是维新运动的一项产物，民国时期外国文学学科的发展由此肇始，外国文学在此后百年来更是深度参与中国现代国民教育进程。

伴随着中国人对西学价值和内涵认识的加深，以晚清民初的国民教育变革为契机，早期向西方寻求真理的一些重要的历史人物，不仅对国民教育有深刻的论述，将国民教育与救亡图存的时代命题联系起来，扩大了国民教育的实际影响，而且不同程度地关注和引入了作为西学的"外国文学"，使之成为国民教育变革和文学观念重构的重要话语资源。他们世界性的眼光视野、中西新旧杂糅的知识结构，将外国文学引入国民教育的思考与实践，具有重要的示范意义，为日后国民教育中外国文学学科的创生和发展奠定了重要的思想基础与文化心理准备。本章将以康有为、梁启超、严复和王国维为例，

---

① 王炳照，阎国华. 中国教育思想通史（1840—1911）：第 5 卷 ［M］. 长沙：湖南教育出版社，1994：42.

探讨他们对国民教育思想与外国文学关系的看法，以期更深入地理解外国文学与国民教育发生关联的必然性。

第一节　康有为的国民教育思想与外国文学

作为晚清最富争议性的文化人之一，康有为在晚清思想界举足轻重。他既是国民教育的最早倡导者，也是新式教育的具体实践者。他创办的万木草堂盛极一时，人才辈出，在维新运动中发挥了重要作用。梁启超曾评价说："先生之为何人物不可定，若其教育之成效已昭昭矣。"① 从文学史角度看，康有为本人还是晚清文坛上的一位大家，有大量诗文传世，仅诗歌就有2000多首。近代文学评论家王森然称赞康诗："无一首不精绝，大气澎湃，一往无前，令人百读不厌也。"② 他的政论文成就斐然，其文风汪洋恣肆、条分缕析、雄辩滔滔，显示出丰厚的学养和饱满的政治热情。对于本课题而言，身兼思想家、教育家、政论家、文学家等多重身份的康有为，其国民教育思想实践与外国文学也有着值得深入挖掘的联系。

首先，康有为拥有丰富的新学教育实践和较高的传统文学素养，其治学特色显示出一种"不中不西，即中即西"（梁启超语）的新派学风。对于西学价值的认可，西学与中学的互证互识，反映出近代以来中国知识分子传统思想的现代转型及其与世界学术的对话与融合。这一思想范型客观上成为外国文学进入其视野的思想前提。作为一位教育家，康有为所创立的草堂学风，给其弟子留下了深刻印象。康有为讲学的特点是古今中西新旧杂糅，授课内容"以孔学、佛学、宋明学为体，以史学、西学为用"③。他最受欢迎的讲授内容都显示出中西互照的学术视野。梁启超作为康有为最知名的弟子，曾回忆道："先生之讲中国数千年来学术源流、历史政治沿革得失，取万国以比例推断之。余与诸同学日札记其讲义，一生学问之得力，皆在此年。"④ 梁启超

---

① 梁启超．南海康先生传［M］//夏晓虹．追忆康有为．北京：生活·读书·新知三联书店，2009：7.

② 王森然．近代名家评传初集［M］．北京：生活·读书·新知三联书店，2009：131.

③ 梁启超．南海康先生传［M］//夏晓虹．追忆康有为．北京：生活·读书·新知三联书店，2009：5.

④ 梁启超．三十自述［M］//吴其昌．梁启超传．长春：吉林出版集团股份有限公司，2017：126.

提炼老师的学要精神:"读西书,先读《万国史记》,以知其沿革;次读《瀛寰志略》,以审其形势;读《列国岁计政要》,以知其富强之原;读《西国近事汇编》,以知其近日之局。"① 可见,康有为不但视西学知识为治学必需,而且已经发展出一套自己的西学之法。在弟子们的回忆中,康有为讲古今中外历史沿革政治得失,多谈国外事,天文地理无有不谈。"援古证今,诵引传说,原始要终,会通中外,比例而折中之……其所讲所授,自各国古今之道德、政治、宗教、历史、文学、辞章、物理、地图无不有。"② 尽管这里的文学并非完全意义上的近代文学概念,但这里的回忆已经表明,各国文学已经在康有为的视野范围之内。

康有为长期留心西学,对西方教育制度有超越时人的了解。"十七岁得《海国图志》《瀛寰志略》,见地球图及利玛窦、艾儒略、徐光启所译诸书,于是异境顿开。"③ 他对外国事例的大量援引和讲述充分体现了他对西学的价值判断,这也是他思考国民教育的重要知识背景。他较早看到了中西文化的互通之处,深谙治外学的重要性,告诫弟子:"圣道既明,中国古今既通,则外国亦宜通知。……况我之所为,彼皆知之;彼之所为,我独不闻。尤非立国练才之道。""若仅通外学而不知圣道,则多添一外国人而已,何取焉!"④ 虽然康有为主张对西学的了解应为"圣道"服务,具有时代的局限性,但对治外学于国家发展重要性的强调已经显示出一种进步性。这是时代之变带给近代国人的一种新的治学意识:既要有扎实的中学基础,也要通晓世界学问,实现中西互鉴,这无疑是近代以来知识分子治学的理想之境。这种意识既是康有为提倡国民教育的重要知识背景,也成为外国文学进入其视野的思想前提。

其次,康有为在新式教育实践中重视外国语言文字之学,在万木草堂讲学期间,将"中国词章学"和"外国语言文字学"并举,以广阔的世界视野讲授外国语言文字之学,为此后现代中国文学与外国文学学科建立提供了一种个人化的先行实践。戊戌变法之前,他曾为乡党筹办新式书院购置"中西

① 梁启超. 学要十五则 [M] //张启祯,周小辉. 万木草堂集. 青岛:青岛出版社,2017:33.
② 陆乃翔. 南海康先生传:上编 [M] //夏晓虹. 追忆康有为. 北京:生活·读书·新知三联书店,2009:56.
③ 陆乃翔. 南海康先生传:上编 [M] //夏晓虹. 追忆康有为. 北京:生活·读书·新知三联书店,2009:33.
④ 康有为. 桂学问答 [M] //张启祯,周小辉. 万木草堂集. 青岛:青岛出版社,2017:26-27.

学精要之书"。在《倡办南海同人局学堂条议》（1893）中称："吾乡人于西学颇得先声。考外国乡落皆有藏书楼，其学规皆通外国语言文字，而国家亦有同文、方言之馆。吾局亟宜因此时变，推广此意，设立学堂，讲求中国经史辞章，以通古今；兼习外国语言文学，以通中外，庶上以成人才而光国，下以开风气而厚生，善益莫大。"① 康有为不但看到了学习外国语言文字的重要性，将"外国语言文学"与"中国经史辞章"对举论述，更着力在新式学堂中推广这种兼通古今中外的治学理念。自洋务运动以来，清政府对外语教育的重视可见于同文馆等外语学堂的创办，外语教育更多是为了满足应时之需，以致用为目的。到了康有为这里，他首次将学习"外国语言文学"与"中国经史辞章"的要义对举论述，从国家和社会两个层面论述这种兼通古今中外之学的重要性和必要性，具有进步意义。

梁启超曾追记先师在万木草堂的教育大纲，其学科分为义理之学、考据之学、经世之学、文字之学四类。"中国词章学"和"外国语言文字学"在"文字之学"之下亦对举出现。② 尽管由于文学概念的古今流变，彼时所言"外国语言文（字）学"与今日之含义尚有较大差异，但这种对举论述的思路仍显示出一种试图会通中西、沟通中外学术的努力。中国词章学以执笔为文能力为旨归，而外国语言文（字）学则是修习"西文西语"。在康、梁看来，修习西文西语，也当像词章学一样，"说理论事，务求通达，亦当餍意"。③ 显然，两者在他们的认识中大致是对应的，这在客观上也是对外国语言文（字）学价值的一种承认。这一思路体现出过渡时期知识分子对中外学术分类的一种典型认知，并直接影响了新式教育的知识分野。"词章学"与"外国语言文字学"在此后京师大学堂章程中逐步演化为"中国文学门"及各国文学门。

尽管不通外文，但凭借对西学的广泛涉猎，康有为对"外国语言文字学"和"外国语言文学"的讲述和研究已具有广阔的世界文化和文学视野。兹举几例如下：

凡有数千百里，必有平原，独能创造政教文字，故地球内四大

---

① 康有为.倡办南海同人局学堂条议［M］//康有为.康有为遗稿：戊戌变法前后.上海：上海人民出版社，1986：174.

② 梁启超.南海康先生传［M］//夏晓虹.追忆康有为.北京：生活·读书·新知三联书店，2009：8.

③ 梁启超.万木草堂小学学记［M］//梁启超.梁启超论教育.北京：商务印书馆，2017：101.

域皆然。日本全是依人之政教文字，国小不能制作故也。印度、波斯、小亚细亚、中国，共为四大域，是开辟之始。……外国之教，以婆罗门为最古，马哈麦、佛与耶稣，皆从他一转手。

罗马之政教，出于波斯，波斯出自印度，印度语言文字，皆本天竺，音用支、歌、麻韵。

通地球政教、文字，不出四大域。……歌麻为天地元音。人始生落地，即曰呀。泰西声音多歌麻韵。印度声甚低，故多用四支韵。蒙古、满洲，皆天竺余音。①

陈平原先生评价道，这些讲述如同古代大儒讲学，思维跳跃，点到为止，虽如吉光片羽，但都是基于丰富的西学知识和广阔的世界视野做出的大判断。② 从教育史的视角出发，这恐怕也是近代国民教育兴起之前在私人教育领域不可多得的对于外国语言文字之学的教育实践。这种对于外国语言文字之学的重视，其出发点已不同于洋务运动时期对于外语学习的应时之需，具有了更多学理依据与学术研究的意味，而这正是国民教育当中外国文学创生与发展的重要基础。万木草堂的这种教育实践与示范对此后梁启超仿照日本和泰西学制，草拟京师大学堂章程，专门设置各国语言文学门不无裨益。梁启超曾评价说："先生教育之组织，比诸东西各国之学校，其完备固多所未及，然当中国教育未兴之前，无所凭借，而自创制，其心力不亦伟乎！"③ 用这段话来评价康有为在万木草堂关于外国语言文字之学的教育实践，也是当之无愧的。梁启超后来草拟大学堂章程虽主要仿照日本学制，但万木草堂的这种颇具世界性的治学和教育实践恐怕也是一个重要的实践参考依据。

再者，康有为通过编纂《日本书目志》，寓目了大量外国文学，尤其是外国小说书目，显示出与外国文学的直接联系。其间，他对外国文学与国民教育之关系发表了诸多有价值的看法，是晚清最早重视与提倡通俗小说的思想家和教育家。他对小说功能价值的认识与确信正是大量接触外国文学尤其是外国小说书目的一个结果，成为近代中国提高小说地位之重要一环，也是梁启超发起小说界革命的重要思想来源之一。

---

① 康有为. 万木草堂口说 ［M］//张启祯，周小辉. 万木草堂集 ［M］. 青岛：青岛出版社，2017：41-42，43，53.
② 陈平原. 作为学科的文学史 ［M］. 北京：北京大学出版社，2011：156.
③ 梁启超. 南海康先生传 ［M］//夏晓虹. 追忆康有为. 北京：生活·读书·新知三联书店，2009：9.

甲午战争之后，为图自强，需要引进西学，大量翻译西书，但西文译才一时不易得，对于当时中国的危急局势来说，东采日本是权宜之计。康有为正是这一主张的首倡者。因此，他大量收集日本书籍，1896年编成《日本书目志》，1898年由上海大同译书局出版。《日本书目志》收书7725种，分15大类和若干小类，大类除生理、理学、宗教、图史、政治、法律、农业、商业等门类外，还列有教育、文学、文字、语言、美术、小说等门类。这些分类今天看来未尽科学准确，多有混乱，却反映了彼时康有为的广博识见。从书目学的角度看，这是我国近代第一部收录外国文学，特别是外国小说的书目，实际上为晚清中国引介和宣传了不少外国文学史和外国文学作品（尤其是外国小说）。康有为遵照中国传统类书的治学方式，在教育、文学、小说等门类的按语、序言中发表了大量对教育与文学问题的理解和看法，体现出以启蒙为中心的大教育理念。

以书目志所列教育门类为例，该门类收录道德修身学、格言、敕语书、教育学、幼儿教育、教育史等17类740种图书，写下按语约2800字。康有为在按语中对教育问题发表了很多看法，如指出"泰西之强，吾中人皆谓其船械之精，军兵之炼也，不知其学校教育之详""日人之变法也，先变学校，尽译泰西教育之书，学校之章程"。他认为日本出版的关于教育的图书，"备哉灿烂，无微不入""兼备各国，精微详尽"。① 反观中国，"不亟讲教育，而但问兵械，此泰西所以诋我以无教也，此吾中国所以弱亡也"。更由于幼学无方，教育内容落后，以至"童学十年，而无所知识""建议中国多制小学书，多采俗字以便民"。② 虽然康有为不可能全部阅览过书目所收之书，但"西方教育制度的这些素材，一旦与他的聪慧、眼光、胆识以及强说为己的个性、熔铸中西的学风、维新变法的诉求相结合，就可能成为巨大的教育创新力"③。这是作为教育家的康有为的过人之处。康有为在同时代人中较早注意借鉴日本近代教育的经验，为中国国民教育的建立和发展做出了先行思考，已经具备相当的教育理论水平。

教育卷的识语中还出现了对小说功能的评论，康有为在收录大量日本小说读本和教科书之后，对中国缺乏幼学教科书的状况深感忧虑。"吾中国小学

① 康有为．日本书目志［M］//康有为．康有为全集：第三集．上海：上海古籍出版社，1992：935．
② 康有为．日本书目志［M］//康有为．康有为全集：第三集．上海：上海古籍出版社，1992：961．
③ 李剑萍，杨旭．教育家康有为研究［M］．济南：山东人民出版社，2016：110．

无书，无以为天下之才计也。"在他看来，"幼学小说"这类书籍正适合教育幼童。"宋开此体，通于俚俗，故天下读小说者最多也。启童蒙之知识，引之以正道，俾其欢欣乐读，莫小说也。"① 显然，他已经注意到小说这一文学载体对于启迪民智与教育国民的重要作用。值得注意的是，教育门类还收录当时日本上层知识人士所掌握的汉文书（包括汉文学讲义、中等教育汉文学教科书、汉文学全书等），在此处甚至出现了"教育小说"这一名词。② 虽然这一做法很有可能是康有为直接抄录日本书肆图书目录的结果，他本人此时未必真正阅读过教育小说，但也反映出编纂者视野中教育与文学所关联的一种重要方式。教育小说这一文类名目也自此传入中国，后来形成一种影响深远的创作热潮，更由于教育小说的文学教育之功能，此后的教育小说甚至专门在教育杂志上发表。③

康有为对小说教育功能的关注还鲜明地体现在《日本书目志》单列小说门类这一分类方法和该门类具体的编纂当中。从数量上看，"小说门"这一卷共收录 1056 种小说，是书目志中收书最多的一卷，具体书目内容包括多种日本古典小说、市井小说、武士小说和译自西方的翻译小说。康有为在本卷的识语中肯定了小说这种文体的重要价值，极力渲染了小说的重要性和教化作用，其评论历来为文学研究者所重视。康有为已经看到了西方小说的发达，并指出日本的教育和政治变革实际上也利用了小说这一文体形式。故而他强调：

> 今日急务，其小说乎？仅识字之人，有不读经，无有不读小说者。故六经不能教，当以小说教之；正史不能入，当以小说入之；语录不能喻，当以小说喻之；律例不能治，当以小说治之。……今

① 康有为. 日本书目志［M］//康有为. 康有为全集：第三集. 上海：上海古籍出版社，1992：939.
② 教育门类最后的识语之前有"右汉文书五十八种教育小说附"的说明。参见《康有为全集》第三集，第 960 页。根据沈国威的研究，康有为此语多是对日本人书肆书目的分类方法原样实录。不过由此可见在收录的这些汉文书中，有当时日本人认为属于教育小说的内容，但编者并未标注具体哪本书有属于教育小说的内容。虽不能断言康有为读过相关书籍，但以其教育理论水平和文学功底，康有为毫无疑问是注意到了教育小说这一名目。参见沈国威. 康有为及其日本书目志［J］. 或问，2003（5）.
③ 过去研究者认为，教育小说相较于晚清引介的其他小说类型，如言情小说、侦探小说、社会小说、科学小说等，出现较晚，一般认为始于罗振玉所创办的《教育世界》1903年开设的教育小说栏目所译载的《爱美耳钞》（卢梭《爱弥儿》）。实际上，康有为的《日本书目志》已经引入了作为词形符号的"教育小说"。

中国识字人寡，深通文学之人尤寡，经义史故亟宜译小说而讲通之。
泰西尤隆小说学哉！日人尚未及是，其《通俗教育记》《通俗政治
记》亦其意也。①

虽然这里康有为说的是用小说讲授六经之义，但利用小说达到启迪民智
的作用，这一出发点和后来梁启超提倡翻译西方的政治小说是一样的。从康
有为、梁启超的师承关系上看，尽管康有为属于传统意义上以诗文留名的文
学家，没有像后来梁启超那样亲自创作小说，但他重视小说的教育与启蒙功
能这一思想却对梁启超产生了重要影响。正如梁启超在《清代学术概论》中
自称的那样，他是其师康有为学说"猛烈的宣传运动者"，康有为的影响和鼓
励也是他发起小说界革命重要的思想来源之一。

康有为对外国文学的关注及对中国国民教育的影响还可以从《日本书目
志》的文学门类略见一斑。在文学门这一卷，书目志收录文学史、新体诗、
和歌、俳谐、俳人传记、谣曲、戏曲、脚本等 18 类 903 种图书。这种分类方
法实则显示出西方近代文学观念在日本的变迁。从文学门类的简短按语来看，
康有为对文学的理解仍主要是传统意义上的文章修辞之学，也涵盖文言诗文，
与西方近代的文学（literature）有混同之嫌。他此时对文学（literature）这一
概念的理解和输入仍是无意识和被动的。康有为认为日本古无文学，所传文
献不过是蝌蚪文，"代结绳而已"，德川之后崇尚孔学，儒家辈出。维新以来，
学校遍于全国，无不读书识字者。"日本之强，固在文学哉。"② 这里显然是
在传统意义上使用文学一词，主要是文字之学或识字能力。但值得注意的是，
书目所列的文学史类书籍，出现了日本文学史、中等教育日本文学史、和文
学史、小说史稿、希腊罗马文学史、英国文学史等名目。它们所代表的实际
上是不同于中国传统学术的文学观念，从书目志对大量日本新词的引入来看，
这些文学史相关的名词多数很有可能是首次在中文语境中出现。戊戌时期，
京师大学堂参照西方和日本进行文学立科，也设有日本文学史、希腊罗马文

---

① 康有为. 日本书目志 [M] //康有为. 康有为全集：第三集. 上海：上海古籍出版社，
1992：1212-1213.

② 康有为. 日本书目志 [M] //康有为. 康有为全集：第三集. 上海：上海古籍出版社，
1992：966. 该书"文字语言"门类也收录了今天看来的文学内容，如日本古典文学、
中小学作文、语言学、修辞言说等。在按语中，康有为还谈到日本僻在荒岛，本无文
学，但现在书籍大盛，对启迪民智有重要作用。可见康的分类多有交叉，反映出此一时
期引入西方知识体系时的一种驳杂状态。

学史、英国文学史等课程科目。为满足教育科目所需又有了诸多文学史的书写，至民国时期文学史书写在中国进入盛行时代。从这一链条上来看，应该说康有为对"文学史"这种外来的教育科目或学术门类是有引介之功的，此后外国文学史课程的设置和外国文学史的书写更为直接地显示出与国民教育发展之密切关联。

最后要提及，康有为对外国教育和文化的关注延续至流亡时期。维新变法失败后，康有为流亡海外，足迹遍布 30 多个国家，写作了大量文学特色突出的海外游记。这些游记已不同于古代传世游记局限于一山一水或一草一木，举凡异域的宗教、政治、文学、艺术、学校、博物馆等都成为他观察的对象。作为一位教育家和文学家，他尤其留心外国的教育制度、学校状况、课程设置等，也不乏与文学有关的记录。如他记录佛罗伦萨市学艺极盛，与为政者"奖文学，励工艺，创商业学校及商业教科书"① 是分不开的。他曾赞叹法国文学之盛与博物馆之发达，也曾记录意大利风光之美，提及"法人小说，欲于百年后以意国为地球公园，岂无故哉?"② 这些记录说明他对近代外国文学也有一定关注。通过对西方近距离的观察，康有为对西方文明有了更深切的记录和体会，对中西文化的比较和优劣也有了更加成熟的认识，不再盲目尊崇西方。他告诫后学，"吾国人不可不读中国书，不可不游外国地，以互证而两较之，当不至为人所恐吓而自退处于野蛮也"③。"读中国书"与"游外国地"构成了他后期重要的教育理念。他的目的是为国人提供外国文明与文化的参考，实现中西文化的双向互证和选择，在这一点上可以说延续了万木草堂时期的治学之风。他一以贯之的治学理念和教育实践，培养了大批得力弟子和追随者，客观上推动了清末民初的国民教育思潮的演进和文学观念的发展。

第二节　梁启超的国民教育思想与外国文学

作为从晚清到"五四"时代的重要历史人物之一，梁启超在《五十年中国进化概论》（1922）中曾将近代中国历史分为三个"知不足"的阶段：首

---

① 康有为. 欧洲十一国游记［M］. 长沙：湖南人民出版社，1980：110.
② 康有为. 欧洲十一国游记［M］. 长沙：湖南人民出版社，1980：128.
③ 康有为. 欧洲十一国游记［M］. 长沙：湖南人民出版社，1980：59.

先是鸦片战争后感到器物之不足，虽有新式学堂的出现，但思想界受的影响很少；其次是甲午战争之后至民国六七年间感到制度之不足，遂有政治上的维新与新学堂的大量涌现，但此时国人只知要学外国，并未进入外国学问的内部；最后则是此后从文化根本上感到不足，要求社会文化的整体变革与全人格的觉悟。① 这几重"知不足"成为近代有识之士不断调整向外部世界学习方向的契机，也是近代维新运动、教育变革与文学革命持续开展的思想推动力。

戊戌时期，梁启超不仅是晚清维新运动的主要参与者，也是国民教育思潮的重要推动者与实践者。在这个"制度知不足"的阶段，他的教育思想主要体现在三个方面：一是以学校作为维新变法的起点；二是主张教育救国，必须首先开启民智；三是翻译西书，推动改革。② 正是在推动教育变革的过程中，梁启超意识到不但要学习外国之制度，也要学习外国文化与文学。如他所言，"文化知不足"的种子，实则已经在"制度知不足"的阶段播撒下来。身处时代风云中心的梁启超深刻地感受到了世界大势之变迁与中外文化中心地位的挪移，较早意识到了外国文化和文学的重要性。作为一位文学家，梁启超在近代中国较早关注到外国文学的功用与价值，在维新政治变革、教育活动和自身文学研究实践中尤为重视文学教育。他的思考与探索中对外国文学的借重，为晚清民初国民教育中引入外国文学奠定了重要的理论和实践基础。

第一，梁启超作为实际参与者草拟京师大学堂章程，重视国民教育中教科书的功用，首次在大学功课设置中将文学列一科，重视外国语言文字学的修习。

1897 年 7 月梁启超任《时务报》主笔，对各国教育已多有注重。同年 10 月，又接受陈宝箴的聘请，出任长沙时务学堂中学总教习，于教育更多了实践经验。其间，他参照万木草堂的教学模式制定了《湖南时务学堂学约》。1898 年，梁启超在百日维新中奉上谕专办京师大学堂、译书局事务，京师大学堂的第一份章程实则由他草拟。"盖中国向未有学校之举，无成案可稽也。……乃略取日本学规，参以本国情形，草定规则八十余条。"③ 至此，梁启超开始深度参与国民教育的总体变革进程。

---

① 梁启超. 五十年中国进化概论 [M] //梁启超. 梁启超全集：第 14 卷. 北京：北京出版社，1999：4030.
② 安尊华. 梁启超教育思想研究 [M]. 北京：知识产权出版社，2014：14.
③ 吴其昌. 梁启超传 [M]. 长春：吉林出版集团股份有限公司，2017：103.

梁启超所起草之章程最为关键的两处：第一点是重视各级教科书的编译和撰写，认为教科书是广民智的重要载体。"总论"中主张参照"西国学堂皆有一定功课书"的做法，分小学、中学、大学三级，对中学和西学的教科书做出统一，在全国推行以期开启民智。"其言中学者，荟萃经、子、史之精要，及与时务相关者编成之。取其精华，弃其糟粕；其言西学者，译西人学堂所用之书，加以润色。"① 第二点是仿照泰西和日本通行学校功课之种别，参以中学，为大学堂拟定了基本的功课设置和功课书，有力地推动了高等教育体制的现代化：

> 经学第一；理学第二；中外掌故学第三；诸子学第四；初级算学第五；初级格致学第六；初级政治学第七；初级地理学第八；文学第九；体操学第十。以上皆普通学。其应读之书，皆由上海编译局纂成功课书……英国语言文字学第十一；法国语言文字学第十二；俄国语言文字学第十三；德国语言文字学第十四；日本语言文字学第十五。以上语言文字学五种，凡学生每人自认一种，与普通学同时并习，其功课悉用洋人原本。②

这一功课分科之法成为此后京师大学堂多份章程修订的基础。在这里，"文学"首次被纳入大学堂功课的设置之中。从这份章程开始，对外国语言文字之学的重视也成为此后大学堂章程功课设置的特色。这一做法固然是参照西方和日本的结果，但恐怕也得益于万木草堂时期康有为对外国语言文字之学的讲授实践。这些做法既为以后外国文学进入国民教育打下了必要的体制基础，也是其发展为专门学问的学科基础。

第二，得益于康有为等人的影响和对西学的吸纳，梁启超很早就看到了小说之于国民教育的重要作用，发展出重视文学的教育思想，这就为其接纳外国文学、利用外国文学进行国民教育提供了思想基础。

1897 年，在《变法通议·论学校五·论幼学》中，梁启超提出儿童入学之始，应以识字书、文法书、歌诀书、问答书、说部书（小说）、门径书（史地常识）和名物书（字典）作为启蒙读物的教学方法，反对以诵经作为儿童

---

① 梁启超. 大学堂章程［M］//北京大学，中国第一历史档案馆. 京师大学堂档案选编. 北京：北京大学出版社，2001：27.
② 梁启超. 大学堂章程［M］//北京大学，中国第一历史档案馆. 京师大学堂档案选编. 北京：北京大学出版社，2001：29-30.

入学之始的教学方法。为进一步说明小说之于国民教育的重要作用，他分析了当时言文分离的语言现状，主要从语言而非内容的角度看待说部书的功用，强调使用"俚语"的小说易于民众理解，教育效果显著。"今宜专用俚语，广著群书，上之可以借阐圣教，下之可以杂述史事，近之可以激发国耻，远之可以旁及彝情。"① 梁启超看到日本因使用假名而"识字读书阅报之人日多焉"，"寓华西人亦读《三国演义》最多，以其易解也"。这使他意识到语言问题乃是教育变革的重要议题，故而将教育理想寄托于语言浅易的小说这一文体。

在中国古代的文类中，小说常被视为"子"类末端，又因其具有"补正史之缺"的功能，被认为源出于史而又非官方正史。《汉书·艺文志》说："小说家者流，盖出于稗官，街谈巷语道听途说者之所造也。"② 据余嘉锡考证，"稗官"即中国古代的"士"，"庶人贱不得进言于君，先王惧不闻己过，故使士传叙其语以察民之所好恶焉"。③ 故而士借助小说来沟通民众与天子。小说是民情世态的反映，可以成为统治者补足政治的借鉴，但其内容的驳杂性与思想的反叛性也往往容易蕴藏异端，具有颠覆性的力量。故孔子曰："虽小道，必有可观者焉，致远恐泥，是以君子不为也。"也就是说，小说虽有可观，但非致远之道，故君子不为。这些传统文学观念中对小说的认识包含了小说与民众声气相通的依据，成为作为过渡时代之"士"的梁启超利用小说进行国民教育的前语境。

晚清以来，随着西学东渐，大量西方小说被译入中国，加之近世民族危机的刺激，人们对小说的认识日益变化。康有为的《日本书目志》已强调了小说的教育作用。小说的实用功能日益凸显，契合了整个晚清经世致用的社会思潮，也改变了传统中国以诗文为正宗的文类秩序。小说与开启民智之间的关系成为时人论述的核心。通过阅读《文学兴国策》和《泰西新史揽要》等书，梁启超进一步从东西文化教育的对比中获得启发。他言及小说与开启童蒙之国民教育的关系："西国教科之书最盛，而出以游戏小说者尤夥。故日本之变法，赖俚歌与小说之力。盖以悦童子，以导愚氓，未有善于是者也。他国且然，况我中国之民不识字者，十人而六，其仅识字而谓解文法者，又

---

① 梁启超. 论幼学［M］//陈平原，夏晓虹. 二十世纪中国小说理论资料：第 1 卷：1897—1916. 北京：北京大学出版社，1997：28.

② 班固. 汉书［M］. 杭州：浙江古籍出版社，2000：594.

③ 余嘉锡. 小说家出于稗官说［M］//程国赋. 隋唐五代小说研究资料. 上海：上海古籍出版社，2005：36-38.

四人而三乎。故教小学教愚民，实为今日救中国第一义。"① 小说因为其通俗易懂的特点，以当时中国国民教育尚不发达的国情来说，被认为尤为适合教育国民、启蒙国民。因此，此后他大力倡导新小说的创作，几乎是一呼百应。

梁启超对小说教育功能的倚重，不但受益于康师识见和传统文学观念，更是借鉴域外经验的结果。维新变法失败后，梁启超流亡日本。这一经历又使其成为外国文学在中文世界的重要传播者和利用小说进行国民教育的重要实践者。在日本创办的《清议报》创刊号上，同时刊载了他所撰写的《译印政治小说序》和东海散士柴四郎的《佳人奇遇记》译文。应该说，这是梁启超利用外国文学推动国民教育变革的具有标志性意义的事件。《译印政治小说序》可以看作日后"小说界革命"的先导，正式确立起一种政治小说论。该文竭力鼓吹外国政治小说对于开启民智、增强国家观念的社会作用，明确提倡翻译外国的政治小说："在昔欧洲各国变革之始，其魁儒硕学，仁人志士，往往以其身之所经历，及胸中所怀，政治之议论，一寄之于小说。……往往每一书出，而全国之议论为之一变。"②

这种说法相比此前康有为以小说表述经史之义的观点已经有了质的飞跃，这正是看到了《佳人奇遇记》这一具体外国文学作品后才有的转变。至此，小说在维新思想家那里，真正超出了经史领域，变为一种个人言志的重要载体，其文学地位开始发生真正的变化。在梁启超看来，政治小说具有向广大读者传播维新思想的潜力，其教育功效得到了西方国家和日本的验证。为此，他亲自翻译和创作政治小说，承担起了推广这一小说类型的责任。《佳人奇遇记》是他翻译的第一本外国小说。1902 年他又译介了《十五小豪杰》《新罗马传奇》等政治小说，皆取材外国。政治小说作为一种世界性的文学类型，经由梁启超的推介，为 20 世纪初外国文学在中国的翻译与传播做了重要的舆论准备。

作为思想家、政治家和文学家，梁启超关注的是文学与社会、政治的关系，反映了维新派所秉持的大教育理念。他描述了小说对日本明治维新的意义，赞赏小说"浸润于国民脑质"的效力。③ 正是在外国小说社会功用的刺

---

① 梁启超. 蒙学报演义报合叙 ［M］//梁启超. 梁启超全集：第 1 卷. 北京：北京出版社，1999：131.

② 梁启超. 译印政治小说序 ［M］//陈平原，夏晓虹. 二十世纪中国小说理论资料：第 1 卷：1897—1916. 北京：北京大学出版社，1997：37-38.

③ 梁启超. 饮冰室自由书 ［M］//陈平原，夏晓虹. 二十世纪中国小说理论资料：第 1 卷：1897—1916. 北京：北京大学出版社，1997：39.

激下，他得出了"小说为国民之魂"的看法，主张翻译"有关切于今日中国时局者"的外国小说。① 他认为"国者，积民而成，舍民之外，则无有国"②。梁启超非常重视"民"的主体功能，认为国家政治的进步，有赖于国民整体的觉醒，这恰是其国民教育思想的要义。他强调小说与国民之联系，凸显小说的国民教育功能，是一种国民小说论。

1902 年，梁启超在横滨创办第一份刊印新小说的刊物《新小说》月报，"专在借小说家言，以发起国民政治思想，激励其爱国精神"。该刊发表的《论小说与群治之关系》可以说是体现梁启超国民小说论的集大成之作。梁启超创造性地将"小说"与"群治"联合起来，提出了小说与民族国家建构之间的重要关系。新小说即新国民，小说与国民、爱国有了不可分割的联系。政治失意的梁启超将救国的路径转向文学，转向教育。他从启蒙主义的教育观出发，把小说视为培养新式国民的利器，凸显了小说之于国民教育的价值。他对小说社会功能的强调，使得文学进一步介入现实，回应时代诉求，这一点也成为日后中国知识分子进行外国文学教育与研究的重要旨归。

第三，在对小说功能的理论阐释当中，梁启超实际上还是现代意义上"中国小说""西洋小说""泰西小说"等相关概念的较早提出者，体现了一种较为明确的与民族国家相关联的中国文学和外国文学观念。这些概念的生成也意味着文学现代性的获得，为中国文学、外国文学进入国民教育提供了必要的话语基础。

在《中国唯一之文学报新小说》（1902）中，"中国小说""中国文学"作为四字短语整体开始出现，具有重要的概念史意义。正是对西洋小说和泰西小说的有意关注，促使梁启超提出"中国小说"概念。他对"中国小说""西洋小说"这些概念的使用在中国知识分子中也是较早的。在他看来，一国小说发达与否，不但是民众觉醒与否的标志，甚至是国家文明程度高下的象征。"小说为文学之最上乘，近世学于域外者，多能言之。"③ 这里的"域外"显然是文明程度高于中国的国家，域外小说的发达因此成为国家文明的标志。中国小说的不发达，也是国家衰弱之标志。梁启超依据当时作为公理的进化

---

① 梁启超．译印政治小说序［M］//陈平原，夏晓虹．二十世纪中国小说理论资料：第 1卷：1897—1916．北京：北京大学出版社，1997：37-38.

② 梁启超．论近世国民竞争之大势及中国前途［M］//梁启超．梁启超全集：第 2 卷．北京：北京出版社，1999：309.

③ 梁启超．新小说第一号［M］//陈平原，夏晓虹．二十世纪中国小说理论资料：第 1卷：1897—1916．北京：北京大学出版社，1997：56.

论，演绎出民族国家和文学文类的一套进化逻辑。进化不但是民族国家形成的基础，也是小说为文学最上乘的依据，这是世界文学史的公例。

在与外国文学的比较之中，梁启超萌生出总体性的中国文学史观念：

> 文学之进化有一大关键，即由古语之文学，变为俗语之文学是也。各国文学史之开展，靡不循此轨道。……寻常论者，多谓宋元以降，为中国文学退化时代。余曰不然。夫六朝之文，靡靡不足道矣。即如唐代，韩、柳诸贤，自谓起八代之衰，要其文能在中国文学史上有价值者几何？昌黎谓非三代两汉之书不敢观，余以为此即受其病之源也。自宋以后，实为祖国文学之大进化。何以故？俗语文学之大发达故。①

从这里的表述可以看出，梁启超已经具有了整体性的中国文学史及各国文学史意识。他认为从古语文学变为俗语文学是各国文学史之开展遵循的共通规律，是文学进化的关键。俗语文学的特征就是言文合一，这里正隐含着梁启超所重视的民权意识与国民精神。"凡一国之能立于世界，必有其独具的特质，上至道德法律，下至风俗习惯、文学美术，皆有一种独立之精神。祖父传子，子孙继之，然后群乃结，国乃成。斯实为民族主义之根源也。"② 通过这些阐述，小说不但与国民之间建立起了联系，它所代表的文学与作为民族国家的中国之间也具有了因果关系。"中国小说"或"中国文学"的概念由是成为"民"与"国"之政治关系的一种隐喻。③ 日本学者斋藤希史因而指出，"梁启超的小说论的意义正在于其打开了重建文学的突破口"④。

从中国小说到中国文学概念的提出，不仅是中国文学获得现代性的重要标志，也是塑造以国民为主体的民族主义意识形态的重要方式。从文学观念上来看，中国文学这一概念本质上是近代以来形成的以民族国家观念为基础的现代文学概念。这种文学观念的转变正是在世界意识的润泽之下与外国文

---

① 梁启超. 小说丛话 [M] //陈平原，夏晓虹. 二十世纪中国小说理论资料：第 1 卷：1897—1916. 北京：北京大学出版社，1997：82.
② 梁启超. 新民说 [M] //梁启超. 梁启超全集：第 3 卷. 北京：北京出版社，1999：657.
③ 郑焕钊. 梁启超与"中国文学"概念的现代发生 [J]. 暨南学报（哲学社会科学版），2015，37（11）：122-135.
④ 狭间直树. 梁启超·明治日本·西方 [M]. 北京：社会科学文献出版社，2001：291.

学比照思考的结果。尤为需要指出的是，这些概念的生成不仅意味着文学成为建构民族国家观念的重要途径，也意味着与之对应的外国文学作为一种整体性观念在现代中国的确立。进而言之，外国文学观念的确立乃是外国文学学科诞生的重要前提。这就为此后百年外国文学作为一种参照资源深度参与国民教育进程提供了重要的话语基础。

第三节　严复的国民教育思想与外国文学

严复作为中国近代著名的维新思想家、翻译家、教育家，也是较早思考国民教育问题的知识分子。严复从英国留学归国之后，即从事教育事业，有丰富的教育实践经验。如参与天津北洋水师学堂的创办与发展，参与创办复旦公学，出任国立北京大学首任校长等。他的翻译活动也与近代教育变革密不可分。严复译介的西学名著，在各级各类新式学堂广泛应用，启迪了许多青年的智慧。他主持的京师大学堂译书局，译介了大量的西式教科书。他还十分注重普通国民教育，曾花大气力编辑了普及教育的《国民读本》。严复对国民教育问题的思考从根本上来说出于救亡图存的忧患意识。他认为，中国近代战场失利，根本原因是国民教育的落后。他主张采取平稳的改革方式，发展国民教育，为社会变革提供广泛的基础。

从严复治学与教育思想的总体来看，他对将何种西学引入国民教育也经历了时代的变化。戊戌变法之前，他主张提升国民素质的教育内容是物理、群学等西学内容，贬斥了诸如"记诵辞章""训诂注疏""经义八股"等中国传统教育的内容。戊戌变法之后，则又表达了对"中学"与"西学"兼容并包的思想。"然则今之教育，将尽去吾国之旧以谋西人之新欤？曰：是又不然。""必将阔视远想，统新故而视其通，苞中外而计其全，而后得之。"① 他认为，中国教育不可能完全抛弃旧学，全盘采用西方模式，而是要在吸收传统文化的基础上，借鉴外国先进文化，以此发展新文化。"所读者，尤必为本国之书。但读矣而仅囿于此，则往往生害。故必博参之以他国之书，而广证之以真实见闻。"② 他希望通过对中西文化各方面的鲜明比较，转变国人的思

---

① 严复.与外交报主人论教育书［M］//舒新城.中国近代教育史资料.北京：人民教育出版社，1981：980.

② 严复.丙午十二月廿三日上海华童学堂散学演说［M］//严复.严复全集：第7卷.福州：福建教育出版社，2014：293.

想观念和思想方法，抛弃落后的封建观念，接受先进的西方文明，尤其是先进的人文理念。正是在这种兼容中西的思想语境下，严复的国民教育思考与实践也与外语乃至外国文学生发出了值得注意的联结。

首先，严复非常重视外语教育，是近代中国较早肯定西语、西学价值的启蒙思想家，为外国语言文字之学乃至外国文学进入国民教育做了先行的理论思考。晚清以来，中国人关于异域的知识迅猛增长，知识分子必然要面临如何评价西语和西学知识价值的时代拷问。从本质上来说，保守派人士攻击学习外语和引进西学的根本缘由，来自数千年来中国中心主义思维之下以夷变夏的忧虑与恐惧。1902 年，严复在答《外交报》主人的《论教育书》中，曾明确驳斥保守派认为"习外国语者，将党于外人"的荒谬论调。他指出，"盖爱国之情，根于种姓，其浅深别有所系，言语文字，非其因也"，如果盲目排外，无异于"自塞文明之路"。① 近代国门开放，不仅官方需要外语人才，外国人也需要。但学习西国语言文字，会不会带来膜拜外国，甚至数典忘祖、离经叛道的后果，"变其口耳，冀为西人效奔走以要利耳"②。这成为摆在国民教育变革教育面前的一个根本问题。

对此，严复认为这是见浅而不见深，知一而不知二之论。因西方各国交通往来、国富民强者，莫不通晓外语，这已是不争之事实。他以近代西方各国海陆军皆重视外语为例，论证学习外语的重要性，认为通西语、治西学是国民教育人才养成的必要条件。"夫国学而习外国之文字者，不徒中国有此事也，故今日东西诸国之君若臣，无独知其国语者。……使果有人才而得为国民之秀杰者，必不出于不通西语不治西学之庸众，而出于明习西语深通西学之流。"他还驳斥了一些人国文自大的偏见，认为外文与国文也可以相得益彰："夫将兴之国，诚必取其国语文字而厘正修明之，于此之时，其于外国之语言，且有相资之益也。吾闻国兴而其文字语言而尊重者有之矣，未闻徒尊重其语与文，而其国遂以之兴也。"只要国家强大了，其语言文字自然会受到别人的尊重。同时，国家的强大也意味着更加开放的文化态度，方能看到外国语言之于本国语言的助益之功。鉴于甲午战争之后许多人主张东采日本的做法，他特别提出西学教育应以"通其语言文学"为始基，如果仅仅"借助于东文"，"所得乃至不足道"。他甚至还预想了未来"外国文字为一科之

---

① 严复. 与外交报主人论教育书［M］//舒新城. 中国近代教育史资料. 北京：人民教育出版社，1981：981-982.

② 严复. 英文汉诂卮言［M］//严复. 论世变之亟：严复集. 沈阳：辽宁人民出版社，1994：142.

学"，最终会无有中西新旧之别，"但有邪正真妄之分"，实现中西学术的互通。① 在这里，严复已经初步具有了将外国文字、外国语言文学作为现代学术之一的学科意识。

1906 年，严复发表演讲《教授新法》，又进一步论证了学习西文的原因：

> 其所以必习西文者，因一切科学美术，与夫专门之业，彼族皆已极精，不通其文，吾学断难臻极，一也；中国号无进步，即以其文字与外国大殊，无由互换智识之故，唯通其文字，而后五洲文物事势，可使如在目前，资吾对勘，二也；通西文者，固不必皆人才，而中国后此人才，断无不通西文之理，此言殆不可易，三也；更有异者，中文必求进步，与欲读中国古书，知其微言大义者，往往待西文通达之后而后能之，此亦赫胥黎之言也，四也。且西文既通，无异入新世界，前此教育虽有缺憾，皆可得此为之补苴。大抵二十世纪之中国人，不如是者，不得谓之成学。②

在严复看来，学习西文，不仅是研究西方"科学美术"等专门之业所必需的，也是中外文化"互换智识""资吾对勘"的需要，借由西文亦可弥补中国教育的缺憾。他不仅点出了学习外语的世界性意义和价值，也指出了外语对于补足教育之不足的功效。严复在大力倡导学习西文的同时，也借由西学启迪，较早看到了学习中文与西文的兼治互鉴之功。他接受了穆勒"欲通本国之文辞而达其奥窔，非兼通数异国之文字言语不能办也"的观点，③ 认为只有学习了另一种语言，才能更好地认识自己的母语和文化。这些论断无不秉持着中西文化平等交流的态度，以中国文化自身的发展为旨归。多年后，在讨论国立北京大学文科招生时，严复也延续了这种看法，仍强调"须所招学生于西文根底深厚，于中文亦无鄙夷，先训之思，如是兼治，始能有益"④。可见，严复对外语学习的强调是其国民教育思想中始终如一的特点。

---

① 严复. 英文汉诂卮言［M］//严复. 论世变之亟：严复集. 沈阳：辽宁人民出版社，1994：143-146.
② 严复. 教授新法［M］//严复. 严复论学集. 北京：商务印书馆，2019：336-337.
③ 严复. 马氏文通要例启蒙序［M］//孙应祥，皮后锋. 严复集补编. 福州：福建人民出版社，2004：73.
④ 严复. 分科大学改良办法说帖［M］//孙应祥，皮后锋. 严复集补编. 福州：福建人民出版社，2004：121.

中国近代国民教育的发展正是伴随着人们对于西学价值认识的改变而发展的。其中如何评判中学与西学的关系，具体来说也涉及该以何种态度学习中文和外语。没有这种认识上的厘清和辨正，包括外国语言文字在内的西学很难从根本上在国民教育中站稳脚跟。严复对外语学习及其与中国自身发展之间关系的讨论与重视，具有明显的超越时代、面向未来的特征。这是自晚清开设外语学堂以来，中国人较为明确从学理而非仅从实用角度，对语言学习之于国家文化发展和文明进步意义的深刻阐述。严复讨论外语学习，并不止步于语言的工具性，实际指向了更广阔的西方文明等人文内涵。鉴于语言与文学的密切关系以及彼时人们对文学较为广义的认识，严复这些讨论实际也为以后外国语言文学在国民教育体系中占有一席之地提供了学理基础。

其次，严复不仅肯定了学习外国语言文字之于彼时中国的重要价值，而且在对教育内容与教育目标的思考上也强调包括文学在内的"美术"之于国民教育的重要作用。在《原富》按语中，严复即从东西方哲人的思想里汲取养料，谈及"移风易俗，莫善于乐，中西圣哲所论皆同"，指出了艺术在陶冶情操、化民成俗方面的重要作用。1906 年 1 月 10 日，严复在寰球中国学生会发表《论教育与国家之关系》的演讲，从世界视野和国家兴亡的角度出发，集中论述了学校教育中德育、智育、体育三者之于国家的重要性。"智育重于体育，而德育尤重于智育。"① 严复认为，体育是智育、德育的基础，智育重于体育，而最重要的还是德育。严复对德育问题的思考，使他能够注意到文艺在教化和涵养人心，重视美育方面的重要作用。

严复的译著以西方社会学、政治学、伦理学等著作为主，但他实际上也引进了西方文艺理论著作，这一点过去往往不为人知或不为人重视。因此，严复在近代文学批评史中的地位似乎远不及梁启超、王国维等同代学人重要。事实上，严复在引进外国文学理论方面卓有贡献。他曾翻译英国人倭斯弗的著作《美术通诠》的前三章，译名分别为《艺术》《文辞》和《古代鉴别》，发表在 1906 年《寰球中国学生报》第 3~6 期上。据晚近学者考证，该著作英文底本乃是英国学者巴西尔·沃斯福尔德（W. Basil Worsfold）的《文学评论实践》（*On the Exercise of Judgement in Literature*）。② 这实际上是 20 世纪初西方流行的一部文学理论著作，反映了当时西方美学与文学理论的通行见解。

---

① 严复. 论教育与国家之关系 [M] //严复. 严复论学集. 北京：商务印书馆，2019：317-318，320.

② 狄霞晨，朱恬骅. 严复与中国文学观念的现代转型：以新见《美术通诠》底本为中心 [J]. 复旦学报（社会科学版），2021，63（1）：26-36.

严复引进此书，很可能是近代最早传入中国且直接译自西语的西方文学理论著作。

就《美术通诠》的价值来说，虽是译著，但严复并没有完全对译，而是充当了注解者的角色，在多处表达了自己融通中西的文学观。"美术者何？曰讬意写诚，是为美术。"① "讬意写诚"出自《周易》的"修辞立诚"，严复用"立诚"对应倭斯弗原文中的"make truth"（表现真实），认为它是诗歌和艺术的基础。这种用法为中国文学史家黄人和新文学革命者陈独秀等人所沿用，表达一种写实主义的文学观。严复此举无疑将中西文论话语进行了富有创意的对接，促进了西方文论在中国的传播。严复翻译此书时，虽然以文学、文章或文辞等词汇对译 literature 已有先例，但他仍然将原书题目中的 literature 对译为"美术"一词，以致过去这部译著的文学研究价值往往被人忽略。选择使用兼有艺术与文学双重含义的"美术"一词，代表了将文学视为一种美的艺术的文学观。这种用法在一定程度上是受到日本的影响。晚清民初，王国维《红楼梦评论》（1904）、黄人《中国文学史》（1907）、刘师培《论美术与征实之学不同》（1907）、鲁迅《摩罗诗力说》（1908）、周作人《论文章之意义暨其使命及中国近时论文之失》（1908）等著作，都曾用"美术"一词表达过现代"文学"的内涵，这代表了一个时代的知识共性，他们也因此参与了现代文学和艺术理念建构的过程。严复以中学表达引进外国文论的做法，实则引领了时代风潮。

值得指出的是，从文学教育的角度看，严复翻译此书也有着深刻的时代意义。他在所译《古代鉴别》一篇的按语中指出，中国素有鄙视词曲、小说的传统，根本没有认识到美术在教育中的重要地位，与西洋对戏曲小说的重视不啻云泥之别。这种中外教育的差别是他急切选译此书的重要缘由：

> 教育之术，必即所优之天分而培之，斯其民无弃才。而其为教与学也，皆易及其成德，则皆其国之荣华也。孔子曰："安上治民，莫善于礼，移风易俗，莫善于乐。"斯宾塞耳曰："渝民智者，必益其思理；厚民德者，必高其感情。"故美术者，教化之极高点也。而

---

① 倭斯弗．美术通诠篇一：艺术［J］．严复，译．寰球中国学生报，1906（3）：5.《美术通诠》全译本后由石楞、危鼎铭以《文艺批评》为名出版（青春文艺社 1932 年）。这本书的翻译曾受到以严复为师的周越然的推荐，周越然曾入读严复创办的复旦公学。严复选择翻译《美术通诠》最初用途很可能是为复旦公学等沪上高校充当教材，这也说明严复对国民教育引入外国文学有推动之功，并对学生产生了重要影响。

吾国之浅人，且以为无用而置之矣。此移译是篇所为不容缓也。①

严复本着教育救国的理念，力主开民智、厚民德，他广泛征引东西哲人之观点，极力说明作为"教化之极高点"的美术（文学）对于民智与民德的重要作用，驳斥了一些人认为它无用的看法。这就提高了文学的文体地位和教育意义，肯定了文学教育在国民教育中的重要地位。他在《法意》按语中也谈到了"美术"教育对于国家的重要性：

吾国有最乏而宜讲求，然犹未暇讲求者，则美术是也。夫美术者何？凡可以娱官神耳目，而所接在感情，不必关于理者是已。其在文也，为辞赋；其在听也，为乐，为歌诗；其在目也，为图画，为刻塑，为宫室，为城郭、园亭之结构，为用器、杂饰之百工，为五彩彰施、玄黄浅深之相配，为道涂之平广，为表坊之崇闳，凡此皆中国盛时之所重，而西国今日犹争胜而不让人者也。……美术九流，才士所鄙，则其国不特不强也，且以不富，不特不强不富也，且百为简陋，野邑湫秽，其气象乃日趋于野蛮，其学术技能，无足道者。②

严复批评了传统中国"美术"教育多注重形式而为才士所鄙的弊端。针对外国人认为中国人缺乏美丑观念的偏见，严复希望通过"美术"教育改变国人生活习惯和环境，重塑现代国民的精神面貌。"美术"教育是否发达，关乎国家的文明气象，因此应该大力提倡美术教育。在《教授新法》中，严复谈到教育的目的在于"成人"，使其为"国民"，实际也是一种国民教育论："盖教育者，将教之育之使成人，不但使成器也，将教之育之使为国民，不但使邀科第得美官而已，亦不但仅了衣食之谋而已。"③ 他尤为强调"人心"（包含理性和感性两方面）的重要性："教育目的，在能以康强之体，贮精湛之心。""西人谓一切物性科学至教，皆思理之事，一切美术文章之教，皆感情之事……然而二者往往相入不可径分。科学之中，大有感情；美术之功，半存思理。""德育主于感情，智育主于思理，故德育多资美术，而智育多用

① 倭斯弗. 美术通诠：古代鉴别 [J]. 严复，译. 寰球中国学生报，1907（5-6）：3.
② 孟德斯鸠. 法意：上册 [M]. 严复，译. 北京：商务印书馆，1981：433.
③ 严复. 教授新法 [M] // 严复. 严复论学集. 北京：商务印书馆，2019：329.

科学。"同时，德育与智育又是密不可分的，"教育得法，其开渝心灵一事，乃即在增广知识之中"①。在他看来，教育的目的在于养成体魄强健，情感和理性和谐的人。情理兼具的"美术文章之教"即涵盖文学教育，既是养成情感的重要途径，是德育的重要手段，同时也是增广知识、实现智育的重要途径。可见，在严复的教育思想中，文学教育之于国民教育有着不容忽略的重要意义。

鉴于对美术教育、文学教育重要性的认识，1907 年，严复在南京主持出洋考试科目设置，明确将"国文"与"英国文学"分别单列为一科。为了便于考生复习，严复特开列书目。指示考生"国文"应修《四书五经》《前四史》《古文辞类纂》等，这是遵照学部定章。值得注意的是，他为"英国文学"列出的书目包括哥德史密斯（Goldsmith）的《六合国民》（*Citizen of the World*）、莎士比亚（Shakespeare）的戏剧《奥赛罗》（*Othello*）、《哈姆雷特》（*Hamlet*）、《凯撒》（*Julius Caesar*），以及兰姆（Charles Lamb）的《论说》（*Charles Lamb's Essays*）、欧文（Washington Irving）的《旅行记》（*Tales of a Traveler*）、笛福（Daniel Defoe）《鲁滨孙漂流记》（*Robinson Crusoe*）等名篇。② 这些书目不但足以说明严复对英国文学亦有着广泛的涉猎，更重要的是反映出当时学校教育中新式学术和教育体系已经占据了绝对的优势地位，外国文学与国文的分列并立已是大势所趋。严复自觉地把中国文史典籍与外国文学经典放置在同一视野范围内，兼顾中学与西学。这一做法对后学无疑有极大的导向作用，彰显了对中外文学科目的重视。

民国初年，北京政府教育部曾企图停办北大，此时主持国立北京大学的严复愤然上书，力陈万万不可停办的理由。其中一条即涉及文科发展和文学教育。他借鉴西学，对现代学术分科亦有着较为超前的认识。严复强调，大学设文学科，乃是各国教育之通例，这跟大学的教育目的有关："普通教育所以养公民之常识，高等大学所以养专门之人才"，"大学固以造就专门矣，而宗旨兼保存一切高尚之学术，以崇国家之文化。各国大学，如希腊、拉丁、印度之文学、哲学，此外尚有多科，皆以文明国家所不可少"，"探赜索隐，教思无穷，凡所以自重其国教化之价值也"。③ 他所希望的是"大学文科，东

---

① 严复. 教授新法［M］//严复. 严复论学集. 北京：商务印书馆，2019：330-331.
② 严复. 代提学使陈拟出洋考试布告［M］//严复. 严复集：第 2 册. 北京：中华书局，1986：247-250.
③ 严复. 论北京大学校不可停办说帖［M］//严复. 严复论学集. 北京：商务印书馆，2019：358.

西方哲学，中外之历史、舆地、文学，理宜兼收并蓄，广纳众流，以成其大"①。这与后来蔡元培提出的"兼容并包"的方针是极为一致的。可见，作为近代重要的教育家和启蒙思想家，严复从国家文明发展和教育的长远大计出发，不但对文学教育之于国民教育的价值有深入的思考，而且在实践中力主文学学科在国民教育的存续与发展。

总之，严复虽不是专门的文学家，但他不仅重视外语学习，对文学观念由传统向现代的转换有过贡献，而且较早将西方文艺理论著作直接从原语引入中国。严复关于国民教育、美术（文学）教育的很多看法都渗透着自觉的中西比较意识。他常以西学作为参照，同时观照中国具体国情，可以说是近代中国中西比较研究的开创者和融通中西的大家。他所具有的中西比较视野也使之能较早将外国文学作为独立的现代学科加以看待，故而史家有言："严复在近代学科的确立过程中所扮演的是一种开创性的角色。"②

第四节　王国维的国民教育思想与外国文学

作为近代著名学者和文学家，王国维在晚清文坛上是以反潮流的面貌出现的，受康德（Immanuel Kant）、叔本华（Arthur Schopenhauer）等西方哲学家影响，他的文艺思想与梁启超为政治而文学，强调文学与学术的超功利性的主张不同，主张纯学术与纯文学。尽管他接触西方教育的时间稍晚于严复等人，但他译介西方教育书籍，介绍西方教育思想，提出了一系列改革教育的主张，亦是推进近代国民教育变革的重要历史人物。王国维的国民教育思想主要体现在他的多部论著之中，如《论教育之宗旨》（1903）、《教育杂感四则》（1904）、《论平凡之教育主义》（1905）、《奏定经学科大学文学科大学章程书后》（1906）、《教育小言十二则》（1906）、《教育小言十则》（1906）等。在这些著作中，他对教育宗旨、师资配备、课程设置等方面的讨论，尤其是他对美育、文学与教育等问题的思考，不同程度地显示出外来文化的深刻影响和对外国文学资源的借重。因此，王国维的国民教育思想与外国文学的关系也值得重视。

---

① 严复.分科大学改良办法说帖［M］//孙应祥，皮后锋.严复集补编.福州：福建人民出版社，2004：121.

② 郭卫东，牛大勇.中西融通：严复论集［M］.北京：宗教文化出版社，2009：119.

19、20 世纪之交，人们学习西方多从政治和社会学角度入手，王国维则主要从振兴学术和文学的角度出发向西方学习，具有深远的意义。王国维对当时教育状况有过深刻的观察，从京师大学到私立学校再到海外留学界，都普遍忽视西方思想和文学的学习。王国维对这种短视行为深感忧虑，为此极力呼吁匡正当时刚刚兴起的国民教育之弊病。他曾回顾中国文化发展的历程，认为历史上中国学习外来文化尤其是印度文化的历史和原因，在于"吾国思想凋敝"，学者们抱残守缺，"但守其师说，无创作之思想"，并以此推导出学习西方文化的必要性，西洋之思想无异于"第二佛教"。他精准地总结出中国文化想要得到新的发展，必须走开放和交流的道路，这就指出了学习西方先进文化的意义。同时，他也指出，西方思想的输入"非与我中国固有之思想相化，决不能保其势力"①。在中国历史上，王国维第一次提出外来思想和文化与中国的文化和思想相结合的命题，具有重大的理论意义。从与外国文学的关系来看，由于重视借鉴外来文化，作为文学家的王国维比同代人更早看到了外国文学作品的独立价值，他有意识地翻译外国文学作品，并以此作为塑造近代国民意识、推进国民教育变革的重要手段。因而，他对国民教育的思考常常与外国文学研究相互渗透。

王国维是晚清文坛与外国文学接触最为紧密、最早译介外国文学的重要学者。早在 1904 至 1907 年间，王国维为罗振玉主编的《教育世界》杂志撰写过多篇有关外国文学家的传记文章，介绍了歌德、席勒（Johann Christoph Friedrich Von Schiller）、莎士比亚、史蒂文森（Robert Louis Stevenson）、托尔斯泰等多位西方经典作家。不同于晚清林纾对西方二三流文学家的译介，这些外国文学家的选择显示了作为学者的王国维对外国文学的较高识见。王国维对外国文学的认识显然受到西方浪漫主义以来的文学观念影响。"真正之大诗人，则又以人类之感情为一己之感情，更进而欲发表人类全体之感情。彼之著作，实为人类全体之喉舌。"② 他从人类文学表达感情的共通性出发，超越这些文学家的"外国"身份所带来的异质性，能够站在世界文学的角度评判他们的价值，这是他超出同时代人的高明之处。如他评价托尔斯泰"非俄

---

① 王国维. 论近年之学术界［M］//姜东赋. 王国维文选. 天津：百花文艺出版社，2006：50.

② 王国维. 人间嗜好之研究［M］//姜东赋. 王国维文选. 天津：百花文艺出版社，2006：74.

国之人物，而世界之人物也；非一时之豪杰，而千秋不朽之豪杰也"①。又如，他认为莎士比亚的作品写尽"世界中所有之离合悲欢，恐怖烦恼，以及种种性格等"②。这些文章和观点显示出王国维远超于同代人的世界文学识见，实践了他对于吾国今日之学术界"当破中外之见"的学术主张。③

《教育世界》是近代影响颇大的教育杂志，除介绍西方教育理论与实践外，也刊载过相当数量的外国文学内容。王国维在该杂志宣传和介绍外国文学家，这本身就是一件值得重视的中外文化交流事件，也显示出晚清国民教育变革语境下"文学"，尤其是"外国文学"与"教育"所可能具有的时代关联。在这里文学话语与教育话语形成了一种互动，具有非同寻常的象征意义，可视之为将外国文学引入国民教育中的一种特殊实践。此后，王国维负责主编《教育世界》期间，还以此为阵地，编译了多部外国教育小说，更为直接地显示出外国文学与国民教育所具有的复杂关联。从文学变革的角度而言，这一点可以说呼应了梁启超发起的小说界革命。作为政治家的梁启超主要借鉴了外国文学中的"政治小说"，作为推进国民教育变革的文学资源，王国维则更为直接地看到了"教育小说"这一文学类型的特殊价值，同样是从外国文学汲取了重要资源，以实现开启民智、教育国民之目的，这无疑显示出他作为教育家的思考本色。

在《论教育之宗旨》中，王国维援引中外哲人学说，提出教育的宗旨在于培养"完全之人物"。"完全之人物，不可不备真善美三德。欲达此理想，于是教育之事起。教育之事，亦分为三部：智育、德育（即意志）、美育（即情育）是也。"为了培养完全之人物，使之具备真善美三德，就需要更新教育内容，实行"完全之教育"。接着，他分别论述了智育、德育、美育的主要内容及各自的必要性。他对美育的提倡尤为值得重视，因"德育与智育之必要，人人知之。至于美育有不得不一言者。盖人心之动，无不束缚于一己之利害，独美之为物，使人忘一己之利害而入高尚纯洁之域，此最纯粹之快乐也"。为论证此美育的重要性，他特别举出东西方不同哲人关于文学和艺术的观点："孔子言志，独与曾点；又谓兴于诗，成于乐。希腊古代之以音乐为普遍学之

---

① 王国维. 托尔斯泰传 [M] // 王国维. 王国维哲学美学论文辑佚. 上海：华东师范大学出版社，1993：322.
② 王国维. 莎士比亚传 [M] // 王国维. 王国维哲学美学论文辑佚. 上海：华东师范大学出版社，1993：392.
③ 王国维. 论近年之学术界 [M] // 姜东赋. 王国维文选. 天津：百花文艺出版社，2006：51.

一科，及近世希痕林、歇尔列尔之重美育学，实非偶然也。要之，美育者，一面使人之感情发达，以达完美之域；一面又为德育与智育之手段，此又教育者所不可不留意也。"①

在王国维看来，中国孔子与西方哲人谢林（Friedrich Wilhelm Joseph Schelling）、席勒在美育的理念上有着相通之处，都非常重视文艺的情感教育功能。更因人心之智、情、意三者本身就是不可分离、相互交错的，故而德育、智育只有与美育相结合，才能真正培养完全之人物。这篇文章不但是王国维教育思想精华的集中体现，在中国现代教育史上第一次阐明了智育、德育、美育之关系，而且从他的论述中，可以很明显地看到他对外国文学的熟悉和中外文学共通性的创造性阐释。稍后王国维又撰写《孔子的美育主义》一文，提出孔子的教育实际是"始于美育，终于美育"的，并继续援引西方美学家之观点论证美育与德育之不可相离。

在以西方哲人观点为参照，提倡教育应包含美育的同时，作为文学家的王国维更以近代学术观念看待文学与教育，旗帜鲜明地宣扬文学教育对塑造国民精神的意义，从国家和民族精神文明的高度来提升文学教育的价值。这本身就是一种创见。在《文学与教育》（1904）一文中，他开篇即写道：

> 生百政治家，不如生一大文学家。何则？政治家与国民以物质上之利益，而文学家与以精神上之利益。夫精神之于物质，二者孰重？且物质上之利益，一时的也；精神上之利益，永久的也。前人政治上所经营者，后人得一旦而坏之。至古今之大著述，苟其著述一日存，则其遗泽且及于千百世而未沫。故希腊之有鄂谟尔也，意大利有唐旦也，英吉利之有狭斯丕尔也，德意志之有格代也，皆其国人人之所尸而祝之、社而稷之者，而政治家无与焉。何则？彼等诚与国民以精神上之慰藉，而国民之所恃以为生命者，若政治家之遗泽，决不能如此广且远也。②

可见，相较于政治家给国民带来的物质利益，王国维认为文学家所带来的"精神之慰藉"才是更为广远的。这一看法的得出，有赖于他对外国文学

---

① 王国维．论教育之宗旨［M］//姜东赋．王国维文选．天津：百花文艺出版社，2006：208-210.

② 王国维．文学与教育［M］//方麟．王国维文存．南京：江苏人民出版社，2014：48.

之于国民教育价值的深刻体认。他认为中国近代社会亟于输入泰西物质文明，忽视国民精神的培养乃是大弊。他所指出的"我国之重文学不如泰西"的时代精神文化状况正是文学教育缺失的表现。为此，他反复提及荷马、但丁（Dante Alighieri）、莎士比亚、歌德等西方经典作家，以此说明伟大的文学家之于国民长久的精神价值。中国学习西方，不能只学习其物质文明，更应为长远大计加强文学教育、培养国民趣味、提升精神文明。"西洋物质的文明又有滔滔而入中国，则其压倒文学，亦自然之势也。夫物质的文明，取诸他国，不数十年而具矣，独至精神上之趣味，非千百年之培养，与一二天才之出，不及此。"① 在他看来，精神文明的培育才是中国近代教育应该努力的方向。

王国维对文学教育重要性的论述始终与国民教育的变革相联系。他认为在所谓"美术"教育之中，中学校以上最宜发展文学教育，"使有解文学之能力，爱文学之嗜好，则其所以慰空虚之苦痛而防卑劣之嗜好者，其益固已多矣。此言教育者所不可不大注意者也"②。他强调文学在治疗人们精神痛苦和空虚方面的重要性，已经触及了如何克服国民性弱点、发展民族的精神素质等重大问题。他在研究了叔本华哲学和教育学说后，提出"诗歌之所写者，人生之实念，故吾人于诗歌中，可得人生完全之知识""教育者非徒以书籍教之之谓，即非徒与以抽象的知识之谓，苟时时与以直观之机会，使之于美术、人生上得完全之知识，此亦属于教育之范围也"③。这些论述，反对仅仅传授书本知识和抽象知识的教育，主张文学教育是一种艺术教育和人生教育。这些观点在他对诗歌、小说和戏曲等文类的研究中贯穿始终。

1906 年，王国维在《教育世界》第 139 号集中发表了十七则关于文学的见解，题为《文学小言》。他特别提到了康德、席勒等人提倡的文学游戏说，从本质上探讨了文学的发生问题，认为文学的本质乃是精神之游戏。在王国维看来，文学是否发达也是民族文化发达与否的标志，这在一定程度上显示出进化论的影响：

> 文学者，游戏的事业也。……唯精神上之势力独优，而又不必以生事为急者，然后得保其游戏之性质。而成人以后，又不能以小

---

① 王国维. 文学与教育［M］//方麟. 王国维文存. 南京：江苏人民出版社，2014：48-49.

② 王国维. 去毒篇［M］//方麟. 王国维文存. 南京：江苏人民出版社，2014：125.

③ 王国维. 叔本华之哲学及其教育学说［M］//姜东赋. 王国维文选. 天津：百花文艺出版社，2006：20-21.

儿之游戏为满足，于是对自己之情感及所观察之事物而摹写之、咏叹之，以发泄所储蓄之势力。故民族文化之发达，非达一定之程度，则不能有文学；而个人之汲汲于争存者，绝无文学家之资格也。……文学者，不外知识与感情交代之结果而已。苟无敏锐之知识与深邃之感情者，不足与于文学之事。①

由此看来，王国维所主张的文学教育，既属于美育，具有情感教化、涵养精神、趣味培养之功能，也包含智育的成分，关乎知识和理性。延续此文对文学本质的认识，1907 年，《人间嗜好之研究》又运用西方心理学的知识，认为人类对文学艺术的爱好根植于人类的"势力之欲"，故而教育者应善加引导。"吾人内界之思想感情，平时不能语诸人，或不能以庄语表之者，于文学中，以无人与我一定之关系故，故得倾倒而出之。易言以明之，吾人之势力所不能于实际表出者，得以游戏表出之是也。"② 王国维借助外来理论资源，着眼于教育与文学之关系，对文学艺术的本质和功能价值做出了不同于前人的深刻阐释。

王国维对文学教育的重视与他对文学本质的理解密不可分。他对文学本质的理解最能体现中西文学观念的调和。近代小学大家章太炎曾言："文学者，以有文字著于竹帛，故谓之文；论其法式，谓之文学。"③ 这种对文学的理解是对千百年来中国人文学观的一种集中表述，其本质是一种重"文字"的杂文学观。在王国维看来，这种文学观正是近代以来文学不兴的原因，也是"我国之重文学不如泰西"的表现，这主要是基于中西文学观念的差别做出的判断。他认为文学存在第一形式与第二形式的差别，第一形式美在形象之优美和宏壮，第二形式美在文字本身之古雅。④ 以中国古典文学而言，文字本身的确存在着不可磨灭的美学价值，文字的使用构成了历朝历代文体的不同美学风格的基本差别。"楚之骚，汉之赋，六代之骈语，唐之诗，宋之词，

① 王国维.文学小言［M］//姜东赋.王国维文选.天津：百花文艺出版社，2006：103-104.

② 王国维.人间嗜好之研究［M］//姜东赋.王国维文选.天津：百花文艺出版社，2006：74.

③ 章太炎.国故论衡［M］.上海：上海古籍出版社，2003：49.

④ 王国维.古雅之在美学上之位置［M］//姜东赋.王国维文选.天津：百花文艺出版社，2006：64-68.

元之曲，皆所谓一代之文学，而后世莫能继焉者也。"① 在西方浪漫主义以来
文学观的影响下，王国维认为，荷马、莎士比亚、歌德等分别以史诗、戏剧、
小说为后世称道，主要在于他们代表了一种国民或民族的整体精神，书写了
具有代表性的文学形象。恰恰在这一点上，重文字的中国古典文学有所欠缺。
同样也是出于对"形象"文学的重视，他盛赞《红楼梦》是"我国美术上之
唯一大著述"②。通过对外国文学尤其是文论的广泛涉猎和中外文学的比较研
究，王国维不仅开始创造性地调适与更新中国文学观念，提出了自己独到的
美学范畴，也为他发展文学教育的思想提供了学理基础。

　　不同于林纾不谙外文，只能借助合作者译介外国文学，王国维有能力直
接阅读西方文学作品，加之其对西方哲学的深入研究，他对外国文学的理解
和介绍就更能走近世界文学的核心。就文学研究方法而言，陈寅恪曾评价王
国维的治学方法之一是"取外来之观念，与固有之材料互相参证"③。他的文
艺批评及小说戏曲之作，如《红楼梦评论》《宋元戏曲考》《唐宋大曲考》等
虽属于中国文学研究，却是自觉地在外国文学观念的参照下进行的研究，实
际上反映了他深厚的西方哲学和文学修养。他认为只有援西入中，才能把中
国的学问做好。他借鉴外国文学重新看待和评价中国文学，以今天的眼光来
看，有时不免陷入西方中心主义的圈套。如他将中国文学分为"抒情的文学"
（《离骚》、诗、词）与"叙事的文学"（谓叙事、传史诗、戏曲等），认为前
者较发达，而后者尚处于幼稚之时代。这一分类方法明显以外国文学为参照
标准，甚至得出了"以东方古文学之国，而最高之文学无一足以于西欧匹
者"④ 的结论。又如，他在《三十自序》中认为中国文学对戏曲的不重视，
导致了与西方戏剧的巨大差距。"吾中国文学之最不振者莫戏曲。若元之杂
剧、明之传奇，存于今日者尚以百数，其中之文字虽有佳者，然其理想及结
构，虽欲不谓至幼稚、至拙劣，不可得也。国朝之作者虽略有进步，然比诸
西洋之名剧，相去尚不能以道里计。"⑤ 王国维对外国文学的这些判断固然有
其偏颇之处，显示出彼时中国人在对待外来精神文明方面的不自信，但恐怕

① 王国维．宋元戏曲史［M］//姜东赋．王国维文选．天津：百花文艺出版社，2006：
　162.
② 王国维．红楼梦评论［M］//姜东赋．王国维文选．天津：百花文艺出版社，2006：98.
③ 陈寅恪．王静安先生遗书序［M］//王国维．王国维文学美学论著集．上海：上海三联
　书店，2018：493.
④ 王国维．文学小言［M］//姜东赋．王国维文选．天津：百花文艺出版社，2006：107.
⑤ 王国维．三十自序：二［M］//姜东赋．王国维文选．天津：百花文艺出版社，2006：
　239.

更多是出于改造中国文学的迫切时代诉求。这里姑且不讨论其观点的是非，单就他将中外文学放置在同一系统中加以认识比较的这种研究方法，已经影响了他的教育思想和理念的表达，外国文学的参照使其比同时代人更重视文学教育之于国民养成的重要意义。

作为晚清国民教育变革的直接参与者，王国维对外国文学与国民教育关系的思考最直接地体现在他 1906 年写成的《奏定经学科大学文学科大学章程书后》一文中。该文对张之洞主导的《奏定大学堂章程》中经学、文学二科的设置提出尖锐批评，曾经传诵一时。这篇文章也较早涉及了中国文学和外国文学的学科设置问题。如前所述，日本近代大学文学科中哲学类课程的地位非常突出，不过这一点被京师大学堂章程所舍弃。在该文中，王国维尖锐地批评大学堂章程废除哲学一科为"根本之谬误"，他力陈中西哲学与文学之关联，提出外国哲学乃是理解外国文学的重要基础：

> ……特如文学中之诗歌一门，尤与哲学有同一之性质，其所欲解释者，皆宇宙、人生根本之问题。不过其解释之方法，一直观的，思考的；一顿悟的，一合理的耳。读者观格代，希尔列尔之戏曲，所负于斯披诺若、汗德者如何，则思过半矣。……今文学科大学中既授外国文学矣，不了解外国哲学之大意，而欲全解其文学，是犹却行而求前、南辕而北其辙，必不可得之数也。①

王国维之所以提出反对意见，是基于他对中西哲学与文学的深入研究。特别是从概念的角度看，他对"外国文学"一词的使用，某种程度上也可视为近代中国这一名词学理化与专门化的一个开端。在他的构想中，文学科应包含五科：经学科、理学科、史学科、中国文学科、外国文学科。这里已经将中国文学和外国文学作为学科纳入了现代学术体系的考量中，为此他还分别列出了两科所应涵盖的现代课程：

> 中国文学科科目：哲学概论、中国哲学史、西洋哲学史、中国文学史、西洋文学史、心理学、名学、美学、中国史、教育学、外国文

---

① 王国维. 奏定经学科大学文学科大学章程书后［M］//姜东赋. 王国维文选. 天津：百花文艺出版社，2006：220.

　　外国文学科科目：哲学概论、中国哲学史、西洋哲学史、中国文学史、西洋文学史、□国文学史、心理学、名学、美学、中国史、教育学、外国文①

　　由于对哲学科的强调，乃是彼时王国维针对大学堂设科的主要意见，因此，中国文学科和外国文学科之下均设"哲学概论""中国哲学史""西洋哲学史"等课程。虽然中国文学科和外国文学科分别设置，但两者所列课程并无太大不同。它们皆包含"中国文学史""西洋文学史"等共同的知识基础，这也印证了王国维心目中对文学本质的理解并不曾囿于中外之别，而是具有更多的共通性。② 他解释说，外国文学科中可先设置英德法三国，以后再及各国。这大约也是所列外国文学科目中出现"□国文学史"的用意。由此可知，王国维已具有十分明确的外国国别文学意识，他的这种设想意味着我国现代学术体系之下外国文学专业化的重要开端。他对外国文学学科的课程设想在以后民国时期大学外国文学系的课程设置中亦回响不绝。

　　王国维不但构想了中国文学和外国文学独立设科和具体课程设置，还对相关师资问题有过考虑。鉴于中国的现代高等教育刚刚起步，在《教育小言十则》中，他提出"欲兴高等教育，则其教员必聘诸外国"。外国文学、外国哲学教员可以求诸外国，待新的学术方法引入才可改造中国文学的教育："今后之文科大学，苟经学、国文学等无合格之教授，则宁虚其讲座，以俟生徒自己之研究，而专授以外国哲学、文学之大旨；既通外国之哲学、文学，则其研究本国之学术必有愈于当日之耆宿者矣。故真正之经学、国史、国文学之专门家，不能不望诸此辈之生徒，而非今日之所能得也。"③ 出于对传统陋儒和学术的不满，王国维提出，即使是本国学问，无法聘任外国教员，在当时的条件下宁虚其讲座。他认为教育必须从长远着眼，寄希望于将来。通过教授生徒外国哲学和文学之大旨，等待他们借鉴外国学术实现对旧有教育与

---

① 王国维. 奏定经学科大学文学科大学章程书后［M］//姜东赋. 王国维文选. 天津：百花文艺出版社，2006：222-223.

② 民初的大学令，取消经学科，可谓一项具有标志性意义的变化，意味着高等教育分科体制的现代化开端。尽管经学科被取消，文学科中涉及传统经史之学的内容也被分列在中国哲学、中国文学、中国史等科目下，但由于知识内部的牵连性与一体性，必然要求在有限的分科体制下，沟通原本密不可分的知识整体。这也有助于理解尽管外国文学科与中国文学科分列并举，但在先贤的理解中所需知识科目为何极其相似。

③ 王国维. 教育小言十则［M］//王国维. 王国维文选. 上海：上海远东出版社，2011：142-143.

学术的超越和改造。在这里，外国哲学和外国文学的教育功能与借鉴价值受到了充分的重视，鲜明地表达了利用外国学术改造中国国民教育的意图。王国维的这些观点虽颇有冒天下之大不韪的超前意味，却与其治学理念中世界学术大同的理念高度一致。"学术之所争，只有是非真伪之别耳。于是非真伪之外，而以国家、人种、宗教之见杂之，则以学术为一手段，而非以为一目的也。未有不视学术为一目的而能发达者，学术之发达，存于其独立而已。"① 基于对现代学术独立性的认识，他对外国文学和学术的汲取才能破中外之别，而着眼于其更为本质的价值。这种超前性显然仍需经过较长时间的本土消化与适应。

总之，作为晚清民初重要的学者、教育家和文学家，王国维曾密集接触和译介外国文学，将外国文学作为推动国民教育变革的重要话语资源，提出了诸多富有创见的思考和观点。在外国文学的参照下，王国维重新认识和理解文学的本质及功能，典型体现了中国文学观念的近代转型。从他对京师大学堂学科和课程的制定讨论来看，可以说他是明确肯定外国文学价值，将外国文学学科引入国民教育的第一人。他从中外文化发展的普遍规律入手，试图构建世界学术的宏大理想。这种高度和境界不仅使他能够充分重视外国文学的独立价值，以此反思中国文学的历史和未来，也使他自觉将外国文学作为现代学术体系中的一员加以综合考虑，有力推动了近代中国外国文学与国民教育的关系互动进程。

---

① 王国维 . 论近年之学术界［M］//姜东赋 . 王国维文选 . 天津：百花文艺出版社，2006：50-51.

第四章

民国时期国民教育概况与外国文学学科发展的体制基础

晚清以来，在面临数千年未有之变局的时代语境下，中国传统教育在思想、理念、制度和知识体系等方面都面临外来文明的强烈冲击，由此开启了艰难的现代化转型。民国时期的国民教育是这一转型过程中的一个重要阶段，在中国近代教育发展过程中起着承前启后的重要作用。从知识生产的角度看，民国时期国民教育的发展，为作为学科的外国文学提供了制度保证，既是外国文学学科进行知识生产的基础平台，也构成了外国文学话语社会传播的官方机制。民国时期外国文学学科的发展与实践，离不开彼时国民教育整体状况的规划与制约。考察外国文学学科在国民教育中的发展与实践形态，有必要先对民国时期国民教育的发展概况做一个鸟瞰和扫描。本章将以此为基础，结合民国时期的法令法规，进一步讨论与外国文学相关的体制基础，并提出民国时期大学教育格局与外国文学学科这一命题，以此作为此后几章讨论外国文学与国民教育关系的基本依据。

第一节　民国时期国民教育概况

在中国近现代教育史和民国教育史研究中，有不同的关于民国教育史的分期方式。其中，以民国时期教育自身的演变为依据，结合民国中央政权更替的实际影响，将教育发展放置于社会转型的大系统中，来确定教育史的分期，是 20 世纪 90 年代之后民国教育史研究主流观点之一。相关著作如熊明安《中华民国教育史》（重庆出版社 1990 年版）、申晓云主编《动荡转型期中的民国教育》（河南人民出版社 1994 年版）、李华兴主编《民国教育史》（上海教育出版社 1997 年版）、朱庆葆等著《中华民国专题史：教育的变革与发展》（南京大学出版社 2015 年版）等，都大致按照这一理念进行民国教育史的分期。毋庸置疑，在政治和社会剧烈动荡的民国时期，教育的发展与政治变动、政局更迭有着密切关系。从这一角度看，参照以上民国教育史著作，

大体来说，我们可以将民国时期的国民教育历程分为起步与探索时期
（1912—1927）、发展与定型时期（1927—1937）、挫折与衰落时期（1937—
1949）三个阶段。

先来看第一阶段，国民教育的起步与探索时期（1912—1927）。

民国时期国民教育的发展首先无法割裂它与晚清国民教育改革的关系。
李华兴指出，"从社会转型的宏观意义考察，新教育不是大清国的救命药，却
是中华民国的催生婆"①。在清末十年（1901—1911）的改良运动中，新教育
迅速发展。1902—1903 年壬寅—癸卯学制的制定奠定了近代意义的学制系统。
伴随着科举制的废除和学部的设立，新式学堂如雨后春笋般创建，学生人数
呈现十倍数增长。据称，1912 年，学生人数已经达到 2933387 人。② 这些变
化成为民国初年国民教育发展的基础。随着中华民国诞生，国家政体变迁，
教育理念也随之发生变化。孙中山即提出，"以教育为立国之本，振兴之道"，
国家"振兴之基础，全在国民知识之发达"。③ 他以政治家的远见卓识，勾画
了以国民教育为中心的民国教育的新体系，为民国教育的创立开启了新生面。

1912 年 9 月，民国政府确立的教育宗旨提出，国民教育以养成"共和国
民健全之人格"为根本目标，体现了教育发展的时代诉求。为呼应这一诉求，
蔡元培以国立北京大学为中心的教育改革，使得大学成为知识分子新的安身
立命之地，成为新思潮和新文化的策源地，这对当时整个中国的文化教育界
和学术思想界都产生了深刻而广泛的影响。从 1915 年起，与科学与民主两面
旗帜的高扬一致，国民教育摒弃了"以孔子之道为修身大本"的陈腐教条，
契合了文学改良和白话文运动，为思想与文化的进一步改革扫清了障碍。更
多有识之士投入教育救国和学术救国的道路中，由国家创办和主导的大学成
为知识分子的理想寄托。如胡适所言："如中国欲保全固有之文明而创造新文
明，非有国家的大学不可。一国之大学，乃一国文学思想之中心，无知则所
谓新文学新知识皆无所附丽。国之先务，莫大于是。"④ 他竭力提倡国家创办
大学，强调教育之于文学与知识发展的重要性。

就在民初教育界新文化风潮鼓荡之际，清末兴起的国民教育思潮仍颇有
影响。其诉求总体来说亦指向由国家主导教育，国民皆享有受教育的权利。

---

① 李华兴. 民国教育史 [M]. 上海：上海教育出版社，1997：7.
② 桑兵. 清末兴学热潮与社会变迁 [J]. 历史研究，1989 (6)：13-27.
③ 孙中山. 在北京湖广会馆学界欢迎会的演说 [M] //孙中山. 孙中山全集：第 2 卷. 北京：中华书局，1981：424.
④ 胡适. 国立大学之重要 [M] //胡适. 胡适学术文集. 北京：中华书局，1998：23.

汤化龙、贾丰臻、陆费逵等人都是这一思潮的力倡者。如贾丰臻认为"国民教育乃义务教育，谓国民之受教育如纳税、当兵之不得免除者也。国民教育为儿童将来生活计，而授以必需之知识技能也。国民教育乃国家教育人民，与家庭教育子女无异：家庭纵贫苦，子弟不可不读书；国家虽困穷，人民岂可不入学乎"①。这代表了当时一般民众对于国民教育的意见，强调国民皆享有的受教育权利。陆费逵认为"教育为根本之图，普通教育尤为根本中之根本"，"盖无国民教育，则国家之基础不固"。国民教育的目的在于"养成独立、自尊、自由、平等、勤俭、武勇、绵密、活泼之国民，以发达我国势，而执二十世纪之牛耳"②。担任过民国教育部次长和总长的范源濂认为"文明各国，莫不定普通教育之一部为国民义务教育。其年限愈长者，则其国势之发展亦愈强大"③。这些关于国民教育的理解，意见虽不完全统一，但相关讨论无疑促进了国民教育精神的普及。国民教育不但被认为是国家教育之基础，也是提高国民整体文化素质和生存能力的必经之路。

1914 年，为厘定新的教育方针，教育部公布《整理教育方案草案》。"征诸世界各邦，必以国家能履行义务教育而后称为有教育之国，其通例也。顾欲国家主义之贯彻，非可求诸私塾，必在乎公共教育。……人民向学为国家第一之生命。"④ 该草案总的精神是力主国家回收教育权，由国家兴办教育、普及教育，明确义务教育年限，宣示建学为国家之责任。

1915 年 1 月袁世凯颁布的《颁定教育要旨》也对国民教育的意义进行了阐述："凡一国之盛衰强弱，视民德、民智、民力之进退为衡；而欲此三者程度日增，则必注重于国民教育。"其中指出我国"秦汉以后二千余年，未与外国文明相接触"，这是造成近代教育落后的根本原因。⑤ 这些主张重视国家强盛与国民教育之间的关系，注意到中国与世界交流交往之于教育发展的重要性，构想了从家庭教育、学校教育、社会教育至世界教育的不同教育类别，应该说具有一定的合理性和进步性。但受时代局限，袁世凯所谓的国民教育

① 陈青之. 中国教育史［M］. 合肥：安徽人民出版社，2019：603.
② 璩鑫圭，唐良炎. 中国近代教育史资料汇编：学制演变［M］. 上海：上海教育出版社，2007：620，627.
③ 范源濂. 说新教育之弊［M］//舒新城. 中国近代教育史资料. 北京：人民教育出版社，1981：1048-1049.
④ 民国政府教育部. 教育部整理教育方案草案［M］//宋恩荣，章咸. 中华民国教育法规选编：1912—1949. 南京：江苏教育出版社，1990：6.
⑤ 袁世凯. 颁定教育要旨［M］//宋恩荣，章咸. 中华民国教育法规选编：1912—1949. 南京：江苏教育出版社，1990：20.

是"立定一个模型以陶铸全国之民"。这种模型以"忠孝节义"为基础，重新把读经讲经列为国民学校的必修科目，实际上主要是为复辟帝制而服务。新旧军阀之后还常常借国民教育的口号收买人心，使许多规章的目标和预设流于幻想。

历史地看，国民教育的主张，虽因民国初年社会经济的落后、军阀的割据混战、政局的动荡不安难以付诸实施，却引发了"五四"之后各种教育思潮的勃兴，增强了国民的社会责任感和历史使命感，进一步推动了教育的近代化。同时，民国初年，大量留学生前往欧美学习，他们回国后加速了新思想和新文化的输入。他们常常在中国文化教育界占据要职，倡导并运作了多种形式的教育实践和探索，各种教育思潮和运动，如乡村教育运动、平民主义教育思潮、职业教育运动等，都有着广泛的社会影响。中国教育界、文化界经过选择，逐渐把教育改革的参照重心由日本转向美国。1922 年的壬戌学制主要仿照美式学制的六三三四制，即小学 6 年、初中 3 年、高中 3 年，大学 4~6 年。自此，民国学制基本定型，推动了教育普及和教育平等，带动了课程体系和各级各类学校各科教学纲要的更新，一定程度上实现了与国际教育和现代化潮流的接轨，其影响所及，直迄当下。

第二阶段，国民教育的发展与定型时期（1927—1937）。

教育作为国家系统的组成部分，应服务于国家的目标和政治的需求，这是现代国家对于教育发展的基本要求。1927—1928 年，随着国民政府定都南京和北伐胜利，中国在形式上宣告统一，国民政府逐步开始对教育事业进行规划、整理和规范，使之成为维护政权合法性和推动国家现代化的基础。1929 年 4 月，《中华民国教育宗旨及其实施方针》公布："中华民国之教育，根据三民主义，以充实人民生活，扶植社会生存，发展国民生计，延续民族生命为目的。务期民族独立，民权普遍，民生发展，以促进世界大同。"1931 年 6 月 1 日，国民政府公布《中华民国训政时期约法》，其中设"国民教育"专章。该法令重申了三民主义、男女教育之平等、普及义务教育、公私教育应皆受国家监督等原则和内容。1931 年 9 月，《三民主义教育实施原则》发布，对初等教育、中等教育、高等教育、师范教育、社会教育、蒙藏教育、华侨教育、留学教育等各级各类教育的教育目标、课程、训育、设备等，做出了具体的实施规定。此后，国民政府又颁布和实施了一系列的教育法规、法令和制度，为教育发展提供了依据和准则，如《专科学校组织法》《大学组织法》《小学法》《中学法》等。这些法令和规章条例涉及办学宗旨、管理体制、教育经费、课程设置等方方面面。

相较于北洋时期教育状况的混乱，南京国民政府较为重视教育经费投入，对于教育的整顿也取得了积极成效，因此这一时期教育事业获得了相对稳定的发展。以 1927 年公布的《大学教员资格条例》对大学教员的月薪规定来看，教授月薪为 400~600 元（最高者与国民政府部长级别基本持平），副教授 260~400 元，讲师 160~260 元。20 世纪 30 年代初，大中小学教师平均月薪分别为 220 元、120 元、30 元。而同期上海一般工人的月薪仅为 15 元。① 教师的收入较高，生活相对稳定，学生人数增加，学校的各项活动也较为丰富，这些都为教育的稳步发展提供了良好环境。这一时期高等教育的学科发展和学术研究成果斐然。对此，李华兴《民国教育史》指出，"从南京国民政府成立到全面抗日战争爆发前的十年间，是民国教育稳步发展、趋于定型的时期。……由于社会政局相对稳定，教育投入逐年增加，教育管理的渐次完善，尤其是广大教育工作者的勤勉敬业，各级各类教育都取得了较大的发展"②。金以林指出，"在中国高等教育事业发展进程中，抗日战争前十年占有十分引人注目的地位"③。总体而言，从 1927 到 1937 年这一时期是民国教育发展的"黄金十年"，尽管存在种种问题和矛盾，但相较于此后全面抗战开始后的混乱与动荡，这一时期的教育发展还是相对稳定的。

第三阶段，国民教育的挫折与衰落时期（1937—1949）。

1937 年，全面抗日战争的爆发使战前形成的稳定教育发展局面被迫停顿，民国的教育和学术文化事业遭受到严重的挫折，中国教育在逆境中艰难前进。战争的爆发对教育造成了巨大破坏，但也推动了对既往教育的反思。1938 年 3 月 29 日至 4 月 1 日，国民党在武汉召开临时全国代表大会，通过了《战时各级教育实施方案纲要》，确立了"战时当作平时看"的教育指导方针。国民政府采取了一系列的措施来维护教育的发展，如推动高等学校内迁、创设国立中等学校、实施"国民教育制度"、整理大学课程、增设研究院所、发展社会教育、完善教育行政官员的选拔任用等。这些努力使得中国战时教育事业并没有完全停滞，反而获得了相当的发展。特别是高等教育发展显著，至 1946 年全国专科以上学校共有 182 所，比战前的 108 所大幅增加，学生人数 1945 年达到 80646 人，比战前增加约一倍。④ 大批硕学英才后来活跃在教育

---

① 李华兴. 民国教育史［M］. 上海：上海教育出版社，1997：530.

② 李华兴. 民国教育史［M］. 上海：上海教育出版社，1997：11.

③ 金以林. 近代中国大学研究：1895—1949［M］. 北京：中央文献出版社，2000：160.

④ 朱庆葆，陈进金，孙若怡，等. 中华民国专题史：教育的变革与发展［M］. 南京：南京大学出版社，2015：9.

文化和科技领域。"应该说，国民党并不轻视教育，它在战前和抗战时期，为发展民国教育事业积累了正反两方面的经验，为中国现代化培养了不少有用人才。"① 但是，抗战胜利后，国民党为维护独裁统治，违背历史潮流，发动全国规模的反共内战。中国教育反而面临比抗日战争期间更严重的困难，各地学潮风起云涌，国民党统治之下的教育不可避免地走向了衰落。

民国时期国民教育发展深受政治变动和社会动荡的影响，与它所处的时代环境息息相关。教育界成为各种政治力量争权夺利的重要场域，呈现出国际化与民族化并存的特征。从清末到民初，中国教育改革主要效仿日本，从学制系统、师资配备、课程设置到教科书都以日本教育为蓝本，经由日本人转译的现代西方学术知识成为中国新式教育的主要内容。随着日本对中国政治与经济野心的暴露，加之大量中国学生留学欧美并学成归国，日本模式逐渐被抛弃，美国教育模式受到中国知识分子的推崇。民国时期教育从开始学习东洋向师法欧美转变，"最重要的标志就是东南大学的创立和1922年壬戌学制的颁布"②。国立东南大学从管理体制、教学制度到教育目标的制定，都体现了美国大学模式的深刻影响。据统计，1923年国立东南大学85名教授中，66名都曾经留学美国。③ 此外，不能忽略的是，民国时期的教育还呈现出多样化的办学特征。除了政府作为主导推行教育外，来自民间的社会团体、教会组织、士绅阶层等都是推动教育发展的重要力量。以高等教育为例，国立大学、省立大学、私立大学成为民国时期同时存在的办学形式，共同推动了中国教育的近代化。尤其是20世纪20年代，教会学校由于受政治影响较小，办学经费相对充足，教育质量有所保证，人才培养成效显著，因而获得了空前的发展。燕京大学、岭南大学、金陵大学、圣约翰大学等在中国近代教育史上均有很高声誉。由于现代西方学术思想和组织制度的引入，教育变成了一种职业，成为知识分子安身立命之所在。

《民国教育史料丛刊》主编马小泉、李景文将民国时期教育活动的成就归纳为四点："一是各种教育理论、教育思想和教育思潮的研究广泛开展；二是教育法规、教育政策和教育行政制度的逐步建立和完善；三是各种类型教学实验及乡村教育和社会教育积极推行；四是翻译、编译、译述乃至自编各级

---

① 李华兴.民国教育史［M］.上海：上海教育出版社，1997：12.
② 朱庆葆，陈进金，孙若怡，等.中华民国专题史：教育的变革与发展［M］.南京：南京大学出版社，2015：11.
③ 张雪蓉.美国影响与中国大学变革：1915—1927［M］.北京：华龄出版社，2006：40.

各类课本教材大量出版，形成了教育图书文献的出版高潮。"① 李华兴指出，"民国教育在中国与世界、传统与西化、理想与现实、变革与稳定的比较选择和反复调适中，既有成功的经验，也有失败的教训"②。民国时期教育发展尽管取得了一定的成就，但也有很多不足。如已有研究表明，民国的大学教育尽管可以视为国民教育中的高级层次，但由于中国整体经济和社会的落后，此时的大学教育实际上只能是一种精英教育，客观上也可以说形成了一种等级教育。当时一项调查表明，"受大学教育一年，至少须 200 元至 300 元，以今日全国人民之经济力而论，年出 50 元至 300 元钱以买得受教育机会者为数实少。此今日之教育所以只能为少数富人所独有也"③。民国时期的教育机构，尤其是高等教育主要是服务于大城市及中产以上的家庭，乡村社会受到现代教育的影响较小。民国教育呈现出精英化的特征，受教育者与未受教育者之间的鸿沟加大，使中国社会阶层进一步走向分化。

总之，民国时期的教育公私并存、新旧交汇，既有积极进步的因素，也有落后保守的成分，但不可否认的是，这一时期是中国教育现代化历程的重要一环。从教育史角度概观民国时期国民教育发生和发展，有助于我们理解外国文学学科发展与制度建设的历史文化语境，是进一步研究外国文学学科在民国时期国民教育中存续与发展的重要基础。

第二节　民国时期与外国文学有关的法令法规

从清末创办京师大学堂的《奏定大学堂章程》算起，对外国文学学科的设计和考量开始进入中国官方的教育制度和先进知识分子的视野当中。但彼时的外国文学更多只是停留在章程规划和课程科目当中，外国文学作为学科和制度真正落实到教育实践当中，还有赖于民国时期国民教育的进一步发展，有赖于国家教育法规和教育体制的支撑与助力。民国时期颁布了各种教育法规法令，加强了对教育的法制化管理，其中一些关于高等教育、中等教育和师范教育的法令法规等官方文件，直接或间接涉及学科层面外国文学的建设

---

① 马小泉，李景文．"民国教育史料丛刊"序 [J]．寻根，2015（4）：98-99．
② 李华兴．民国教育史 [M]．上海：上海教育出版社，1997：2．
③ 杜作润．高等教育的民办和私立：比较研究 [M]．上海：上海科学技术文献出版社，1993：32-33．

与规划问题。对它们加以整理和观察，有助于理解民国时期外国文学学科发展的制度基础。

一、民国中等教育法规与外国文学相关者

民国初建，1912 年 9 月 8 日公布的《学校系统令》涵盖了从初等小学校、高等小学校、中学校到大学校的整套学校系统，可视为官方意义上对国民教育的整体规划。其中，《小学校令》规定外语课程以英语为主，若遇到地方特殊情况，可由学校在法语、德语、俄语中任选一种。1912 年 11 月，教育部《小学校教则及课程表》第十五条，较早谈及小学阶段的英语教育问题。这一规定注明英语要旨乃是"使儿童略解浅易之语言文字，以供处事之用"，还提及"英语读本宜取纯正而有趣味者，其程度宜与儿童知识相称"。这里的读本或已带有一定的文学启蒙意味，甚至带有一种知识化的倾向。但对读本与知识对应程度的表述显然是一种理想化的设想，在中国国民教育尚待普及的民国初年，这一规定恐怕更多只能流于形式。

民国时期的教育制度和法令与外国文学相关的内容，首先主要可从对中等教育的规定，尤其是对英语教育的相关规定中找到蛛丝马迹。

1912 年 9 月，教育部颁布《中学校令》，规定中学校应"以完足普通教育、造成健全国民为宗旨"[1]，外国语被列为中学必修科目，与修身、国文、历史、地理、数学、博物、理化等学科并列。同年 12 月，又颁布《中学校令施行规则》，对包括国文、外国语在内的具体科目做了规定。中学阶段四个学年，每年都有每周 6 学时的外国语学时数，每周 5~8 学时的国文学时数，外国语的实际学习时间甚至超过了国文，由此可见外国语学习在普通中学课程中的重要地位。该规则中的国文已经开始强调"能自由发表思想，并使略解高深文字，涵养文学之兴趣兼以启发智德"，对文字源流、文学史大概也应有了解。相较之下，"外国语要旨在通解外国普通语言文字，具运用之能力，并增进智识"[2]。虽然这里所规定的学习外国语的目的仍主要在于获得基础技能，但对学习外国语之于增进智识的表述，已颇具进步意义。这是对学习外国语知识意义与价值的肯定，这和以后民国时期外国文学教育理念中对于知识与智识的强调是一脉相承的。

---

①　民国政府教育部. 中学校令 [M] //宋恩荣，章咸. 中华民国教育法规选编：1912—1949. 南京：江苏教育出版社，1990：338.

②　民国政府教育部. 中学校令施行规则 [M] //宋恩荣，章咸. 中华民国教育法规选编：1912—1949. 南京：江苏教育出版社，1990：340.

民初，外国文学的学习在提倡国民教育者那里得到了一定的重视。如陆费逵的《民国普通学制议》中已经提及，第一、二、三学年外国语学习内容为读本、文法、作文、会话、习字，第四学年为文学、文学史、修辞学、作文。①可见，民初中学阶段除基本的读法、译解、会话、作文及文法外，中学高年级已经涉及外国文学的学习。1913 年 3 月 19 日，教育部颁布《中学校课程标准》，基本上采纳了有识之士的这些建议，规定中学第四年外国语课的教学内容涵盖"文学要略"。② 1919 年以后，中学实行学分制，高级中学选科制推行，课程分为必修和选修。在这一背景下，外国语和国文并列为最重要的科目，每周有 7~8 个学时。1922 年《壬戌学制》推行，取消大学预科制，中学分为初中、高中两个阶段，每个阶段均为三年。1923 年，全国教育联合会公布《中小学课程标准》，虽不再规定英语为初中阶段的必修科目，却基本沿袭了此前中学课程国文和英语并重的传统。其间，在一些教育发达地区（如江苏、广州）中学高年级仍保留了"文学要略""文学史略"或"文学源流"的学习。③

民国时期中等教育在培养现代国民、塑造民族意识与国家观念等方面，应该说做出了不少努力。这一点常见于各种相关教育法规的精神要义，以此主导了很多课程和科目的设置。由于国民教育是一个具有整体架构的知识系统，要了解外国语、外国知识乃至外国文学在现代中国国民教育中的存在语境，也有必要对其他学科的设立宗旨做一简要浏览。如上述《中学校令施行规则》（1912）在讲到历史科目时，对学习本国历史与外国历史的学习要义分别做了明确表述。前者在于明确历代政治、文化递演之现象与其重要事迹，后者则应"授以世界大势之变迁，著名各国之兴亡，人文之发达及与本国有关系之事迹"④。20 年后，直至 1932 年 12 月 24 日，国民政府颁布《中学法》，仍规定中学应"发展青年身心，培养健全国民，并为研究高深学术及从事各种职业之预备"⑤。这些不同阶段、不同科目的教育宗旨无不指向现代国

① 陆费逵. 民国普通学制议［M］//陆费逵. 教育文存. 西安：西北大学出版社，2018：43.
② 中学校课程标准［M］//舒新城. 中国近代教育史资料. 北京：人民教育出版社，1961：530-532.
③ 朱红梅. 社会变革与语言教育：民国时期学校英语教育研究［M］. 武汉：华中科技大学出版社，2011：49，55，57.
④ 民国政府教育部. 中学校令施行规则［M］//宋恩荣，章咸. 中华民国教育法规选编：1912—1949. 南京：江苏教育出版社，1990：340.
⑤ 中华民国国民政府. 中学法［M］//宋恩荣，章咸. 中华民国教育法规选编：1912—1949. 南京：江苏教育出版社，1990：348.

民基本素质的养成和国家观念的培养。

全面抗战爆发之后，民族主义诉求成为时代主流，国民教育中对外国知识的关注和摄取一定程度上受到影响。1938 年 2 月 25 日，教育部颁发战时《国立中学课程纲要》，强调对本国语言文字和历史的关注，对于外国史地及其语言的学习则有所简化。该法令规定："国文应酌选发挥民族意识民族道德之文字，及历史上成仁取义之模范人格之传记为教材。历史地理须注重本国部分，外国史地可酌量减少，历史教学须于本国史上过去之光荣，抗战民族英雄，及甲午以来日本侵略中国之史实等项，特别注意。"① 20 世纪 40 年代，教育部又颁布修正各科的中学课程标准，在目标设置上，更多强调了解本国语言文化，唤起民族意识，发扬民族精神，增强对整个中华民族的认识与爱护等。这些表述或原则的提出，显然与近代以来中国民族国家的创建和走向现代过程中所遭遇的挫折有关。但值得注意的是，即使在这一语境之下，这些文件从中国与世界的关系出发，仍不忘对外语学习的提示，强调相关学习应服务于国民教育的整体目标。如指出英文应注重基本训练，为学生将来阅读西书做准备。在对英语课程的标准制定上，强调从练习语言技能和研究外国事物之兴趣两个层面入手等。②

中等教育中的这些宗旨、原则和规定，实则为高等教育中与外国知识相关学科的发展提供了后备力量和制度保证，也为国民教育体系中学习外国知识的目的规划了总体方向。由于对外国语、外国文学的学习是整个国民教育内容构成的一部分，它们在国民教育中的出现和存在，始终处于与其他学科知识的互动之中，需要回应国民教育的根本诉求。在这种语境中，学习外国语及外国文学的功能和意义，自然也包含培养健全的现代国民，塑造现代的民族意识与国家观念等内涵。这是我们理解民国时期外国文学与国民教育关系的重要维度。理解这一点，是思考近代以来中国学习和借鉴外国文学意义的重要起点，也是把握民国时期外国文学学科在国民教育中存在意义的关键。

二、民国高等教育法规与外国文学相关者

从学科发展与知识传播的角度来说，与外国文学更为相关的是民国时期大学教育层面一系列法规的制定。这些教育法规的制定和执行，离不开当时

① 民国政府教育部. 国立中学课程纲要［M］//宋恩荣，章咸. 中华民国教育法规选编：1912—1949. 南京：江苏教育出版社，1990：356.

② 民国政府教育部. 修正初级中学英语课程标准［M］//宋恩荣，章咸. 中华民国教育法规选编：1912—1949. 南京：江苏教育出版社，1990：378.

一批著名的教育家如蔡元培、胡适、马相伯、蒋梦麟、梅贻琦等人的协助和推动。他们广泛吸收当时世界先进国家的办学经验，结合中国具体国情，有力推动了近代教育制度的发展和完善。外国文学学科和知识在这种总体布局之中也获得了自身存在的合法性与发展基础。1912 年，教育部《大学令》规定了国家创办大学的根本宗旨："大学以教授高深学术、养成硕学闳材、应国家需要为宗旨。"① 这一宗旨从知识传授、人才培养和现实需要三个层次，为高等教育及各个学科的发展确立了宗旨，是我们理解和看待民国时期外国文学与国民教育关系的一种总体标准或尺度。

从制度层面来看，民国时期与大学教育中外国文学学科相关的最为重要的法规，除前文已讨论过的民国初年的《大学规程》外，当属 1929 年 8 月 14 日教育部颁布的《大学规程》。该法规的第二章"学系及课程"第六条明确规定："大学文学院或独立学院文科分中国文学、外国文学、哲学、史学、语言学、社会学、音乐学及其他各学系。"②这是 1922 年新学制颁布之后，民国教育部对大学文科做出的最为明确的一次规划。中国文学、外国文学分列并置，都具有独立的学科地位，与哲学、史学、语言学等共同具有独立一系的资格。这种科系设置自然是参照国外大学学科划分，并结合中国高等教育发展实际的结果。但按照知识领域来说，哲学、史学、语言学等学科并没有中外之分，唯独中国文学和外国文学有这种区分，是令人疑惑的。尽管民国时期已有不少学者对此质疑，但中国文学与外国文学作为两个大的学科门类相互映照，分途发展，这一学科架构一直延续至当下。此外，这份规程中对中外文学独立设科意义的规定，与清末和民国初年相比，已经更为进步和成熟。如果说清末教育政策的制定主要是迫于外在的现代化的压力，此时对作为学科的外国文学的设置，应该说更多是出自现代民族国家体制下文化发展与对外交流的内在诉求。可以说，直至此时，民国时期的大学教育才真正完成了清末以来有识之士对现代学科知识体系的建构愿景，具备了现代学科和知识体系的要素内涵，意味着制度层面的相对成熟。外国文学系已经有了较为明确的学科内涵，将其与中国文学、语言学等分开并列的做法，也意味着学科层面各自专业知识领域的细化和确定。

从文化语境来看，此时人们对文学的理解已不再像清末民初那样，受制

---

① 民国政府教育部. 大学令［M］//宋恩荣，章咸. 中华民国教育法规选编：1912—1949. 南京：江苏教育出版社，1990：402.

② 民国政府教育部. 大学规程［M］//宋恩荣，章咸. 中华民国教育法规选编：1912—1949. 南京：江苏教育出版社，1990：406.

于传统文学观的惯性，而是在相当大的程度上广泛接受了西方的现代文学观念。关于中国文学、外国文学这些概念或观念所对应的现代知识体系和内容，已经有了基本的共识。从积极意义上来说，外国文学独立设科，很大程度上整合和统一了民初大学规程将各国别文学分散设科、各自为政的状况，是对已经存在的学科史实的肯定和总结，有利于外国文学学科向着专业化和学理化发展。但中外文学的科系分设，一定程度上也为中外文学学科层面的交流设置了障碍，其意义和局限直到今天仍回响不绝。

需要指出的是，尽管 1929 年这份规程对大学科系设置做出了具体规定，但由于中国教育发展的不均衡性和差异性，特别是受到抗战爆发的影响，许多高校遭到破坏，各种类别的大学在实际学科设置中仍然存在名称各异、纷繁复杂的状况，极不统一。鉴于此，为适应战时情形，1939 年 9 月 4 日，民国教育部斟酌各方意见，发布了《大学及独立学院各学系名称》。这是继 1929 年之后，国民政府对大学学科名称和院系的又一次明确法令规定。其中第一条即"文学院设中国文学、外国语文、哲学、历史学及其他各学系"[1]。这一说法较之 1929 年更为简略，中国文学仍单独设系，但不再提语言学单独设系。"外国文学"系的名称则变成了"外国语文"系，与此前 1929 年大学规程中的名称略有差异。这一变化应是适应大学学科实际发展的结果，反映了对"语"和"文"两方面的平衡，也体现出政策法规与学科发展之间的互动关系。

已有研究者注意到，民国时期中国大学外语系在课程设置、办学理念和人才培养模式方面有着鲜明的文学特色，一流大学更是强调高等教育所应肩负的学术文化使命。以强化人文精神为教学目的，开设通识与专题相结合的外国文学课程群。与此相对照的是，语言学教学与研究相当薄弱，也很少开设实用类外语课程。[2] 因此，在当时中国的条件下，发展单独的语言学系几乎是难以实现的，较为实际的做法仍是在学习外国文学的同时，兼顾外国语言的学习，由此"外国语文系"这一名称更能反映学科发展的实际。

总之，从 1929 年的《大学规程》到 1939 年的《大学及独立学院学系名称》，这两份法令是民国时期较为明确涉及外国文学学科的官方文件。这既是对近代以来国民教育体制中外国文学学科萌芽与初创经验的历史继承，同时

---

① 民国政府教育部. 大学及独立学院学系名称［M］//宋恩荣，章咸. 中华民国教育法规选编：1912—1949. 南京：江苏教育出版社，1990：426.

② 李伟民. 现代大学外国文学课程的设置与制度安排［J］. 河南大学学报，2020，60（1）：116-122.

也规范了此间及以后民国大学外国文学学科的发展，在中国的外国文学学科史上具有重要意义。不管名称做出何种调整，民国时期大学教育中的外国文学系或外国语文系背后所指涉的知识构成基本是一致的。同时，由于中国文学系的独立存在，客观上也决定了其参照系外国文学系或外国语文系的存在，它们成为民国时期大学文学院的代表性学系。这些官方规定对于民国大学外国文学学科的发展有不容忽视的历史意义。

第三节　民国时期大学教育格局与外国文学学科概况

中国近代的大学教育孕育于中国社会的急遽变化之中，与整个中国近代社会的发展密切相关。由于特殊的半殖民地半封建社会状况，中国近代大学发展中存在着多种不同类型的大学（如国立或省立大学、私立大学、教会大学等），有着各自不同的发展规律，其间的个体差异极大。在不同的历史时期，国家教育主管部门的各项政策对各种类型的大学教育发展也有着不同的影响。近代大学的发展与社会发展之间更是有着相互影响、相互推动的关系。作为国民教育中的高等教育层次，大学教育在推动外国文学知识传播，创造新的中国文学，培养具有现代精神的国民，促进中外文学文化交流等方面的作用是最为显著的。考察民国各大学外国文学的学科情况是最直观观察外国文学与国民教育关系的一种方式。

具体来说，研究这一问题的切入路径可以有很多的分类方法或维度。第一种分类方法是时间维度。按照我们对民国教育史的大体分期和认识，结合影响大学学科发展的实际因素，可以从时间维度上考察各大学外国文学学科的发展历史：第一阶段为民初至 1929 年《大学规程》颁布；此后十年，至1939 年教育部重新统一大学学系名称为第二阶段；第三阶段为 1939 至 1949年。前两个阶段对于本课题的考察尤为基础和重要，因其奠定了民国时期外国文学与国民教育关系的基本格局和发展走向。第二种分类方法是按照大学类型来考察。由于民国时期中国特殊的社会性质和教育发展的极不平衡性，可以将民国时期不同类别的大学作为分类依据，以此作为观察基点。这一分类方法有利于凸显不同类型大学在外国文学学科发展方面的差别或特色。第三种分类方法可统筹以上时间和类型等因素，首先厘清民国时期大学教育的基本格局，概观外国文学学科在大学教育中的实际存在情况；再按照一定的问题意识或线索，以外国文学学科或课程的发展变迁为核心，结合不同历史时期的具体文化语境，选取若干代表性大学、代表性学人的教育实践等为例证，进行灵活处理和综合研究。综合考虑，本课题拟采取第三种研究方法。

那么，民国时期大学教育的基本格局究竟是怎样的一个状况呢？首先可以从教育史的角度做一粗略扫描。从 19 世纪末到 20 世纪初，受西方文化冲击，在晚清教育改革大潮之下，清政府开始兴办大学，包括北洋大学（天津，1895）、南洋公学（上海，1896）、京师大学堂（北京，1898）、山西大学堂（太原，1902）等。1912 年中华民国新建，为现代大学的发展带来了前所未有的契机，从此大学的命运与民族国家的重建息息相关。

在 20 世纪 20 年代初期，国立或省立大学仍处于起步阶段，数量有限。同时，由于中国民族资本主义的发展和对新学人才的需求，私立大学和教会大学一时趋于兴盛。1917 年至 1924 年间中国甚至出现了兴办私学的热潮。①以 20 世纪 30 年代中期民国政府教育部有关教育史料的统计来看，国内各大学的情况大致如下②：第一类为国立大学，以国立北京大学和国立东南大学为代表，其他尚有国立交通大学、国立北洋大学等。第二类为省立大学，如山西大学、河北大学等。第三类为私立大学，如北京民国大学、北京中国大学、复旦大学、厦门大学、武昌中华大学等。第四类为教会大学，如燕京大学、圣约翰大学、东吴大学、岭南大学等。

以上三类学校中，以外国文学与国民教育的关系而言，国立大学最值得关注，其次是省立大学。从国民教育的实际影响来看，在推动现代思想文化发展和社会变革方面，国立北京大学和国立东南大学等国立大学仍然起到了中坚作用。后文将论及，以它们为代表的大学及其影响下的国立大学、省立大学等在推进外国文学与国民教育的融合方面也颇具代表性。因而，它们将成为本课题关注的重心。民国时期私立大学数量虽多，在外国文学学科与课程方面一些学校也有一定的可观之处，但这些学校的学科总体而言多数为迎合市场需求而设，对思想文化界影响较小。只有其中个别大学，如南开大学、复旦大学、厦门大学日后跻身著名大学行列。因此，本研究将对私立大学的情况略加参考。教会大学由于其特殊的办学背景，在传播外来文化、沟通中西、培养现代国民等方面客观上也起到了一定的积极作用。它们当中虽然也有许多值得挖掘和考释的历史资源，但由于本课题论题所限，我们倾向于将

---

①　霍益萍. 近代中国的高等教育 ［M］. 上海：华东师范大学出版社，1999：109.

②　朱鲜峰. "学衡派" 与近代中国大学教育 ［M］. 南京：南京大学出版社，2021：65. 另参见教育部编.《中国第一次教育年鉴》（丙编）［M］. 上海：开明书店，1934：15-16.

其作为特殊时期中国国民教育的一个补充，因而暂不对其进行关注。

从外国文学科系在民国时期大学的分布，能更为直接地反映出外国文学学科在国民教育中的存在状况与发展态势，因而可对其进行简略扫描。自1929年《大学组织法》颁布后，全国大学经过调整，办学更为正规。即使是抗战期间，一些重点大学迁至内地，外国文学系也获得了一定程度的发展。根据国民政府教育部的统计，截至1947年全国高等专科以上的学校共有207所，其中开设外国语文科系的有77所，占学校总数的三分之一以上。[1] 以1932年为例，经教育部立案的大学中，大约有36所大学开设了外国文学相关科系。其中较有代表性的国立大学、省立大学和部分私立大学外国文学科系的存在状况如表4-1所示：

表4-1 1932年全国高等学校代表性的外国文学系设置情况表[2]

	校名	所在地	科系名称	主任	教员	在校学生	历届毕业生
国立大学	北京大学	北京	外国文学系	温源宁	22	80	299
	北平大学	北京	英文系	杨宗翰	19	32	14
	北平师范大学	北京	英文学系	罗昌	29	249	
	清华大学	北京	外国语文系	王文显	20	74	17
	山东大学	青岛	外国文学系	梁实秋	12	51	
	暨南大学	上海	外国语文系	洪深		22	
	中央大学	南京	外国文学系	楼光来	20	59	74
	武汉大学	武昌	外国文学系	陈源	11	48	5
	浙江大学	杭州	外国文学系			15	
	四川大学	成都	英文学系	刘奎	21	98	13
	中山大学	广州	英吉利语言文学系	刘奇峰	7	51	24
省立大学	山西大学	太原	英文学系	朱启宸	19	52	117
	东北大学	沈阳	外国文学系	凌达扬	6	63	21
	安徽大学	安庆	外国文学系	朱湘	9	11	

[1] 李良佑. 中国英语教学史 [M]. 上海：上海外语教育出版社，1988：222.

[2] 李良佑. 中国英语教学史 [M]. 上海：上海外语教育出版社，1988：219-221. 表格根据此处信息提取整理。

续表

	校名	所在地	科系名称	主任	教员	在校学生	历届毕业生
私立大学	大夏大学	上海	英文系	孙夫人	14	25	28
	光华大学	上海	外国语文系	柏兰箂	9	62	37
	南开大学	天津	英文学系	陈逵	15	7	
	厦门大学	厦门	外国文学系	罗文伯	8	19	3
	复旦大学	上海	外国文学系	余楠秋		55	
	中国公学	上海	外国语文系	谢子尧	10	54	
	民国学院	北京	英国文学系	凌善安	16	37	25

　　上表所列反映了民国时期外国文学科系在高等教育中的大体存在状况。但这只是就外国文学科系机构的设置而言，实际上，民国时期高等教育中的外国文学学科常常同时存在于中国文学系和外国文学系两个系别当中。不仅外国文学系开设外国文学课程，中国文学系也涉及外国文学的课程设置与知识传播。因而，外国文学学科在高等教育中的实际情况比上表所示更为复杂。为了对民国时期外国文学与国民教育纷繁复杂的关系做出一个更具系统性的考察与估量，笔者拟参照中国近现代学术史上所谓"学分南北"的提法，对民国时期外国文学教育的实际存在状况做一大体划分，以期更清楚地把握民国时期外国文学学科发展、知识传播及其与中国现代思想文化语境的关系。

　　从学风和教育传承来看，中国学术史论学素有"学分南北"的说法，盖因中国南北文化差异明显，学术风格各不相同。清代以来，学者论学常常论及地域与流派的关系，地理空间因素已是学术派分的重要畛域。梁启超早年著作《中国学术思想变迁之大势》分先秦学派为南北两支，各有正宗和支流，以此归纳南北学之精神。晚清士人、曾做过两江师范学堂监督的李瑞清曾言："中国之言文学者，必数东南。"① 此处所言"文学"大体指向传统意义上的小学，因清代学术以学科论，语言文字之学的小学成就最高。梁启超《近代学风之地理的分布》也做出类似的判断："一代学术几为江浙皖三省所独占。"② 东南学风之盛一直延续到了民国时期的 20 世纪二三十年代。1922 年，胡适曾谈起

① 郑立琪．百年回望话精神［M］．南京：东南大学出版社，2008：20.
② 梁启超．近代学风之地理的分布［M］//梁启超．梁启超全集：第 7 卷．北京：北京出版社，1999：4258.

南北史学的差异，"南方史学勤苦而太信古，北方史学能疑古而学问太简陋，将来中国的新史学需有北方的疑古精神和南方的勤学功夫"①。此处虽言史学，实际上也代表了南北文科学风的大致差别。这一学风差异实质上是文化立场与思想理念的差异，后者将影响到民国以后南北大学教育格局的分布，自然也是我们考量外国文学学科在南北不同大学存在状况的重要因素。

近代以来几十年，东南地区一直处在政治、经济和学术变革的前沿，北方却处在相对保守之中。五四新文化运动以后，这种局面开始打破，并表现在南北两所最重要的大学中。《剑桥中华民国史》写道："北大作为第一所国立大学的地位，明显地标志着高等教育与国家建设的关系。更全面地进行研究时，南京的国立东南大学（后改名中央大学）等其他主要大学的发展应能提供有启发性的比较和对照。"② 此语道出了对民国时期大学格局学分南北的一个基本的判断。20世纪20年代，从南京高等师范学校到国立东南大学崛起，与位居北方的国立北京大学有分庭抗礼之势。特别是1922年，随着《学衡》在国立东南大学的创办，由之而来的"学衡派"一度成为东南学术的代表。1928年，胡适在南京国立中央大学演讲，提到五四时期南北学风的差异："南高以稳健、保守自持，北大以激烈、改革为事。这两种不同之学风，即为彼时南北两派学者之代表。"③ 可见，时人眼中南北学风的差异已然分明。1936年，"学衡派"主将之一胡先骕总结南北学派的差异时指出：

当五四运动前后，北方学派方以文学革命整理国故相标榜，立言务求恢诡，抨击不厌吹求。而南雍师生乃以继往开来融贯中西为职志……在欧西文哲之学，自刘伯明、梅迪生、吴雨僧、汤锡予诸先生主讲以来，欧西文化之真实精神，始为吾国士夫所辨认，知忠信笃行，不问华夷，不分今古，而宇宙间确有天不变道亦不变之至理存在，而东西圣人，具有同然焉。自《学衡》杂志出，而学术界之视听以正，人文主义乃得与实验主义分庭抗礼。五四以后江河日下之学风，至近年乃大有转变，未始非《学衡》杂志潜移默化之功也。④

① 桑兵. 晚清民国的国学研究 [M]. 上海：上海古籍出版社，2001：240.
② 费正清. 剑桥中华民国史：下卷 [M]. 刘敬坤，叶宗敫，曾景忠，等译. 北京：中国社会科学出版社，1994：422.
③ 胡适. 胡适日记全编：第5册 [M]. 合肥：安徽教育出版社，2001：121-122.
④ 胡先骕. 朴学之精神 [J]. 国风，1936（1）：13-15.

这一总结虽带有自家学术立场的倾向性，对国立东南大学沟通中西文化的历史功绩极力肯定，对北方学派主导的文学革命等成绩不以为然，但也大体道出了民国时期南北大学在文科教育与学风方面的显著不同。因而，五四"新文化派"和"学衡派"的对立与冲突在中国近代教育史和文化史方面颇具代表性。对此，沈卫威指出，"北京大学与东南大学出现了激进与保守的分野。于是也就有了在民国思想学术新格局下的学分南北"①。还有论者从教育史的角度指出，国立北京大学"新文化派"因推崇进步史观与科学精神，在教育和文化上力求创新。国立东南大学"学衡派"则对进步史观持保留态度，从而提倡师法古人。在教育目的上前者提倡通才培养，后者侧重专家训练。②这些判断皆给本研究以重要启示。以本课题所关注的问题而言，南北学风的差异，其所代表文化立场的不同，势必影响到高等教育实践中对于外国文学的不同择取，由此带来外国文学学科分布、课程设置、教本选择乃至教育理念的诸多差别。

鉴于南方学界"学衡派"主导的国立东南大学和北方学界"新文化派"主导的国立北京大学在民国时期文科教育方面的典型意义，在此视野下，它们在各自的教育实践中如何对待作为现代学科知识的外国文学也值得对比与思索。作为20世纪二三十年代中国最为重要的两所国立大学，它们对外国文学与国民教育关系做出的思考与实践也最具有典型意义，其影响力也辐射至其他高校。因此，笔者将以国立东南大学和国立北京大学这两所高校的外国文学教育为中心，兼及它们影响之下的南北其他高校，结合教育史料和重要学者实践，考察"学衡派"和"新文化派"主导下南北不同大学将外国文学融入国民教育所做出的努力，以期大致描绘出外国文学在民国时期国民教育中的基本存在形态与发展面貌。

如前所述，自近代以来，中国的外国文学学科不是存在于某一个单一科系之中，而是常常同时存在于中国文学系或各外国文学系别之中。这一状况从京师大学堂最初兴办所设之章程中就已经开始，并连绵不断延续至民国和当下。《奏定京师大学堂章程》（1903）分列英国文学门、法国文学门、俄国文学门、德国文学门、日本国文学门，与中国文学门、中国史学门、万国史学门、中外地理学门等并列。各外国文学门所列课程涵盖了"中国文学""英国近世文学史""外国古代文学史"等国别文学和综合性文学史课程，中国文

---

① 沈卫威. "学衡派"谱系：历史与叙事 [M]. 南京：南京大学出版社，2015：213.

② 朱鲜峰. "学衡派"与近代中国大学教育 [M]. 南京：南京大学出版社，2021：236.

学门规定的"补助课"中也列有"西国文学史"。这实际上是后来中国高校中外国文学学科的两个源头。

民国时期高校的外国文学学科基本保持和延续了晚清奠定的这种科系架构和组织格局。百年来中国文学的观念转型与现代发展和中文学科的日渐专业化，本身就是在一种世界化的语境中展开的，是全球知识现代化进程的一部分，必然无法离开外国文学的参照，也无法避免外国文学带来的冲击。同时，伴随着现代学术体制的成熟与发展，外国文学作为一个庞大的、专门的学术领域，又必然有着更为专业的学理化诉求，追求自身的独立性与价值，以此才能确立其在现代学科体系中的合法位置。因而，不管是中国文学系的外国文学学科或课程，还是外国文学系的外国文学学科或课程，都有其存在的价值与理由。前者更为侧重将整体性的外国文学作为比较视野，后者更为强调对外国国别文学的精深把握，它们共同构成了百年来中国的外国文学学科的整体面貌。应该说，这是中国特殊国情和历史下现代学术体制萌生和演化的一种必然选择，关乎外国文学作为学科知识在中国的传承与发展，对中国接受外来文化和文学的范围和向度也产生了深远的影响。直到今天，研究外国文学的学者也主要来自高校的中文系和外文系，这是百年来学科传承的必然结果。因而学界以往对外国文学学科史的关注出现了两种情况：中文系出身的外国文学研究者多强调中文学科内部外国文学课程的学科源头意义，外语系出身或外语教育史的研究者虽也有不少学者注意到了民国时期外语系的外国文学课程设置，但对中文系的外国文学课程情况却少有注意。笔者以为，要全面了解民国时期外国文学与国民教育的关系，必须对这一状况有所突破。

用今天的眼光来看，民国时期的外国文学学科实际上是一个具有统摄或整合意义的概念，在国民教育中有着丰富的实践形态。它既涵盖中国文学系中的外国文学学科与实践，也涵盖外国文学系中的外国文学学科与实践。两者各有侧重，互相补充，共同构成了外国文学在国民教育中存在的基本形态，成为今天中国外国文学学科的重要历史传统与资源。这种一个学科存在于现代大学不同科系的状况，并不完全遵循现代学术伦理的发展规律，显示出近代中国在接受外来文学和文化方面的复杂性。在学分南北的民国大学教育格局之下，以国立东南大学和国立北京大学为代表，兼及其影响之下的高校外国文学科系、课程及学者实践等也大致呈现出以上这种复杂的状况。鉴于这些认识，在接下来的研究中，我们将分别以"学衡派"和"新文化派"的外国文学教育实践为线索，努力还原历史语境，对民国时期外国文学学科在南北不同代表性大学的中文系和外文系的大体面貌，尝试做进一步的考察研究。

第五章

"学衡派"与 20 世纪 20 年代国立东南大学的外国文学教育

在中国现代大学教育的格局中，以国立东南大学为代表的人文教育传统具有示范意义。这既与国立东南大学的办学背景和学术传承有关，也有赖于以"学衡派"为代表的人文教育理念坚守者在此具体的教育实践。"学衡派"主要成员梅光迪、吴宓等均以文学，尤其是外国文学研究见长。20 世纪 20 年代，他们以国立东南大学文科为阵地，创设了民国时期第一个以"西洋文学系"命名的外国文学专业科系，较早地在现代中国大学场域将外国文学融入国民教育，是研究民国时期外国文学与国民教育关系的重要案例。为了更深入理解"学衡派"及国立东南大学将外国文学融入国民教育的历史实践，重审和总结他们对我国外国文学学科创设与发展的贡献，首先有必要将其放置在国立东南大学人文教育传统之中，描述"学衡派"聚集在国立东南大学的历史条件。其次，需要结合"学衡派"主要成员的教育背景，特别是留学背景，考察他们从事外国文学教育与研究的必然性。最后，有必要结合国立东南大学西洋文学系创办的具体过程、课程设计、教育成效等，思考他们将外国文学融入国民教育的理念方法和深层动因，重新认识"学衡派"在国立东南大学开创的外国文学教育传统的历史意义与时代影响。

第一节　国立东南大学的人文教育传统

国立东南大学的前身可追溯至 1903 年创办的三江优级师范学堂（后更名为两江高等师范学校）。在清末废科举、兴学堂的教育变革之中，师资紧缺一度成为兴办新学最大的问题。1903 年清政府颁布的《奏定大学堂章程》遂将师范教育单列，成为一个独立的系统。此前一年，时任两江总督的张之洞已开始筹办三江师范学堂。张之洞作为洋务派的代表人物，对师范教育尤为重视，认为师范学堂为教育造端之地，关系尤为重要，曾在江苏、江西、两湖创办 20 多所师范学校。其办学秉持"中学为体，西学为用"的方针，主张将中国的经史之学作为教学的根基，放在教学的首位。同时吸收西学中的有用成分以补中学之不足，借以挽救时弊。从三江师范学堂到两江师范学堂，其学堂学制、教育内容和教学方法等皆在张之洞的影响下进行。学堂在强调忠君、尊孔、读经的同时，延请日本教习讲授物理、化学、生物等西学课程，其学制、招生和课程安排，也主要模仿日本。三江、两江师范的中国教习主要担任经学、文学、伦理、修身、历史、舆地、算学、英文等课程的讲授。这些偏向于文科的教学，奠定了日后国立东南大学文科教育的基石。曾任两江师范总督的李瑞清更是在提倡科学、国学、艺术等方面不遗余力，悉心兴学育才，办学成效显著。学堂开办近 10 年，培养学生 2000 人左右，教学成绩可谓卓著，为江南地区各高校之冠。值得指出的是，英文、文学等课程无论学堂如何变迁，均有开设。

民国以后，1915 年，两江师范学堂又演变为南京高等师范学校。与清末相比，南京高等师范学校崇尚共和，主张融通中西，德智体三育并重，广延留学欧美之师资，以欧美高校为蓝本，办学注重师法欧美，在教育体制、教育内容、学科建设等方面均有显著发展。这与该校校长、江南硕儒江谦的教育理念有很大关系。江谦（字易园，安徽婺源人）出身清末书院，旧学修养深厚，精于文字音韵之学。他办学注重汲取传统教育中的有益成分，以"诚"为校训，强调"诚者自成"，将"诚"作为教育精神之根本。同时，他认同蔡元培在民初确立的教育宗旨，强调学校应"以养成国民模范人格为目的"①，南京高等师范学校推行德智体三育并重的方针，可谓顺应了历史潮流。江谦延请留美哲学博士郭秉文为教务主任、留美教育学士陈容为学监，并嘱托他们赴欧美考察高等教育，同时网罗留学人才。在他的主持之下，南京高等师范学校初步形成了尊重本国文化，折中中西新旧的教育传统。这是日后国立东南大学人文教育传统的重要源头。1919 年，教育部委派郭秉文继任南京高等师范学校校长。郭秉文继承和发展了江谦的教育主张，延聘众多文史学家和科学家，兼顾文史教育与科学教育，以培养学生完善人格为办学标准。1921 年 9 月，南京高等师范学校改组为国立东南大学，郭秉文仍任校长。郭秉文的办学思想取法美国综合性大学，注意人文与科学、通才与专才、国内与国际的平衡综合，力求学科完备，最终使国立东南大学迎来了迅速发展的高峰期。

---

① 《南大百年实录》编辑组. 南大百年实录：上卷［M］. 南京：南京大学出版社，2002：46.

从南京高等师范学校到国立东南大学的人文学科设置和发展来看，国文和英文始终为全校必修，旨在增强学生的中西语言能力。1919年，教育部令南京高等师范学校设立国文讲习所，南京高等师范学校的国文专修科由此得到发展。后改为国文史地部，以显示国文和史地并重。1920年又组建文理科，下设8个系，即国文系、英文系、哲学系、历史系、数学系、物理系、化学系和地学系，至此初具综合性大学的雏形。后世学者认为，人文教育的核心是涵养人文精神，培养人文素养，其所涵盖的核心学科为文、史、哲、艺等人文类学科。① 南京高等师范学校重师范教育和基础教育，且多考虑社会需要和自身条件。以今天的观点来看，其早期的学科设置和发展已经涵盖了人文教育的主要内容。其中，国文系和英文系的并列设置在当时的高等学校之中也具有代表性。这一科系设计也是20世纪20年代国立东南大学中国文学和外国文学学科创生与发展的直接源头。改组国立东南大学后，郭秉文、刘伯明等主要掌校者又均为文科出身，因此人文学科对学校学风影响颇深。国立东南大学时期办学更力求繁荣学术空气，沟通中西，面向世界，广泛开展国内外学术交流，该校一度成为中西文化学术交流的热点。杜威（John Dewey）、罗素（Bertrand Arthur William Russell）、孟禄（Paul Monroe）、泰戈尔（Rabindranath Tagore）等世界著名学者和文豪来华均曾到该校讲学。这也为外国文学学科在国立东南大学的发展提供了良好的学术氛围。

从师资配备上来看，国立东南大学文科师资阵容强大，先后任课的教授（含外籍教授）有70名。② 文科教授多有较深国学根底，复经出国深造，主张弘扬民族文化，广纳西方文史哲理。20世纪20年代，国立东南大学文科最盛之时包括6个学系，各系主任（含曾任）名单如下③：

国文系：陈中凡　　　　　历史系：徐则陵
哲学系：刘伯明　汤用彤　英文系：张士一　楼光来
西洋文学系：梅光迪　　　政治经济系：王伯秋

这些系主任之中，只有国文系主任陈中凡无留学经历，其他人均为留学归国人员。其中梅光迪（留学美国哈佛大学）、楼光来（美国哈佛大学文学硕

① 文辅相.我对人文教育的理解 [J].中国大学教学，2004（9）：21-23.
② 朱斐.东南大学史：第1卷 [M].南京：东南大学出版社，2012：100.
③ 朱斐.东南大学史：第1卷 [M].南京：东南大学出版社，2012：108.

士)、刘伯明(美国西北大学哲学博士)、汤用彤(美国哈佛大学哲学博士)均为"学衡派"成员。国立东南大学著名的文科教授还包括宗白华(德国柏林大学研究员)、方东美(德国柏林大学研究员)、陈衡哲(美国芝加哥大学硕士,中国第一位女教授)、吴宓(美国哈佛大学文学硕士)、顾实(留日)等。外国文学方面,著名作家赛珍珠(P. S. Buck)和文学理论家温德(R. Winter)也曾在此任教。

总体而言,从南京高等师范学校到国立东南大学的学术传统主要由两股力量支撑,一是注重现代科学教育,延揽中外科学名家,组织中国科学社,由科学家积聚所释放出的科学精神。二是重视中国文史教育,发展人文学科,由文科学者会聚所激发出的人文精神。20世纪20年代的国立东南大学自觉承担起了发扬民族精神以救亡图存,振兴科学以立国兴国的办学使命。但对中国优秀民族传统和文化的重视并不意味着盲目排外和拒绝、贬低西方进步文化。虽然在民国大学体制下,学科分类逐渐明晰和细化,文学、语言学、史学、哲学趋于相对独立,但从南京高等师范学校到国立东南大学的文史哲教授,多能采取比较科学的态度和方法,研究中西贤哲微言精义,解析中外名著的个性共性,求诸事实而不带偏见,揭橥真理而不趋众好。一方面发掘中国文化,取其精华去其糟粕;另一方面引进科学新知,以图中国文化之发展。① 曾为国立东南大学学生的历史学家郭廷以谈及:"在精神方面,东大先承江易园先生等之理学熏陶,后继以刘伯明先生主讲哲学之启发,学生循规蹈矩,一切都不走极端,既接受西洋文化,也不排斥我国固有文化,因此学生虽鲜出类拔萃人物,但太差的也没有,这与北大恰好相反。"② 这种学风的传承也构成了国立东南大学与国立北京大学教育传统的一些差异。

总之,由于从南京高等师范学校到国立东南大学素有重视本国文化的传统,兼顾科学与人文,甚至不少日后成为著名自然科学家者,皆言母校的文科教育是他们赖以成长的必要条件之一,由此可见国立东南大学文科教育的成功和重要。这种人文教育传统为"学衡派"在此创设外国文学科系,开展外国文学教育提供了重要的历史条件,日后这股学术力量又辐射到民国时期的国立清华大学、东北大学、国立浙江大学等高校。

① 朱斐. 东南大学史:第1卷 [M]. 南京:东南大学出版社,2012:54-55.
② 郭廷以. 郭廷以口述自传 [M]. 北京:中国大百科全书出版社,2009:91.

第二节 "学衡派"主力梅光迪、吴宓的
教育背景与外国文学

在中国近代学术史和文学史上，"学衡派"的得名主要由于《学衡》杂志的创办。目前已知学界较早使用"学衡派"这一名称的是郑振铎1935年编选的《中国新文学大系·文学论争集》。该书在第三编"学衡派的反攻"的名目下，收录了梅光迪、胡先骕两篇文章及其反驳文章。学界已有不少学者对"学衡派"的文化主张进行了深入研究。一般认为，"学衡派"是以梅光迪、吴宓等人为代表，秉持"昌明国粹，融化新知"的宗旨，在《学衡》杂志及其相关刊物上发表文章的知识分子群体。"学衡派"的兴起，既得益于梅光迪、吴宓等人聚集在国立东南大学这一时代机缘，也与"五四"新文化运动以来新思潮、新观念对传统文化的剧烈冲击有关。"学衡派"主要作为新文化—新文学的反对势力而存在，试图以中西思想融通、尊孔、国学研究和古典诗词创作等方式反抗新文化—新文学的话语霸权。沈卫威先生通过研究指出，"学衡派"形成虽以国立东南大学时期《学衡》杂志创办为主要标志，但其主要成员的活动时间却并不限于《学衡》杂志的存在时间（1922年1月至1933年8月）。1922年之前"学衡派"的基本力量已在美国形成。他们对中国文学和文化的思考开始于1915年的美国，与新文学运动的发生同步。国立东南大学的师生是《学衡》杂志作者群的最主要组成部分。《学衡》停刊后，其相关成员仍借其他刊物如《国风》《思想与时代》集合力量，部分成员如张其昀、戴运轨等活动时空甚至延伸至1949年后的中国台湾地区。虽然时空流转，但"学衡派"基本的文化保守精神并没有变。①

梅光迪和吴宓属于"学衡派"的中坚力量，两人先后进入哈佛大学，得新人文主义思想家白璧德（Irving Babbitt）的思想和学问的亲传。② 回国后，二人的西洋文学研究声名远扬。他们虽均有留学美国的学术背景，却并未高举西化的大旗，在中国现代学术和文化史上反而主要扮演了文化守成主义者

---

① 沈卫威. "学衡派"谱系：历史与叙事［M］. 南京：南京大学出版社，2015：22-24.
② 白璧德的新人文主义为中国知识界培养了三批学生。梅光迪和张歆海是第一批，吴宓、汤用彤、奚伦、楼光来、林语堂为第二批，梁实秋、范存忠、郭斌龢为第三批。他们虽不能完全用"学衡派"归纳，但都对白璧德新人文主义在中国的传播发挥过一定积极作用。参见杨毅丰，康蕙茹. 民国思想文丛：学衡派［M］. 长春：长春出版社，2013：7.

的角色。那么，作为中国现代大学中较早的外国文学学科的创建者和实践者，他们出于何种机缘来到国立东南大学？他们的文化和教育主张如何体现在国立东南大学外国文学学科的创建之中？这些问题需要结合他们的教育背景，尤其是留学经历来进行探究。

一、梅光迪的教育背景与外国文学

梅光迪 1890 年出生于安徽宣城。宣城为中国历史文化名城之一，梅氏家族乃是当地望族，自宋至清就以诗书学术传家。梅光迪曾在日记中写道："宣城梅氏在中国族姓中实为最光荣之一也。予考宣城梅氏所产人物有两种：一为文艺家，一为数学家。……梅氏家风，合文学和科学而为一，在吾国尤绝无仅有。为子孙者，当如何时时仰止而知所自勉乎。"① 梅氏家族的文艺家，如北宋著名诗人梅尧臣、清初著名画家和诗人梅庚、清代桐城派古文大家梅曾亮等。作为望族之后，梅光迪有很深的家族情感，"每念先贤，不觉神驰。予常谓所谓爱人类必先爱国，爱国必先爱乡，爱乡必先爱家，爱家必先爱身。由小及大，由近而远，而后一事乃有所着手"②。

梅光迪早年即在父亲梅藻开设的私塾中接受传统教育，家风传承也使得他对传统文化有天然的亲近之感。其父治学重视经世致用，梅光迪也耳濡目染。1902 年，梅光迪通过县试，被乡人目为神童。1905 年入安徽高等学堂，接受新式教育。近代著名翻译家、教育家严复曾于 1906 年出任安徽高等学堂监督，对学堂课程进行了大胆改革。学堂课程中西兼备，设有经学伦理、中国文、外国文、中国史、外国史、英文、中国舆地、外国舆地、数学、心理、生理、物理、化学、动植、法律等课程。梅光迪在此即开始接触西方学问，受到科学精神浸染。1908 年年初，又入复旦公学。复旦公学为马相伯、严复等人在 1905 年创办，性质为高等学堂，整体学风重视国学和外语学习，亦为中西并重。这些早年求学经历对梅光迪有潜移默化的影响，播撒下了融通中西、兼顾文理的种子。

1909 年，梅光迪在复旦公学结识了当时在中国公学担任英文教员的安徽同乡胡适，两人交往渐密。1910 年，胡适通过庚款留美资格考试，赴康奈尔大学读农学。梅光迪则于 1911 年考取留美资格，入威斯康辛大学（今威斯康星大学）读政治学。两年后，梅光迪转入芝加哥西北大学攻读史学与英语，

① 中华梅氏文化研究会. 梅光迪文存 [M]. 武汉：华中师范大学出版社，2011：561.
② 中华梅氏文化研究会. 梅光迪文存 [M]. 武汉：华中师范大学出版社，2011：562.

1915 年，获得学士学位。在这里他还结识了日后曾任南京高等师范学校文理科主任的刘伯明（后亦成为"学衡派"中坚力量），与之成为契友，成为《学衡》在南京发刊的因缘之一。由于梅、胡同为安徽人，且于文学救国有许多共同语言，两人通信频繁，保持着密切联系。梅光迪为人清高，却对胡适的学问文才非常佩服。与胡适的交往和通信中，已经能看到梅光迪基本的文化主张和学问抱负。他多次对胡适吐露心中大志，给自家制定了一个理想极高的治学规划："迪治中学，欲合经、史、子、辞章为一炉，治西学合文学、哲学、政治为一炉。"①

作为身在海外的留学生，梅光迪深感自身肩负着祖国学术传播和发展的重任。"吾人生于今日之中国，学问之责独重：于国学则当洗尽二千年来之谬说；于欧学则当探其文化之原与所以致盛之由，能合中西于一，乃吾人之第一快事。"② "我辈生此时，责任独重，因祖国学术皆须我辈开辟。"③ 他对西方人所著的关于中国的书籍颇不认同，认为这些东西多为诋毁中国之作，充满了误解和偏见。西方人要想了解中国文化，必须首先阅读中国文化的原典。"我辈莫大责任在传播祖国学术于海外，能使白人直接读我之书，知我有如此伟大灿烂之学术，其轻我之心当一变而为重我之心，而我数千年来之圣哲亦当于彼晢种名人并著于世，祖国之大光荣莫过于是。"④ 以今天的眼光看，在国弱民衰的历史情境下，梅光迪已经较早思考了中国学术和文化的国际传播、东西文明的交流与互鉴等问题。

梅光迪在与胡适的通信中经常谈到中国文化和学术的发展问题，且常常将中西文明相互比照。他认为"一国之立必有其特出文明方可贵"⑤，因而希腊、罗马和印度在世界文明史上占据重要位置。但中国的道德文明有远胜于西学的部分，只是因为西方人不了解罢了，故需要国人重新挖掘其价值。"吾国今日需一种坚忍耐苦恺切之人才，又须深懂祖国文明。"⑥ 他对当时留学西方的中国留学生一味迷恋西方文化，普遍轻视中国文化，疏离中国学术与文字的状况，感到极为愤慨和不满，并深感忧虑。在看到西方现代社会道德文

① 中华梅氏文化研究会. 梅光迪文存 [M]. 武汉：华中师范大学出版社，2011：521.
② 中华梅氏文化研究会. 梅光迪文存 [M]. 武汉：华中师范大学出版社，2011：504.
③ 中华梅氏文化研究会. 梅光迪文存 [M]. 武汉：华中师范大学出版社，2011：509.
④ 中华梅氏文化研究会. 梅光迪文存 [M]. 武汉：华中师范大学出版社，2011：502.
⑤ 中华梅氏文化研究会. 梅光迪文存 [M]. 武汉：华中师范大学出版社，2011：507.
⑥ 中华梅氏文化研究会. 梅光迪文存 [M]. 武汉：华中师范大学出版社，2011：508.

明的堕落情形之后，更增强了"使东西两文明融化"的使命感。① 他相信孔耶一家，两者各有优缺点，"必互相比较，截长补短而后能美满无憾"②。在他看来，取长补短，文明化合，东西合一，不仅有利于一国，而且能造福世界各国。

梅光迪在美留学期间对教育问题也多有关注和讨论。在与胡适的通信中也涉及对东西方教育的比较思考，他认为传统人文教育对培养个人的道德文化修养并没有过时，应加以弘扬。"吾国今后文化之目的尚须在养成君子。君子愈多则社会愈良。……人性本非全善，必须用学问教育以补助之。"③ 可见，虽留学美国，梅光迪却没有抛弃中国传统文化和学术，反而在与西方学术和文化的对比中，更加推崇其价值。他以中国文化为本位，主张深入中西文化本原，互照比较，取长补短，思考中西文化的差异性与共通性，探索中西融通之路，寻求人类的共同价值。这些思考以后逐渐转化为他在国立东南大学等高校的学术、文化和教育实践。

1915 年春，一次偶然的机会，梅光迪读到了美国新人文主义大师白璧德的著作，极为钦佩，遂于同年秋转学到哈佛大学研究院，师从白璧德主攻西洋文学。与白璧德的著作和思想的相遇，为梅光迪思考中国传统文化的价值以及东西方文化的互通性提供了一种新的视角和支撑。白璧德最早将东西方文化看成一个整体，他对东方文化的推崇和对孔子深刻的理解，让梅光迪更加坚信本国文化的价值。通过白璧德，梅光迪找到了沟通中国儒家传统与西方思想的桥梁。

梅光迪转学至哈佛大学之时，开始就文学革命的问题与胡适书信往来，相互辩驳。他竭力反对胡适欲将中国旧文学尽行推翻的过激做法，认为应慎言革命，"尤须先精究吾国文字始敢言改革"④。他也反驳胡适所持的文明进化观念，认为科学与社会上的实用智识（如政治、经济）可以进化，但美术、文艺、道德等新出未必能胜过古人或与之敌。⑤ 文学革命必不可速成，须在精通本国文字和古籍的基础上，"输入西洋文学与学术思想，而后可言新文学耳"⑥。胡适以欧洲近世文学为文学革命的参照资源，这一点梅光迪颇不赞

---

① 中华梅氏文化研究会. 梅光迪文存 [M]. 武汉：华中师范大学出版社，2011：525.
② 中华梅氏文化研究会. 梅光迪文存 [M]. 武汉：华中师范大学出版社，2011：515-516.
③ 中华梅氏文化研究会. 梅光迪文存 [M]. 武汉：华中师范大学出版社，2011：548.
④ 中华梅氏文化研究会. 梅光迪文存 [M]. 武汉：华中师范大学出版社，2011：539.
⑤ 中华梅氏文化研究会. 梅光迪文存 [M]. 武汉：华中师范大学出版社，2011：541.
⑥ 中华梅氏文化研究会. 梅光迪文存 [M]. 武汉：华中师范大学出版社，2011：545.

同。他对欧洲近世文学价值的判断显然是不同于胡适的,"盖'新潮流'之真有价值者,断不久为识者所弃如是"①,真正的豪杰之士往往是逆流而上的。总之,在如何理解西洋文学,如何对待中国旧文学、倡导新文学等问题上,他与胡适多次通信,分歧凸显。

从时代氛围来看,由于中国近代以来的科技落后,当时的留美学界受科学主义精神的涤荡和影响颇深。留美的任鸿隽、杨铨、赵元任等人在康奈尔大学发起成立"科学社",其影响也渗透到人文之学层面。梅光迪、胡适都是科学社的早期社员。胡适此后在文学层面大力倡导白话文取代文言文,在史学研究中率先以科学方法整理先秦诸子,这都是在"科学观念"的影响下以"进化论"的眼光做出的阐释和实践。胡适的进化论看似科学,实则有许多可商榷之处。梅光迪和胡适在文学革命以及文化观念和行为情感等方面的矛盾冲突,在日后中国文学的大变革中逐渐呈现出来。胡适认为自己是被"逼上梁山"的,但如果没有梅光迪这样的中国传统文化辩护者和持反对意见者,文学革命的很多问题尚难以有清楚认识。梅光迪"自视所学专业为文学,所以多从文学本身,与胡适辩论并向其发难。这样反倒对胡适是一个极大的帮助",因而"胡适的文学革命主张的孕育和暴发,实在是梅光迪催逼的结果"。②

胡适在美国推崇西方文化,热衷英语演说,甚至用英文著述,试图倡导文学革命之际,梅光迪自己的留美生涯却并不顺利。在美国他感受到了种族等级歧视,一时难以接受和适应,再加上由于初入美时英语水平不佳,他感到处处不顺心,并认为自己在西北大学的两年时间是一生最黑暗的时期。沈卫威认为,这一时期梅光迪的心态是自卑和自尊并存的,使得他在留学之初,对英语乃至外国文化有了一种理性上的排斥和处于自尊需要所形成的情感上的抵触。"中国文化本位感的强化,和他自身所拥有的中国文化优势,使得他以己之长来观外国文化之短。但更多的时候是处在为超越自卑所显示出的自傲之中。"③ 为此,他有几年时间学不得法,学无所得。直到转入哈佛大学,他才找到了学业上的感觉。他坦言自己"初有大梦以创造新文学自期,近则有自知之明,已不做痴想,将来能稍输入西洋文学知识,而以新眼光评判固有文学,示后来津梁,于愿足矣"④。可见,虽然梅光迪留美之初雄心勃勃,

---

① 中华梅氏文化研究会. 梅光迪文存 [M]. 武汉:华中师范大学出版社,2011:543.
② 沈卫威. 胡适周围 [M]. 北京:中国工人出版社,2003:127.
③ 沈卫威. 胡适周围 [M]. 北京:中国工人出版社,2003:112.
④ 中华梅氏文化研究会. 梅光迪文存 [M]. 武汉:华中师范大学出版社,2011:538.

想要兼治中学和西学，创造新文学，然而在种种条件的限制下，其思考和抱负逐渐趋于理性，转而将"输入西洋文学知识"作为努力方向，这正预示了日后他在国立东南大学等高校所从事的事业。胡适的文学革命主张此后席卷中国，在中国现代学术史、文学史上的意义自然无可否认，然而如梅光迪这般"输入西洋文学知识""以新眼光评判固有文学"的文化选择也自有其历史意义。作为文化保守主义者的梅光迪，却在为中国现代教育体制内输入西洋文学知识，从而在更新中国的文学观念和对固有文学的认识等方面做出了重要贡献，这是我们从我国的外国文学学科史角度出发所不能忘记的。

梅光迪转入哈佛大学是其专治西洋文学的重要阶段。根据哈佛大学现存档案，梅光迪在哈佛大学前后四年（1915—1919）。当时的哈佛大学文科正处于蓬勃发展时期，学科设置齐全，现代语言学部下设英语系、德国语言与文学系、法语及其他罗曼语言与文学系、比较文学系。梅光迪在哈佛大学期间选修过的课程总共22门，主要集中在西方文学、比较文学、文学批评、艺术史和哲学等领域，显示出他的学术兴趣。梅光迪来哈佛大学主要是因为服膺白璧德，他选修了三门白璧德的课程："16世纪以来的文学批评""19世纪浪漫主义运动""卢梭及其影响"。白璧德分别给予了其B+、A、A的成绩，可见他对这位中国弟子十分欣赏。梅光迪求学哈佛大学期间，不以申请学位为目的，故而听课范围十分广泛。他所修课程还包括莎士比亚（戏剧六种）、培根、爱默生（Ralph Waldo Emerson）、俄国文学史导论、托尔斯泰及其时代、英国批评散文、抒情诗、卡莱尔（Thomas Carlyle）、弥尔顿、古代艺术史、中世纪文艺复兴时期及现代艺术史、各体戏剧、法国文学对英国文学的影响、古希腊哲学等。① 这些课程的授课教师多为当时哈佛大学的学术名家和著名教授。如讲授莎士比亚的是20世纪上半叶莎学权威基特里奇（G. L. Kittredge），讲授英国文学的是著名教授布利斯·佩里（B. Perry），讲授戏剧的是美国著名戏剧理论家和教育家乔治·贝克（G. P. Baker）等。课程所涉作家和内容，也常见于梅光迪与胡适的通信讨论之中，后多在《学衡》上专文论述，是其外国文学的主要兴趣所在。

在崇尚实用之学的留美学界，梅光迪选择西洋文学为终身志业，这一选择本身就是具有独特意味的。梅光迪赴美之初就有文学抱负，"欲多习文学，而老学生群笑之，以为文学不切实用，非吾国所急"，对此他不以为然。"吾

---

① 朱鲜峰．"学衡派"与中国近代大学教育［M］．南京：南京大学出版社，2021：50．

愿为能言能行，文以载道之文学家，不愿为吟风弄月、修辞缀句之文学家。"① 他推崇的是能以文字改造社会的文学家，看重的是文学改造社会的功能。具体而言，他主张以文学经典（梅光迪将 Classicism 译为古文派）进行人文教育，认为西方文学大家如歌德、史蒂文森、莎士比亚和中国古文家"无有不得古人之助而终能独立者"②。这种文化主张不仅涉及如何引介西方文学，而且已经关乎具体的经典文学教育实践。梅光迪曾将"学衡派"的学术立场总结为"哲学、政治和教育上的理想主义及文学中的古典主义"③。总体来看，梅光迪在美期间已经形成了明确的理想主义教育观和古典主义文学观，力主引介西方文学应"穷其本源，查其流变"，注重道德教育和经典文学教育。这些教育经历和学术积累也为日后他在国立东南大学主持西洋文学系奠定了基础。

二、吴宓的教育背景与外国文学

（一）求学清华：从文学到教育

"学衡派"的另一位主力吴宓无论从家庭出身、教育经历还是文化主张上都与梅光迪有相似之处。这也是日后两人能引为同道，在国立东南大学共创一番事业的重要原因。吴宓（1894—1978）出生于陕西泾阳，近代关中大儒刘古愚曾在此主持泾阳书院。吴家为当地的士商之家，十分注重家族子弟的教育。吴宓的生父吴建寅、嗣父吴建常都曾从学刘古愚。吴宓幼时也在泾阳书院，跟随刘古愚的弟子接受传统的私塾教育，对儒学多有认同。少年时代吴宓即对西学有接触。"以仁和叶澜、叶瀚兄弟所编印《蒙学报》为课本。兼读《泰西新史揽要》《地球韵言》等书。又翻阅每期《新民丛报》，甚喜之。"④ 1906 年冬，吴宓考入宏道高等学堂预科，接受新式教育。在此期间，吴宓已经表现出对文学的极大兴趣，对明清文人诗词和晚清白话小说如《孽海花》《老残游记》及林译小说等多有阅读，在日记中时常记录阅读中外小说之心得，并时常作旧体诗文。

1910 年 5 月，吴宓考取即将成立的清华学堂（1912 年更名"清华学校"），次年春季入学。1911—1917 年吴宓在这里接受正规的西学教育，写诗作文，英语水平也进一步提高。同时他积极参与校园活动，回应社会运动

---

① 中华梅氏文化研究会. 梅光迪文存［M］. 武汉：华中师范大学出版社，2011：527.
② 中华梅氏文化研究会. 梅光迪文存［M］. 武汉：华中师范大学出版社，2011：548.
③ 中华梅氏文化研究会. 梅光迪文存［M］. 武汉：华中师范大学出版社，2011：193.
④ 吴宓. 吴宓自编年谱：1894—1925［M］. 北京：生活·读书·新知三联书店，1995：46-47.

和思潮，得到了极大的成长和锻炼。当时的清华学校为留美预备学校，依据学生的意愿和能力分编中等和高等两科，吴宓被编入中等科四年级。清华学校开设了极为丰富的人文学科、社会学科和自然科学课程，还有多种外国语言类课程。就读清华学校期间，吴宓仍对中外文学最感兴趣。清华学校国文课以中国文学史、说文解字、文献通考、历代文选等为主要内容，英文课多以文学性的读本，如《尤利西斯》《圣女贞德》《瑞普·凡·温克尔》《亚瑟王的故事》等为教材。吴宓在此眼界大开，"自以为得所，甚觉快乐"①。

从吴宓所受教育与外国文学的关系来看，吴宓对外国文学的兴趣最初可见于早年求学时期对晚清翻译的各类新小说及林译小说的阅读。其日记所提到的外国小说就有《剖脑记》《贝克侦探谈》《拿破仑忠臣传》《福尔摩斯》《茶花女遗事》《迦茵小传》等。就读清华学校前后，吴宓已经表现出对东西方文学比较研究的兴趣和对中外文学极高的感受力。如他将清初文学家侯朝宗、魏叔子与拜伦（George Gordon Byron）、雨果（Victor Hugo）相比拟，加以评点，认为其文体、性情及言论均有相似之处。② 对《茶花女》等西洋哀情小说的比较阅读，使他发出对其中女性形象共性"其人格高矣，其道力伟矣"的感叹。吴宓在清华学校就读期间，随着英文水平的提高，更是直接从原文阅读莎士比亚的戏剧故事及其他英文文学作品。

值得注意的是，吴宓在清华学校阅读了大量外国文学作品，但并不仅限于英美文学，还有德国作家莱辛的剧作、日本作家德富芦花的小说《不如归》以及法国作家斯达尔夫人的传记等，建立起了广阔的世界文学视野。同时，他也没有放弃对中国古典文学的修习，阅读了大量新旧小说，对苏轼、王安石、吴伟业、侯方域等历代名家的作品也颇有研读，有"乐研究中国文学"之名。③ 他自修国文，与国文教师饶麓樵来往密切，并在其指导下研读吴伟业、王国维等人的诗作。由于素有创作的兴趣，在清华学校六年间，他创作了两百多首旧体诗词，还写了大批文章，包括序跋、言论、诗评和小说等，初步形成了严肃通达的文艺观。他对文艺的使命有着明确的认识，认为诗人应"洞明世界大势"，"以新理想，新事物，熔铸于旧风格"。④ 他以诗为例论及各国对文学教育的重视，认为中国人学习外语也须研读外国诗文："夫各国文学，莫不课诗，今其学校，莫不课诗，我辈习英德法文，亦与其诗研读背

---

① 吴宓. 吴宓自编年谱：1894—1925 [M]. 北京：生活·读书·新知三联书店，1995：104.
② 吴宓. 吴宓日记：第1册 [M]. 北京：生活·读书·新知三联书店，1998：20.
③ 吴宓. 吴宓日记：第1册 [M]. 北京：生活·读书·新知三联书店，1998：328.
④ 吴宓. 余生随笔 [M] //吕效祖. 吴宓诗及其诗话. 西安：陕西人民出版社，1992：184.

诵不辍，故谓诗为无益而有害者，已不待辩。""吾以为国人而欲振兴民气，导扬其爱国心，作育其进取之精神，则诗宜重视也。而欲保我国粹，发挥我文明，则诗宜重视也。"① 他看到西方不少人对中国文学的喜爱，许多著作被翻译为英文，因而中国人更有必要重视诗的教育。这一时期形成的文艺主张在他日后的著述（如《空轩诗话》）和外国文学教学中有进一步的深刻阐发。

吴宓在就读清华学校期间已经开始用世界的视野和比较的方法思考文学问题，并由此发现中西文学的共通性与差异性。"乃知文章之道，亘古今中外而一以贯之。而文士多愁，本于爱世之热心，则更无能逾越此范围者。"② 他曾将朗费罗（Henry Wadsworth Longfellow）的长诗《伊凡吉琳》改编为中国古典戏剧《沧桑艳传奇》。③ 他还计划将英国小说《里恩基》（*Rienzi*）译为中文，盖因"写英雄儿女，纤悉入微。其境界感情，悉与我有直接之类似"④。他在清华学校校园刊物《清华周刊》上发表《余生随笔》，采用中西诗歌互证互鉴的方法，对王安石、李商隐、莎士比亚、海涅等人的作品做了富有特色的阐释。这些思考为他以后在国立东南大学和国立清华大学任教，开设"中西诗之比较"课程打下了重要基础。

有了比较和批判的眼光，吴宓逐渐形成了一种会通中西、调和古今的观点。从1915年起，他在日记中多处记录了这一思想轨迹。如他把欧洲的文艺复兴与近代中国欧化输入的情形相比较，对于神州古学如何发扬光大多有思虑。⑤ "窃谓时至今日，学说理解，非适合世界现势，不足促国民之进步；尽弃旧物，又失其国性之凭依。唯一两全调和之法，即于旧学说另下新理解，以期有裨实是。"⑥ 日记中这段话还加上了着重号，显然在他看来，学问的发展既需要符合世界大势发展，又不能完全抛弃本国文化传统，必须寻得一个两全调和之法，赋予旧学说以新理解，才能促进国民的进步与国性的巩固。"居今世欲以诗文名家，无论如何均必得世界知识，及洞晓中国近数十年来之掌故。"⑦ 他还计划"他日行事，拟以印刷杂志业，为入手之举。而后造成一

---

① 吴宓. 余生随笔［M］//吕效祖. 吴宓诗及其诗话. 西安：陕西人民出版社，1992：197.
② 吴宓. 吴宓日记：第1册［M］. 北京：生活·读书·新知三联书店，1998：297.
③ 吴宓. 吴宓日记：第1册［M］. 北京：生活·读书·新知三联书店，1998：263.
④ 吴宓. 吴宓日记：第1册［M］. 北京：生活·读书·新知三联书店，1998：460.
⑤ 吴宓. 吴宓日记：第1册［M］. 北京：生活·读书·新知三联书店，1998：381.
⑥ 吴宓. 吴宓日记：第1册［M］. 北京：生活·读书·新知三联书店，1998：404.
⑦ 吴宓. 吴宓日记：第1册［M］. 北京：生活·读书·新知三联书店，1998：408.

是学说，发挥国有文明，沟通东西事理，以熔铸风俗、改进道德，引导社会"①。这些记录代表了这一时期他的思想进展，成为他日后创办《学衡》及其他文化教育实践的重要准备。

就读清华学校期间，吴宓还阅读了不少世界历史、地理及哲学著作，对世界文明有了比较初步的认识。如他推崇罗马人的尚武爱国精神，认为中国的前途正需要这类精神和人物。他将中国维新改革比之欧洲文艺复兴，由读西史领悟到"世界所有之巨变，均多年酝酿而成，非一朝一夕之故"，认为自明末以后就有新机的发动，"士夫文章言论之间，已渐多新思潮之表现。导源溯极，其由来渐矣"②。通过对古希腊哲学的学习，吴宓还看到了东西方古典哲学的相通之处，"希腊哲学，重德而轻利，乐道而忘忧，知命而无鬼。多合我先儒之旨，异近世西方学说，盖不可以道里计矣"③。这样的阅读和思考，为他以后追本溯源，在西方文明史的脉络中探究西方文学精神，进行比较文学研究提供了广阔的学术基础。吴宓还研读美国建国历史，"寻踪觅迹，而知其培本植基之事，非一朝一夕之力"，认为中国应以此为镜，"扶持民气，养成其自立自治之能力"④。他赞赏伍廷芳所著《一位东方外交官眼中的美国》对美国社会的深入观察，"比较中西文明……均洞中利弊，平正可行"⑤。可以说，吴宓无论研读外国文学还是外国历史，都有着非常明确的中西比较意识和中国立场，以解决中国问题为思考旨归。这一点在他日后的教育及文化实践中可谓始终如一。

从教育史的视角看，吴宓于清华园中的求学所得，一方面与他自身对中外文学的广泛兴趣和个人努力有关，另一方面也与清华学校所提供的教育环境和校园学风有关，显示出现代国民教育在提高学生人文修养方面的塑造之功。当时清华学校学术风气活跃，人才济济，学生以自治能力强闻名，由学生组织的文学团体活动频繁。吴宓所在的丙辰级同学 1911 年即产生了全校第一个学生组织"英文文学讨论会"（后改名为"益智学会"），还成立了"文学联谊社"和"文学社团"等文学团体。《清华周刊》《清华学报》《清华年报》作为三个全校性的刊物，总编辑也由丙辰级同学主持。吴宓本人 1913 年担任过"文联顾问团"的成员，1914 年任《清华学报》编辑，1915 至 1916

---

① 吴宓. 吴宓日记: 第 1 册 [M]. 北京: 生活・读书・新知三联书店, 1998: 410.
② 吴宓. 吴宓日记: 第 1 册 [M]. 北京: 生活・读书・新知三联书店, 1998: 407.
③ 吴宓. 吴宓日记: 第 1 册 [M]. 北京: 生活・读书・新知三联书店, 1998: 440.
④ 吴宓. 吴宓日记: 第 1 册 [M]. 北京: 生活・读书・新知三联书店, 1998: 508.
⑤ 吴宓. 吴宓日记: 第 1 册 [M]. 北京: 生活・读书・新知三联书店, 1998: 431.

年又担任《清华周刊》编辑及代理总编辑，可谓校园学术文化的积极参与者。为提高英文能力，吴宓还加入了清华学校学生组织的"英文文学演说会"，并发表演说。① 此外，学校时有学术演讲及外国戏剧的演剧活动，吴宓亦经常参加，无形中又增加了对外国文学的理解。吴宓称之为"办实事"或"课外作业"，他对中外文学的兴趣和研究能力，得到了进一步的激发和锻炼。

在清华学校就读期间，吴宓对本国教育问题多有观察和思考。吴宓1911年年初入学清华，实为清华学堂第一届学生。清华学堂是清朝被迫接受西方教育制度的产物，此时仍在草创阶段。学校的人事任命和规章制度变动频繁，多有不合理之处，再加上时局动荡，时有学潮发生。作为留美预备学校，除国文课外，清华学校一律用英语教材，"专务养成外国语娴习之奴隶人才。科学浅显已极，国文尤鄙视不道"②。吴宓对学校教育的不合理处多有批评，日记常见激愤之语。他看到美国某杂志一篇批评美国大学教育的文章，文中指出美国大学功课名不符实，学风骄奢浮惰，学生不以学问职业为志等。依据自身在清华学校的经验和对中国学校的观察，吴宓认为这些问题在我国学校也普遍存在，为此他发出感叹："安得有真正魄力之人物出，而主持教育事业也。"③ 1915年夏，吴宓为《清华周刊》撰"引言"，历数当时"新式教育"的状况和诸多弊端，认为教育关乎"成德达材"之事，应以道德培养为根本，道德文章并立，才能得"新教育之系统与精神"④。可见，吴宓本人不仅是中国现代高等教育起步期的见证者和受益者，也是其反思者和批判者。

当时的清华学校聘用了大量美籍教员，吴宓对多数美籍教员评价不高，但对美籍历史教师皮克特（J. Pickett）颇为敬佩。皮克特曾以罗马人对希腊文化的吸收不当而导致种种恶果为例，真诚告诫中国学生，要根据自身国家的需要来吸收和借鉴他国文明，看到其优缺点，不能不加辨别地以新为尚，抑古颂今。⑤ 吴宓对此深表赞同，日后更是以自身会通中西的文化和教育实践延续着这一时期的思考。

不难看到，吴宓对教育问题的思考从本质上触及教育与国家之关系，有着明确的爱国和救国目的。他曾详细记录美国人怀尔德博士的演讲《学术理

---

① 吴宓. 吴宓日记：第1册［M］. 北京：生活·读书·新知三联书店，1998：158.
② 吴宓. 吴宓日记：第1册［M］. 北京：生活·读书·新知三联书店，1998：495.
③ 吴宓. 吴宓日记：第1册［M］. 北京：生活·读书·新知三联书店，1998：498.
④ 黄延复. 吴宓先生与清华［M］//李赋宁. 第一届吴宓学术研讨会论文选集. 西安：陕西人民教育出版社，1992：29-30.
⑤ 吴宓. 吴宓日记：第1册［M］. 北京：生活·读书·新知三联书店，1998：310.

想和实际生活的协调》，引述其中观点："我们目前教育之目的，应为不仅开发自然资源财富，还必须开发心灵、才智和意识资源，并将其纳入社会及国家的组织之中。我们必须寻求公正、自由之增长，以及国民中为人之幸福，——此目的甚至在西方国家中亦未能做得很成功。我们学习即为了能够解决社会中最大最困难的问题。"① 吴宓看到，近代以来实业的发展不足以富国裕民，国家的发展还有赖于教育的发达。"缘教育造出之人才而不为社会服役、而不愿苦力工作，则教育之事仍无希望于将来也。故做官思想，不可不除。而服役社会之心，不可不盛。"② 他深信救国之路有赖于精神的力量：

> 国家之盛衰，不在其政体，不在其一二人物，亦不尽由财力兵力之如何。处今之中国，而言兵与财，尤急不能成。所恃以决者，国民全体之智识与道德，故社会教育、精神教育尚焉。苟民智开明，民德淬发，则旋乾转坤，事正易易。不然者，虽有良法美意，更得人而理，亦无救于危亡。③

这就把国家兴亡与全体国民智识道德联系起来，为提高这种智识与道德，国民教育必须注重社会教育和精神教育。他看到欧美近代物质文明发达带来的精神危机，感到中国虽应发展工业科学，就时急图，但"形而上之科学，亦需研究，不可偏废也"④。此外，他对教育的思考还涉及心理学与教育之关系。如他聆听了狄特墨有关心理学与教育的演讲，消化吸收演讲中的若干观点："心理学为教育之根本。所以然者，教育制度之谓。人生自幼而老，所受之感化，即为教育。""教育者，为生活之预备。学问者，即预备生活之法术也。故教育必采用适宜之宗旨。质言之，教育者，造成习惯之方法也。……鄙人可聚精会神，自有成见，不囿于外物。德业稳固，以效用于社会。"⑤ 这些观点的汲取意味着吴宓对教育理论的深入认识，对于吴宓以后从事具体的外国文学教育工作不无裨益。

多年后，吴宓在《由个人经验评清华教育之得失》一文中写道："吾昔在清华肄业凡六七载，如有寸得，皆清华所赐。自念昔在此中所学得之办实事能力及

---

①　吴宓. 吴宓日记：第 1 册 [M]. 北京：生活·读书·新知三联书店，1998：339.
②　吴宓. 吴宓日记：第 1 册 [M]. 北京：生活·读书·新知三联书店，1998：341.
③　吴宓. 吴宓日记：第 1 册 [M]. 北京：生活·读书·新知三联书店，1998：514.
④　吴宓. 吴宓日记：第 1 册 [M]. 北京：生活·读书·新知三联书店，1998：512.
⑤　吴宓. 吴宓日记：第 1 册 [M]. 北京：生活·读书·新知三联书店，1998：406.

公民道德，足以矫正我身心之偏。即对于我之理想、事业，亦未尝无补。"① 应该说，清华学校作为晚清民初国民教育实践的一部分，它的教育环境和学术氛围给吴宓提供了深入研究外国文学的机缘，为他将来以外国文学教育和研究为志业奠定了重要基础。吴宓在此培养起的对外国文学的兴趣与思考，也为此后他积极将外国文学知识和课程付诸国民教育、回馈国民教育积累了经验。

（二）留学美国：浸润西洋文学

1917年8、9月间，吴宓结束了在清华学校的求学生涯，抵达美国，入弗吉尼亚大学攻读文学。赴美之前，吴宓曾在学习化学、报业和文学三个专业之间游移不定，最终他听取了清华学校校长周诒春的意见，选择了弗吉尼亚大学的英国文学专业。尽管当时实业救国的呼声颇高，但文学是吴宓的天性爱好，也符合他的性格素养。这一选择对吴宓一生志业起到了决定性的作用。相较于梅光迪在美留学期间的种种不顺，吴宓的感受显然更为愉悦。"得遇真正之名师，超群之益友，眼界大开，心神愉快。"② 从此，吴宓开始全身心研读西方文学，获得了对西方文学和文化精神更深入的了解。这使他进而发现了新文化运动在接受西方文化上的片面性，并最终为中国现代文化建设揭示出了另一条可能的道路。

弗吉尼亚大学地处美国南部，它的英国文学专业以严格的语文训练和坚实的基础知识与理论著称。吴宓在此所修课程不限于文学，还有历史、哲学、经济学、法语等。1918年7月，吴宓进入哈佛大学的暑期学校学习，9月转入本科。哈佛大学位于美国东部的新英格兰，历史悠久，声誉更隆，有着更良好的学术氛围，属于当时赴美留学的中国学生的首选。吴宓在此学习一年就凭借优异的成绩转入四年级学习，1921年获得硕士学位。吴宓在哈佛大学三年的留学岁月，为他日后从事外国文学教育与研究奠定了最为重要的基础。

吴宓进入哈佛大学后，很快结识了已在此就读的梅光迪，并找寻到了白璧德这位新人文主义者为毕生事业的精神导师。吴宓在哈佛大学所修读的本科课程主要有三类：第一是英语文学，包括"浪漫主义时期诗人研究""英国小说（从理查逊到司各特）""丁尼生"等；第二类是比较文学，包括"卢梭及其影响""16世纪以来文学批评""抒情诗""19世纪浪漫主义运动"

---

① 吴宓. 由个人经验评清华教育之得失［M］//徐葆耕. 会通派如是说：吴宓集. 上海：上海文艺出版社，1998：196.

② 吴宓. 由个人经验评清华教育之得失［M］//徐葆耕. 会通派如是说：吴宓集. 上海：上海文艺出版社，1998：197.

"18、19 世纪各体小说"等；第三类是法语和德语文学，包括"法国散文与诗歌""法国文学概论""法国文学批评""德国文学史大纲"。此外，吴宓还修读过"经济学""英国史""法国史"等课程。① 对此，吴宓自陈，专攻英语与比较文学，以求理解西方的精神、理想与信念，学习历史、政治学和经济学以求思考和讨论中国的社会、学术问题及中国与世界的关系。可见，吴宓选择文学专业更多是出于中西文明交流与会通的抱负。

吴宓对白璧德十分崇敬，在上述课程中，白璧德主讲的课程就有 5 门。他认为白璧德的新人文主义具有跨越国界、超越自身、放眼世界、关怀全人类的思想特征，"其立说宏大精微，本为全世界，而不为一时一地"，具有"综合古今东西"和"超国界"的长处，对中国也最有帮助。他牢记着白璧德对他和其他中国留学生的殷切期待。"巴师谓中国圣贤之哲理，以及文艺美术等，西人尚未得知涯略；是非中国之人自为研究，而以英文著述之不可。今中国国粹日益沦亡，此后求通知中国文章哲理之人，在中国亦不可得。……宓归国后，无论处何种境界，必日以一定之时，研究国学，以成斯志业。"② 白璧德在课堂内外也十分看重这位中国学生，一再鼓励其致力于沟通中西文化。"东西各国之儒者（Humanists）应连为一气，协力行事，则淑世易俗之功，或可冀成。"③

在课内外，吴宓通读了白璧德当时已出版的所有著作及另一位新人文主义者穆尔（P. E. More）的著作，还追本溯源读完了《柏拉图全集》和《亚里士多德全集》。相较于梅光迪，吴宓法语基础较好，他对法国文学教授葛兰坚（C. H. Grandgent）尤为敬佩，在法国文学方面也有所精进。从学业成绩来看，吴宓的成绩基本是 A 或 B，可谓优秀。他还请清华学校的老同学汤用彤和新结识的友人俞大维为他讲授印度哲学及佛教、西方哲学史等。在哈佛大学期间，他还经常和知交陈寅恪切磋讨论，求知热情极高。陈寅恪此时已游学国外多年，乃饱学之士。吴宓对他十分钦佩，时常在日记里记录与陈寅恪的讨论心得，进一步加深了对中外学术文化融会的认识。

获得学士学位后，吴宓又继续升入哈佛大学文理研究生院修习，后获得哈佛大学比较文学硕士。由于吴宓此前已接受了国内北京高等师范学校的聘请，校方敦促他 1921 年下半年回国任教。吴宓在哈佛大学研究生院的最终修

---

① 吴宓. 吴宓日记：第 2 册 [M]. 北京：生活·读书·新知三联书店，1998：76-77.

② 吴宓. 吴宓日记：第 2 册 [M]. 北京：生活·读书·新知三联书店，1998：196.

③ 吴宓. 吴宓日记：第 2 册 [M]. 北京：生活·读书·新知三联书店，1998：212-213.

读仅为一年。从1920年暑假至1921年上半年，吴宓所修读的硕士学位课程包括希腊罗马史、文艺复兴及宗教改革、政治学说史、英国戏剧（1590—1642）、各体戏剧、欧洲思想史（500—1500）、16世纪初至王政复辟时期的英国文学等。这一时期，吴宓继续在西方史学、政治学、文艺复兴以后的英国文学及比较文学方面精进，"研究历史、哲学、文学，专务自修，不拘规程，以多读佳书，蔚成通学，得其一贯为目的"①，显示出试图沟通中西文史哲学的努力。

吴宓就读哈佛大学期间，海内外新文化运动正当风雨欲来之际。当时梅光迪已与胡适多有分歧，正欲招兵买马，发起论战。吴宓与梅光迪思想文化倾向相似，一见如故，从此结为盟友。这为吴宓追随梅光迪来到国立东南大学，共同实现新人文主义理想之抱负埋下了种子。1921年，吴宓发表《论新文化运动》《再论新文化运动》等文，从正面表明自身的文化立场。吴宓对新文化运动的批判建立在自身对西方文化更深入和全面的理解之上。近代以来，迫于生死存亡的现实境遇，中国对西方文化的接受总体上是有所偏颇的，偏重于急功近利、经世致用之学，忽视了更为本质性和长远意义的精神层面的思想理论资源。鲁迅在《文化偏至论》中对此即有所批判，提出"掊物质而扬精神"。吴宓亦认为："今国中所谓'文化运动'，其所倡之事，皆西方所视为病毒者，上流人士防止之，遏绝之，不遗余力，而吾国反雷厉风行，虔诚趋奉。如此破坏之后，安能再事建设？如此纷扰之后，安能再图整理?"②

应该说，"破坏之后"的"再事建设"正是新文化同人的先破后立之道，对于积重难返的老中国而言，有一定的合理性。吴宓对此却持有不同看法，他参照世界各国文学发展的史实，认为文学革命不过是文学史上常见的"古典与现代之争"，不能用政治眼光和革命手段处理文学问题。"一言以蔽之，凡读得几本中国书者，皆不赞成；西文有深造者，亦不赞成；兼通中西学者，最不赞成。惟中西之书，皆未多读，不明世界实情，不顾国之兴亡，而只喜自己放纵邀名者，则趋附'新文学'焉。"③ 吴宓文化立场的形成，源于学识上真正的兼容中西，既有深厚的传统文化修养，又洞悉西方文化的真谛，这正是近代以来所谓文化保守主义者不同于激进派之处。他们对现代文化的转型态度慎之又慎，既不赞成彻底破坏传统文化，又不完全排斥和拒绝文化的新生和发展，而是主张整理和建设，择其善者而从之。这一文化立场日后也

① 吴宓. 吴宓日记：第2册［M］. 北京：生活·读书·新知三联书店，1998：138.

② 吴宓. 吴宓日记：第2册［M］. 北京：生活·读书·新知三联书店，1998：154.

③ 吴宓. 吴宓日记：第2册［M］. 北京：生活·读书·新知三联书店，1998：114-115.

体现在他的教育主张和实践之中。

第三节 "学衡派"与国立东南大学外国文学学科创建

一、国立东南大学西洋文学系的酝酿与成立

1921 年 5 月，吴宓接到先期回国的梅光迪的来信。梅光迪此时已经在南开大学任教一年，又应聘到南京高等师范学校任教。适逢南京高等师范学校改组为国立东南大学，吸纳了大批留美回国学生。梅光迪来信力促吴宓加盟该校，他在信中提到南京高等师范学校的副校长兼文理科主任刘伯明为其在美国西北大学同学知友，贤明温雅，志同道合。"今后决以此校为聚集同志知友，发展理想事业之地。"① 信中还告知已与中华书局约定好编纂《学衡》杂志，力邀吴宓担任总编辑，并有创建国立东南大学西洋文学系的设想。吴宓遂来到国立东南大学。对此，梅光迪曾言："（宓）能为理想与道德，作勇敢之牺牲，此其时矣！"② 吴宓舍弃北京高等师范学校每月 300 元的高薪，转赴南京高等师范学校每月 160 元之聘，确实是为理想与道德做出了勇敢之牺牲。

1921 年，新文化运动在国内已是燎原之势，以国立北京大学为中心的"新文化派"风头正劲。此前一年，教育部已颁文规定白话取代文言成为国民教育的学校语言。新文化运动的影响已经开始波及国家教育政策层面，这自然使梅光迪、吴宓等维护传统文化者极为不满。梅光迪选择素来重视本国文史传统的南京高等师范学校为对抗阵地，势必要招揽志同道合者。吴宓在这一时期给导师白璧德的信中写道："梅君的策略是我们能在中国的高等教育机构站稳脚跟，而不是在北京大学。他强烈地反对我们中的任何人去北京大学，或受北大影响控制的北京其他大学。梅君为了实施他的策略，催促我们迅速回国。他写道，不应错失任何机会，不应继续允许文化革命者占有有利的文化阵地。"③ 在这种情况下，吴宓接受梅光迪的邀请，公开站在新文化运动的对立面，绝对需要勇气和胆识。

梅光迪、吴宓初来国立东南大学之际，尚无西洋文学系，他们只能"屈

---

① 吴宓. 吴宓自编年谱：1894—1925［M］. 北京：生活·读书·新知三联书店，1995：214.
② 吴宓. 吴宓自编年谱：1894—1925［M］. 北京：生活·读书·新知三联书店，1995：214.
③ 吴宓. 致白璧德［M］//吴学昭. 吴宓书信集. 北京：生活·读书·新知三联书店，2011：13.

身"英语系。在这里，梅光迪与英语系主任张士一①多有意见不合之处，甚为龃龉。"梅之文学课程，张虽不加干涉，然梅欲荐举某某，添聘文学教员，则张多方阻难，使不得成。"② 张氏专长为英语语音学及英语教学法，基本不研究文学。当时英语系的课程主要集中在语言教育层面，文学课程基本付之阙如。这是自中国近代外语教育兴起以来就形成的模式和倾向。由于从南京高等师范学校到国立东南大学将英文列为全校必修，英语系负责全校的普通英文课程，因而英语系教师众多。不过据吴宓所言，张谔所聘来的教师皆其私交好友，不取其才学。虽皆有留美经历，然皆是学习政治、经济、工程、物理等科，学之不成，毫无专长，只好来教英文。"然其英文、英语，则殊不高明。笑话百出，为学生所轻视。彼等只知互相团结坚固，全力拥护张系主任，以保饭碗。"③ 自视甚高的梅、吴二人对张氏颇有微词。客观来看，这里吴宓的记录不免有书生意气。历史的后见之明显示，张士一是我国著名的英语教学理论家和改革家，培养了大批英语教师，著作丰硕，为我国英语教育史做出了重要贡献。梅光迪当时的态度和立场一定程度上也影响了吴宓的看法。吴宓归国之前，梅光迪已有在国立东南大学增设西洋文学系，与英语系并列的想法。这里面不仅有对于语言教育和文学教育的不同意见，还涉及学科经费、教授薪资及用人行政之权的派系分歧。

1921年10月，梅光迪和吴宓向国立东南大学教授会提交了《增设西洋文学系意见书》。意见书对西洋古典文学的重要性极为强调："以文学言，希腊拉丁法德等，比之英国文学，其重要有过之无不及。英国文学充其量亦只西洋文学之一部而已。"④ 梅、吴二人重视希腊罗马古典文学的源头地位，将西

---

① 张谔（1886—1969），字士一，江苏吴江人。张谔早年肄业于上海南洋公学铁路工程专科。1907年，在成都高等师范学堂任英文教员，兼任外籍教授的口译。1908年回南洋公学教英文，兼任学校英文秘书。1915年，经黄炎培介绍到南京高等师范学校任英文教授兼英文部主任。1917年被选派至哥伦比亚大学师范学院进修，获硕士学位。因当时南京高等师范学校师迫切需要教师，1919年应召回国任教。张士一长期从事实用英语语音学和英语教学法的教学和研究，编著英语教学专著十余部，培养了大批英语教学人才。南京大学的范存忠、吕天石、沈同洽，南京师范大学的陈邦杰、邬展云，华东师范大学的吴棠等，都出自他门下。参见孙文治. 东南大学校友业绩丛书：第1卷[M]. 南京：东南大学出版社，2002：174-175.

② 吴宓. 吴宓日记：第2册[M]. 北京：生活·读书·新知三联书店，1998：226.

③ 吴宓. 吴宓日记：第2册[M]. 北京：生活·读书·新知三联书店，1998：223.

④ 梅光迪，吴宓. 梅光迪、吴宓增设西洋文学系意见书（1921年10月）[M]//南京大学校史研究室. 南京大学校史资料选编：第2卷：南京高师与东南大学时期：上. 南京：南京大学出版社，2019：291.

洋文学视为一个整体，兼及欧洲大陆文学，而不仅仅局限在英国文学。这无疑是二人在哈佛大学留学时期就已经达成的一种文学共识。两人的意见得到时任国立东南大学副校长、知交刘伯明的大力支持。1921 年 11 月，增设西洋文学系的意见经教授会讨论通过。

吴宓在日记和年谱中就西洋文学系的创建有过较详细的记述：经过酝酿和准备，1922 年 9 月，国立东南大学开学，西洋文学系正式成立。梅光迪任主任，吴宓任教授，杨前海为办公助教兼打字（印发讲义、大纲），并管理办公室所存之公私书籍。1923 年，西洋文学系增聘李思纯为法文及法国文学教授。后又增聘吴宓在哈佛大学的同学，留美归国的楼光来为教授。西洋文学系成立后，与英语系并列分立。学校命每一学生自决自择，或转入西洋文学系，或留在英语系（年级不变）。择定后，不许再改。结果四分之三的学生皆自愿转入西洋文学系，英语系生源面临危机。张士一遂写信致郭秉文，请其转告梅光迪，如未获英语系批准，西洋文学系不能擅自接受英语系学生。① 对此，吴宓也做出回应，他所开设的西洋文学课程，如英语系学生选修，必须持有系主任张士一签字的上课证，方能允许入班听讲。这些现实层面的新旧科系矛盾，本质上来说关乎梅光迪、吴宓与张士一之间的教育理念冲突。前者的重心旨在通过西洋古典文学进行人文教育，而后者则更为注重实际运用的语言教育。

对于梅、吴而言，西洋文学系的增设不仅是为了学科的长远发展，更为实现新人文主义的理想。梅光迪在就创设事宜致校长郭秉文的信中说："国人正在倡言介绍西洋文化，文学乃其重要部分，而本国大学中有西洋文学一系者，独有我校，若不极力进行，不有负此领袖资格乎?"② 可见，梅光迪踌躇满志，对西洋文学系的创建意义有着极为自信的肯定，此举实为彼时国内开风气之先者。由此，国立东南大学创立了当时国立大学第一个，也是唯一一个西洋文学系。应该说，这是中国的外国文学学科史上的一个里程碑事件。外国文学的独立设科，从某种程度上意味着作为知识生产的外国文学在国民教育中独立地位的获得，为外国文学的传播、接受和研究提供了重要的体制保证。

---

① 张士一. 张士一为英文科学生转系事致郭秉文函（1922 年 9 月 21 日）［M］//南京大学校史研究室. 南京大学校史资料选编：第 2 卷：南京高师与东南大学时期：下. 南京：南京大学出版社，2019：645.
② 梅光迪. 梅光迪就西洋文学系建设事宜致郭秉文函（1922 年 10 月 26 日）［M］//南京大学校史研究室. 南京大学校史资料选编：第 2 卷：南京高师与东南大学时期：上. 南京：南京大学出版社，2019：297.

二、西洋文学系的课程设计和教育成效

当时国立东南大学实行"主系辅系"制度，主系课程需要修读40至60学分，辅系课程需要修读15至30学分。自1922年至1923年，西洋文学系虽只有梅光迪、吴宓两位教授，却规划设计了数量甚丰的文学课程。表5-1中所列课程内容之广博丰富，即使放在今天看，也不由使人为之惊叹。这张学程表集中展示了20世纪20年代国立东南大学外国文学教育的理想图景。之所以说是"理想图景"，是因为它是梅、吴二人所规划的以西洋文学系为主系的学生应该接受的文学教育，并不等同于学生每学年所修之实际课程。

表5-1　1923年4月国立东南大学西洋文学系学程表

课程类别	第一类	第二类	第三类	第四类
课程名称	文学总论（3） 文学选读（6） 抒情诗通论（3） 纪事诗通论（3） 戏剧通论（6） 小说通论（6） 短篇小说通论（2） 散文通论（6） 传记通论（3） 文学评论（6） 修辞原理（3） 文学研究法（3）	欧洲文学大纲（6） 欧洲文学名著（6） 希腊文学史（6） 罗马文学史（6） 英国文学史（6） 法国文学史（6） 德国文学史（3） 意大利文学史（3） 西班牙文学史（3） 美国文学史（3） 欧洲中世纪文学史（3） 文艺复兴时代文学史（6） 古文派文学史（6） 浪漫派文学史（6） 欧洲现世文学史（6） 英国十六、十七世纪文学史（6） 英国十八世纪文学史（6） 英国十九世纪文学史（6）	荷马（3） 桓吉尔（今译为维吉尔）（3） 新旧约全书（6） 但丁（6） 莎士比亚（6） 弥尔顿（6） 约翰生及其游从（3） 福禄特尔（6） 卢梭（6） 葛特（6） 卡莱尔（3） 爱默生（3） 丁尼生（3） 安诺德（3） 易卜生（3） 托尔斯泰（3）	欧人论述中国之文（3） 西洋人研究中国之情形（3） 文学翻译（无定） 特别研究（无定）

备注：括号内数字表示学分，6学分课程修读时间为一年，2或3学分课程修读时间为半年。除个别课程外，各门课程每周授课时数基本为3小时。表格根据《文理科学程详表》（《国立东南大学一览》，1923）提取整理。

　　从这些课程的分类和设计来看，西洋文学系课程突出了经典性、整体性与人文性的学科特征。这些课程分为四类，第一类属于概论类课程，从文学总论到各体文学通论，逐一细分，兼及批评、修辞和文学研究方法等。这类课程若从中国的文艺学学科史的角度看，亦属于较早的尝试，具有开拓性意义。第二类属于文学史课程，既有总体性的欧洲文学史，又涵盖欧洲主要民族国家的文学史；既按照时间顺序罗列欧洲断代文学史，又有兼顾文艺思潮和派别的"古文派"与"浪漫派"文学史。在文学史课程规划中，希腊罗马文学史、英国文学史、法国文学史的比重都较大。这正是梅、吴二人专长之所在。与第二类课程相配合，第三类属于经典作家研读课程。古典作家如荷马、但丁、莎士比亚、弥尔顿等所占比重也较大，福禄特尔（伏尔泰〔Voltaire〕）、卢梭、葛特（歌德）等作家也受到相当重视。此外，约翰生（Samuel Johnson）、安诺德（Matthew Arnold）等作家为新人文主义产生提供了重要思想资源，易卜生、托尔斯泰则对近代以来的中国思想文化产生过重要影响，显然这些课程安排考虑到了外国文学在中国的具体接受。相关设计既反映出梅、吴二人留学时期的学术兴趣，也反映出新人文主义对他们的影响。第四类是与中国相关、具有中西比较文学性质的课程，显然梅、吴已经注意到东西方文化双向交流的重要性，并能将比较文学的精神融会到课程的开设之中。"欧人论述中国之文""西洋人研究中国之情形"可以说是大学教育中最早的海外汉学研究课程之一，反映了他们在留学岁月中对相关问题的关注。这一设计不仅在当时，即使在当下也具有非常重要的意义。

　　需要指出的是，不同于当下许多高校英语系课程偏重语言技能，或偏重英美文学的做法，彼时西洋文学系课程显然不以语言教育为重点，而是基本对标欧美高校英文系，以精研西方文学源流为主干，注重文学通论、文学史与文学作品三者相结合，力争对西方文学的过去与现在、整体与局部都做一通盘考虑，其雄心不可谓不大。不以语言教育为重心，凸显文学教育的重要性，这一点大约也是为了与彼时国立东南大学英语系的功能区别开来。面对这样丰富的课程设计，我们不禁会问，梅光迪和吴宓作为西洋文学系创系之初仅有的两名教授，他们是如何实践如此雄心勃勃的西洋文学课程规划的呢？

　　先来看吴宓。吴宓就职国立东南大学前后，心系工作与事业，甚为期盼至国立东南大学教学授课及编纂出版《学衡》杂志，自言归国后结婚及其他社会活动均是为此扫清道路。对于即将在国立东南大学从事的教育文化事业，吴宓可谓投入了全部的热情。如日记中有以下记录："自是晨起，终日伏案，撰作所授四科之讲义。撮其大旨，作为表解。Outlines 印出多份，以备颁给学生。"① 吴宓在自编年谱中又记录道，到南京在开学之前即"一切不顾专心备课。细读四门课程之课本及参考书。随将四门课程之内容，编成英文大纲，预备印发。又用英文写出四门课程之讲稿，虽非逐字逐句，写成文章，然是极详细之纲要。分段及举例，用字，皆细查《字典》，一一选定，完全作出。可足五六星期讲授用。由于预备充分，宓上课后，英语讲授极浑脱流利，而内容井井有条，大受学生欢迎"②。这些记录让我们看到了作为外国文学教师的吴宓对待教学态度之认真、备课之充分以及收到的良好教学效果。对此，吴宓也颇为自豪。

1921 年 9 月底，国立东南大学开学上课。吴宓讲授课程四门，每门皆三小时，共 12 小时。1922 年 9 月西洋文学系成立后，吴宓又增开"欧洲文学史"课程，每周四小时，本系三年级必修。该课程虽选定课本，但上课时主要听吴宓讲授。为此，吴宓曾遍读古今各国文学史，编制成课程大纲，每次上课前将大纲书写在黑板上。吴宓在年谱中详细记录了所授课程之内容，我们从中颇能窥得当时国立东南大学外国文学教育的大致面貌：

（一）英国文学史。选用课本 Moody 和 Lovett 所著 *A History of English Literature*（《英国文学史》）、Century 书店编纂 *Readings in English Literature*（《世纪英国文学读本》）。由梅光迪选定课本，因作者系美国有名之教授，兼诗人，吴宓认为"其书极好"。吴宓为本课程选定了文学读本，从中摘选讲读。

（二）英诗选读。选用课本 Palgrave 所编 *Golden Treasury*（《英诗荟萃》），课程从中摘选讲读。

（三）英国小说。选用文学原典作为课本，包括 *The Vicar of Wakefield*（《威克斐牧师传》）、*Pride and Prejudice*（《傲慢与偏见》）、*David Copperfield*（《大卫·科波菲尔》）、*Vanity Fair*（《名利场》）四部英文原著。

（四）修辞原理。选用课本 Lane Cooper 所著 *Theories of Style*。该课程不需要学生通英文。吴宓将课本中所选欧洲古今论文章写作之名篇，写作出英文大纲，并译成汉文大纲，印发给学生。本课程同

---

① 吴宓. 吴宓日记：第 2 册 [M]. 北京：生活·读书·新知三联书店，1998：234.

② 吴宓. 吴宓自编年谱：1894—1925 [M]. 北京：生活·读书·新知三联书店，1995：19.

时为国文系四年级选修。

（五）欧洲文学史。教师据所编制课程大纲讲授。选用课本 Emile Faguet 所著 *Initiation into Literature*（《文学入门》）、Richard 和 Owen 所著 *Literature of the World*（《世界文学小史》）。①

吴宓在国立东南大学所授课程集中在英国文学史、英国诗歌、英国小说及欧洲文学史领域。课本的选定、讲授内容和讲授方法基本上反映和体现了梅光迪、吴宓在求学时期受到的文学教育以及由此形成的文学趣味与知识素养。彼时国内高等教育界外国文学课程并无太多前例可援，国人的外国文学史编纂尚处于起步阶段。作为现代中国最早一批海外留学专研文学的学者，吴宓则在哈佛大学就修读过多种文学史课程，因而他所教授的英国文学史和欧洲文学史课程在学理性和专业性上在当时国内堪称独步。② 对于文学史学习的重要性，吴宓曾在《学衡》加以阐释："文学史之于文学，犹地图之于地理也。必先知山川之大势，疆域之区划，然后一城一镇之形势、之关系可得而言。……近年国人盛谈西洋文学，然皆零星片段之工夫，无先事统观全局之意，故于其所介绍者，则推尊至极，不免轻重倒置、得失淆乱、拉杂纷纭、茫无头绪。"③ 可见，吴宓对西洋文学的引介有着系统和整体的认识，这构成了他教授欧洲文学史、英国文学史等课程的理论基础。正是因着这种认识，他对当时国内引介西洋文学"轻重倒置、得失淆乱"的现象颇为不满，已经彰显出自己的新人文主义立场。除了给西洋文学系开文学课，吴宓还为国文系四年级开设选修课"修辞原理"。在这门课中，吴宓寄予了"使研究中国文学之学生，得略知西人之说，以作他山之助"的期望，可谓将中西会通的理念付诸具体的教学实践，同样显示出新人文主义者的立场。

从学生的角度看，吴宓在国立东南大学虽只有三年时间，但所教之英语系二年级和国文系四年级学生，是国立东南大学前后多年最优秀之两班生。英语系二年级学生二十余人，阅读英文书籍之能力，大多数皆甚强。所教国

---

① 此处课程信息根据吴宓自编年谱等材料提取整理。参见吴宓. 吴宓自编年谱：1894—1925［M］. 北京：生活·读书·新知三联书店，1995：221-222.

② 周作人曾于 1918 年前后在国立北京大学中文系开设"欧洲文学史"课程，并据此编写了《欧洲文学史》。但周作人不善演讲，欧洲文学史课程效果不佳，若干年后这门课就不再开设。1920 年代，吴宓在国立东南大学所开课程应该说进一步提升了欧洲文学史课程的学术含量。

③ 吴宓. 希腊文学史［J］. 学衡，1923（13）：40-87.

文系之学生则由"学衡派"重要成员柳诒徵在南京高等师范学校多年培植，亦为最优秀之一班（吴宓谓之"空前而绝后"）。吴宓对这批学生自是极为看重，他们中的多人日后也都与吴宓保持了联系，并各有作为。所谓教学相长，吴宓在年谱中就此写下按语："以东南大学学生之勤敏好学，为之师者，亦不得不加倍奋勉。是故宓尝谓'1921—1924三年中，为宓一生最精勤之时期'者，不仅以宓编撰之《学衡》杂志能按定期出版，亦以宓在东南大学之教课，积极预备，多读书，充实内容使所讲恒有精彩。且每年增开新课程，如《欧洲文学史》等，故声誉鹊起也。"① 通过国立东南大学的外国文学教育实践，吴宓不仅精进了学问，而且能每年增开新课，其良好的教学效果为国立东南大学的外国文学教育赢得了社会声誉。1923年，在清华学校就读的梁实秋来国立东南大学参观学习，极力称赞其学风纯正，并特别提及吴宓的授课："我到吴先生班上旁听了一小时，他在讲法国文学，滔滔不绝，娓娓动听，如走珠，如数家珍。我想一个学校若不罗致几个人才做教授，结果必是一个大失败，我觉得清华应该特别注意此点。"② 梁实秋大约没想到，此文对吴宓日后来国立清华大学任教亦有促成之功。

再来看梅光迪。梅光迪讲授的课程，他本人并没有留下太多材料，但可以从其他资料推知一二。1920年，南京高等师范学校仿照美国大学的教学组织形式，首次在国内开设暑期学校，聘请本校及国立北京大学、南开大学、金陵大学等高校教师任教员和讲者。暑期学校修业期限为六周，招收全国各地学员一千多人，共开设课程19门，演讲32次，在我国教育史上规模空前，产生了很大的社会影响。梅光迪与胡适、钱天鹤、任鸿隽、竺可桢、陈衡哲等当时诸多知名学者都是本次暑期学校的教员或讲者。根据其后出版的《国立东南大学南京高师暑期学校一览》《南高第一届暑期学校概况》等记录，梅光迪讲授的课程为"文学概论"和"近世欧美文学趋势"。1921年，国立东南大学开设第二届暑期学校，梅光迪除讲授"文学概论"外，增加"西洋戏剧""近世西洋短篇小说""近世西洋文豪"等三门课程。据记录，"文学概论"一课有学员60人，其中女生9人。"近世欧美文学趋势"一课学员有36人，都是男学员。这些课程留下了由听讲者所记录的一些讲义，多已收入《梅光迪文存》一书。这些记录稿包括《文学概论讲义》（杨寿增、欧梁记）、《近世欧美文学趋势讲义》（冯策、华宏谟合记，吴履贞记）。根据这些讲义

---

① 吴宓. 吴宓自编年谱：1894—1925 [M]. 北京：生活·读书·新知三联书店，1995：224.
② 梁实秋. 南游杂感 [J]. 清华周刊，1923（280）：6.

的记录稿，我们可以大致推断梅光迪在国立东南大学西洋文学系的一些授课情况。

国立东南大学西洋文学系学程表所列"文学总论"课大致可与梅光迪暑期学校所讲"文学概论"课相对照。从中国的文艺学学科史来看，当时中国高校文学概论课的开设尚处在尝试阶段。周作人和鲁迅大致在同一时期在国立北京大学开设类似课程，教材主要取自日本，如鲁迅选用的是《苦闷的象征》。梅光迪于20世纪20年代初在国立东南大学开设文学概论课则直接取法于欧美，主要依据美国学者温彻斯特（C. T. Winchester）所著《文学评论之原理》（*Some Principles of Literary Criticism*）。该书后来由修习过梅光迪此课程的景昌极、钱堃新用文言译出，梅光迪校订后，由商务印书馆出版。梅光迪在西洋文学系及暑期所讲课程均面向英文水平较高之学生，要求学生具有阅读英文书籍之能力，因此在该书译本没有印行之前，英文本已经在梅光迪的教学中使用了。1923年商务印书馆所出《文学评论之原理》文言译本，实际是梅光迪文学概论教学实践的衍生成果。已有研究者指出，该书原著者温彻斯特与白璧德沉浸于同一种文化氛围和学术传统，拥有相似的知识结构和价值观，因此形成了较为一致的文学思想。如对精英主义文学观和人文传统的推崇，对经典和传统的尊重，强调理性和节制等。[1]因此，梅光迪选用此书作为教材符合自身的文化理想和文学理念。

梅光迪在讲授文学概论课时，虽以温彻斯特的著作为教材，但实际课堂讲授却不囿于成书。现存的《文学概论讲义》约2万字，共15章，以文言记录，具体解说处处显示出中西互照的学术视野，具有鲜明的比较文学特色。梅光迪从中西对于文学的不同界说入手，阐明文学与科学、哲学相异之处在于"非实用的""主观的""具体的"，指出"文学著作原本有永存之价值"，这一方法即显示出一定的跨学科的色彩。[2]他善于将中西文学例证相互对照，在比较中寻求中西文学的共通性和差异性。如谈论文学与情感之关系，"中国文学喜言忠孝，西洋文学喜言爱。故吾国人于爱少感情，西洋人于忠孝少感情。……吾人读西洋文学亦能悠然神往，吾国李、杜之诗，译行西洋者，彼且奉为至宝。盖今人者，古人之产儿。今人之性情、习惯，皆得古人。黄白异种，面貌不同，然皆具人类公性，精神上之契合正多"[3]。他认为新文学家

---

① 马睿. 作为文化选择与立场表达的西学中译：温彻斯特《文学评论之原理》中译本解析 [J]. 中山大学学报，2013，53（1）：49-57.

② 中华梅氏文化研究会. 梅光迪文存 [M]. 武汉：华中师范大学出版社，2011：119-125.

③ 中华梅氏文化研究会. 梅光迪文存 [M]. 武汉：华中师范大学出版社，2011：74.

诟病旧文学为"死文学",实为"谬种流传","多属无稽之谈"。① 这些论说重视文学情感的普遍性,强调古今中外文学情感之相通,明确反对新文化派对新文学的提倡,显示出新人文主义者的文化立场。

《近世欧美文学趋势讲义》亦为梅光迪在国立东南大学暑期学校之讲义,现存讲义约2.6万字,共13章。讲授上起文艺复兴,下至近世,内容偏重文艺思潮和流派,可谓一部简明扼要的欧美文学思潮发展简史。讲授宗旨在于阐明"文学与文化有密切之关系"和"比较中西文学以定改良之标准"。② 梅光迪尤为重视古希腊之文艺思想,对文艺复兴、亚里士多德诗说、古学派之文学、浪漫主义及其与自然界、民族主义、近世大同主义、超人主义等问题都做了精要概括。对于新人文主义者所推崇的文学大家,如歌德、卡莱尔、安诺德等,还做了专章讲授,显示出扬古抑今的特色。虽是讲授西洋文学发展,梅光迪亦时常加入对中国文学文化问题的思考,阐述其文化主张和思想理念。如在谈论近世西洋小说时,极力批判新文化倡导者提倡白话文学、排挤他种文学的做法,告诫青年学子如果对本国古籍废弃不观,"中国昔日之文化,逐渐湮没,危险孰甚"③。从这些材料不难推知,梅光迪在国立东南大学的西洋文学课堂上在介绍西洋文学发展时,亦旗帜鲜明地反对新文化派的主张。

对吴宓的教学成效,梅光迪亦多有揄扬。梅光迪自己的教学成效由于其人"雅自矜重,不妄谈讲,不轻作文",故并无太多资料可考。但据吴宓记录,梅君"深得所教之学生之尊崇信服,故南京师校学生,鲜有附从'新文化'者","故成绩虽少,外人鲜知,而亲炙之生徒,则固结深信而不疑焉"。④ 据原国立东南大学学生,后来成为著名语言学家的吕叔湘回忆,梅光迪在西洋文学系开设过英文选读课,教材对低年级学生来说是相当有难度的。"用作读物的三本书是:Kipling 的短篇小说选,Stevenson 的 *In the South Seas*,另外一本 *Selected English Essays*。这三本书对一年级学生来说是够得一啃的。"⑤ 梅光迪在西洋文学系还讲授过莎士比亚。据原国立东南大学学生,后来成为梅光迪妻的李今英回忆:"他的莎士比亚课,每周要讲一个戏剧,而且

① 中华梅氏文化研究会. 梅光迪文存［M］. 武汉:华中师范大学出版社,2011:90.
② 中华梅氏文化研究会. 梅光迪文存［M］. 武汉:华中师范大学出版社,2011:92-93.
③ 中华梅氏文化研究会. 梅光迪文存［M］. 武汉:华中师范大学出版社,2011:113.
④ 吴宓. 吴宓日记:第2册［M］. 北京:生活·读书·新知三联书店,1998:227.
⑤ 吕叔湘. 致外孙吕大年［M］//吕叔湘. 吕叔湘全集:第19卷. 沈阳:辽宁教育出版社,2002:314-315.

要求学生掌握每一个单词、每一个词组。"① 可见，梅光迪的课程有一定的学业难度，且对学生要求严格。1922 年，梅光迪因故辞去国立东南大学教职，不少学生甚至痛哭挽留。这些材料足以说明梅光迪的教学成效及在当时学生心中的感召力。不过，当时受新文化派影响的青年学生仍然为数不少，学生中间虽有服膺梅光迪者，然而思想趋新的学生却有不同的看法。如吕叔湘坦言，"梅光迪上课就骂胡适，另外就是宣传人文主义，反对新文学。我们不怎么爱听"②。老师和学生们截然不同的反应和评价也反映出当时国立东南大学学生在文化立场上阵营的分化。

梅光迪和吴宓主导的西洋文学系课程在当时国立东南大学的推进还离不开其他科系，尤其是国文系的同声相应。在同一时期国立东南大学国文系的学程详表上，出现了属于"研究科目"的选修课，如本国人论东西洋各国之文、外国人研究中国文学之情形（两者属国文系课程）、比较世界文学、比较世界文学史（两者属学生需要到西洋文学系选修的课程）。这些具有"跨越性"的课程由西洋文学系的教授来讲授，两系配合不可谓不紧密，显示出沟通中外的努力。且吴宓日后至国立清华大学任教，亦强调外文系学生需要选修中文系课程之必要性。这一跨系协作机制，很大程度上得益于创办《学衡》，围绕着"昌明国粹，融化新知"这一宗旨，彼时"学衡派"的圈子已然成形。这种文化氛围自然对西洋文学系的外国文学教学与研究是一种无形的推动和促进。

从国立东南大学此时的行政层面看，校长郭秉文对于文科建设尤为倚重"学衡派"的力量，他的得力助手刘伯明任校长办公处副主任、文理科主任、哲学系教授等职，在教育主张上注重人文素养、科学精神与现代国民意识的培养，亦是"学衡派"的重要中枢力量。从学科分布上看，"学衡派"的主要成员除西洋文学系（梅光迪、吴宓）外，还涉及国文系（柳诒徵）、哲学系（刘伯明、汤用彤）、历史系（缪凤林）、植物学系（胡先骕）等，可谓凝聚了当时国立东南大学文理科的中坚力量。尤其是国文系的柳诒徵国学素养深厚，是国立东南大学旧学之领袖，属于"学衡派"最为年长的学者，在学术主张上明确地站在新文化派的对立面。吴宓对柳诒徵评价极高，认为"南京高师校之成绩、学风、声誉，全由柳先生一人多年培植之功。论现时东南

---

① 朱鲜峰．"学衡派"与近代中国大学教育［M］．南京：南京大学出版社，2021：100.
② 吕叔湘．致外孙吕大年［M］//吕叔湘．吕叔湘全集：第 19 卷．沈阳：辽宁教育出版社，2002：314-315.

大学之教授人才，亦以柳先生博雅宏通，为第一人"①。在教育理念上，柳诒徵与梅光迪、吴宓等人亦较为一致，反对五四时期反传统的教育倾向，倡导以儒学为代表的传统人文教育，重视人格的培养与塑造。已有研究者指出，"学衡派"在国立东南大学的中西人文传统的教学视野实际上主要是由柳诒徵与吴宓联手承担。② 柳诒徵的不少弟子，如张其昀、陈训慈、缪凤林等也成为"学衡派"的中坚力量，其中也不乏致力于外国文学教学与研究者。

1924年8月，吴宓离开南京，赴东北大学任教。柳诒徵在《送吴雨僧之奉天序》中总结了吴宓、梅光迪在引介欧美文教方面的贡献：

> 晚清以来，学校朋兴。士挟箧走绝域，求一长以自效于国者无算。独深窥欧美文教之闶奥，与吾国圣哲思旨想翕丽，以祈牖民而靖俗者，不数数遘。宣城梅子迪生，首张美儒白璧德氏之说，以明其真。吴子和之，益溯源丁希腊之文学美术哲学。承学之士，始晓然于欧美文教之自有其本原，而震骇于晚近浮薄怪谬之说者所得为甚浅也。梅子吴子同创杂志曰《学衡》以诏世，其文初出，颇为聋俗所诟病。久之，其理益章，其说益信而坚，浮薄怪谬者屏息不敢置喙。则曰，此东南学风然也。③

这段总结道出了对梅光迪、吴宓在国立东南大学从事的西洋文学教育事业的褒扬与认同。若干年后，钱基博在回顾这段学术史时，曾特别提到在北方新文化派"横绝一时"之际柳诒徵与梅光迪、吴宓等人的紧密配合，"独丹徒柳诒徵，不徇众好。以为古人古书，不可轻疑；又得美国留学生胡先骕、梅光迪、吴宓辈以自辅，刊《学衡》杂志，盛言人文教育，以排难胡适过重知识论之弊"④。钱基博把南北学派的冲突归纳为"人文教育"和"知识论"的冲突，显然国立东南大学的相关课程安排正是这种"人文教育"理念的体现。对此，缪凤林曾言："吾国教育，素主人文"，"人文（humanization）主义兼文化（culture）及修养（refinement）而言，意谓人生而质，必经文学之陶淑，始温温然博学君子人也"。⑤ "学衡派"成员在重视人文教育，尤其是

---

① 吴宓. 吴宓自编年谱：1894—1925 [M]. 北京：生活·读书·新知三联书店，1995：228.
② 周勇. 江南名校的中国文化教育 [M]. 北京：教育科学出版社，2008：214.
③ 柳诒徵. 送吴雨僧之奉天序 [J]. 学衡，1924（33）：131.
④ 钱基博. 国学文选类纂 [M]. 北京：商务印书馆，1935：20.
⑤ 缪凤林. 通论：文情篇 [J]. 学衡，1922（7）：26-38.

重视古典文学教育这一点上，已然达成一种共识。

梅光迪、吴宓的西洋文学系课程设计强调对西方文化的追本溯源，从根本上来说，与他们对中国文化和西方文化的认识相关。已有学者注意到，差不多在胡适回国发表《文学改良刍议》的同时，梅光迪也在 1917 年 1 月发表过《我们这一代的任务》（The Task of Our Generation）一文，阐明他的文化主张。他认为，当前诚然需要有挣脱习惯束缚的力量和勇气，然而过于猛烈的挣脱却容易导致中庸的丧失。在一个动荡狂躁的社会环境中，一个民族的前进和文化的传承尤其需要理性和稳健的心态，一时冲动的行为容易在卑微地模仿过去和反传统的两个极端间摇摆，因此这一时代最重要的任务是"重新调整变动不居的情况，去收获新与旧融合的最佳成果"①。寻求新旧融合的最佳成果，正是此后"学衡派"致力之处。对于梅、吴二人引介西学的历史意义，"学衡派"成员郭斌龢后来曾阐述道：

> 吾国自晚清以来，震慑于欧西诸邦之富强，颇慕而效之，初则仅美其工艺制造，继则以严幼陵译天演论群学肆言诸书行世，始渐歆响其学术思想。惟严氏所译，泰半为十九世纪英国功利主义者之作，而西方文化导源希腊罗马，蕴积深永，中土人士，尚多昧然。先生与吴君则致力移译或介绍欧西古代重要学术文艺，以及近世学者论学论文之作，冀国人于西方文化有更真切深透的了解，而融新变故能寻得更适当之途径。②

这主要是就学术史意义立论，实际上从教育史的视角来看，梅光迪和吴宓在国立东南大学西洋文学系的课程设计正是实践其文化主张的具体路径。他们希冀能从西方文化的源头出发，在大学场域更多引介和传播西方古典文学，使国人对西方文化精神有真切深透的了解，从而达到文化救国的目的。他们的这些教育活动与实践，在新文化运动风起云涌、席卷全国之际，在新旧冲突仍然十分激烈的校园氛围中，无疑需要足够的文化自信和文化勇气。

从外国文学学科史的角度看，中国国民教育体系中的外国文学学科及课程虽自京师大学堂时即已设定，但由于外国文学师资人才匮乏，纵观当

---

① 刘贵福. 梅光迪、胡适留美期间关于中国文化的讨论：以儒学、孔教和文学革命为中心 [J]. 近代史研究，2011（1）：73.

② 郭斌龢. 梅光迪先生传略 [M] //罗岗，陈春艳. 梅光迪文录. 沈阳：辽宁教育出版社，2001：243.

时中国学界，外国文学作为一门学科或课程几乎仍虚有其名，相关著述仅有国立北京大学教授周作人的《欧洲文学史》和谢六逸的《日本文学史》可为人注意。梅光迪、吴宓等自哈佛大学学成回国，对西方文学和文化已有颇深造诣，因此他们在国立东南大学讲授外国文学课程，对于中国的外国文学学科发展自然具有不寻常的意义。吴宓对此也颇有历史自信，直言："盖自新文化运动之起，国内人士竞谈'新文学'，而真能确实讲述西洋文学之内容与实质者则绝少。故梅君与宓等，在此三数年间，谈说西洋文学，乃甚合时机者也。……宓所撰各国文学史，述说荷马至二万余言，亦当时作者空疏肤浅，仅能标举古今大作者之姓名者所不能为者矣。"① 因此，以梅光迪、吴宓为代表的"学衡派"对外国文学学科课程的设计和讲授，不仅代表了当时国内外国文学教育的最高水平，而且极大提升了外国文学作为一门学科的知识化和学理化内涵。

三、西洋文学系教学与办刊的互动

"学衡派"以国立东南大学为阵地，实施外国文学教育，由于拥有《学衡》这块学术阵地，还在一定程度上实现了教学与办刊的互动。这一点在身兼西洋文学教授和《学衡》主要编辑的吴宓那里体现得最为明显。吴宓在《学衡》刊载了《西洋文学精要书目》（第 6 期、第 7 期、第 11 期）、《诗学总论》（第 9 期）、《英诗浅释》（第 9 期、第 12 期、第 14 期）、《希腊文学史》（第 13 期、第 14 期）、《西洋文学入门必读书目》（第 22 期）等篇目。这些内容配合了他的课堂讲授，均可视为西洋文学系外国文学教育的衍生成果。

吴宓在教育实践中能从实际出发，致力于帮助学习者掌握学习外国文学的具体方法途径，这一点尤为值得颂扬。吴宓归国后见许多学生"多喜言西洋文学"，但好学之士购买西书，"往往不知选择，出重价，费时力，而所读之书未为精要"。受中国传统书目之学的影响，加之在美留学期间得益于哈佛大学丰富的馆藏资源，吴宓深知书目对于中国人学习西洋文学的导引补缺之用。因此，他认为，当务之急应该编纂一部精要的西洋文学书目以指导学生学习。然而，西洋文学书籍浩如烟海，书目编纂费时费力，友人曾劝吴宓毋为之。尽管如此，身为教师的吴宓仍克服种种困难，编出了多种西洋文学书目，"专供吾国学生今日之需，一切以实用为归"，"所录者皆确有价值之书，

---

① 吴宓. 吴宓自编年谱：1894—1925 [M]. 北京：生活·读书·新知三联书店，1995：222.

久经通人公认者 Standard Works"，"选择去取，殊费苦心"。① 具体而言，《西洋文学精要书目》分总部、希腊文学、罗马文学三部，列出书目 247 种，尤为重视希腊罗马文学。《西洋文学入门必读书目》列出世界文学史、各国文学史、汇选读本、希腊文学名著、罗马文学名著、中世文学名著、意大利文学名著、西班牙文学名著、法国文学名著、德国文学名著、英国文学名著、美国文学名著、俄国文学名著等 15 类 60 种图书。两份书目不但显示了吴宓本人广博的世界文学视野，更是为国立东南大学西洋文学系学子乃至当时国内的外国文学爱好者提供了研究导引，可谓功德无量。

需要指出的是，书目编纂本身即关乎文学的国民教育问题。20 世纪 20 年代，胡适、梁启超等人曾有过关于国学书目的论争，引发了社会上对于国学教育的诸多讨论。与此对照，吴宓的西洋文学书目编纂不仅从知识层面进一步传播了外国文学，也可以看作民国大学的学术活动与社会发生实际联系，促进文学教育融入国民教育的一项具体实践。书目的精心编纂不仅显示出新人文主义者的学术立场，更昭示出作为外国文学教授的吴宓对于培养中国自己的外国文学研究者的良苦用心。

此外，吴宓不仅将美国新出版的 Richardson 和 Owen 合著的 *Literature of the World* 作为所授欧洲文学史课程之课本，并译其最前数章，刊载于《学衡》（第 28 期、第 29 期、第 30 期）。特别是第 29 期《印度文学》，吴宓在翻译的同时为之增补了大量材料，体现出对东方文学的高度重视。在《学衡》刊载的《英诗浅释》则"取英文诗之最精美而为世所熟赏者若干首，加以诠释，逐字逐句不厌烦琐。力求精详，务使读者能豁然贯通，胸中不留疑义"，故而"此篇实着眼于教人研读英文诗之妙法"。② 吴宓还特别提示学习者应先行阅读是刊所载《诗学总论》一篇，谓之相辅相成。从这些记录我们不难知晓吴宓在西洋文学系讲授英诗课程的方法和风貌，师者用心可谓良多。

西洋文学系教学和办刊的互动还体现在《学衡》所设"插画"之栏目。这是吴宓相当重视的栏目，杂志面临经费危机时仍力主保留此栏目。据统计，《学衡》共刊载插画 202 幅，其中东西圣人像 10 位：第 1 期孔子、苏格拉底；第 6 期释迦牟尼、耶稣基督；第 10 期柏拉图；第 14 期亚里士多德；第 25 期屈原、但丁；第 54 期老子；第 76 期孟子。东西圣人时而并列出现，或因其

---

① 吴宓. 西洋文学精要书目序例［M］//吴宓. 世界文学史大纲. 北京：商务印书馆 2020：336-337.

② 吴宓. 英诗浅释凡例［J］. 学衡，1922（9）：1.

思想之相通，或因其人生经历与创作风格之相似，显示出中西文化兼容的视野与气魄。在其他插画中，文学家、文学理论家类的画像插画最多，共 75 幅，涉及 9 个国家。其中，英国 25 人、法国 23 人、美国 9 人、德国 7 人、古希腊 1 人（索福克勒斯〔Sophocles〕）、中国 1 人（屈原）、意大利 1 人（但丁）、比利时 1 人（梅特林克〔Maurice Maeterlinck〕）、俄国 1 人（托尔斯泰）。以英国文学为例，涵盖了乔叟（Geoffrey Chaucre）、斯宾塞（Edmund Spenser）、弥尔顿、彭斯（Robert Burns）、华兹华斯（William Wordsworth）、柯勒律治（Samuel Taylor Coleridge）、拜伦、雪莱（Peroy Bysshe Shelley）、丁尼生（Alfredlord Tennyson）、勃朗宁（Robert Browing）、安诺德、罗塞蒂（Daute Gabriel Rossetti）、梅斯菲尔德（John Masefiled）、莎士比亚、德莱顿（John Dryden）、萧伯纳（George Beranrd Shaw）、萨克雷（William Makepeace Thackeroy）、狄更斯（Charles Dickens）、哈代（Thomas Hardy）、柯南·道尔（Arthur Conan Doyle）、洛克（John Locke）、约翰生、劳伦斯（David Herbert Lawrence）等人。几乎英国文学发展每一时期的主要文学家均在列。这些文学家的成就又涵盖诗歌、戏剧、小说、文学批评等不同的文类。就连劳伦斯这样具有现代主义特色，与新人文主义者审美标准有明显差异的作家，在他去世之后《学衡》亦刊登了他的照片以示纪念。受白璧德影响，《学衡》对法国文学也相当重视。刊载的法国文学家插画包括：拉·封丹（Jean de la Fontaine）、维尼（Alfred de Vigny）、拉马丁（Alphonse Marie Louis de Lamartine）、缪塞（Alfred de Musset）、高乃依（Pierre Corneille）、莫里哀（Moliere）、伏尔泰、罗斯唐（E. Rostand）、卢梭、夏多布里昂（Francois-Rene de Chateaubriand）、雨果、戈蒂耶（Theophile Gautier）、都德（Alphonse Daudet）、法朗士（Anatole France）、莫泊桑（Guy de Maupassant）、布瓦洛（Nicolas Boileau）、狄德罗（Denis Diderot）等。从古典时期到启蒙时期，从 19 世纪到 20 世纪，跨度之大、范围之广让人惊叹。《学衡》还刊载泰西名画 14 幅，吴宓对此多有评论，显示出极高的美术修养。

　　书目与插画、文学与美术、原典与译文、课内与课外相互配合，可以说最大程度地实现了提倡者心目中的外国文学教育图景。如此丰富的课外资源，不仅为国立东南大学西洋文学系学生提供必要的学术参考，激发学习者对外国文学的兴趣，而且代表了彼时外国文学教育者眼中对作为一种学科知识的外国文学的理解，显示了 20 世纪 20 年代构建专业化的外国文学学科的努力和进展。在吴宓的影响和组织下，西洋文学系的学生还参与到相关文献的学习与翻译中，在《学衡》发表有关伏尔泰、兰姆（Charles Lamb）等人作品的译文。《学衡》由此也成为培养外国文学研究后备人才的重要园地。结合《学衡》的办刊历程来看，自1922年1月《学衡》创刊至1933年7月停刊，《学衡》共出版79期，前后共持续了12年的时间。这在时局动荡战乱不断的民国时期，已经是相当难能可贵的成绩了。尽管国立东南大学西洋文学系存在时间不长，但《学衡》较长的办刊时间实际为"学衡派"提供了另一种形式的教育园地，不只是在外国文学知识传播方面，也从思想文化诸多层面发挥了更大的社会教育功能。

吴宓在国立东南大学主持《学衡》期间，《学衡》的影响不仅波及国内教育界，而且为海外学界所注意。从1923年起，《学衡》每期都有英文版的《简章》和目录，向国内外同时发行。吴宓从第1期起即寄赠杂志给大英博物馆、牛津大学图书馆、剑桥大学汉学家Soothill教授、法国国家图书馆、巴黎大学东方学院汉学家伯希和（Paul Pelliot）教授、美国国会图书馆、哈佛大学图书馆及白璧德教授等，"历久不断"。① 以《学衡》为纽带，"学衡派"及国立东南大学与海外学术界建立起了紧密的学术联系与往来，这对于交流学术思想和教育主张无疑发挥了重要的促进作用。如1923年，香港大学副校长兼伦理学教授沃姆先生致函吴宓，表示甚为赞同《学衡》杂志之宗旨、主张及内容，特地向吴宓介绍三名香港大学的毕业生：郭斌龢、胡稷咸和朱光潜。前两者后来都成为"学衡派"的重要成员，朱光潜与吴宓亦私交甚好。沃姆教授退休归国途中曾短暂停留南京，在"学衡派"等人的安排下，对国立东南大学全校师生做英语演讲，吴宓任口译。演讲稿经吴宓修饰成篇，题曰《沃姆中国教育谈》，刊登在《学衡》第22期。沃姆在演讲中亦主张中国应教授西洋古典之文学、历史、哲学与艺术，应开设希腊文及拉丁文等古典语文课程。这些学术活动无疑都扩大了"学衡派"的外国文学教育理念在教育界和学术界的影响力。

遗憾的是，就在西洋文学系在教学、办刊等方面获得初步发展、向前推进之际，国立东南大学之大局却将转变。先是"学衡派"诸成员由于办刊理念、用稿取向的差异，吴宓与梅光迪、胡先骕等人产生分歧，内部裂痕在加大。特别是吴宓与梅光迪之同盟未能坚固，梅光迪甚至对外宣称："《学衡》内容越来越坏，我与此杂志早无关系矣！"② 学衡社员没有能够巩固好《学衡》这一阵地，这对于"学衡派"在国立东南大学的西洋文学教育文化事业

---

① 吴宓. 吴宓自编年谱：1894—1925［M］. 北京：生活·读书·新知三联书店，1995：241.
② 吴宓. 吴宓自编年谱：1894—1925［M］. 北京：生活·读书·新知三联书店，1995：235.

而言，无疑是一个沉重打击。再者，由于学术理念、教员薪资、日常教学等方面的原因，西洋文学系与英语系之间的矛盾也在加剧。特别是1923年暑假后，留美归来的楼光来至国立东南大学，刘伯明力主直接任命他为英语系主任，更加剧了英语系原有教员的不满。他们甚至要联合起来，攻倒刘伯明副校长兼文理科主任之职。9月，校务会议决定重新合并英语系与西洋文学系，规定两系合并后名称另议，"总须兼包英、法、德、日语言及文学之意义在内"，两系现有课程、教授和其他教职员全部保留，不变动不裁减。两系现有经费预算全数合并，应依据新系之目的和需要统筹支付，并决议张士一和梅光迪均不再担任新系主任，另聘第三者为之。

客观来讲，这个合并办法照顾到了原来两系成员的最大利益。从学科发展角度看，也有利于外国语言与文学教研的相互促进，实际是一个较为稳妥的折中之法。如果能够顺利实行，国立东南大学的外国语言文学学科将会获得新的发展。但是，这一决议却遭到了吴宓的坚决反对，他承认以上办法甚好，但认为实行起来仍多困难。更重要的是，吴宓坚持认为，自己此前舍弃高薪就职此地，"乃为西洋文学系而来"，"为此五个字之招牌与名称而来"。①若西洋文学系之名称取消，则无论合并办法如何，对自己的待遇如何，都决定引去，绝不留此。可见，这里虽有人事之争等重重原因，但吴宓更看重的是"西洋文学系"所代表的人文理想，甚至愿意为此付出自身的代价。1923年11月，国立东南大学副校长兼文理科主任刘伯明因病逝世，"学衡派"失去了最重要的行政支持力量。1924年4月，楼光来辞去英文系主任。5月，梅光迪辞职，经白璧德和赵元任的举荐赴哈佛大学教汉语。吴宓亦辞职，准备赴东北大学任教。② 西洋文学系与英语系最终合并，改称"外国语文系"。至此，"学衡派"主导的国立东南大学西洋文学系不复存在。

从1921年11月成立到1924年5、6月间，国立东南大学的西洋文学系实际办学时间不足三年。尽管办学时间不长，但西洋文学系作为当时中国大学教育中第一个专业的外国文学系别，不仅成为"学衡派"新人文主义教育理想的实验园地，显示出一代学人将外国文学融入国民教育的努力，西洋文学系的示范效应此后更是在民国高等教育界逐渐扩展开来。原来以英语系或英

① 吴宓. 吴宓自编年谱：1894—1925 [M]. 北京：生活·读书·新知三联书店，1995：253.
② 对"西洋文学系之灭亡"，吴宓自言"心情极苦"，尤其对梅光迪"早为自谋"之举颇为不满，批评"梅君好逸乐，又重虚荣，讲排场"。加之梅光迪在已有发妻的情况下，与西洋文学系李今英恋爱，也成为校内反对者攻击破坏西洋文学系之材料。参见吴宓. 吴宓自编年谱：1894—1925 [M]. 北京：生活·读书·新知三联书店，1995：257.

文系为名称的大学科系，纷纷效仿创建或改名"西洋文学系"。名称的更迭自然显示出办学立场与宗旨的重要变化。据不完全统计，清华学校大学部（1926 年）、中华艺术大学（1926 年）、复旦大学（1929 年）、安徽省立大学（1929 年）、上海女子文学专门学校（1929 年）、中国学院（1934 年）、新中国大学（1937 年）、大夏大学（1941 年）、岭南大学（1947 年）等高校都曾创办或使用过西洋文学系这一名称。① 国民政府更将先后在国立东南大学西洋文学系及国立中央大学外国文学系任教的梅光迪、吴宓、楼光来、张歆海等称为"民二十前（1931）四大西洋文学权威教授"②。由此可见国立东南大学西洋文学系在国民教育中的开创之功和实际影响。

---

① 傅宏星. 近代中国大学西洋文学系的创立与人文理想考识：以东南大学西洋文学系为中心（1922—1924）[J]. 华中师范大学学报（人文社会科学版），2015，54（4）：129-136.

② 杨扬. 海外新见梅光迪未刊史料 [J]. 华东师范大学学报（哲学社会科学版），2013，45（5）：58.

第六章

"学衡派"影响下 20 世纪二三十年代民国高校的外国文学教育

　　1921 年 11 月至 1924 年 5、6 月是"学衡派"成员齐聚国立东南大学最为辉煌的时期。他们昭示出的共同精神，被柳诒徵总结为"东南学风"。作为现代中国大学第一个西洋文学系，国立东南大学西洋文学系的存在时间虽短，但其示范意义却无可替代。此后，随着西洋文学系与英语系的重新合并，"学衡派"成员逐渐开始星散各处。但国立东南大学的外国文学学科发展并没有因此停滞或中断，反而在很多方面吸纳延续了"学衡派"对外国文学学科的规划设计，并在此后的国立东南大学至国立中央大学时期有新的发展。20 世纪二三十年代，随着"学衡派"成员在国内教育空间的流转，他们对东北大学、国立清华大学、国立浙江大学等高校的外国文学学科发展亦有开拓或促进之功，同样值得关注。"学衡派"的外国文学教育实践在民国教育场域内产生了潜移默化的影响，成为外国文学与国民教育互动发展关系的明证。

第一节　国立东南大学至国立中央大学时期的外国文学教育

　　国立东南大学西洋文学系与英语系合并后称"外国语文系"，原西洋文学系和英语系主任梅光迪、楼光来皆不再担任系主任，系务曾由温德主持。① 其后科系名称变动不居，大致沿革如下：1927 年 4 月，国民政府定都南京，组建"第四中山大学"，国立东南大学被并入。"外国语文系"为文学院下设科系。1928 年 2 月"第四中山大学"改称"江苏大学"。此时"外国语文系"又改称"外国文学系"，与"中国文学系"同列文学院内。② 1928 年 11 月，

---

① 罗伯特·温德（1886—1987），美国人，1923 年来华，任国立东南大学英文教授。1925 年由吴宓推荐至清华学校外系任教。吴宓. 外国文学系概况［M］//国立中央大学. 国立中央大学一览. 南京：国立中央大学，1930.

② 此时由于文学院院长谢寿康远赴欧洲，由梅光迪任代理文学院院长。文学院最初拟设中国文学系、外国文学系和语言学系三系，后限于经费，语言学系遂并入外国文学系，后添设哲学系、史学系和社会学系。

国民政府批准江苏大学改为国立中央大学。文学院下设中国文学系、外国语文系、哲学系、史学系、社会学系。科系名称又改回"外国语文系"。而据1930年1月《中央大学组织规程》记载，文学院设中国文学系、外国文学系（英、法、德、日）、哲学系、史学系、社会学系、地理学系。① "外国文学系"之名重新回归，并特别添加了英、法、德、日四个语种标志。从最初的"西洋文学系"演变至"外国语文系"，又改称"外国文学系"，名称的变化一定程度上能反映出当时的办学宗旨与目标的变化，显示出对文学教育的强调，语种的增加也使得"外国文学系"更加名副其实。

从外部环境来说，随着北伐战争的推进和国立东南大学内部人事风潮的平息，此前离开国立东南大学的教授部分又回校任教。第四中山大学和国立中央大学组建期间，文科教育已经向有利于"学衡派"的方向发展。1927年第四中山大学成立后，"学衡派"多数成员已回到该校任教。如"学衡派"的成员楼光来任文学院院长，汤用彤任哲学院院长。随着国民政府首都南迁，学术权力机构也移至南京，更是吸引了一批知识分子南下。国立中央大学成立后，作为国民党统治之下的首都最高学府，文科教育得到了进一步发展。尤其是1932年罗家伦任国立中央大学校长后，为求在政府、教师和学生之间取得平衡，以"建立有机体的民族文化"为中心统筹各方力量，学校又进入了相对稳定的发展阶段。以"学衡派"为代表的保守派教师，如缪凤林、张其昀、景昌极等，继续留任国立中央大学。同时，拥护新文化立场的文科教师如宗白华、闻一多、徐志摩等也曾到其外文系任教，显示出此时国立中央大学新旧兼容的办学特色。

1930年1月出版的《国立中央大学文学院一览》绪言中说："或谓远西诸国以科学致富强，中土右文俗因靡敝，当务之急，宜在彼而不在此。斯盖一切之言非探源之论。夫科学昌明，足以救末业而不足以持国本。化民缮俗，端赖文史。二者必相辅而行，如车两轮，乃能遥远。偏废其一，未有不致覆败者也。"② 这一时期国立中央大学文学院办学宗旨显示出重视文史与文理平衡的特色，同时强调"取乎外国文学""发皇我所固有以树之基，兼资他山以攻其错"。这在某种程度上既是原国立东南大学办学传统的延续，同时也与"学衡派"的文化教育主张多有契合。

① 《南大百年实录》编辑组. 南大百年实录：上卷 [M]. 南京：南京大学出版社，2002：280，283.
② 文学院秘书处编纂组. 文学院概况 [M] // 国立中央大学. 国立中央大学一览. 南京：国立中央大学，1930：1-2.

国立中央大学外国文学系学术班底主要由原国立东南大学外国语文系发展而来，复由楼光来任系主任。外国文学系学程包括专业文学课程、德法日文课程、普通英文课程三类，教师也据此分为三类。其中专业文学课程的教师主要有楼光来（讲授 19 世纪散文、欧洲文学大纲等）、韩湘眉（讲授英国文学史、名家选读等）、方重（讲授戏剧、小说等）、徐志摩（讲授近代英美小说、近代英美诗）。国立中央大学仍采用主系辅系制度，除全校共同必修课之外，外国文学系规定主系必修 56 学分，选修至少 12 学分。学生需要以文学院诸系之一或其他院系性质相近之系为辅系，四年内至少修毕 15 学分方能毕业。本系学生每学期以修习 16 学分为标准，最多不得超过 20 学分。同时规定，外国文学系学生的系外必修课包括中国文学史、西洋哲学史、西洋史或英国史等课程，显示出文史哲中外互通的课程特色。

据 1930 年外国文学系学程记载，主要文学课程情况如下：

（1）英文名家选读：2 学期 6 学分，一年级共同必修。本课程分 A 和 B 两个学期连续修读。本课程之目的在于学者研究各种文学作品之引导，故小说、诗歌、戏剧、论说并选。本学程之着重点在欣赏文学之美，第一学期选读小说、诗歌，第二学期选读戏曲、论说。

（2）英国文学史：2 学期 4 学分，一年级必修。本学程研究英国文学演进之程序，第一学期自上古授至 17 世纪末期为止，第二学期自 18 世纪初授至现代为止。其目的在于使学者对英国文学得一连贯之印象，表明了文学与社会、政治之相互关系。

（3）英文小说：2 学期 4 学分，二年级必修。本学程以英国小说为主体，分两学期讲授，第一学期自最古至 19 世纪中期为止。注重 Defoe, Goldsmith, Richardson, Fielding, Smollett, Sterne, Scott and Austen 等作家，第二学期自维多利亚时代至现代为止，旁及美国小说。注重 Dickens, Thackeray, George Eliot, Meredith, Hardy, Batter, Conrad, Galsworthy, Henry James 等作家，至各家之艺术派别及社会之背景等皆一律注重。

（4）英文戏剧：2 学期 4 学分，三年级必修。本学程分两学期，第一学期自最初授至 18 世纪中期为止，第二学期自 18 世纪后期授至现在为止。教材以英国戏剧为主体。第一学期以伊丽莎白及 Restoration 两时代为枢纽，第二学期以哥尔斯密、希来登时代及现代戏剧为枢纽，注重各剧家之异同及当代之影响。

（5）英文诗：2 学期 4 学分，四年级必修。本学程分学期讲授，第一学期自 Beowulf 至 Milton 为止，第二学期自 17 世纪至现代为止，其目的在于使学者发展主观的欣赏能力，并对英国诗体之演进及社会之相互影响有相当之了解。

（6）莎士比亚：2 学期 4 学分，四年级必修。本学程继英文戏剧一学程而做专家之研究，读毕英文戏剧者对于莎氏在戏剧史上之地位得一相当之认识，今更进而研究莎氏之艺术及其著作之背景。教材取自莎氏三类戏剧，喜剧、悲剧、历史剧。每类选读三四篇代表作品。

（7）欧洲文学史：2 学期 4 学分，三年级必修。本学程研究欧洲大陆及各重要国家文学之演进，第一学期讲授希腊罗马及中世纪三时代文学之总发展，第二学期讲授意法德西等国文学得一具体了解。

（8）美国文学：1 学期 2 学分，二、三年级选修。本学程讲授美国 17、18、19 世纪文学之演进，美国革命在文学上之影响，加以详细研究，并着重于美国文学及其历史与英国文学及其历史之关系。

（9）圣经之文学研究：本学程以文学的眼光、批评的方法研究英译希伯来文字，其历史之背景、字句之配合及文体之欣赏均一律注重。

（10）文艺复兴时代文学（比较文学）：2 学期 4 学分，三、四年级选修。本学程研究 16 世纪意法英之文学潮流及其相互关系。

（11）17 世纪英国文学：2 学期 4 学分，二、三年级选修。本学程分诗与散文两种，诗包括 Donne，Herbert，Crashaw，Vaughan，Garew，Herrick，Cowley，Dryden 等作品及形上派之文学思想，散文包括 Burton，Browne，Taylor，Fuller，Bunyan，Dryden 等作品。

（12）18 世纪英国文学：2 学期 4 学分，二、三年级选修。本学程讲授 Swift 至 Burns 之重要诗家与散文家及其文学思想至安尼女王时代之作家。Sterne，Fielding，Johnson 等及其文学上派别与学会亦在研究之列。

（13）19 世纪英国文学：2 学期 4 学分，二、三年级选修。本学程研究 1832 年至 Tennyson 时之哲学美学，社会上之重要思潮，及其对于当代文学上之种种影响重要思想家，如 J. S. Mill，Newman，Carlyle, Ruskin, Arnold, Browning, Tennyson, Rossetti, Swinburn, Morris 等均须逐一研究。

（14）19世纪之浪漫运动（比较文学）：2学期4学分，三、四年级选修。本学程讲授19世纪英法德三国浪漫运动之各种现象，详细阐明其文学上之异同。

（15）乔叟：1学期2学分，三年级选修。本学程在讲授乔叟叙事诗体裁及其对于英国文学之影响，兼使学者明了中世纪之思想及其生活。乔氏之 *Canterbury Tales*，*Parliament of Fowles*，*House of Fame* 等书均择优选读。

（16）弥尔顿：1学期2学分，四年级选修。本学程着重研究弥氏之作品及其影响。*Paradise Lost*，*Paradise Regained* 及 *Samson Agonistes* 均加以具体研究。①

除以上所列文学课程，外国文学系还计划开设近代英美诗、近代英美小说、现代戏剧、希腊悲剧、欧洲文学批评等课程。从这些课程的规划来看，仍以文学史、文学选读和作家研究三者为主要内容，同时兼及比较文学性质的课程，已经较为接近今天高校外国语文系或外国文学系的课程设置。虽然一些课程由于没有聘请到合适教师暂未开班，但仍能感受到此时外国文学系重视文学教育的特色。将之与1921年梅光迪、吴宓对西洋文学系的课程规划做一对比，会发现国立中央大学外国文学系的文学课程多数从国立东南大学西洋文学系时期即已开始规划，具有较强的专业性特征，对外国文学人才培养进行通盘考虑。这也显示出当年西洋文学系的办学影响及国立东南大学传统的延续。不过，不同于国立东南大学西洋文学系时期对欧洲古典文学的强调，此时的外国文学系显然已经开始注意对近代英美文学的研究与讲授，也显示出趋新的倾向。

根据1932年《国立中央大学文学院外国文学系课程一览（二十一年度上学期）》，本学期外国文学系实际开设的文学类课程及教师包括：莎士比亚（张歆海）、英国文字源流（范存忠）、欧洲文学史（楼光来）、英国戏剧（刘奇峰）、英国小说（楼光来）、文学批评（Dauy）、约翰生及其游从（梅光

---

① 此处资料根据1930年1月在南京出版的《国立中央大学一览·文学院概况·外国文学系》部分提取整理，课程内容相关信息除修正明显文字拼写错误外，皆按原貌录入。据本书，此时外国文学系文学课程多由文学院代理院长梅光迪擘画。

迪)、兰姆及小品散文（梅光迪）、英国散文（刘奇峰）、短篇小说（刘奇峰）、现代诗（Dauy）、古典主义（梅光迪）、浪漫主义（韩湘眉）、美国文学研究（名著选译）（张歆海）。① 可见，此前文学类课程的规划基本得以落实，随着外国文学师资的引入，此时文学类课程相比于国立东南大学西洋文学系时期，实际开设的种类更丰富了。不仅原属于"学衡派"成员的梅光迪、楼光来继续任教，还增加了方重、张歆海、范存忠、刘奇峰、韩湘眉等教师，在某种程度上可视作国立东南大学外国文学教育传统的延续。

中国文学系和外国文学系无疑是国立中央大学文学教育的重镇。以 1933 年下学期为例，中国文学系有专任及兼任教师 15 人，其中教授 8 人，开设课程 33 门，外国文学系有专任及兼任教师 20 人，教授 11 人，开设课程 45 门。② 先后在中国文学系任教的教授包括黄侃、王晓湘、汪辟疆、王伯沆、胡小石、王东、吴梅、陈仲子等，均为国学名家，且大多长期执教于此。相较而言，此时的外国文学系有着实不逊色于中国文学系的师资阵容。且由于学校推行文理交叉的通识教育，实施主系辅系制度，文学院共同必修课包括国学概论、文学史纲要和欧洲文学史 3 门。中国文学系和外国文学系在实际教学和学生选择上仍保持了较为密切的沟通与联系，这自然也延续了原国立东南大学的传统。据不完全统计，从 1924 年西洋文学系被合并至 1935 年，曾在国立东南大学—国立中央大学外国语文/文学系任教的主要文学教授有近 20 人，其基本情况如下：

　　　　闻一多，字友三，号友山，湖北浠水人。新文学作家、诗人、学者。1922 年赴美留学，先后入芝加哥美术学院、科罗拉多大学美术系学习。1925 年回国。1927 年至 1928 年任南京国立第四中山大学外文系主任，讲授英美诗、戏剧、散文等课程。

　　　　徐志摩，浙江海宁人。新文学作家、诗人。1918 年赴美留学，先后就读于克拉克大学、哥伦比亚大学。1920 年入英国剑桥大学研究政治经济。1922 年回国，1924 年任国立北京大学教授。1929 年任南京国立中央大学教授。

　　　　梁实秋，浙江杭县人。新文学作家、理论批评家、翻译家。

① 国立中央大学文学院外国文学系课程一览（二十一年度上学期）[J]. 国立中央大学日刊，1932（810）：23-24. 但此时中国文学系不再开设与外国文学相关的课程。

② 《南大百年实录》编辑组. 南大百年实录：上卷 [M]. 南京：南京大学出版社，2002：310，312.

1915 年考入清华学校，其间开始新文学创作。1923 年毕业赴美留学，先后就读于科罗拉多大学、哈佛大学、哥伦比亚大学，主修英语和英美文学，获文学硕士学位。1926 年回国任教于国立东南大学。

梅光迪，字迪生、觐庄，安徽宣城人。"学衡派"成员。1920 年任南开大学英语系主任、教授。同年任国立南京高等师范学校教授、国立东南大学西洋文学系主任。1922 年参与创办《学衡》杂志。1924 年赴美国哈佛大学任教。1927 年回国，任国立中央大学文学院教授、代理院长，讲授文学概论、近世欧美文学等课程。

楼光来，字昌泰，号石庵。浙江嵊县人（今浙江嵊州市人）。1918 年留学美国哈佛大学。1922 年毕业，获文学硕士学位，同年回国，先后在南开大学、国立东南大学、国立清华大学、国立中央大学执教。1928 年任国立中央大学文学院院长，1932 年任外国文学系主任，1937 年兼任中文系主任。长期从事英国文学教学与研究。

张歆海，上海人。1919 年在约翰·霍普金斯大学获文学学士学位，1920 年和 1923 年分别获哈佛大学文学学士和英国文学博士学位。回国后曾在国立北京大学、私立北平民国学院、国立东南大学、光华大学、国立中央大学等校任教授。

韩湘眉，山东历城人。1921 年赴美留学，1926 年获英国文学硕士学位。同年回国，执教于国立东南大学，是我国最早的大学女教授之一。

方重，江苏常州人。1923 年赴美留学，专攻英国文学及语言，先后在斯坦福大学和加州大学获文学学士、硕士学位。1927 年回国，由清华学校同窗闻一多介绍到南京第四中山大学，讲授英国文学。

范存忠，字雪桥，江苏崇明人。1924 年就读于国立东南大学外文系，1926 年获文学学士学位。1927 年留学美国，先后在伊利诺伊大学、哈佛大学获硕士和博士学位。回国后任国立中央大学外文系教授。

郭斌龢，字洽周，江苏江阴人。"学衡派"成员。1919 年考入香港大学。1927 年 8 月入哈佛大学，1930 年在哈佛大学获硕士学位后，又到牛津大学研究院进修希腊文学。1931 年春回国，先后执教于东北大学、国立青岛大学、国立清华大学。1933 年，应聘至国立中央大学外文系任教，教授欧洲文学史、拉丁文、文学批评等课程。

张沅长，上海人。早年就学于复旦大学英文系，后留学美国约翰·霍普金斯大学，攻读英国文学，获哲学博士学位。曾任教于密歇根大学，讲授英国文学。回国后，任国立武汉大学、国立中央大学外文系教授。

周其勋，字涯卿，浙江杭州人。早年求学于武昌高等师范学校。1924 年留学美国，入哥伦比亚大学修读英国文学，获硕士学位。回归后任东北大学教授、外文系主任。1931 年赴南京任国立编译馆人文组主任、编译，兼任国立中央大学外文系教授。讲授英国小说与诗歌。

徐颂年，又名仲年，江苏无锡人。早年就读于上海同济大学德文班和基督教青年日校。1921 年赴法留学，获里昂大学文学博士学位。后进巴黎大学文科进修。1930 年回国，先后执教于上海劳动大学、复旦大学、震旦大学、中国公学等校。1932 年，任教于国立中央大学，开设法语及法国文学、法国文学史、欧美文学史等课程。曾被推选为国立中央大学校务委员和教授会主席。

商承祖，字章孙，广东番禺人。1912 年随父赴德就读于汉堡中学，1917 年回国。两年后考入国立北京大学德国文学系，1924 年毕业，担任南京国立中央大学德国语言和文学讲师。1931 年受聘于汉堡大学，任该校中文研究所讲师。1934 年回国，任国立中央大学外文系教授，后任外文系主任兼德语教研室主任。长于德国文学翻译与研究。

刘奇峰，字凌霄，山东武城人。早年求学于国立北京大学预科。1919 年受冯玉祥资助赴美留学。入哥伦比亚大学获哲学硕士学位。1927 年回国，任广州国立中山大学教授、文科主任兼英吉利语言文学系主任。后至国立中央大学外国文学系任教。

汪扬宝，字寰甫，江苏吴县人（今属江苏苏州）。日本东京帝国大学农学学士。1917 年至 1924 年，任农商部与渔牧司司长。1925 年至 1928 年，任驻日本横滨总领事。后任国民政府外交部条约委员会委员。曾在国立中央大学教授日语及日本文学。①

---

① 所列人物在国立东南大学—国立中央大学任教时间先后长短不一，但大体都是在 1924 年至 1935 年期间任教于此。相关信息根据以下资料提取整理，不具录：孙文治. 东南大学校友业绩丛书：第 1 卷 [M]. 南京：东南大学出版社，2002；周川. 中国近现代高等教育人物辞典 [M]. 福州：福建教育出版社，2018；张凯，朱薛友. 郭斌龢学案 [M]. 杭州：浙江大学出版社，2019；林煌天. 中国翻译词典 [M]. 武汉：湖北教育出版社，1997；吕章申. 中国近代留法学者传 [M]. 北京：紫禁城出版社，2008；陈玉堂：中国近现代人物名号大辞典 [M]. 杭州：浙江古籍出版社，1993；樊荫南. 当代中国名人录 [M]. 上海：良友图书印刷公司，1931；邝启漳. 一代名师周其勋 [M]. 桂林：漓江出版社，2020.

从以上教师的基本情况来看，这一时期国立中央大学外国文学系文学教师几乎都有海外留学背景，文化立场新旧交织，更为多元。许多人在相关研究领域都有精深研究，日后都名扬海内外，可谓术业有专攻，与丰富的课程设置相得益彰。闻一多、徐志摩是著名新文学作家，"新月派"的代表诗人和学者，他们来到国立中央大学任教为一向学风保守的南京高校带来新气象。梁实秋早年也参与创办新月书店，不仅是新文学的重要作家，在学术履历上也是英美文学研究科班出身。1926 年夏到 1927 年春，曾短暂任教于国立东南大学。除了新文学作家外，更值得注意的仍是"学衡派"成员及其相关者在这一时期的外国文学教育中的重要位置。

梅光迪作为"学衡派"核心成员，原国立东南大学西洋文学系的创系主任，在西洋文学系被合并后曾赴美任教，1927 年在短暂回国期间作为负责人擘画了国立中央大学外国文学系的主要课程设置。楼光来、张歆海、范存忠、郭斌龢四人也都有哈佛大学留学背景，都曾师从白璧德，受新人文主义影响。其中，楼光来和张歆海为吴宓清华校友，皆以英文优长，留美后都曾在吴宓的建议下转学哈佛大学。张歆海在 1923 年曾以《马修·阿诺德的尚古主义》一文获得博士学位①，是白璧德中国弟子当中唯一一位获得博士学位者。张歆海（与韩湘眉是夫妇）和胡适、徐志摩等新文学家也有诸多交往，因此在文学立场上并不反对新文学。范存忠早年是国立东南大学西洋文学系的毕业生，后对启蒙运动时期的英国文学有精深研究，在中英比较文学领域成就斐然。张歆海、范存忠虽未直接给《学衡》写稿，但留学哈佛大学期间，因白璧德、吴宓的师友关系对白璧德新人文主义在中国的传播发挥过积极作用，可以归之为广义上的"学衡"成员。楼光来、郭斌龢则是"学衡派"重要成员，多次为《学衡》杂志写稿。楼光来 1923 年应国立东南大学校长郭秉文之聘到校，此后无论校名如何更迭，皆长期在此执教，长于英国文学及莎士比亚研究。郭斌龢早年就读于南京高等师范学校，专攻欧洲文学，尤其是古希腊文学研究，属于"学衡派"中的后来者。1925 年 2 月，郭斌龢接替吴宓在东北大学英文系任教，后留学哈佛大学和牛津大学，专门研究古典文学及比较文学，学成回国后于 1933 年开始任教国立中央大学外国文学系。楼光来、范存

---

① 吴宓. 吴宓自编年谱：1894—1925［M］. 北京：生活·读书·新知三联书店，1995：192.

忠、郭斌龢以及后来的陈嘉，常被后来的外语界称作"四大天王"。① 综上，可以说，1924 年至 1935 年这十余年，"学衡派"及其文化影响仍在国立东南大学及国立中央大学的外国文学教育方面发挥着主导作用。

从其他教师的情况来看，方重与闻一多是清华学校同窗，在美留学期间师从著名的乔叟学者塔特洛克（J. S. P. Tatlock）教授专攻英国文学。他第一个把乔叟的作品译为中文，在中英文学关系方面造诣深厚，后成为著名外国文学研究专家、文学翻译家。张沅长、周其勋也都长于英国文学研究，前者在中国首次提出"莎学"这一术语，后者曾主持翻译英国克劳司（W. L. Cross）的论著《英国当代四小说家》《英国小说发展史》等书。国立中央大学外国文学系还注意引进了其他语种的外国文学师资。法国文学教授徐颂年曾以《李白的时代生平和著作》为题，获得里昂大学博士学位，长于新文学创作及文学翻译。旅法期间，致力于传播中国文学，曾将大量中国文学如《红楼梦》《呐喊》等译介为法文，并主持《新法兰西杂志》的《中国文学》专栏。商承祖、汪扬宝也分别为国立中央大学的德国文学和日本文学学科发展做出了贡献。由此可见，20 世纪 30 年代，国立中央大学外国文学系不仅延续了由原国立东南大学西洋文学系开创的文学教育传统，而且在师资队伍、学科建设和课程设置上都有进一步的发展，代表了这一时期国民教育体系中外国文学教育的较高水平。

20 世纪 30 年代中期以后，作为社团流派的"学衡派"虽基本风流云散，但国立中央大学的外国文学教育事业并没有停滞，与新文化之间也有更多的交流与融合。钱谷融曾回忆道，抗战内迁重庆期间，国立中央大学的学术氛围仍非常自由活泼，即使是其所在的师范学院国文系，也十分注重古今中外的沟通，与外文系联系十分紧密。法国文学教授徐仲年就曾为他们演讲过 19 世纪欧洲文艺思潮，朱自清、老舍等新文学家也曾到校演讲。② 可见，当时的国立中央大学已并非一家一派独大，而是呈现出更为自由多元的学术氛围。至 1946 年，经历了战火重重磨难的国立中央大学由重庆复员南京。据统计，当时文学院教师有 101 人，其中教授 56 人，副教授 9 人，兼职教授 7 人，师资阵容强大，学生有 571 人，而外国文学系的学生就有 207 人，为文学院第

---

① 王德滋. 南京大学百年史 [M]. 南京：南京大学出版社，2002：176.
② 钱谷融. 中大人文盛况追忆 [M] // 闵卓. 东南大学文科百年纪行. 南京：东南大学出版社，2003：123.

一大系。楼光来当时第三次出任文学院院长，范存忠任外国文学系主任。① 此外，国立中央大学还设有外国文学研究所，与中国文学研究所、历史学研究所、哲学研究所并列，培养研究生，所主任均由系主任兼任。② 由此也能看出从国立东南大学至国立中央大学期间在外国文学学科发展和人才培养上的长期积累和办学成绩。

值得一提的是，国立东南大学—国立中央大学期间，已经有学者对我国高校的外国文学课程进行了深入的反思。1932年，范存忠在"学衡派"成员创办的刊物《国风》上发表《谈谈我国大学里的外国文学课程》一文。他认为中国的外国文学课程不能完全模仿英美，而要"注重基本的训练，不是专跟人家跑，更不是专尚时髦"，需要避免英美大学外国文学过于注重考证或批评的弊病。他结合中国的外国文学教育实践，提出外国文学课程与其讲授文学史，不如通读若干文学作品，尤其是古典作家如荷马、维吉尔、但丁、莎士比亚、弥尔顿和歌德的作品。"了解文学作品本身，不是空读关于文学的东西。"课程的目的"不在淹博，在澈底，不在仅仅知道些人名地名书名以至于篇名，乃使有些作家的思想、行为与文格成为我们自己的一部分"③。范存忠对白话文和新文学并不反对，但强调外国文学系的教与学应更为重视文学经典，为此牺牲一些近代的作家作品也无妨，这一主张显然和"学衡派"重视古典的人文教育理念是一致的。他能够从中国的具体国情出发，提出中国外国文学教育的着力点和落脚点，而不盲从国外大学的做法，这一点无疑是难能可贵的。

除了本校的外国文学系，国立东南大学外国文学教育实践和影响还体现在其所主办的暑期学校当中。从1920年至1923年，国立东南大学曾连续4年举办暑期学校，旨在沟通大学与社会的联系，使大学走出象牙之塔，更好地推广教育。暑期学校面向社会，每期学生都在千人左右，产生了极大的社会影响。暑期学校的学员有大学、专科、中专毕业生，也有中学毕业生和私塾先生，以及各类学校的教学及行政管理人员。暑期学校自第一届起，就开设了若干文学课程，其中就包括梅光迪等讲授的文学概论及外国文学课程。此后外国文学课程也一直是暑期学校的"保留项目"。如第六届暑期学校开设了

---

① 孙文治. 东南大学校友业绩丛书：第1卷 [M]. 南京：东南大学出版社，2002：163.

② 闵卓. 东南大学文科办学百年考论 [M]//闵卓. 东南大学文科百年纪行. 南京：东南大学出版社，2003：51.

③ 范存忠. 谈谈我国大学里的外国文学课程 [J]. 国风，1932（1）：65-69.

"英文文学欣赏"（韩湘眉）、"当代英文文学之社会趋势"（韩湘眉）、"现代短篇小说"（黄仲苏）、"西洋文学研究与中国新文化运动之重要关系"（黄仲苏）、"圣经与西洋文学"（苏冰心）等外国文学课程，还安排了"世界文学趋势"（黄仲苏）等学术讲演。① 从客观效果上看，暑期学校的外国文学课程一方面为当时的外国文学爱好者和从业者提供了继续进修的机会，有助于提高外国文学教师队伍的素质；另一方面也使国立东南大学优质的外国文学教育资源得到了充分的利用，呼应了社会对外国文学人才的需求，成为外国文学与国民教育发生联系的又一种形式。

第二节　东北大学、国立清华大学、国立浙江大学的外国文学教育

一、吴宓、郭斌龢与东北大学的外国文学教育

1924 年 6 月，吴宓即将离开南京，赴东北任教。临行之际曾作诗感怀："骨肉亲朋各异方，别离此日已心伤。江南未许长为客，塞北缘何似故乡。逼仄乾坤行道地，萧条生事载书箱。依依回首台城柳，辛苦三年遗恨长。"（《将去金陵先成一首》）② 此诗乃为吴宓在南京三年的夫子自况。柳诒徵临别赠言安慰："苟利于国，何择乎南北？苟昌其学，何间乎远迩？雨僧有造于东北，亦东南学子之幸也。……辽之学肇造未数年，雨僧以筚路蓝缕之力，为亚洲建一新希腊，亦华之白璧德矣。学术在天壤，唯人能宏之。"③ 在国立东南大学西洋文学系被合并以及"学衡派"的文化事业遇挫后，吴宓离开南京而他适，虽非本志，但亦属一时之选。1924 年 5 月底，吴宓应东北大学之聘。1924 年 8 月就职，至 1925 年 1 月，吴宓在东北大学短暂执教。

由于东北开发较晚及军阀割据等原因，东北文教事业的发展远远落后于东南沿海和中原地区。1923 年 4 月，东北大学在奉系军阀张作霖的支持下正式创立。首任校长为王永江（原奉天财政厅厅长和代省长），汪兆璠（留美教育硕士）任文法科学长，赵厚达（留德工学博士）任理工科学长。学校初创

① 国立东南大学. 国立东南大学第六届暑期学校一览 [M]. 南京：东南大学，时间不详.
② 吴宓. 吴宓诗集 [M]. 北京：商务印书馆，2004：121.
③ 吴宓. 吴宓诗集 [M]. 北京：商务印书馆，2004：121.

时有文、法、理、工四科,文法科以奉天省立文学专门学校为校址,理工科以沈阳高等师范学校为校址。① 东北大学的创办有着鲜明的民族主义动机,当时日本侵略势力正在东北大肆扩张,并试图通过控制和设立各类学校掠夺中国教育主权。因此,发扬民族精神,抵制日本的文化侵略成为创办东北大学的重要动机。1928年8月至1937年2月,张学良掌校期间,东北大学得到了迅速的发展。校方重金礼聘了诸多学界名家,文法科教授如黄侃、林损、章士钊、罗文干、梁漱溟、李光忠等,理工科教授如梁思成、林徽因等。

"学衡派"与东北大学结缘由很多机缘造成。吴宓创办《学衡》之初就得到了东北当地知识分子的支持,奉天的《学衡》订阅数在全国排第二。由杨成能主编的《东北文化月报》还转载过多篇《学衡》文章,并允诺代为宣传推广。20世纪20年代初,东北大学作为新兴大学,亟须延揽师资。汪兆璠通过杨成能得知并亦为赞同《学衡》,辗转联系到吴宓,请其举荐人才。1923年夏,吴宓推荐缪凤林任历史教授,推荐景昌极为哲学教授,都得到东北大学校方的直接聘任。吴宓坦言:"宓对各校举荐各院系教授、讲师、助教、职员,恒以东北大学最易成,最听信宓。"② 缪、景二人因国立东南大学之变,都极力劝说吴宓赴东北。吴宓在这种情况下,怀着国立东南大学事业挫败"极苦"的心情来到筹办不久的东北大学。他在这期间写给导师白璧德的信中说:"尽管奉天的气氛过分保守有点偏狭,却是中国唯一严肃和诚实地进行教育工作的地方……这里不容所谓'新文化运动'的影响潜入,对那些敢于反对胡适博士等的人(像我自己)来说,也许是找到了一个避难所和港湾。"③ 可见,吴宓来此任教除了在国立东南大学的受挫因素,更多是基于文化立场上的考量。从大环境上看,东北大学的创建与地方政权有着密切关系,文化上的保守主义成为地方政权维护稳定的重要手段。中国传统文化课程在东北大学占据了重要地位,构成了该校重视人文教育的保守文化倾向。这与"学衡派"的文化和教育主张较为一致,因此包括吴宓本人在内,缪凤林、景昌极、郭斌龢、柳诒徵、刘朴、刘永济、吴芳吉等"学衡派"成员都相继来此任教。再者,由于受到地方政权支持,东北大学的办学经费得到了充分保障。吴宓在此月薪奉大洋320元,在民国高校时常欠薪的态势下,校方开出的待

---

① 王振乾,丘琴,姜克夫. 东北大学史稿 [M]. 长春:东北师范大学出版社,1988:4-5.

② 吴宓. 吴宓自编年谱:1894—1925 [M]. 北京:生活·读书·新知三联书店,1995:249.

③ 吴宓. 致白璧德 [M] //吴宓. 吴宓书信集 [M]. 北京:生活·读书·新知三联书店,2011:34.

遇可谓优厚。加之吴宓在此的生活事宜得到缪凤林、景昌极的照顾，可以专心从事教育工作和编辑《学衡》，故其认为"专为个人枝栖计，亦差足自慰也"①。

东北大学创建之时文科拟设八系：国学系、历史学系、地理学系、教育学系、英文学系、俄文学系、德文学系、法文学系。创建者对外国文学系多有规划，却不设日文学系，也有抵制日本之意。吴宓到校时国学系、英文学系和俄文学系为实际开课院系。国学系规定所有课程均为必修，总体课程内容侧重经学、史学与文学，学科分类则新旧杂陈。英文学系的教学以文学教育为主，所开设文学课程包括英国文学史、希腊罗马文学史、英文选读等。吴宓在东北大学同时给国学系预科一年级和英文学系预科二年级授课，给前者讲授《英文读本》，内容涉及莎士比亚故事集、狄更斯的《圣诞颂歌》等，给后者讲授英国文学史、修辞及作文。英国文学史课程采用的课本为威廉·理查森（William Lee Richardson）和杰西·欧文（Jesse M. Owen）合著的《世界文学小史》。此书一直是吴宓较为倚重的世界文学教科书，曾在《学衡》（第28~30期）连载对此书的翻译及注释。

虽然东北大学较为保守的文化教育氛围为"学衡派"成员来此任教及实现其文化主张提供了契机，但相较于国立东南大学，东北大学在办学规模、教学设备、学术氛围及学生水平等方面均有较大差距。据吴宓所言，大部分教员"均毫不读书，亦不务他事。惟以赌博及狎妓为乐"②。"学生英文程度，有如沪上之中学，焉能语于高深文学？惟办事人尚坦直恳切"③。吴宓所言实际是以较高的眼光对教育相对落后地区学生英语程度的一种判断。据1926年考入东北大学外国文学系的学生回忆，当时东北省城和县城教育的质量也有天地之别，"英语一科，县城中学的毕业生对单词和语法还没掌握好呢，省城中学的同年级学生就有不少人能用英文写日记了"④。由此可以想见东北大学生源质量也有较大差异。东北大学对学生的毕业要求十分严格，不达到科系毕业标准，一律不准毕业，而对品学兼优的尖子，则择优选送官费留学。英文本科的课程，"无论外国文学还是史、地，使用的全是外文原版教材，选用的则是莎士比亚剧作、莫泊桑短篇小说等的英文原本"，这对普通程度的学生

---

① 吴宓. 吴宓日记：第2册［M］. 北京：生活·读书·新知三联书店，1998：274.

② 吴宓. 吴宓日记：第2册［M］. 北京：生活·读书·新知三联书店，1998：298.

③ 吴宓. 吴宓日记：第2册［M］. 北京：生活·读书·新知三联书店，1998：274.

④ 中国人民政治协商会议辽宁省委员会文史资料委员会. 辽宁文史资料选辑·"九一八"前学校忆顾［M］. 沈阳：辽宁人民出版社，1991：61.

来说无疑有较大的学业难度。由于升留级制度管理严格，学生中途流失较多，"从黑龙江省招收进来的15名学生，一个也没有坚持下来"①。这一回忆大致能反映出"学衡派"成员在校任教时期的外国文学教学情况。

由于学生能力较弱，故而吴宓讲课并不为难。尽管如此，吴宓并不敷衍在此的教学工作，而且对东北大学的教育状况也有诸多深入的观察和思考。"此间学生大皆用功，惟思想枯窘，智识隘陋。教科书以外，不读他书，专务功课及分数。而校中所定课程，钟点过多，课程又极不妥当，学生未必得益。欲图改变，殊不容易。"对此，他只能从基础教学工作中为学生答疑解惑，以冀改变。"然予今既教授英文读本文法之类，自当竭尽心力，为学生曲譬浅释，期其皆能通晓而获实益。其事虽简易，亦不敢不认真。学生中，多有赞叹予讲解之透彻，教授之得法者。"他为学生细心改阅英文作文，同时批评道："其实命学生多作，不由他方用力，毫无益处。此间办事认真而流于机械，其弊常类此也。"② 吴宓已经注意到了彼时中国外语及外国文学教育面临着极不均衡的状况，学校和学情地区差异显著，这也是中国的外国文学教育先驱者在实际教学过程中不得不面对的问题。

需要指出的是，吴宓对此间学生"教科书以外，不读他书"的观察可能也存在偏颇的一面，造成这一现象的原因还有语言沟通的障碍。因为东北高级知识分子缺乏，校方此时所聘教师，多是从浙江、福建、广东招聘来的留洋学生。他们不会北方话，只会说方言或外语，东北学生初听他们的课，一句也听不懂。有时向老师请教，往往也需要借助英语。于是，学生只好利用课后自修时间，重新反复阅读教材，整理笔记。③ 这就给吴宓造成了学生只会读教科书的印象。吴宓作为从美国留学归来，又曾在较发达地区任教的教师，在文教事业颇为落后的东北，自然感到受限，无法充分发挥他的才学抱负。

在教学之外，吴宓等在东北还参加了一些社会活动，宣传"学衡派"的文化主张。如1924年10月，应杨成能之邀，吴宓偕缪凤林赴大连、旅顺演讲，阐述白璧德及其人文主义理念，受到当地各方面人士的热情欢迎。吴宓在东北大学任教期间，共编辑了4期《学衡》，从第34期至第37期。随着他的到来，"学衡派"的主要阵地也逐渐转移至东北大学，从1925年至1932

---

① 中国人民政治协商会议辽宁省委员会文史资料委员会. 辽宁文史资料选辑·"九一八"前学校忆顾 [M]. 沈阳：辽宁人民出版社，1991：62-63.

② 吴宓. 吴宓日记：第2册 [M]. 北京：生活·读书·新知三联书店，1998：274.

③ 中国人民政治协商会议辽宁省委员会文史资料委员会. 辽宁文史资料选辑·"九一八"前学校忆顾 [M]. 沈阳：辽宁人民出版社，1991：62.

年，柳诒徵、郭斌龢、刘朴、刘永济等"学衡派"成员也相继进入该校执教。他们也利用《东北大学周刊》这一学校期刊平台向师生宣传自身的文化主张，尤其是反对新文化、新文学的态度。郭斌龢《新文学之痼疾》（《东北大学周刊》第8号，1926年）、吴芳吉《吾人眼中之新旧文学观》（《东北大学周刊》第42号，1927年）等均在这一刊物上发表或转载。这无疑进一步扩大了"学衡派"在东北大学和东北地区的影响。

尽管如此，吴宓抵达东北后不久，即"为去就职问题，颇为踌躇"①。在他看来，东北大学当局并无长远目光使东北大学成为全国之名校，但知趋承上官，奔走逢迎，以办学为做官，视教员如僚属。"予到奉之时，所怀抱之理想与希望，已尽成泡影。"②加之外部环境正值第二次直奉战争期间，东北政局剧烈变动，教师自然难于安心教学。1924年9月，吴宓已经接到了清华学校的聘约，综合考虑之后决定寒假后赴清华学校任教。吴宓离开东北后，郭斌龢接替他来到东北大学英文学系，讲授英文阅读、英文作文、英文名著选读、欧洲文学史等课程。郭斌龢在东北大学任教至1927年6月。同年8月，他选择了继续出国进修，先后留学哈佛大学、牛津大学，专研古希腊罗马文学及比较文学。1931年2月学成回国后，他重新回到东北大学任教，继续讲授欧洲文学史、英文名著选读、英文作文等课，直至1932年1月。其间九一八事变爆发，东北大学转移至北平临时校址，郭斌龢亦随校前往。然国家时局动荡，办学难以为继，郭斌龢在北平短暂任教后也不得不辞职他就。

总体来看，"学衡派"成员与东北大学的交集较为短暂，吴宓在校任教时间约为半年（1924年8月至1925年1月），郭斌龢约为两年（1925年2月至1927年6月）。虽如此，但东北大学为他们提供了检验和实践自身抱负的机会，"学衡派"的文化理想在东北也扩大了影响。对于东北大学乃至东北地区的外国文学教育来说，他们在此的任教经验也具有重要的开拓意义，反映出东北地区外国文学与国民教育结合初始期的筚路蓝缕。东北大学的外国文学学科从此开始起步，整体上形成了重视文学史与文学选读教学，并与中国文化及东北地区需要相结合的特点。这从1926年和1928年东北大学相关课程的信息中可见一斑。

据1926年《东北大学一览》，英文学系所开本预科课程包括国文、中国地理、外国地理、心理、伦理、英文读本、英文修辞学及作文、西洋史、中

① 吴宓. 吴宓自编年谱：1894—1925 [M]. 北京：生活·读书·新知三联书店，1995：281.

② 吴宓. 吴宓日记：第2册 [M]. 北京：生活·读书·新知三联书店，1998：298.

国史、群学、科学概要、英国文学史、希腊罗马文学史、初级英文演说及辩论学、教育、英史、语音学及文字学、英文学（选读）、各体英文作文、圣经文学及中世纪文学史、美国文学史、高级英文演说及辩论学、英文教授法、莎士比亚剧本读演、西洋哲学通论、经济学、美国文学选读及时文、美学、国学概要、第二外国文、政治学、时文、英国诗文读演、文学评论学等。俄文学系所开课程有国文、俄文、中国地理、外国地理、心理、西洋史、英文、中国史、伦理、政治学、经济学、俄史、商学、财政学、国际法、铁路管理学、初级演说学（俄文）、俄文学史、文学通论、文学评论学（俄文）、外交政策、欧洲通史（俄文）、俄文戏曲读演等。① 总体来看，东北大学英文学系和俄文学系课程设置较为驳杂，反映出此时的学科发展仍处于起步阶段。虽名为"英（俄）文学系"，但都非常重视国文及中外历史、地理、政治、伦理、教育、哲学等现代学科和基础英文（俄文）的修读。文学课程则以文学史、文学评论及文学选读为主，这里面多少有"学衡派"成员在此任教的影响。俄文学系还有基于东北地区特殊地缘位置需要开设的部分课程（如铁路管理学、俄史、外交政策）。英文系的课程设置中除英国文学史、希腊罗马文学史等基本课程外，还要修习"国学概要"，显示出对中学修养的强调。此外英文学系还设有美国文学史、美国文学选读、圣经文学及中世纪文学史课程，这在 20 世纪 30 年代以前的中国地方大学中，还是较为鲜见的。

据 1928 年的《东北大学概览》，中国文学系旨在"培养一般学生使用古书、欣赏文学，与以清顺流畅文字发表思想之能力"，同时"对于以中国文学为主系之学生发展其文学欣赏力、培植其文学创造力、俾其为将来中国文学尽力"。此时"学衡派"成员尚有刘永济在中国文学系任教。英文学系一方面旨在"养成一般学生欣赏英美文学之兴趣，增进其阅读书报之能力，发展其语言文字之技艺"；另一方面"使以英文为主系之学生，对于英美文学之历史方面、典籍方面、技术方面，均有充分之研究，不特能为清顺流畅之长篇文字或演说，且能将西方之文学思想以有系统之方法介绍于中国"②。两系的培养目标均强调培养文学兴趣、文学欣赏力和创造力，最终目标是为中国文学尽力或将西方思想介绍到中国。这些宗旨显然与"学衡派"文化主张多有契合之处。此时东北大学的外国文学学科在课程上与中国文学系也形成了互补合作之势。为此，中国文学系除延续此前的诸子之学、小学、中国文学史等

① 东北大学. 东北大学一览 [M]. 奉天：东北大学，1926：1-8.
② 东北大学. 东北大学概览 [M]. 奉天：东北大学，1928：10-11.

各类课程外，还开设了西洋文学大纲、文艺批评学等选修课程。英文学系除需要修国文 6 学分、哲学 6 学分、社会科学 12 学分、自然科学 12 学分外，本系专业必修学程约有 122 学分，其中大部分课程都为文学类课程。如表 6-1 所示：

表 6-1　1928 年东北大学英文学系课程简况①

年级	必修	选修
一年级	第一年英文学、第一年英作文、英语演习、短篇小说	
二年级	第二年英文学、演说学、英国文学史、第二年英作文、长篇小说	英语通史、圣经文学
三年级	美国文学史、现代文学、应用文、莎士比亚、辩论学、诗歌	言语学、翻译学、短篇小说作法练习、希腊罗马文学
四年级	英国文学专集研究、美国文学专集研究、论说文、现代戏剧、文学评论、诗学	比较文学、英文教学法、维多利亚文学、新闻学

可以看到，这一时期的英文学系文学课程的内容更为丰富，已经不再局限于基本的英美文学史课程，不仅添加了英美文学的专集研究和分期研究课程，还按照文体开设了诗歌、小说、戏剧等课程以及文学评论、诗学、比较文学等偏重文学理论的课程。对英美近现代文学、比较文学的关注多少也显示出新文化运动以来的影响。1923 年至 1928 年这 5 年也是东北大学历史发展中的一个重要阶段，教育经费充足，政局相对稳定。曾经留美的周天放接替汪兆璠任东北大学文科学长，尤为注重礼聘教师。英文学系聘任的教师多数都是专研文学的留学归国之士。如系主任凌达扬早年留学美国，在耶鲁大学和哈佛大学攻读历史和文学。专任教授黄学勤为哈佛大学文学硕士，是吴宓留学哈佛大学的同学，回国后曾由吴宓推荐至清华学校任英文教授，后因故去职，又由吴宓推荐至东北大学任教。② 此外，来此任教的还有杨阴庆（康奈尔大学毕业，曾任国立北京大学英文教授）、张杰民（哥伦比亚大学文学硕

---

① 东北大学. 东北大学概览［M］. 奉天：东北大学，1928：15-19.
② 据《吴宓日记》1920 年 3 月 6 日记载："黄君学勤，粤人，哈佛同学，习英文文学。并通日本、德国、拉丁文，极用功，不事交际，而学业成绩甚优。唯其人乃纯然学者，应酬才短，又语言不犀利，且不能操官音。"参见吴宓. 吴宓日记：第 2 册［M］. 北京：生活·读书·新知三联书店，1998：136.

士，曾任清华学校英文教授）、顾忠尧（燕京大学毕业，曾留学美国）、黄国聪（美国爱欧渥大学文学硕士，曾任国立北京大学、国立北平师范大学、国立交通大学英文教授）、钟建国（复旦大学文学硕士，曾任北京交通大学、中国大学英文社员，京师大学文科英文教授、法科法律史讲师）、周淑清（哥伦比亚大学硕士，曾任北京培华女子中学校长）等。① 这些教师许多都有清华学校文科背景，他们的留学和任教经历在一定程度上也保证了课程的开设和质量，显示出这一时期东北大学外国文学教师队伍的日渐专业化。此外，作为东北大学外国文学学科的重要组成部分，这一时期俄文学系的文学课程也更加丰富，主要由俄籍教师承担，开设了诸如俄文短篇小说、俄国文学概论、俄国文学史、俄国文学原理、俄文专集研究、俄国诗歌戏剧概论、俄国现代文学、俄国文学评论、欧洲文学大纲等课程，强调"语文并重，目的在养成学生：（一）优良语言之能力；（二）优良表演之能力；（三）欣赏文学之习惯；（四）研究文学之兴趣"②。

从校园文化来看，虽然东北大学办学一度受到时局较大的冲击，但学生中间对外国文学仍有较高的学习热情。在课堂之外，他们也利用校园刊物发表学习成果。如1928年《东北大学周刊》第47号就同时发表了徐玉章以七言形式译的雪莱诗《赠》和王吉恩以白话形式译普希金的哀情诗《我顺着喧嚣的大街走下去》。译者在译诗之前均对诗人做了简要介绍，如称雪莱诗"多含革命色彩然工于言情"，称普希金是"俄国第一个国民文学家"，从中不仅可以看到校园中新旧两派在语言选择上的不同立场，亦反映出学生对于外国文学家的理解与认知，反映出此时东北大学外国文学教育对学生的影响。此外，学生中间还成立了旨在以"互助精神促进英文学识"的"英文学会"，以演说会、辩论会、研究英文著作、排演英语戏剧等形式展开活动。③ 这些在一定程度上也反映了这一时期东北大学外国文学教育的成效与氛围。

二、吴宓与国立清华大学的外国文学教育

（一）吴宓与国立清华大学国学院：国学抑或文学

1925年2月，吴宓应聘来到母校清华学校任教。此次回归母校，一个重要的背景是清华学校正在改办大学，创办文科院系。早期的清华学校以培养

---

①　东北大学. 东北大学概览［M］. 奉天：东北大学，1928：1-2.

②　东北大学. 东北大学概览［M］. 奉天：东北大学，1928：19-22.

③　东北大学编辑部. 东北大学英文学会简章［J］. 东北大学周刊，1929（78）.

留美预备人才为目的，课程设置模仿美国，教员聘任也主要由美籍教师充任，有"殖民教育"和"买办学校"之名，早已引起社会不满。早在1916年，周诒春校长就曾上书北京政府，建议把清华学校改办成一所独立正规的大学，但这一建议由于种种原因未能实现。当时的国内教育界，除了国立北京大学和国立东南大学之外，几乎所有著名大学都掌握在外国人或外国教会手里。20世纪20年代中期，国内掀起关于收回教育主权、争取教育自主和学术独立、改办大学的运动热潮。再加上适逢一批清华学校早期留美学生陆续学成回国，他们多有教育救国、振兴母校的抱负，清华学校改办大学的时机已经成熟。从1924年至1927年，先后返校的有赵元任、李济、吴宓、金岳霖、袁复礼、陈岱孙等一批清华学校出身的学者，后清华学校又聘任王国维、梁启超、朱自清、陈寅恪、熊庆来、温德（R. Winter，美籍）等一批非清华学校出身的学者加盟。清华学校改办大学所需的一流的师资队伍已经基本具备。

在校长曹云祥、教务长张彭春等的推动下，1925年清华成立大学部。吴宓即在这时应曹云祥之托，回到母校筹办国学研究院。1925年10月，曹云祥因故辞去清华学校校长。此后清华学校校长人选几经波折，1928年8月，南京国民政府正式任命罗家伦为清华大学校长。罗家伦认为，不冠以"国立"之名，清华大学仍有"殖民教育"的嫌疑。在罗家伦的努力下，清华大学被纳入国立大学体系，改归教育部，不再受外交部牵制。清华大学遂改称"国立清华大学"。罗家伦掌校期间，国立清华大学废除了遣派所有毕业生赴美留学的旧制，以文理两院为主体，着力发展大学本科和研究院，延请硕学之士为师资，清退部分美籍教员，在提倡研究、减少浪费、软硬件设施建设等方面均获得了一定程度的发展。[①] 1930年5月，罗家伦因故辞职。1931年10月，教育部任命梅贻琦为国立清华大学校长，此后国立清华大学进入了一个较为平稳的发展期。

国立清华大学的问世常被誉为中国教育史上的一座丰碑，也是中国教育走向独立自主的重要标志。吴宓来清华学校期间，原国立东南大学正在改组为"第四中山大学"，梅光迪、汤用彤等旧友也邀请吴宓回南京任教，东北大学等校亦欲请其主持英文系，但吴宓出于多方面因素考虑，遂决定留任清华学校。吴宓回归清华学校正处于母校发展史上的转折期，来此主要是为了筹办国学研究院。20世纪20年代，"国学"作为一种学术概念日渐受到国人重视。胡适等发起的"整理国故运动"更是在全国范围内掀起一场"国学热"。

---

① 罗久芳. 我的父亲罗家伦 [M]. 北京：商务印书馆，2013：168-184.

国立北京大学 1922 年率先成立国学门，国立东南大学也计划成立国学研究院。清华学校也预备筹设研究院，招收大学本科毕业生，从事专门研究，以提升教育程度，实现学术独立，造就专门人才。校长曹云祥提出了"中西并重"的方针和"保存国粹""振兴国学"的口号，认为"现在中国所谓新教育，大都抄袭欧美各国之教育，欲谋自动，必须本中国文化精神，细心研究。所以本校同时组织研究院，研究中国高深之经史哲学"①。清华国学研究院在中国近代教育史上是一个重要的学术教育机构，虽然它的存在只有大约四年时间，却因聚集了王国维、梁启超、陈寅恪和赵元任这"四大导师"闻名于世。国学研究院在吴宓的主持下，教学和研究形成了独特的教育模式，取得了举世瞩目的成就，为我国研究生教育的开展树立了典范。这里面吴宓功不可没。

吴宓来到清华学校后，除兼任西洋文学系的一门翻译课外，专心筹备研究院诸事。从规章制度制定、图书仪器购买、招考试题编制、日常管理、章程制定、聘请导师等诸多方面，无不尽心尽责。吴宓作为国学研究院主任，在国学院开学典礼上，曾向师生介绍清华学校开办研究院的旨趣及经过："所谓国学者，乃指中国学术文化之全体而言，而研究之道，尤注重正确精密之方法（时人所谓科学方法），并取材于欧美学者研究东方语言及中国文化之成就，此又本校研究院之异于国内之研究国学者也。"他又进而指出，能充任研究生院导师须有三种资格："（一）通知中国学术文化之全体；（二）具正确精密之科学的治学方法；（三）稔悉欧美日本学者研究东方语言及中国文化之成绩，与学生以个人接触，亲近讲习之机会，期于短时间内，获益至多。"②研究院的学科范围包括中国历史、哲学、文学、语言、文字学等。学制模仿中国书院和英国大学制度，采用导师制，强调学生自修，教师指导，研究期限为 1 至 3 年。研究院的宗旨和旨趣实际是折中调和之论，对科学精密方法的表述反映了当时学术风尚的一种变化。

引人思考的是，吴宓所看重与擅长之文学研究显然不适用于此种"科学方法"。此外，研究院学科范围虽然包括"文学"，但从国学研究院四大导师的学术路向上看，他们的国学研究及实际指导学生论文的内容多偏重史学、语言学及考据学，并不包含近代意义上的"文学"。特别是由于近代甲骨文的

---

① 曹云祥. 开学词 [J]. 清华周刊，1925，24（1）：3-5.
② 吴宓. 清华开办研究院之旨趣及经过 [M] // 徐葆耕. 会通派如是说：吴宓集. 上海：上海文艺出版社，1998：174.

出土，现代考古学兴起，用现代考古学的科学方法研究古史逐渐兴起。陈寅恪虽长期留学国外，却基本以传统方法治学，以中国固有文化和学术为研究旨归，又多取"异族之故书"与"外来之观念"相互补正。就连王国维、梁启超这样于文学素有兴趣与研究的学者，在清华国学研究院也都转向考据学研究。清华国学研究院在整体上形成了以考据学为中心，会通中西的学术特色。

作为"学衡派"的主将，国学研究院组织者吴宓虽主张"昌明国粹、融化新知"，但具体学术路径上与国学研究院不尽相同。他在给白璧德的信中不无抱怨地写道："研究院将进行的研究工作全部限于国学领域——国学的不同学科，它们致力于研究事实，而非讨论鲜活的思想。"① 可见，在事实研究与鲜活思想面前，吴宓着意的实乃"鲜活的思想"，这恰是文学研究的关键所在。譬如他承认，王国维的古史及文字考证冠绝一世，但又言"予独喜先生早年文学哲学论著"②。在写给庄士敦的信中，吴宓更是直言对目前所谓国学研究不感兴趣，"因为它们避开了所有对古代圣贤和哲人伟大道德理念的哲学讨论"③。彼时所谓的"国学"似乎无法囊括吴宓所青睐的文学研究，这里面固然有个人性情与学术兴趣的因素，但也反映了文学研究在现代的学术困境。

对国学研究院的发展，吴宓曾建议要进行如梁任公《中国文化史》之类的历史综合研究，并"探究其中所含义理，讲明中国先民道德哲理之观念，其对于人生及社会之态度，更取西洋之道德哲理等，以为比较，而有所阐发，以为今日中国民生群治之标准，而造成一中心之学说，以定国是"④。在他看来，国学研究院应该以讲授普通国学与高深专题研究相结合，"造成正直高明之士，转移风俗，培养民德"⑤。这一建议遭到了钱端升等学者的反驳，在后者看来，普通国学完全可以在大学本科讲授，无须在研究院另行设置。⑥ 客观来说，这些反驳是有道理的。吴宓主张研究院通过普及国学以培养民德，更多寄托了他自身的道德文化理想，与其一直以来对儒家人文修养的重视和新

① 吴宓. 致白璧德 [M] //吴宓. 吴宓书信集. 北京：生活·读书·新知三联书店，2011：35-36.

② 吴宓. 吴宓诗话 [M]. 北京：商务印书馆，2005：192.

③ 吴宓. 致庄士敦 [M] //吴宓. 吴宓书信集. 北京：生活·读书·新知三联书店，2011：151.

④ 吴宓. 研究院发展计划意见书 [M] //徐葆耕. 会通派如是说：吴宓集. 上海：上海文艺出版社，1998：184-185.

⑤ 吴宓. 吴宓日记：第3册 [M]. 北京：生活·读书·新知三联书店，2011：156.

⑥ 钱端升. 清华学校 [J]. 清华周刊，1925（362）.

人文主义的影响有关。但在中国现代教育制度已经形成，大学与研究院各司其职的背景下，在崇尚科学，以考据事实研究为主流的学术氛围中，这一建议显得缺乏客观标准，不易衡量。最后，研究院遵照校务会议之决议，"将旧有之中国文学指导范围删去，专作高深窄小之研究"①。这一决议在对文学教育有深远寄托的吴宓看来，自然是不能接受的。

由于办学理念和治学路径的种种差异，吴宓最终辞去了国学研究院主任一职。吴宓任职国学研究院主任时间虽然不长，但他的这份经验却难能可贵。近代以来，以"外"字打头的学问似乎与以"国"字打头的学问有一种天然的冲突。清华国学研究院聘请学习外国文学出身的吴宓担任"国学研究院"的主任，擘画种种事务，其间虽有种种人事巧合，但这本身耐人寻味。在中国现代学术科学化转向的大潮下，吴宓在此处终将面临自身所擅长的"文学"与"国学"之间的冲突。作为融合会通中西理想的学术文化教育机构，清华国学研究院虽然没有如吴宓所愿，为他提供更多践行其文学教育理想的机会，却为他此后在清华大学西洋文学系进行相关实践积累了经验。

（二）吴宓与国立清华大学外文系：人文理想再识

1. 外文系教育目标与课程设置

1926年4月，清华学校评议会第2次会议决议大学部设国文学系、东方语言学系、西洋文学系等学系，吴宓即专职任教于西洋文学系。当时西洋文学系主任王文显适逢休假，校方请吴宓担任代理系主任，负责拟定办系方针和课程方案。吴宓遂参照哈佛大学比较文学系的教学方案制定了一套系统的学程，亲自编撰或修订西洋文学系的纲领性文件。1928年东方语言学系与西洋文学系合并为外国语言文学系。此后，吴宓在1932—1933学年、1933—1934学年都曾代理系主任，外文系诸多系务也由吴宓主持，因此这一时期外文系的文学教育方针最能反映出吴宓的人文教育理想。从1926年至1937年全面抗战爆发，外文系学程虽略有调整，但总体比较稳定。国立清华大学外国语言文学系及稍后成立的研究部在中国大学教育当中是同类科系的典范，培养了众多深谙外国语言文学，会通中西的博雅人才，在中国的外国文学教育史上产生了深远的影响。这与吴宓代任期间为外文系打下的良好发展基础是分不开的。

总的来说，这一时期国立清华大学外文系的教育目标至少有以下几点值得注意：

---

① 吴宓. 吴宓日记：第3册［M］. 北京：生活·读书·新知三联书店，2011：123.

第一，从总体目标上看，外文系课程之目的在于使学生"成为博雅之士；了解西洋文明之精神；造就国内所需要之精通外国语文人才；创造今世之中国文学；会通中西之精神思想而互为介绍传布"。这一目标设置将外文系的人才培养目标浓缩为"博雅"二字，使外文系的发展站在了一个很高的起点之上。与语言技能的训练相比，该课程目标显然更偏向文学教育，不仅希望学生能了解西洋文明之精神，更要创造今世之中国文学，做到会通东西之思想精神。这就将外国文学教育的旨归与中国文学自身的发展紧密联系起来，凸显出中国外国文学教育的特殊使命与文化立场。吴宓认为，清华学校过去为留美预备学校，已发展成"实具国际文化之空气"的"中外学术交通之枢关"。这也决定了国立清华大学外文系在校内的特殊地位及对于国家的特殊任务。①

当然，外文系的培养目标并非吴宓一人之见。此前，在 1931 年 6 月 1 日的《清华周刊》上曾刊登过王文显用英文撰写的《外国语言文学系概况》，该文也阐释了国立清华大学的外文系与欧美大学外语系之不同。王文显指出，在外国大学里，每个西方国家的文学是单独分开学习的，而国立清华大学外文系的方针是不分国家民族，将整个西方文学从古至今看作一个整体，学生要学习文学史和全部西方国家的文学。因为"中国学生学习西方文学，为的是了解西方精神，而西方精神是一个整体，并不是按国家而分开的东西"，"中国学生学习西方文学，主要是为了得到启发（灵感），其次才为获得知识"，"重要的是他们受到激励，以便他们有能力创造新的中国文学，使之与当代世界的文学作品相一致"②。这就将中国人学习外国文学的意义和外文系的教育目标与中国自身文化的发展联系了起来，为国立清华大学的文学教育定下了基调。王文显曾就吴宓代理系主任一事多次与吴宓相商，因此外文系方针的制定，实为两位学者合力共谋的结果，代表了他们对中国的外国文学教育的一种共通看法。

与之对照，当时国立清华大学中国文学系的培养目标也极为注重参照外国文学，将其视为创造中国新文学的重要参考。彼时中国文学系主任由新文学家杨振声、朱自清先后担任，并会集了俞平伯、陈寅恪、闻一多、杨树达、刘叔雅等知名学者到系任教。他们为中国文学系制定的课程目的"就是要创

---

① 吴宓. 清华大学外国语文学系概况：1936 年 [M] //吴宓. 世界文学史大纲. 北京：商务印书馆，2020：450.

② 齐家莹. 清华人文学科年谱 [M]. 北京：清华大学出版社，1999：106-107.

造我们这个时代的新文学"。为此，课程设置"一方面注重研究我们自己的旧文学，一方面再参考外国的新文学"。在他们看来，中国文学不但是历史发展的结果，也要求新求变，因此需要新的营养。要想成为时代的创造者而非追随者，就必须通过与外国文学的比较，取长补短，"增进我们创造自己的文学的工具"①。杨振声、朱自清主持国立清华大学中文系期间，不仅三、四年级设有西洋文学概要、西洋文学各体研究、当代比较小说等必修课程，还设有西洋文学专集研究等选修学程。② 杨振声认为，为实现创造中国新文学的目的，必须参考外国的新文学，以其表现艺术做比较的研究，才能增进中国创造自己文学的工具。这一观点也见诸他的教学实践。他主讲的"当代比较小说"在课程说明中写道："以中国作品为主，取各国作品为比较之研究，目的在参考及吸收外国文学以辅助中国新文学之发展。"③ 可见，在当时国立清华大学外文系和中文系，形成了一种学习和研究外国文学的共识，因此在科系课程目的的设置上，无不偏重于外国文学或强调学习外国文学的意义。

第二，国立清华大学外文系虽极为重视文学教育，但并不因此忽视语言与文学的关系，而是尤为强调精通语言文字乃涵泳文学的基础。"本系始终认定语言文字与文学，二者互相为用，不可偏废。盖非语言文字深具根底，何能通解文学而不陷于浮光掠影？又非文学富于涵泳，则职为舌人亦粗俗而难达意，身任教员常空疏而乏教材。"因此外文系编订课程强调语言文字与文学的并重，语言文字的教学时常掺以文学教材及文学常识，专修文学的学生，亦强调先深植语言文字之基础。学生专修文学，需要修习英文四年。专修法国德国文学者，需要修习法文德文三年。"选修任何国之语言文字，非修满二年不给学分。凡此皆所以以防浅尝辄止之弊。"吴宓还为此特别说明，"本系教授语言文字之方法，注重熟练及勤习。读书谈话作文并重，使所学确能所用"，学生毕业后，"即不从事文学，亦可任外国语文之良好教员，或专任外交官吏及翻译编辑等职务也"④。这样为学生前途所做的通盘考量不能不说周密。

---

① 清华大学.文学院各系学程一览［M］//张研，孙燕京.民国史料丛刊：文教·高等教育：第 1068 卷.郑州：大象出版社，2009：221-222.

② 杨振声.为追悼朱自清先生讲到中国文学系［J］.文学杂志，1948，3（5）：34-40.

③ 大学本科学程一览［M］//国立清华大学.国立清华大学一览.北平：清华大学，1930：47.

④ 吴宓.清华大学外国语文学系概况（1936 年）［M］//吴宓.世界文学史大纲.北京：商务印书馆，2020：446-447.

吴宓在国立东南大学任教时，国立东南大学西洋文学系与英语系之间的纷争很大一部分原因是对语言教育与文学教育的不同理解，最终甚至造成了西洋文学系被重新合并，"学衡派"成员离心分散的结果。这份经验也使得吴宓在编制国立清华大学外文系的课程时多了一分慎重的考虑，以平衡语言教育与文学教育。观这一时期国立清华大学的语言课程，即使是程度较低的"大一英文读书"这样的课程，也特别说明要在"使学生之英文长进"的同时，"发展其文学之思想"。① 各小语种的设置，也如此处所言，强调通过文学学习语言，培养外国文学相关人才。如吴达元讲授的第三年法文，"以精读为主，更辅以会话及作文，法国代表诗、散文及古典戏剧皆选读之"。又如杨业治讲授的第三年德文，"材料取较难德国文学名篇，使学生深奥德文文体及德国文学主潮"。由陈铨讲授的第四年德文，"注重德国文学之历史、性质及哲学背景"。钱稻孙讲授的第二年日文，"选读日本近代长篇名作，并自由译读现代文学，每学期至少一篇"②。可见，通过语言学习进而获得文学研究的门径与兴趣，乃是这一时期国立清华大学外文系的指导思想之一。

第三，国立清华大学外文系对必修与选修课程的处理，力求充实，又求经济，故所定必修科目多，选修科目极少。对此，吴宓做了如下说明：

盖先取西洋文学之全体，学生所必读之文学书籍及所应具之文字学知识，综合于一处。然后划分之，而配布于四年各学程中。故各学程皆互相关联，而通体成一完备之组织，既少重复，亦无遗漏。……（先）将西洋文学全体，纵分之为五时代，分期详细研究……此其区分之大概。复先之以全校必修之西洋史及本系必修之西洋哲学等。益之以第四年之专题研究及翻译术等。翼之以每年临时增设之科目，如西洋美术、但丁、浮士德、拉辛、吉德等，可云大体完备。总之，本系学生虽似缺乏选择之自由，而实无选择之需要。因课程编制之始，已顾及全体。比之多列名目，虚张旗帜，或则章程学科林立而终未开班，或则学生选修难周而取此失彼者，似

---

① 清华大学. 清华大学一览［M］//张研，孙燕京. 民国史料丛刊：文教·高等教育：第1068卷. 郑州：大象出版社，2009：39.

② 吴宓. 清华大学外国语文系学程一览（1937年）［M］//吴宓. 世界文学史大纲. 北京：商务印书馆，2020：458，460，462.

差胜一筹也。①

此处所陈理由甚详，课程规划先从外国文学整体出发使学生获得概观知识，然后分时期分文体或作家做专题研究，并以其他必修及增设科目作为补充，以求相得益彰。吴宓在哈佛大学求学期间，受导师白璧德的影响，对当时哈佛大学所推行的自由选课制度多有批评。与学生漫无目的、顾此失彼的兴趣相比，吴宓显然更加相信自家的专业建议，更为注重学生整体知识结构的培养。加之有在国立东南大学、东北大学等校任教的诸多经验，吴宓深知学程名目林立，与实际开设课程不符，也会使外国文学教育流于表面。因此，国立清华大学外文系对于必修及选修科目的安排规划，实为培养学生根基的务实之举。

第四，国立清华大学外文系在开展外国文学教育的同时，亦不忘对中国文学的重视与强调，凸显出外国文学教育的本土立场与特殊使命。"本系对学生选修他系之学科，特重中国文学系。盖中国文学与西洋文学关系至密。"无论是"创造中国之新文学""编译书籍"，还是"以西文著述，而传布中国之文明精神及文艺于西洋，则中国文学史学识修养均不可不丰厚。故本系注重于中国文学系联络共济。唯其联络不在形式，即谓本系全体课程皆为中国文学系相辅以行者可也"②。如前所述，国立清华大学的中国文学系在杨振声、朱自清的主持下，亦十分强调对外国文学的学习。中国文学系规定学生必须修 24 个学分的外国语言与文学课程。"在当时的各大学中清华实在是第一个把新旧文学，中外文学联合在一起的。"③ 国立清华大学中外文两系在联合中外文学，共同创造中国新文学这一点上，有着高度的一致性。外文系甚至强调"本系全体课程皆为中国文学系相辅以行者可也"。对于外文系来说，重视中国文学的学习不仅是由于中国文学与外国文学关系至密，也在于毕业生承担着将外来文明介绍到中国，将中国文明介绍给外国的双重使命，这均要求有厚重的中国文学修养。重视与中国文学系的联络共济，是对会通中外文学这一人才培养目标的具体实践。这一文学教育模式的形成，代表了民国时期典型的大学文学教育理念。

---

① 吴宓. 清华大学外国语文学系概况（1934 年）［M］//吴宓. 世界文学史大纲. 北京：商务印书馆，2020：442-443.

② 吴宓. 清华大学外国语文学系概况（1936 年）［M］//吴宓. 世界文学史大纲. 北京：商务印书馆，2020：449.

③ 杨振声. 为追悼朱自清先生讲到中国文学系［J］. 文学杂志，1948，3（5）：34-40.

以上四点大体代表了 20 世纪 30 年代国立清华大学外文系的外国文学教育理念。再来看在这些理念指导下的具体课程设计。根据《清华大学外国语文系概况（1936 年）》《清华大学外国语文系学程一览（1937 年）》等材料，专业的外国文学课程主要从二年级开始出现（第一年实行通识教育），兹提取文学类课程情况如下：

西洋文学概要：本系二年级必修，任课教师为瞿孟生。本学程讲授欧洲文学史全部之大要，期使学生稔欧洲各国古今重要之典籍及文学之源流。演讲而外，并选取欧洲文学中之名篇巨制使学生阅读之。每周 4 小时，两学期共 8 学分。

西洋小说（专集研究一）：本系二年级必修，任课教师为陈福田。本学程讲授西洋小说发达之历史，以其范围广博，故专注重近 200 年中之大家，取其所著小说研读而评论之，明示其优劣短长之所在，庶学者他日撰作小说可资为模范而知所从违云。每周 2 小时，两学期共 4 学分。

英国浪漫诗人（专集研究二）：本系二年级必修，任课教师为吴宓。本学程取英国浪漫时代诗人（Wordsworth, Coleridge, Byron, Shelley, Keats）之重要篇章，精细研读。由教员逐字逐句讲解，务求明显详确，不留疑义；兼附论英文诗之格律，诸诗人之生平及浪漫文学之特点。每周 2 小时，两学期共 4 学分。

西洋文学史分期研究一（古代希腊、罗马）：本系三年级必修，任课教师为吴宓。本学程为西洋文学史分期研究之第一段，其目的在使学生广读古代希腊及罗马文学中之重要篇章（暂均读英文译本），教员于精要处酌加讲解，俾学生读之能深入而有心得。每周 2 小时，两学期共 4 学分。

西洋文学史分期研究二（中世至但丁）：本系三年级必修，任课教师为瞿孟生。本学程为西洋文学史分期研究之第二段，其目的在使学生广读中世文学中之重要篇章，至但丁为止。（除原作为英文外，暂均读英文译本。）教员于精要处酌加讲解，俾学生读之能深入而有心得。每周 2 小时，两学期共 4 学分。本课程与 18 世纪轮流开班。

西洋文学史分期研究三（文艺复兴时代）：本系三年级必修，任课教师为温德。本学程为西洋文学史分期研究之第三段，其目的在使学生广读文艺复兴时代（至17世纪末为止）各国文学之重要篇章。（除原作为英文外，暂均读英文译本。）教员于精要处酌加讲解，俾学生读之能深入而有心得。每周2小时，两学期共4学分。本课程与19世纪轮流开班。

戏剧概要（专集研究三）：本系三年级必修，任课教师为王文显。本学程讲授西洋戏剧发达之略史。自上古希腊以至现今，选读名剧约50篇以资阐明，并论究戏剧之技术。关于编剧、演剧、排剧之各种问题亦讨论及之。每周2小时，两学期共4学分。本课程与莎士比亚轮流开班。

文学批评（专集研究四）：本系三年级必修，任课教师为吴可读。本学程讲授文学批评之原理及其发达之历史。自上古希腊亚里士多德以至于现今，凡文学批评上重要之典籍，均使学生诵读，而于教室中讨论之。每周2小时，两学期共4学分。本课程与现代文学轮流开班。

西洋文学史分期研究四（18世纪）：本系三年级必修，任课教师为瞿孟生。本学程为西洋文学史分期研究之第四段，其目的在使学生广读18世纪西洋各国文学之重要篇章，教授于精要处酌加讲解，俾学生读之能深入而有心得。每周2小时，两学期共4学分。

西洋文学史分期研究五（19世纪）：本系三年级必修，任课教师为瞿孟生。本学程为西洋文学史分期研究之第五段，其目的在使学生广读19世纪西洋各国文学之重要篇章，教授于精要处酌加讲解，俾学生读之能深入而有心得。每周2小时，两学期共4学分。

现代西洋文学：（一）诗（二）戏剧（三）小说，任课教师王文显、温德、吴可读。本学程专为本系四年级学生而设，其目的在使该级学生接近现代欧美各国著名之诗、戏剧及小说。教授方法：全学程由三专家分任职，每项每周1小时，全学年2学分，学生可任选习2种。本年度因吴可读休假，现代小说暂停开班，现代诗与现代戏剧改为各2小时，全年各4学分，学生可任选习1种。

莎士比亚（专集研究五）：任课教师为王文显。本学程之目的有二：（一）为学生讲解莎士比亚之文学价值；（二）使学生自知如何欣赏莎士比亚文学，莎士比亚之生平及其著作之精妙所在统于两学期内教授之。读莎氏重要著作10余篇。

英国文学书选读：任课教师为陈福田。不分时代，不拘派别，

博采各作家之书而读之，以为本系各循时期而分之各科之补。本系
或他系学生均可选修。①

就课程数量而言，文学类课程约占 52 学分，语言类课程约占 42 学分，
而学生毕业所修学分为 132 学分，整体仍偏重文学教育。从教师情况看，这
一时期任教的学者，也都是学有专攻的文学研究者。如讲授莎士比亚等课的
王文显是伦敦大学学士、著名剧作家。吴宓在清华学校求学时期就听过王文
显的演讲，对其学问和剧作评价极高。讲授英国文学等课的陈福田是哈佛大
学硕士。外籍教师温德是芝加哥大学硕士，通晓英、法、德、西班牙、希腊、
拉丁等多种语言文字。曾在国立东南大学任教，后又同吴宓一起来到清华学
校，长期在中国任教。翟孟生是美国威斯康星大学硕士，不但是基础英语
（Basic English）的推广者、民俗学家，也是最早在中国介绍欧美现代主义的
外籍教师。据说在 20 世纪 30 年代的清华校园许多中国学生都听过翟孟生的
课，并且因他开始接触 T. S. 艾略特等现代主义作家。②

除以上学程表所规定之本科科目，国立清华大学外文系还设置研究课程
若干种，按年变更。教师就其特长及研究心得担任一种或两种。研究生应在
此项研究课程中，择定其论文及范围。这些研究课程基本都以文学为课题，
如乔叟（或蒲柏〔Alexander Pope〕）（翟孟生）、莎士比亚研读（王文显）、
黑贝尔（Friedrich Hebbel）（陈铨）、法国文学专家（温德）、中西诗之比较
（吴宓）、弥尔顿（陈福田）、近代德国戏剧（华兰德）、歌德（杨业治）、拉
丁文学专家（吴达元）等。从这些课程设置及说明可以看到，外文系的课程
设置不仅有概要性课程，亦有专题课程；不仅按时代分期研究外国文学，而
且注意按照文体的不同进行研究；不仅有文学史课程，亦有文学批评及作家
研究课程。课程内容和类型极为丰富，可谓相当系统全面，体现出广博与专
深相结合的设置思路。课程讲授尤为强调学生阅读经典文学作品，不仅训练
其语言技能，更注重使学生获得思想、精神与心智的提升。

2. 吴宓在国立清华大学的授课与影响

如果将 20 世纪 30 年代国立清华大学外文系的课程与此前及同一时期国
立东南大学西洋文学系课程设置相比较，可以看到国立清华大学外文系的课

① 吴宓. 清华大学外国语文系学程一览［M］//吴宓. 世界文学史大纲. 北京：商务印书
馆，2020：457-462.
② 杨扬. 文学的凝视［M］. 上海：上海文艺出版社，2011：207.

程设置在很大程度上与"学衡派"外国文学教育理念较为一致和相通,如注重对西洋文学源流的认识,着眼学生世界文学视野的培养,激发比较文学研究的兴趣,力求中西文明之会通。这种风向的形成与吴宓等"学衡派"成员的影响不无关系。任教国立清华大学期间,吴宓与"学衡派"成员也保持着密切的联系。在他的推荐下,柳诒徵、刘永济、吴芳吉、郭斌龢都相继来到国立清华大学任教,他所选用的助教如陆维钊、赵万里、浦江清等也出身国立东南大学,故而国立清华大学外文系课程设置具有"国立东南大学色彩"完全可以理解。

作为国立清华大学学程的主要筹划者与外国文学授课教师,吴宓在自己所教课程中也一再倾注自己的人文理想。如"中西诗之比较"课程涉及大量中西诗歌的互鉴比较,最终目的是"造成真确之理想及精美之赏鉴,而解决文学人生切要之问题"①。对文学与人生关系的重视促使吴宓萌发了开设相关课程的设想。1936年7月6日,得知国立清华大学批准增设"文学与人生"课程,"宓甚喜,得此殊便,决当努力研究。将尽我所能,使'文学与人生'一门之内容充实,对学生有益,而毋负学校与国家待宓之厚也"②。"文学与人生"面向国立清华大学外文系高年级学生和研究生开设,由于国立清华大学外文系专业课程设置大多为必修,这是一门外文系为数不多的选修课之一。该课每星期讲2小时,学生须修全年,计4学分。吴宓为此课倾注了大量心血,课程题目中的"文"与"人"二字也最能代表吴宓的人文理想。该课的课程说明指出:"本学程研究人生与文学之精义,及二者之间之关系。以诗与哲理两方面为主。然亦讨论政治、道德、艺术、宗教中之重要问题。凡选修本学程之学生,皆应参加课堂中之讨论。而须先读教授指定之中西文学名著若干篇,以为讨论之根据。其中有文有诗,或为哲理及文艺批评,要之,每篇皆须精细研读。"③ 这些课程要求体现出吴宓鲜明的个人学术色彩。

吴宓为选课学生提供了一份内容极为丰富的"应读书目",范围涵盖中外文学、史学、哲学、宗教、伦理、政治、学术等诸多领域。书目所列中国古代典籍包括《四书》《毛诗》《礼记》《春秋左传》《史记》《前汉书》《后汉书》《资治通鉴》等,也有《楚辞》《古诗源》《十八家诗抄》《吴梅村诗集》《桃花扇传奇》《长生殿传奇》《唐人小说》《水浒传》《石头记》等古代诗文

① 傅宏星. 吴宓评传 [M]. 武汉:华中师范大学出版社,2008:137.
② 吴宓. 吴宓日记:第6册 [M]. 北京:生活·读书·新知三联书店,1998:6.
③ 吴宓. 文学与人生 [M]. 王岷源,译. 北京:清华大学出版社,1993:1.

作品。外国文学方面的书目，既有莎士比亚、班扬（John Bunyan）、斯威夫特、菲尔丁（Henry Fielding）、萨克雷、奥斯丁（Jane Austen）、艾略特、梅瑞狄斯（George Meredith）、福楼拜（Gustave Flaubert）、托尔斯泰、哈代、刘易斯（C. S. Lewis）等外国文学家的英文作品（含英文译本），也包括了不少中国翻译家的外国文学译本，如田汉译《哈姆雷特》、梁实秋译《汉姆来德》、奚若译《天方夜谭》等。书目甚至还包括了部分新文学家的作品，如徐志摩《爱眉小札》、朱湘《海外寄霓君》等，可见吴宓此时对新文学已经不完全排斥。当然，还有不少"学衡派"诸君的著作或译作，如柳诒徵的《中国文化史》、郭斌龢与景昌极合译的《柏拉图五大对话集》等，也有"学衡派"一向推崇的白璧德、马修·阿诺德等西方思想大家的作品。这些书目皆与"通过文学研究人生""从人文主义的观点研究人生"的课程内容相辅相成。吴宓认为，人生与文学，必须自内心出发，又必须"以自我为验证"。在他看来，真正个人道德下的人须具备"澄明的理性，热烈的情感，二者不可缺一"，即"情智双修"。①

在课程留下的讲义中，吴宓通过大量中外文学的互证互鉴，总结出文学之于公民教育有九大功用：涵养心性、培植道德、谙悉世事、表现国民性、增长爱国心、确定政策、转移风俗、造成大同世界、促进真正文明。这些功用既有益于个体人生，又服务于国家社会。在中国现代学术史上，能结合大量中外文学实例，对文学的教育功用做出如此系统细致的总结，实为鲜见。通过对外国文学的比较研究，他认为希腊文学表现人文主义，罗马文学表现政治德行，中世纪拉丁文学表现信仰与理性的同一，希伯来文学表现德行与意志力，梵语文学表现自我克制与永生，法国文学表现社交本能，德国文学表现个人主义，英国及美国文学表现实际的、功利主义的品质。一国文学的国民性又常常见于该民族的史诗作品。"一国之文学，实表现其国民性，故各国各异。"②

这些见解的提出反映了吴宓对世界文学深刻的理解与把握。由文学表现国民性的问题又讲到文学"增长爱国心"之功用，吴宓从"首须知国之可爱""爱国者必爱其国之文字""爱国者不问时势之衰与否"谈至"吾国人目前之大误"及"中国人今不自知其国民性"等问题。③通过古今中西大量材

---

① 吴宓. 文学与人生［M］. 王岷源，译. 北京：清华大学出版社，1993：221.
② 吴宓. 文学与人生［M］. 王岷源，译. 北京：清华大学出版社，1993：62-63.
③ 吴宓. 文学与人生［M］. 王岷源，译. 北京：清华大学出版社，1993：64-65.

料的对比，意在激发学生对文学与国家、国民关系的思考。他认为，中华民族是一个讲求实际的、聪明的、优秀的与勤劳的民族，充满了常识，并长于实际智慧与道德。"今后欲振兴中国"，应"发展并改进经济与实业（科学、技术、组织）"，同时"应促进与实施道德"①。此处论说结合中国的实际，指出中国发展应既注重物质文明建设，又重视精神文明建设，这无疑反映了吴宓的远见卓识。

以上所谈只是吴宓设置国立清华大学课程的几个侧面。据统计，从1925年至1937年，吴宓在此讲过的课程还有英文阅读、小说选读、英国浪漫诗人、希腊罗马文学、西洋文学史、翻译术、古代文学史、专集研究等。其间，他还在国立北京大学外国语文学系、燕京大学英国文学系、国立北平师范大学外国语文系、国立北平女子文理学院英文学系等校兼职讲师。吴宓所讲课程都是经过多年的思考和钻研，许多课程内容在其学生时代就已经打下基础，在当时即颇受学生欢迎。一位当年在国立清华大学旁听的学生评价道：虽听过不少外文系的课，"唯独吴宓先生的课，带有结合现实国情之特色，别具风采，令人难忘"②。

曾在国立北平师范大学外语系听过吴宓讲课，后来与吴宓成为好友的语言学家张清常回忆听吴宓讲英国诗的感受：

> 上学期他讲第一代浪漫主义作家"湖畔诗人"华兹华斯、柯尔律治和骚塞。吴先生善于体会这些诗人的美学纲领和创作原则，欣赏诗人们所讴歌的农村生活和自然风景，厌恶资本主义的城市文明和金钱关系，讲得既有陶渊明《饮酒》中"采菊东篱下，悠然见南山"的幽静，又有陶渊明《读山海经》的怒目金刚。下学期他讲第二代浪漫主义作家拜伦、雪莱、济慈。讲得热情洋溢，真挚动人。我可以借韩愈《听颖师弹琴》的诗句来做吴先生讲课的比喻："呢呢儿女语，恩怨相尔汝；划然变轩昂，勇士赴敌场。"吴先生把深厚的感情贯注到作家诗句里，再加中英诗歌对比，辉映成趣。这课当然是非常叫座的。③

---

① 吴宓. 文学与人生［M］. 王岷源，译. 北京：清华大学出版社，1993：123.

② 闵震东. 我所知道的吴宓先生［M］//成都市政协文史学习委员会. 成都文史资料选编：教科文卫卷·下·人物荟萃. 成都：四川人民出版社，2007：92.

③ 张清常. 肝胆照人的吴宓老师［M］//张清常. 张清常文集：第5卷. 北京：北京语言大学出版社，2006：289.

吴宓的课程不但受到学生欢迎，而且影响着学生的学术志趣选择。前文已述，梁实秋在国立东南大学听过吴宓的授课，极为赞赏吴宓的学问。吴宓的外国文学教育实践也在一定程度上影响了这位彼时热衷于新文学创作的清华学子。在某种程度上，吴宓的外国文学教育与文化实践，成为梁实秋日后接受新人文主义影响的重要导引。1924 年至 1925 年，梁实秋追随吴宓的脚步留学哈佛大学，并且选修了白璧德的文学课程。回国后，梁实秋大力提倡文学上的古典主义，为此出版了《浪漫的与古典的》《文学的纪律》《文人有行》等图书。这些都可以看出吴宓的外国文学教育所产生的深远影响。抗战期间至 20 世纪 40 年代，吴宓还将文学与人生等课程开到了国立西南联合大学、燕京大学、国立武汉大学、国立四川大学等校。通过在不同高校的授课，吴宓不仅传播了"学衡派"的文学教育理想与人生道德观，也为我们展现了中国的外国文学研究者与教育者爱国忧民的责任担当。

三、梅光迪、郭斌龢与国立浙江大学的外国文学教育

国立浙江大学办学肇始于清末开明官绅在杭州创立的求是书院，1901 年改称求是大学堂，1903 年改称浙江高等学堂。后又几经改名，1928 年 7 月 1 日正式改称国立浙江大学，蒋梦麟担任校长。蒋梦麟出身国立北京大学，欲利用国立北京大学的师资力量和办学方法改造和发展国立浙江大学。他曾给胡适去信，请胡适来办哲学和外国文学两个学科。胡适推辞了，但他推荐国立北京大学的陈源来主持外国文学学科。后蒋梦麟上任国民政府教育部长，无暇多顾。国立浙江大学（下文亦简称"浙大"）真正发展起来是在 1936 年 4 月竺可桢出任校长之后，而竺可桢主要借重了国立东南大学、国立中央大学的师资力量来改造浙大，并取得了成功。

竺可桢为浙江绍兴人，早年曾与胡适同时考取庚款留美资格，留学美国伊利诺伊大学和哈佛大学，获哈佛大学博士学位。回国后在南京高等师范学校和国立东南大学任教，同时担任中央研究院气象研究所所长，是著名的气象学家。在国立东南大学任教期间，他虽不是《学衡》的主要成员，但与《学衡》的诸多同人都是朋友。哈佛大学留学期间，竺可桢就与梅光迪是好友，有一年曾同住一间宿舍。因此，竺可桢主持国立浙江大学给"学衡派"在国立浙江大学的聚集和发展提供了一个绝佳的契机。

竺可桢上任之前，浙大的文科力量较为薄弱。"课程上外国语文系有七个

副教授，而国文竟无一个教授，中国历史、外国历史均无教授。"① 为此，竺可桢大量引进文科教授，并尤为倚重"学衡派"的力量。梅光迪也是在这种情况下，辞去了哈佛大学的汉语教职，回国就任国立浙江大学文学院院长。国立浙江大学两任文学院院长梅光迪、张其昀，国文系和外文系主任郭斌龢均为"学衡派"主要成员。抗战期间，国立浙江大学迁至贵州遵义的湄潭。张荫麟（梁启超弟子）、王焕镳（柳诒徵弟子）、缪钺、王庸、陈训慈、刘永济、景昌极等"学衡派"成员也先后来到浙大任教。竺可桢还将原国立东南大学的人文精神和办学理念也带到了浙大。他提出："我们应凭借本国的文化基础，吸收世界文化的精华，才能养成有用的专门人才。"② 这一主张显然和"学衡派"发扬民族精神，沟通中西文化的宗旨有着诸多契合之处。在具体办学上，竺可桢强调德育和智育并重，提议筹建史地系和中国文学系，在大一新生中实施导师制，设立共同必修科目，倡导通才教育等。这些措施均加强了浙大的人文教育，国立浙江大学的外国文学学科也是在这一时期迎来了一个快速发展的契机。

（一）梅光迪与浙大外文系的文学教育

1936 年 10 月，梅光迪正式来到国立浙江大学。此时的国立浙江大学设文理学院，外国语文系是文理学院下设科系。梅光迪被聘为文理学院副院长，兼任外国语文系主任。后来在多方努力下，浙大文学院与理学院分开独立。1939 年 8 月，国立浙江大学文学院正式成立，梅光迪任文学院院长同时兼任外文系主任，他认为文学院的办学宗旨应"以复兴中国文化为使命，以造就通才为职志"③。梅光迪曾多次就加强浙大学生的国文修养，提高文言文的应用能力，提升文学欣赏能力等问题与浙大同人开会协商。他主张"国文为一切传统思想之所附丽""其关系于时代个人，家国后生者至大"。当时有人主张国文教学应以应用文为对象，不必重文学，梅光迪则极力为诗文辩护，"并引莎翁剧中诗一节，叙其在英法战争及世界大战鼓舞兴起疲士伤兵之事以明其重要性"④。由此可以看到梅光迪一贯重视文学教育的立场。作为一位融通中西文学的教育者，梅光迪不仅重视中国文学教育，亦看重外国文学教育。

1937 年 5 月 27 日，梅光迪在国立浙江大学与浙江广播电台合办的"学术广播讲座"中发表演讲，题为《文学在教育上之位置》。这篇演讲稿后来并未

---

① 竺可桢. 竺可桢全集：第 6 卷 [M]. 上海：上海科技教育出版社，2005：36.
② 竺可桢. 竺可桢全集：第 2 卷 [M]. 上海：上海科技教育出版社，2004：332.
③ 浙江大学校史编辑室. 费巩烈士纪念文集 [M]. 杭州：浙江大学校史编辑室，1980：19.
④ 文理学院举行第三次茶会纪 [J]. 国立浙江大学日刊，1937（217）：865-866.

正式刊出，但《国立浙江大学日刊》为此所作的宣传语却值得注意：

> 梅先生寝馈文学及讲论文学于国内外者多年，造诣至深，届时定多阐发。国难以来，群力于科学与国防之训练，而略于精神上之培植。近鲁登道夫于《全民战争》一书中，以为过去未来战争，精神力量，皆居首要，盖鉴于物质之畸形发达，而略于精神之并进。然精神，思想，人格，感情等之发扬与光大，文学之功能，又实居教育上一不拔之位置。中国革命，欧洲中古时代之告终与文艺复兴之完成，文学之力皆至伟烈，今日如何发扬文学之力量，以当时代之巨浪，梅先生当有以语我人也。①

这则消息尤为注重国难以来文学对于培植民族精神、助推革命与社会变革的重要作用，肯定了文学在教育上的重要位置，颇能代表以梅光迪为代表的"学衡派"成员来到浙大后对浙大文学教育的影响。梅光迪对浙大文学教育的影响还见诸他主持外文系的诸多实绩上。梅光迪自到校后即承担了外文系的多项课程，抗战期间更是亲自改定外国语文系课程表，邀请外籍专家来校讲学，为外文系的发展倾注了大量心血。从 1936 年至抗战胜利，尽管条件艰苦，但浙大的外国文学学科却得到了较大的发展，外国文学教育取得了良好的成绩。

据 1936 年 10 月 27 日的《国立浙江大学日刊》，梅光迪到校后所讲课程由原定的"文学批评"改为"英国政论文家"，同时讲授"十九世纪英诗"等课。1937 年，梅光迪又在外文系开设"英美传记文学"一课。这门课受到浙大学子的欢迎，一位署名"微笑"的作者撰文写道："梅先生今年开了英美传记文学一班，意思是使同学们深入研究各作家的个性和其所处的时代社会对于他作品的影响，这是浙大自有外文系来第一遭见。20 世纪的现在，传记文学正盛行，同学们以此发轫，再求深造，前途正可乐观。"② 可见，梅光迪在浙大外文系所开的传记文学课程为浙大带来了新鲜的文学研究之风。

传记文学课程的开设与梅光迪的文学趣味密不可分，梅光迪本人即传记文学的爱好者，"一本《约翰生博士传》，简直须臾不可或缺，始终爱不释

---

① 校闻：今日"学术广播"梅迪生先生讲"文学在教育上之位置"[J]. 国立浙江大学日刊，1937（197）：785.

② 微笑. 外文系教授近况 [J]. 国立浙江大学日刊，1937（121）：482.

手"①。楼光来在纪念梅光迪的文章中谈及,梅光迪自己讲学论文及品评人物,"往往一语破的,盖先生富于直觉,于人生体会极深,故其为学无时不以人生经验为参证,一如英国之约翰生,与治哲学者之讲求逻辑,从事考证自豪好旁征博引而未了解人生,固截然不同也"②。梅光迪所作的《孔子之风度》《评白璧德:人和师》等文章都是极好的传记文字。他还曾希望将清代士大夫的生活像《约翰生博士传》一样做一记录,因这种叙传文体在当时中国学人还较少注意。而追溯"英美传记文学"这门课程的起源,会发现梅光迪早在1923年为国立东南大学的西洋文学系拟定课表时,就已经将"传记通论"列入必修课程,这在现代中国大学中也是较早的,在选修课里更是列出了多种如"约翰生及其游从"这样以文学家为核心的研究性课程。由此,可以说梅光迪延续和发展了在国立东南大学时期就已形成的外国文学课程与教育模式。

1938年冬,浙大已经西迁至贵州遵义,梅光迪重新拟订了浙大外国语文系课程表:

第一年必修课程:普通英文(二)、希腊罗马文学、法文(一)

第二年必修课程:英国文学史、圣经文学、法文(二)

第三年必修课程:欧洲文学史、莎士比亚、小说名著

第四年必修课程:弥尔顿、近代戏剧、英国语言学、文学批评

第三、四年选修课程(其各课程之预修课程,可临行规定之):

修辞学、高等修辞学、古典派文学、浪漫派文学、英美传记文学、法国革命与欧洲文学、英美文学思想家、现代文学与思想、法国文学史、德国文学史、柏拉图、亚里士多德、西塞罗、但丁、歌德、约翰生及其游从、卡莱尔与爱默生、德文(一)、德文(二)、希腊文(一)、拉丁文(一)③

梅光迪为此课表写了几点说明:"一、本课程表为理想的,希望将来能实行;二、大学教育宗旨重在广博,不在狭隘的专门,故基本课程如国文、本国史、西洋史、哲学、政治、经济、数学、物理、化学、生物皆当修(数学、

---

① 书同.君子儒梅光迪[M].福州:福建教育出版社,2019:193.

② 书同.君子儒梅光迪[M].福州:福建教育出版社,2019:187.

③ 朱鲜峰."学衡派"与近代中国大学教育[M].南京:南京大学出版社,2021:167.

物理、化学、生物至少修两学程），然不在本系课程范围，故不列；三、外国语文系宗旨在造成贯通中西文化之人才，故本国文学与文化尤重，惟国文系课程不在本系范围之内，故亦不列；四、必修普通英文本有两年，即普通英文（一）、普通英文（二），惟欲进外国文学系者其英文程度应较进其他系者为高，故普通英文（一）可免修，惟不给学分；五、本系第二外国语当为法文，故必修两年，最好除法文外再习拉丁文一年；六、若天资特高者最好兼习德文一二年与希腊文一年。"

在整体的设置思路上，这份课程表及课程说明体现出文理互通、中西贯通的通才培养特色。在抗战爆发之前，浙大文理学院就讨论过课程"专精与博通"的问题，并认为"专精与博通，为吾国大学教育当前的一大问题。本校以前制度，皆从专精及系别两点出发，学生往往感觉常识不足，又因所有课程几全为规定，对于本门功课以外，任何问题，毫无兴趣，亦非良好现象。课程委员会通过之议决案，比较地加重选课精神，即希望矫正此点，俾专精与博通，得一适中之调剂"①。时任浙大文理学院院长的胡刚复更直接提出了"专精兼谋博通，求知更重修养"的教育目标，认为过去"浙大较重理工，对文史注意较少，吾人为中国人，中国文字的运用，为一基本问题，其他科学固然愈专愈好，但基本修养不可不蓄之有素"。"近来已开课程，加以纠正，则此为原则，将来改正至如何程度，虽不敢必，惟对于本国文化，应多一点认识，则为必不可少之事。"② 竺可桢亦在毕业生典礼上特别申明文史之学之必要，"人才供求，不能限于工业，尝有多人文史甚美，为求高格，勉学机工，殊为可惜，实则为国驰驱，应尽力之所能及"③。这些看法均主张加强通才教育，尤其是文史基础教育。显然，这些原则和精神在梅光迪所拟定的课程中也有所体现，反映出这一时期浙大办学的特色及整体氛围。

就浙大外文系的具体课程而言，一、二年级为基础课，三、四年级为高级课程。文学史和文学家研究课程依然是外文系课程的主要组成部分，且兼顾了小说、戏剧、文学批评、散文等各类文体的研究。其中许多课程在1923年国立东南大学西洋文学系的课表中已经出现，同时又有结合浙大外文系当时的师资力量增设的相应课程。尽管当时已处在抗战的艰苦条件下，但经过

---

① 张彬. 倡言求是 培育英才：浙江大学校长竺可桢 [M]. 济南：山东教育出版社，2004：161.

② 胡刚复. 昨日总理纪念周胡刚复院长讲"大学教育" [J]. 国立浙江大学日刊，1937（123）：490.

③ 昨日毕业典礼盛况 [J]. 国立浙江大学日刊，1937（224）：894.

梅光迪的多方奔走，已经西迁至贵州遵义的浙大外文系居然在最大程度上将这份"理想的课表"尽数实现。如英语语言学由专研语言学的陈辛恒担任，希腊文和拉丁文由方豪担任，但丁（意大利语）由田德望讲授，莎士比亚戏剧及小说由张君川讲授。余坤珊讲授英诗，谢文通讲授英国散文，黄尊生讲授法语及法国文学课程，另外还开设了俄语、日语等课程。梅光迪本人则承担了 18 世纪散文、19 世纪散文等课程。

在梅光迪看来，外文系不仅修习第二外语和古典语言十分必要，而且希腊罗马文学、莎士比亚、弥尔顿、约翰生、古典派文学、柏拉图、亚里士多德等也应是研究重心。这体现了"学衡派"和梅光迪本人一向重视古典的主张。梅光迪还尤为重视文学与思想关系的研究，开设了诸如"英美文学思想家""现代文学与思想"等课程。这种重视思想训练的倾向甚至在外语基础教学中也有体现。在校园氛围上，由于竺可桢十分注重一年级基础课的教学，聘请了不少博学敦行的著名教授来讲授基础课，如朱福炘讲授普通物理，钱宝琮讲授数学，储润科讲授化学等，在教学上均得到了极好的效果。在这种学风的影响下，即使是外文系的外语教学也十分注重教学方法的探索，形成了一种外语与思想并重的原则。"外语训练同时是思想的训练。我们认识到老一套的灌输式教学法不能满足学生旺盛的求知欲，应该尽量采用启发式教学法，才能把学生的潜能抽了出来，才能诱导学生独立思考，培养他们的独立工作能力。一个称职的教师应该从苏格拉底那里多学些'催生'的诀窍，不把外语教学限于'传授'知识上。"① 为此，大一的英语教学偏重阅读和写作，教材内容中文学作品较多，学生消化后一般都能写出较好的短文作业。曾在此任教的冯斐在回忆中谈及，浙大有勤奋好学的学风，时常有学生向教师请教学习方法，教师除逐个为学生批改作业答疑外，"总是劝人多看原文小说，常写英文日记"②，并时常借英文文学课外读物给学生。这些回忆反映出浙大师生积极探索外语教学和文学教学的互动之法，重视思想训练与实际运用相结合的文学学习氛围。

梅光迪本人这一时期除担任文学院院长外，也是外文系授课的主力之一。在他的影响下，浙大外文系整体氛围十分注重文学教育，就连考试也有人采取撰写诗文的方式。据曾任教于此的张君川回忆，梅先生治学主张实事求是，

---

① 蒋炳贤 . 回忆在永兴的教学生涯［M］//贵州省遵义地区地方志编纂委员会 . 浙江大学在遵义 . 杭州：浙江大学出版社，1990：83.

② 冯斐 . 遵义、湄潭、永兴教学日记片段（1940—1944）［M］//贵州省遵义地区地方志编纂委员会 . 浙江大学在遵义 . 杭州：浙江大学出版社，1990：87-95.

严格要求，"在语言课基础课主张严格把关，注重考试从严。但高级文学课程则主张学生独立思考，善于发挥才能，有独创见解，言之成理，言之成文，故常以论文代替考试，但要求教师严格把关，务使学生学习撰写科研论文，不只为毕业论文打下基础，也为以后科学研究做好准备工作"①。对于梅光迪要求严格，许多学生都印象深刻。学生张续渠回忆道，梅光迪的文学课"考察内容都出自作品中，往往因看书不细心，有的题目不知出在哪篇文章上。要看的作品实在多，有的要看半本书，有的要看两三篇，但三个月一考，积累起来，需要阅读的作品，几乎占半个书架，若不是平时做些阅读札记，肯定没法应付。这样，无形中培养了我们看书的习惯"②。梅光迪还建议外文系学生加强中国文学修养，指引他们读唐代李商隐的诗。在梅光迪的影响下，外文系多数学生都选了中文系缪钺教授开的历代诗选和宋词课程。上过梅光迪课的茅于美回忆道，在外国作家中梅光迪最喜欢兰姆与歌德，在中国诗人中最欣赏王安石与陶渊明，对中西文学都有着极高的鉴赏力。梅光迪告诉他们，在文学上有两种人可以不朽，一是大家，一是名家，要求学生多读名家作品。③ 这些回忆从侧面说明梅光迪不仅对课程要求严格，而且十分注重学生阅读文学经典，希望他们厚植人文根基。

遵义时期的浙大办学条件十分艰苦，但外文系的文学学习氛围十分浓厚。这从两件外事活动可见一斑：一是英国伦敦大学文学院陶德斯教授受中英文化协会之请，来中国了解战时的学术开展情况。在途经遵义时，参观了这里的浙大。他看到虽然校舍破破烂烂，女生宿舍连一面大镜子都没有，但图书馆的卡片上却密密麻麻地借满了书，大为感动。浙大教授们对英国文学尤其是英国古典诗的深入了解给他留下了深刻印象，其中有许多人甚至不是外文系的教师，而是来自电机系、政治系或机械系等。④ 由此可见当时许多浙大师生有着较高的外国文学素养。陶德斯在此做了关于希腊文明的讲学，郭斌龢进行口译。梅光迪则介绍了外文系的课程设置，并请陶氏进课堂听课。陶德斯为战时浙大还能保持这么高的学术水准大为惊讶，赞誉浙大文学院可与英国知名大学的文学院媲美。后来英国剑桥大学教授、英国大使馆大中学考察

① 张君川. 梅光迪院长在浙大 [M] //贵州省遵义地区地方志编纂委员会. 浙江大学在遵义. 杭州：浙江大学出版社，1990：362.
② 张续渠. 永远不会忘记：回忆在浙大学习时的几位老师 [M] //钱永红. 求是忆念录：浙江大学百廿校庆老校友文选. 杭州：浙江大学出版社，2017：122.
③ 茅于美. 敬悼梅光迪先生 [J]. 东方杂志，1946 (2).
④ 杨竹亭. 求是之光 [J]. 浙江大学校友通讯，1988 (6).

团团长李约瑟博士在陶德斯的介绍下来遵义浙大参观,听闻学生书声琅琅,目睹图书馆外文藏书丰富和浙大生动的学术研究氛围后,又盛赞浙大为"东方剑桥"。

遵义时期浙大外文系的文学学习氛围还可以从学生们的回忆中略见一二。裘克安回忆道,"当时复本教材很少,除了利用图书馆以外,师生在抗战时期国统区极少(有)机会买得到外文书刊。所以教材要靠油印复制,既不可能印得很多,纸张质量又差。自己如果搞得到 Zucker 编的欧洲文学选读,或者注释本的莎士比亚剧作,那是如获奇珍,当时同学都排好时间轮流阅读"①。张续渠回忆起谢文通讲授的"英国小说"课对自己的影响,"在他的教导下,我对西欧小说很感兴趣,短短的一年使我对英国小说有了较全面的了解。凡对一流作家的作品,不是看原著就是翻阅《大英百科全书》有关的作品介绍。这往往使我一天连续几小时待在图书馆里,足不出户"②。可见,在严师们的要求下,外文系学生也养成了勤学之风。张君川还谈及梅光迪的治学对学生们的影响:

> 梅先生自己学贯中外,也要求学生在努力研究西方文学外,不能忘记祖国丰富文学。他与吴宓师素来提倡比较文学,如吴宓师在清华开有"中西诗之比较"一课,梅先生讲课常中西对比,不只是加深学生理解,实开比较文学之先声。因此外文系学生中文都比较精通,有的写诗与小说,有的写文艺理论文章,在杂志、报章发表,极一时之盛。以后颇多学生从事文艺创作,成为诗人、作家。③

这份回忆也表明,梅光迪在外国文学的教学中十分注重学生的独立思考能力,不仅要求严格,而且主张应该在比较研究中做到中西会通。这是他矢志不渝的信念,浙大也是他事业理想的实践场地。作为"学衡派"的主力,梅光迪本人实际并不完全反对别人用白话文写作,只是他自己写惯了文言文,认为文言文更便于表达自己的思想情感,而且他的文言文写作通俗易懂,清

① 张君川,裘克安,陈建耕.浙江大学外文系在遵义[M]//贵州省遵义地区地方志编纂委员会.浙江大学在遵义.杭州:浙江大学出版社,1990:80.
② 张续渠.永远不会忘记:回忆在浙大学习时的几位老师[M]//钱永红.求是忆念录:浙江大学百廿校庆老校友文选.杭州:浙江大学出版社,2017:121-122.
③ 张君川.梅光迪院长在浙大[M]//贵州省遵义地区地方志编纂委员会.浙江大学在遵义.杭州:浙江大学出版社,1990:362.

晰流畅，颇受读者喜爱。由于他的启示和教导，学生的中外文实践和运用能力都得到了较好的提升，不少人成为中西学成绩优异的人才，还有不少以白话发表的各类作品。

在梅光迪的努力和影响下，遵义时期的浙大外文系在研究上也形成了自身的学科特色。张君川在回忆中将其总结为四点：第一，外文系师生以世界文学的眼光看待和研究欧美文学，认为欧美文学和中国文学中的楚辞、红楼一样，"都是全世界的精神财富，非一国得而独专"。第二，外文系师生的莎士比亚研究既尊重欧美多年来的研究成果，又根据欧美原著，实事求是，进行科学分析，阐发一己独创见解，"更着重其从生活中概括取神创造活生生的人物形象，以反映现实"。第三，外文系师生认为世界各国文化绝非孤立，而是相互交流影响，从而产生新的文化成果，因而外文系素重比较文学研究。第四，外文系师生主张研究外国文学要为中国文学写作服务。他们大都一面研究，一面写作。外文系的毕业生有不少从事写作和翻译研究的，成绩显著。同时，外文系不仅研究介绍欧美文学，也介绍苏联文艺，无形中把欧美民主科学的思想进一步传播开来，呼应了全国科学民主运动的革命浪潮。[①]

浙大外文系在遵义时期还有一个创举，即成立戏剧演出组织。虽然政府当局曾以学生集中易闹事为由，百般阻挠，校内也有不同的声音。但梅光迪认为研究戏剧以演出作为实习，对深刻理解剧本大为有益，且国外高校如哈佛大学就是通过演出来理解莎士比亚的。通过演剧和观剧，可以达到寓教于乐，为人生服务之目的。因此，他尤为支持学生的英文演剧活动，并亲自担任外文系学生成立的戏剧讨论班总顾问。戏剧班组织演出洪深翻译的《寄生草》、德国黑贝尔的《悔罪女》等，梅光迪都亲临剧场观看，并到后台看望演出的学生。外文系戏剧班后来发展为当时遵义唯一的演出团体，在校内外均有多次演出活动，借由戏剧班也宣传了民主思想。[②] 由此可见，当时浙大外文系不仅有着浓厚的文学学习氛围，还积极参与和推动社会思想文化变革，产生了一定的社会影响。这自然与梅光迪的支持是分不开的。

为办好浙大外文系，作为文学院院长的梅光迪还曾邀请吴宓来主持外文系，但吴宓终未能至浙大。不过1944年冬，吴宓在赴成都燕京大学途中，路

① 张君川，裘克安，陈建耕.浙江大学外文系在遵义［M］//贵州省遵义地区地方志编纂委员会.浙江大学在遵义.杭州：浙江大学出版社，1990：79.

② 政协遵义市红花岗区委员会.遵义浙大西迁大本营［M］.遵义：政协遵义市红花岗区委员会，2011：39-40.

过迁至遵义湄潭的浙大，停留了半个月，为浙大师生讲学。吴宓在日记中记录了在此间的三次演讲，"一为浙大文学院学生（校长以下均到）讲《文学与人生》。二为（晚间）应外文系学生会之邀，在社会服务处，公开讲《红楼梦》，听者拥塞。在酒精厂亦讲《红楼梦》一次"①。据当时的听众回忆，吴宓的演讲"以中外文学名著中的人物与红楼梦人物做对比分析，并流利地背诵出原著诗文……分析细腻深刻，新意迭出，能给人以启迪且极富感情。听者如醉如痴，不觉进入化境。前排座席上只见梅光迪院长频频点头微哂"②。吴宓在浙大停留期间，与梅光迪、郭斌龢等旧友相处甚洽，对浙大的勤勉学风也极为赞赏。

除了日常的教学活动外，梅光迪还多次邀请和接待国内外学者来浙大讲学。早在浙大未西迁之前，梅光迪参与的外籍学者讲学活动就有三次值得记录：

一是1936年10月26日，梅光迪甫至浙大，就邀请了英国伦敦大学外国语文系主任艾温斯来浙大讲学。艾温斯在浙大发表了两次演讲，一为《文学所反映之近代英国》，一为《近代英国诗》（后又改为《英国大学生之生活》）。梅光迪在第一次演讲开始前说："希望了解和吸用若干西方的文化，以增益吾人的本体。……吾人尚望艾温斯先生于演讲之余能多多游览，将其所得的好印象传述于英国人。"③ 其致辞既赞扬了演讲者为中外文化交流工作所做的贡献，又从中国的悠久历史出发，传达了中国愿意同世界增进交往的愿望。二是1936年11月21日，美国哲学家亚历山大应竺可桢、梅光迪之邀来浙大讲学。亚历山大发表《民族文化与世界文明》的演讲。他在演讲中以平等的眼光肯定和赞扬了中国及世界各民族的优秀文化，认为东西方文化之间应该各自保持发扬其民族优点。他提醒中国人文明应求达于真善美之全人生活，而不仅仅是追求现代科学和使用机械。这些观点与梅光迪的老师白璧德的观点多有相通之处。三是哈佛大学法科教授陶特博士及其夫人受邀来浙大讲学，梅光迪为之做介绍。陶特在演讲中赞赏杭州对中国固有之文化和艺术的保存，为香港、上海等地模仿外国太深感到惋惜。以上这些演讲人的学术背景各不相同，但很多观点都与梅光迪及"学衡派"成员"昌明国粹，融

① 吴宓. 吴宓日记：第9册［M］. 北京：生活·读书·三联书店，1999：348-351.

② 王树仁. 吴雨僧先生在遵义［M］//李继凯，刘瑞春. 追忆吴宓. 北京：社会科学文献出版社，2001：322-323.

③ 高传峰. 梅光迪与西迁前的国立浙江大学（1936—1937）［J］. 新文学史料，2022（2）：94-103.

化新知"的理念相通。这些讲学与梅光迪等在浙大的教学活动相配合，既壮大了"学衡派"在浙大的声势和影响，促进了外国文学在校园的传播，又大大拓宽了学生的视野，活跃了校园的学术氛围。

梅光迪对外国文学教育的思考不止停留于浙大文学院外文系的设置和实践，他还有着更深远的外国文学学科设置和人才培养的考量。1944年，梅光迪作为抗战时期的国民参政会议员曾提交了两个提案。一是提出国立各大学应增设东方语文学系，以加强东方各民族在政治经济文化之联系而维持世界永久和平案。二是提出大学教育在遵行国家教育方针之下应给予相当自由以利进案。在第一个提案中，他论述了国立各大学增设东方语文学系的理由。"吾人五十年来醉心欧化，由其语言文字以上溯其立国治群之大法，学术思想之精粹，童而习之，白首不懈，举国成为风尚，而于比邻诸国之情况，反茫无所知。""今者同盟诸国既以实现全人类之自由平等为其作战之最高目标，则当轴心侵略者崩溃以后，东方古老民族必将奋然兴起以恢复其历史上之固有地位，甚且进而与西方诸国争衡，其与吾国在政治经济文化上至联系亦将日益密切。"因此，他提出，应在国立各大学增设包括梵文、印度、斯坦尼、缅甸、波斯、阿拉伯、土耳其、巴比伦、埃及诸语文的东方语文学系，以造就专门人才，增进对邻邦的了解，实现复兴亚洲、全人类自由平等。具体实施办法，包括在国立各大学文学院中成立东方语文学系，与各国交换大学教授，改外国语文学系为西方语文学系等。① 这一提案充分重视了东方语言、文学与文明在世界文明史中的位置，对于近代以来中国的全面西化提出了深刻的反思，在大学教育与学科设置的具体层面提出了改进措施。对增设东方语文学系、实现复兴亚洲和全人类自由平等的倡导，不仅是对当时中国外国语言文学教育的一种纠偏，即使以今天的眼光视之，也具有重要的前瞻价值与现实意义。

（二）郭斌龢与浙大中文系的外国文学教育

与梅光迪在外文系所做的努力相呼应，浙大西迁之后的外国文学教育还体现在"学衡派"另一位成员郭斌龢主持的中国文学系的课程之中。郭斌龢1937年8月应聘至国立浙江大学，之后随浙大不断西迁。浙大中国文学系1938年8月正式成立，此后7年间系主任一直由郭斌龢担任。其间还一度担任浙大师范学院国文系主任、外文系主任和代理文学院院长。

郭斌龢本人以研究古希腊文学和西方文学见长，此前在东北大学、国立

---

① 中华梅氏文化研究会. 梅光迪文存 [M]. 武汉：华中师范大学出版社，2011：254-256.

清华大学、国立中央大学等校主要是在外文系任教，但他的中国文学修养也毫不逊色。他认为"治学之道，贵由博返约。先务广览，后求专精"①。对于大学教育，郭斌龢有着自己的理解。他认为，大学应该"百川汇海""兼收并蓄，包罗万有"。大学的最高目的应该是求是、求真。"大学教育当自始至终，以学术文化为依规，力求学生思想之深刻，识解之明通。本校有文理工农师范五学院，非文非质，质即理也。大学中虽设五院，而为一整体，彼此息息相关，实不分畛域。大学与专科不同之处，即在每一学生，有自动之能力，系统之知识，融会贯通，知所先后，当行则行，当止则止。……本校所负使命，即我国文化对于世界所当负之使命也。"②

基于这种认识，郭斌龢为中国文学系制定了课程草案，尤为注重学生"自动之能力，系统之知识"的获得。《国立浙江大学文理学院中国文学系课程草案》中写道：

> 旷观史册，凡足为中国文化之典型人物者，莫不修养深厚，华实兼茂，而非畸形之成就。故中国文学系课程，不可偏重一端，必求多方面之发展，使承学之士，深明吾国文化之本原，学术之精义。考核之功，足以助其研讨；辞章之美，可以发其情思；又须旁通西文，研治欧西之哲学、文艺，为他山攻错之助。庶几识见阔通，志节高卓。不笃旧以自封，不为新而忘本。法前修之善，而自发新知；存中国之长，而兼明西学。治考据能有通识；美文采不病浮华。治事教人，明体达用。为能改善社会，转移风气之人才，是则最高之祈向已。③

这一课程宗旨不仅强调中国文化与欧西文化的融会贯通，还注重考据、义理、辞章三者的结合，郭斌龢谓之"实乃为学之于科学性、思想性与艺术性的互相结合"。既重视学生学问道德的培养，又注重教育改善社会转移风气之功。根据这些宗旨，郭斌龢拟定的中国文学系课程中，第一学年除国文兼习作、语言文字学概要、论语孟子等课程外，还要将外国文学、中国通史、

① 刘操南. 浙江大学文学院中文系在遵义［M］// 贵州省遵义地区地方志编纂委员会. 浙江大学在遵义. 杭州：浙江大学出版社，1990：57.
② 郭斌龢. 浙江大学校歌释义［J］. 国立浙江大学校刊，1941（102）.
③ 刘操南. 浙江大学文学院中文系在遵义［M］// 贵州省遵义地区地方志编纂委员会. 浙江大学在遵义. 杭州：浙江大学出版社，1990：57.

教（育）学及自然科学、社会科学作为必修课程。第二学年除国文习作、诗经、唐宋文、唐宋诗、尚书、音韵学等课程外，还要修读小说研究、英文名著选读、西洋通史、哲学概论等必修课程。第三学年除史汉研究、宋明理学、楚辞汉赋、六朝文、仪礼礼记、古文字学、训诂学等课程外，还要与外文系合上翻译课，学生须选修外文系的文学批评课。第四学年除诸子研究、中国文学史、词选、周易、春秋三传、专集研究、曲选、校勘学、目录学、中国哲学史、中国政制史等课程外，还必须在外文系所开设的诗、戏曲、小说课程中选修一科。郭斌龢解释这一课程设计说：

> 方今世变之烈，振古未有，吾国文章学术，皆在蜕故变新之中。唯将循何种之方式途径，则不得不借资欧西，采人之长、以益吾之短。本草案兼重西文，凡英文名著、文学批评、翻译、西洋诗、小说、戏曲、第二外国语等，皆在必修或选修之例，使学者收比较之功，得攻错之益。高明之士，可以自寻创造之途。①

1941年4月，《浙大学生》复刊，刊登了《中国文学系概况》一文，特别谈到中文系在"专与精、新与旧、中与西"三方面的讲授研究之宗旨，对借鉴外国文学的意义多加阐明：

> 印度佛学及梵文之输入，能使吾国哲学思想、音韵学、文学、艺术，皆受影响，则已试之效也。方今瀛海如户庭，故虽治中国学术，亦非仅能读中国书为已足。以文学言，小说、戏剧、吾国不甚发达。故欲创作者，必熟读西洋名著，以资摹效。即作诗与散文，如精熟西洋文学，亦可不知不觉中，创新意境、新风格。以文学批评言，应用西洋文学批评原理，读吾国古人诗文，可有许多新看法、新解释。以研究考证言，西人考证方法之精密，可供吾人仿效，西人治汉学之成绩，可供吾人参考。②

这里从中外交流、文学创作、文学批评、文学研究等角度谈了取法域外

---

① 刘操南. 浙江大学文学院中文系在遵义［M］//贵州省遵义地区地方志编纂委员会. 浙江大学在遵义. 杭州：浙江大学出版社，1990：61.
② 刘操南. 浙江大学文学院中文系在遵义［M］//贵州省遵义地区地方志编纂委员会. 浙江大学在遵义. 杭州：浙江大学出版社，1990：64.

之必要。特别是其中提到的以西洋文学批评原理，读中国古人诗文，以获得新看法和新解释，这一方法既是对自王国维以来中国学者所开辟的比较研究之路的继承，也彰显出中国学术创新发展的一种内在需要。求学于此的一位学生回忆道："当时我们读中文系，不仅要重点学习中文的古今名著、经史子集、中国文学史等课程，以掌握专业知识；还必须学习哲学概论、中国通史、西洋通史、政治经济学、教育学、心理学、生物学、西洋文学等，以开阔眼界，丰富知识，使专业有广博而坚实的基础。"[1] 由此可见，当时浙大中文系的外国文学教育实际是其整体专业教育的一个组成部分，不仅是为了比较眼光的获得，更是为了启发学生自寻创造之途。

　　抗战胜利后，浙大即着手迁回杭州，文科本可继续大有作为。遗憾的是，1945年12月梅光迪因病逝世于贵州贵阳。郭斌龢则于1946年8月离开浙大，回国立中央大学外文系任教。总体来看，浙大在抗战时期的艰苦条件下，在梅光迪、郭斌龢等人的努力下，仍然坚持了人文教育的诸多理念，在文科教育方面取得了重要的成绩。他们将外国文学融入国民教育的探索与实践在我国外国文学学科史上也应该占有一席之地。

---

① 杨质彬. 浙江中文系在遵义［M］//贵州省遵义地区地方志编纂委员会. 浙江大学在遵义. 杭州：浙江大学出版社，1990：70.

第七章

"新文化派"与20世纪二三十年代国立北京大学的外国文学教育

在20世纪上半叶的中国，中国现代文学的发展往往与现代国民教育的发展相伴相生。作为知识生产的重要途径，大学课堂里的文学教育常常与社会上的文学潮流应声而行。这一点在新文化运动期间的国立北京大学及其影响下的其他高校如燕京大学、国立清华大学、国立北平师范大学、国立武汉大学等表现尤为明显。依托强大的学术背景，集合了新式知识精英的国立北京大学成为新文化运动的发源地，不仅是因为其代表了现代教育体制，更是因为这种教育体制本身就源自西方文化体系。从1922年壬戌学制颁布至抗战爆发前，现代大学进入了一个较快的发展阶段，此后民国的文学生产与大学教育更显现出较为密切的互动与关联。

从外国文学学科史角度看，新文化运动的展开也离不开大学场域内外国文学学科的发展和外国文学知识的传播。中国现代大学作为现代中国最富有自由民主精神和人文气息的地方，不仅为新文学创作提供了适宜的土壤，也为外国文学的传播与学术研究提供了绝佳的环境。其间与外国文学相关的制度设计、课程设置、教本选用、师资配备、学生接受等既是推进新文化运动的重要助力因素，也构成民国时期外国文学在现代国民教育之中存续发展的基本风貌。鉴于国立北京大学在中国现代教育转型中所占的特殊地位，有必要对"新文化派"影响下的国立北京大学（下文亦简称"北大"）等高校的外国文学教育做出考察与探究，以此方能更为全面地理解民国时期我国外国文学学科发展的历史脉络及其与国民教育的互动关系。

第一节 新文化运动时期北大文科课程改革中的外国文学

一、新文化运动与北大外国文学学科的发展

晚清的新学制改革在很大程度上赋予了西方知识以合法地位，有研究者

指出:"'五四'新文学家后来被体制所接纳,在很大程度上正来源于晚清时代西方知识在新学制内逐步确立的合法性。没有晚清学制变革中的西方知识合法化,很难想象胡适等讲'新学'的人如何在大学内立足。"① 在中国现代教育史上,国立北京大学无疑是现代中国国立大学之中声望最高者。如前所述,其前身京师大学堂在晚清时期就已经借助于大学堂章程的不断修订,逐步承认了新式学堂当中文学教育的重要性和地位,对外国文学课程的设置也有了最初的设计和考量。由于京师大学堂的设置本身即戊戌变法的新政之一,是晚清国民教育变革的产物,这就奠定了此后国立北京大学以"维新"为职志的主导方向,成为其"趋新"的内在精神因素。

1917 年 1 月 4 日,蔡元培正式就任国立北京大学校长。此后,国立北京大学进行一系列改革,蔡元培秉持"思想自由,兼容并包"的治校原则,使这所官僚气浓重的大学一跃转变为研究高深学问的最高学府。1917 年 1 月 15日,陈独秀就任北大文科学长,并将《新青年》引入北大,吹响文学革命的号角。1917 年 9 月,胡适、刘半农来到北大;周作人受聘为国立北京大学文科教授。1918 年,李大钊、宋春舫就任于北大。鲁迅 1920 年 8 月受聘于北大,讲授《中国小说史》。他们与此前已在北大任教的文科教员沈尹默、沈兼士、钱玄同等人,聚集成新文化运动的核心力量。从与外国文学的关系上看,构成新文化运动核心的这批北大教员,可以说无一不受到外国文学的影响和滋养。"新文化派"的到来,给北大的中国文学教育带来了新的改变,同时,在他们的影响下,北大在外国文学教育方面也做出了一系列影响深远的有益尝试。

首先,从制度设计上看,新文化运动期间北大作为时代潮流的引领者,为新文化人借助外国文学传播先进思想、进行文化启蒙提供了有利环境。蔡元培改革国立北京大学的主张看似中正公允,但实际总体偏向新派。"自陈独秀君来任学长,胡适之、刘半农、周豫才、周启明诸君来任教员,而文学革命、思想自由的风气,遂大流行。"② "1917 年以后的北京大学,新文化人占据了绝对优势。白话文学的提倡、思想革命的催生、'五四'运动的爆发,构成了此后五年北大校园里最为亮丽的风景线。"③ 这些描述大体展示出新文化

---

① 张传敏. 晚清学制改革中的白话与文学:作为"五四"新文学发生的前奏 [J]. 山东社会科学, 2006 (1): 133-138, 143.

② 蔡元培. 自写年谱 [M] //蔡元培. 蔡元培全集:第 17 卷. 杭州:浙江教育出版社, 1998:477.

③ 陈平原. 作为学科的文学史 [M]. 北京:北京大学出版社, 2011:23.

运动期间国立北京大学的文学、思想和学术氛围。"新文化派"在 1917 年前后齐聚国立北京大学，很快形成巨大声势，不仅迅速将新文化运动推向高潮，其影响更是遍及全中国。以国立东南大学为中心的"学衡派"的学术、教育和文化活动正是在这种背景之下立起了对抗"新文化派"的大旗。如果说"学衡派"重在探究西洋学术之源，致力于西洋文学古典主义精神、新人文主义精神与中国儒学的人文主义精神的互渗交融，以北大为代表的北方学界"在胡适等人的影响下，致力于将大学发展为一切新学术和新思想的策源地，脱弃旧型，接轨世界潮流"①。从教授到学生，无不有意识地利用大学这一场域作为推进新文化运动的根据地，外国文学则是"新文化派"进行文学和思想革命的重要资源，这就为北大外国文学学科的发展提供了时代氛围。

蔡元培掌校期间，参照德国大学模式和理念，致力于将北大办成文理科综合大学，学制分预科、本科和研究所三级。在本科层面，改革之前，北大设文、理、法、工、商五科，科下设门。文科设中国哲学门、中国文学门和英国文学门。中国文学门和英国文学门虽同为文学门，但力量仍十分薄弱。1917 年暑假后，增加中国史学门，文科力量有所增强。1918 年外国文学门增设法国文学门，后又增设德国文学门。1919 年，北大废去文、理、法科之名，改门为系，在全校设 14 个系，中国文学系、英文学系、法文学系、德文学系等文学科系位列其中。1920 年，增设俄文学系。在当时的学科结构中，外国文学占有较大的比重，说明外国文学学科在北大发展初期具有重要的地位。对各外国文学门来说，"废门改系"具有重要意义。从"门"到"系"的转变，不仅仅是名称的变化，更重要的是打破了原先由科到门的制度序列，意味着外国文学知识生产的进一步体制化和文学教育的地位功能的强化。外国文学系的专门设置，也有利于整合学术资源，开始真正的学术研究与学科建设。

在研究生教育层面，北大早期的组织制度也为外国文学的学科发展提供了适宜土壤。1917 年年底，文、理、法三科成立研究所，开启我国研究生教育的早期实践。文科研究所下设哲学门、国文门和英文门，分别由胡适、沈尹默、黄振声担任主任。这三人均是留学生，胡适与黄振声留美，沈尹默留日，可见当时新派教员已在北大逐渐占据优势。据 1917 年 12 月 6 日《北京大学日刊》记载，文科英文门研究科目及教员主要包括：诗（辜汤生）、戏曲（威尔逊）、19 世纪散文（威尔逊）、高等修辞学、英文文字学（徐仁镜）。英

---

① 沈卫威．"学衡派"谱系：历史与叙事［M］．南京：南京大学出版社，2015：218.

文门还设置了"译名"和"教授法"两科,规定由教员共同研究。有志于深造的高年级学生可依据兴趣选取以上一至三种进行专题研究。① 北大文科研究所英文门已初步设置了文学类研究科目,这无疑是我国外国文学研究生培养的较早实践,具有不容忽视的学科史意义。

1921 年 12 月 14 日,由蔡元培主导的《国立北京大学研究所组织大纲》颁布,作为毕业生继续研究专业学术之所,计划分自然科学、社会科学、国学和外国文学四门。所长由校长兼任,各门设主任一人,由校长指定,任期两年。尽管后来因经费和人力条件的限制,只有国学门成立并取得了一定的成绩,但研究所由早期的"英文门"扩展为"外国文学门",正式列入规划之中,已经能够说明外国文学学科的发展和人才培养在北大文科教育中的重要性。外国文学学科的雏形早在晚清《奏定京师大学堂章程》之中就已有体现,民初教育部大学规程又对其做了进一步的细化和规定。由于当时北大是唯一的国立大学,所以对外国文学的学科设计几乎就是针对北大一校。新文化运动期间,北大文科改革之中外国文学门、系和研究所的创办尝试,实际上是对自晚清以来外国文学教育设计的一种具体落实。随着大学制度和机构的演进,可以看到北大外国文学学科的范围和力量在逐渐扩大和增强。

其次,从课程设置上来说,"西国文学史"的开设构成了早期北大外国文学课程的重要内容,较为典型地体现出当时外国文学教育的状况。自晚清京师大学堂的制度设计开始,"西国文学史"已列入中国文学门和英国文学门的课程系统。这一设置在蔡元培改革北大之前的文科教育中即有体现。根据1917 年 5 月 26 日北大上报给教育部的《北京大学四年度周年概况报告书》,以 1915—1916 学年为例,北大中国文学门、英国文学门开设的课程就同时设有"西国文学史",由徐仁铺担任教员。② 因此,早期北大的外国文学学科建设和教育实践实际上也同时存在于中国文学门和英国文学门等外国文学门之中。试比较中国文学门和英国文学门一、二年级主要科目每周修读钟点,如表 7-1:

---

① 文科英文门研究所教员及研究员表 [N]. 北京大学日刊, 1917-12-06 (2).

② 徐仁铺为游美学务处早期留美生, 1911 年 6 月留美。据查, 徐仁铺在 1915—1916 年间除讲授西国文学史外,还担任英文学、文学概论之教员。后曾任文科英文门研究所教员,研究科目为"英文文学学"。参见清华大学校史研究室. 清华大学史料选编: 第 1 卷清华学校时期: 1911—1928 [M]. 北京: 清华大学出版社, 1991: 135.

表7-1 国立北京大学1915—1916学年文科一、二年级主要科目每周学科钟点比较表

年级	中国文学门	英国文学门
一	词章学（6）、文字学（6）、中国史（3）、中国文学史（4）、西国文学史（3）、文学研究法（3）、伦理学（3）、英文（3）、德文（3）法文（3）	英文学（6）、西国文学史（3）、文学概论（3）、中国文学史（4）、言语学（2）、美学（3）、英文（3）、德文（3）、法文（3）、日文（3）
二	词章学（6）、文字学（3）、中国文学史（4）、西国文学史（3）、中国史（2-3）、世界史（2）、文学研究法（1）、言语学（2）、英文（3）、德文（3）、法文（3）、日文（3）	英文学（6）、西国文学史（5）、英国史（3）、中国文学史（4）、文学概论（2）言语学（2）、美学（3）、英文（3）、德文（3）、法文（3）、日文（3）

备注：括号内的数字表示每周所修钟点。中国文学门和英国文学门各学科钟点，三学期基本无所增减。只有"中国史"于第二学期加授1时。英文为必修科目，德法日文，可随意任习一种。表格信息根据《北京大学四年度周年概况报告书（1917年8月）》提取整理。参见王学珍，郭建荣．北京大学史料：第2卷：下册［M］．北京：北京大学出版社，2000：3191-3192.

　　表中所示课程设置基本遵照教育部大学规程，"西国文学史"作为中国的外国文学学科起步期的一门代表性课程，构成了中国文学门和英国文学门共同的一种知识基础。从课时量上来说，"西国文学史"比重不低。一年级每周修读该课钟点均为3个钟点，二年级略有变化，中国文学门仍要修读3个钟点的"西国文学史"，而英国文学门对此课程的修读则增加到5个钟点。从课程形态来说，"西国文学史"和"中国文学史"在两门之中都有并列对举之意，即对"文学史"的讲授成为文学教育、知识生产与传播的重要实践方式。此外，英国文学门所开设的英文学、文学概论也都占有相当的比重。相比之下言语学所占比重则不高，初步体现出"重文学、轻言语"的外国文学学科特点。

　　1917年年底，在蔡元培的主导下，北大文理科都进行了课程改革，调整后的文科中国文学门和英国文学门课程如表7-2所示：

表7-2　1917年年底国立北京大学中国文学门和英国文学门本科课程一览

年级	中国文学门	英国文学门
一	中国文学（黄季刚3,刘申叔3）、中国古代文学史·上古讫建安（朱逷先3）、文字学·声韵之部（钱玄同3）、欧洲文学史（周作人3）、哲学概论（陈百年3）、英文（8）	英国文学（杨子余3，胡适之1，陶孟和2）、英国文（倭纳3）、中国文学史要略（朱逷先3）、英文修辞学及作文（杨子余3）、外国语（8）
二	中国文学（黄季刚4,刘申叔3）、中国古代文学史（朱逷先3，刘申叔3）、文字学·形体之部（钱玄同3）、十九世纪欧洲文学史（周作人3）、英文（8）	英国文学（辜汤生3，威尔逊6）、英国史（王启常3）、英文修辞学及作文（杨子余3）、中国文学史要略（朱逷先3）、外国语（8）
三	中国文学（黄季刚4,刘申叔3）、中国近代文学史·唐宋迄今（吴瞿安5）、文字学·训诂之部（钱玄同3）	英国文学（威尔逊6，辜汤生3）、亚洲文学名著·英译本（胡适3）、英国史（王启常3）、外国语（8）

备注：括号内数字为该课程教员及担任时间。根据《文科本科现行课程》（《北京大学日刊》1917年11月29日）相关信息提取整理。

通过比较1915—1916学年与1917年北大中国文学门和英国文学门的主要课程，可以发现两门共有的"西国文学史"课程已经发生了变化。在中国文学门中，这门课落实为周作人主讲的"欧洲文学史"和"十九世纪欧洲文学史"。英国文学门除保留原有的中国文学史、英国史课程外，已经没有了"西国文学史"，原有的"文学概论"课也被取消。而由辜鸿铭和外教威尔逊共同主讲的"英国文学"课，几乎成为英国文学门最能体现该门类特点的课程。显然，在设计者看来，外国文学史仍为中国文学门不可或缺的课程，中国文学史则为外国文学门所必修。与此同时，作为实践文学教育的重要方式，文学史课程乃是中国文学门的重头课，但此时在英国文学门中占据主体的则是"英国文学"课程，而中国文学史、英国史等课程毋宁说只是一种补充。其中的差别颇为耐人寻味，由此也构成了此后中国大学中文系和外文系在学科特点与课程设置方面的重要差异。

实际上，将文学课程分为"文学"与"文学史"本身就是现代教育体制的产物，是早期新文化人实践文学教育的一种重要方式。"其目的本截然不同，故教授方法不能不有所区别。""习文学史在使学者知各代文学之变迁及派别；习文学则使学者研寻作文之妙用，有以窥见作者之用心，俾增进其文学之技术。"为此，"教授文学史所注重者，在述明文章各体起源及各家之派别，至其变迁""教授文学所注重者，则在各体技术之研究，只需就各代文学家著作中取其技能最高，足以代表一时或虽不足代表一时而有一二特长者，选择研究之"①。这是 1918 年《文科国文学门文学教授案》中的表述，颇能代表当时北大文科的主流意见。重知识积累的"文学史"无疑更便于课堂讲授，而旨在研寻文学作法、增进文学技术的"文学"则显得不易捉摸。两者之间的差别毋宁说是一种人为的建构，代表了当时学界对于"文学史"与"文学"的理解与想象。在这一分野下，文学教育在中文和外文两个学科也呈现出不尽相同面貌。故而，中国文学门同时设中国文学史和中国文学课程，而英国文学门则重在英国文学。作为知识生产与传播的课程形态，周作人的"欧洲文学史"重在积累知识，使学生粗知欧洲文学历史，并不侧重对外国文学做更多技术的研究。而英文门以作品为中心的"英国文学"则代表了北大师生对于"文学"或"外国文学"的另一种想象。此后相当长的历史时期内，北大英文系都是以"文学"而非"文学史"为重心，这一倾向其实在新文化运动时期即已显露。

再者，1917 年前后，正是北大的文科课程改革频繁变动的关键时期，与外国文学教育相关的其他制度设计也一直在探索中前进，其中值得一提的是"特别讲演"和"选科制"的施行。根据《1918 年北京大学文理法科改定课程一览》记载，大学文科本科课程分哲学、文学、史学三门，均分通科和专科课程。其中"文学门"课程如下：

> 通科
> 文学概论（略如文心雕龙、文史通义等类）中国文学史 西洋文学史 言论学 心理学概论 美学 教育学 外国语（欧洲古代及近代语）
> 专科
> 中国文学（中国文学史、中国文字学）英国文学（英国文学史、英国史、英文修辞学）法国文学（法国文学史、法国史、法文修辞学）德国文学（德国文学史、德国史、德文修辞学）俄国文学（俄

---

① 文科国文学门文学教授案 [M] //王学珍，郭建荣. 北京大学史料：第 2 卷：中册. 北京：北京大学出版社，2000：1709.

国文学史、俄国史、俄文修辞学）意大利文学（意大利文学史、意大利史、意大利文修辞学）西班牙文学（西班牙文学史、西班牙史、西班牙文修辞学）梵文学及巴利语学 希腊文学 拉丁文学①

这份文件规定"以上各科各生自择一科，并可兼习哲史二科"。在当时的设计者眼中，文学门下同时包含了中国文学和外国文学。外国文学所占比重甚至比中国文学更大，不但通科中有"西洋文学史"，专科中按国别划分的各外国文学专科更是引人注目。外国文学门的课程大致仿照中国文学门的设计，几乎都是整齐划一的。虽然在当时的条件下，这份设计显得并不切合实际，许多国别和语种的课程并不具备开设条件，却显示出设计者眼中对外国文学学科的一种理解和期待，在很大程度上也昭示了北大未来外国文学学科的方向。与课程设计配合，学术演讲机制的引入则为外国文学学科的发展提供了更多可能。上述文学门关于"特别讲演"附有四点说明：

（一）以一时期为范围者，如先秦文学、两汉文学、魏晋六朝文学、唐诗、宋词、元曲、宋以后小说，意大利文艺复古时代文学、法国十八世纪文学、德国风潮时期文学等是。（二）以一派别为范围者，如楚辞、长庆体、江西派、唐宋八家文、西洋仿古派、理想派、自然派等是。（三）以一人之著作为范围者，如屈原赋、陶渊明集、杜诗、韩昌黎全集、莎士比亚乐府、司各脱小说、嚣俄全集、格代全集、陶斯道小说等是。（四）以一书为范围者，如诗经、庄子、史记、文选和美耳之伊利亚及阿顿社、但丁之神剧、格代之否斯脱等是。②

这几点说明在列举中国文学之时都不忘提示外国文学，个中案例也反映出此间北大外国文学学科关心的重点。显然，至少在制度设计层面中外文学的共性已经被时人所认识，外国文学学科与中国文学学科实有密不可分的联系。特别讲演计划"临时延聘名师讲演，各科学生自由听讲"。这一机制出现的最主要原因可能是当时学术条件所限，特别是在师资力量尚不充分，无法

① 朱有瓛. 中国近代学制史料：第3辑：下册［M］. 上海：华东师范大学出版社，1992：114.

② 朱有瓛. 中国近代学制史料：第3辑：下册［M］. 上海：华东师范大学出版社，1992：115.

开出更多选修课的情况下所采取的一种补救措施。应该说，"特别讲演"对于活跃校园学术氛围，扩大学生学术视野，满足学生学术兴趣，增强外国文学学科在学生中的影响具有一定的作用。新文化运动时期，北大聘请了一些外国学者来校任教，也为"特别讲演"的开展提供了一定条件。如从1921年至1923年，俄国文学家和学者爱罗先珂在北大教授世界语。其间，他在校内发表过《智识阶级的使命》《世界语与文学》《俄国文学在世界文学中的地位》《安特莱夫与其戏剧》等多次演讲。一位外国文学家在校园任教并发表演讲，本身就是当时北大校园外国文学教育的一种生动实践。"特别讲演"这种设计在20世纪20年代中期其他外国文学系中也有呈现。如1925至1926年《国立北京大学德文学系课程指导书》就特别写明，德文学系教员杨震文的《释勒的"强盗"》和《德国的古典派文学》属于中文公开演讲，学生可随时报名听讲。① 不过，在现代国立大学仍处于初创期的新文化运动时期，"特别讲演"的设计仍显得较为理想化。随着日后学科的不断演进和师资力量的增强，这些讲演逐渐被更为灵活多样的选修课所代替。

新文化运动期间，选科制的施行对北大外国文学的学科发展和文学教育也起到了重要作用。从1919年起，北大在蔡元培的主导下，模仿美国大学的课程设计，实行分组选科制。本科一年级设共同必修科，此外皆为选修科。选修科分为五组，每组各有所偏重。组一为数学、物理、天文等，组二为生物、地质、化学等，组三为哲学、心理学、教育学等，组四为中国文学、英文学、法文学、德文学等，组五为史学、政治、经济、法律等。学生需要在一组内选习8或11单位以上，为一年后专习一系之预备。② 学生习满若干单位即可毕业，不必拘定年限。本科学习80单位，每周1课时为1单位，一半必修，一半选修。文学各系所开课程均归为组四，学生可根据兴趣在相关科系选择科目。在这种制度设计之下，虽然中国文学系开出的课程并不比此前多，但学生可选修英文系的课程，如胡适主讲的"英美近代诗选"、宋春舫主讲的"欧洲戏剧发达史"等。英文系的学生亦可选修中文系教师周作人主讲的"十九世纪欧洲文学史"、朱希祖主讲的"中国文学史要略"和"中国诗

① 王学珍，郭建荣. 北京大学史料：第2卷：中册 [M]. 北京：北京大学出版社，2000：1139.

② 国立北京大学学科课程一览（八年度至九年度）[M] // 王学珍，郭建荣. 北京大学史料：第2卷：中册. 北京：北京大学出版社，2000：1079.

文名著选"等课。① 这种选科制度在具体操作层面虽可能有科系协作的矛盾，但于学生的文学知识结构而言，却是十分有益的。北大英文系进一步规定，学生每年选习功课以 21 单位为度，不得过多。单位之分配需要涵盖本系必修科目、本系选修科目、第二外国语，他系学科（哲学、文学等）亦可选习，但不得过于本年所习单位总数三分之一。② 这种选科制度的制定和细化，保证了英文系学生在修习本系课程的同时，又能与他系保持适当联系，从而夯实知识基础，拓展学术视野。

以 1925 年 9 月改定的《北京大学国文学系学科组织大纲》（《北京大学日刊》第 1780 期，1925 年 10 月 13 日）为例，一年级设立共同必修科，共同必修科目包括"中国文字声韵概要""中国诗文名著选""中国文学史概要"和"文学概论"。自二年级以上有语言文字、文学、整理国故三类必修及选修科目，学生各择一类专修。文学类的必修科目包括"中国文学"和"中国文学史"，选修科目除"中国文学专书研究""中国文学史研究""中国修辞学研究"和"乐律理论及实习"外，还保留了"外国文学"和"外国文学史"两个科目。这里将"外国文学"和"外国文学史"区分开，沿用的仍是此前确立的"文学"与"文学史"的分野。外国文学本年度实际开设的内容为"英散文选读"，由周作人和张凤举担任教员。"外国文学史"实际内容仍为此前周作人所讲的"欧洲文学史"，只是该课程本年度仍暂缺。虽然中文系开设的外国文学科目较为有限，但科目的保留仍然能够说明外国文学课程在中国文学系中的价值和意义。在这份大纲的说明中，还特别针对这两门外国文学类课程提示学生"可向东方文学系及英、法、德、俄诸文学系择要选修"或"诸生欲习英、法、德、俄及东方之国别的文学史者，可分向各该文学系选修"。这说明学生仍可根据兴趣选修更多的外国文学课程，这种选修制度一定程度上保证了北大中国文学系和各外国文学系之间的沟通，也使外国文学学科在中国文学系的制度设计下保持了一定的延续性。

二、20 世纪 20 年代北大的外国文学课程设置概观

经过新文化运动期间的文科改革和课程调整，北大的外国文学课程框架

---

① 王学珍，郭建荣. 北京大学史料：第 2 卷：中册 [M]. 北京：北京大学出版社，2000：1085-1086.

② 国立北京大学英文学系指导书（十二年至十三年度）[M] //王学珍，郭建荣. 北京大学史料：第 2 卷：中册. 北京：北京大学出版社，2000：1131.

在 1920 年以后逐渐趋于稳定，并在此后十余年间向着更为专业化的方向发展。且看 1920—1921 学年北大中国文学系及各外国文学系的课程概况：

中国文学系：中国文字学、中国古籍校读法、文学概论、中国诗文名著选、诗、词曲、小说史、文、中国文学史概要、欧洲文学史

英文学系：英文学（一）（文、戏剧）、英文学（二）（文、戏剧）、英文学（三）（文、戏剧）、英文学（四）诗（一、二、三年级皆可选读）、英国文学史、英文作文（一）、英文作文（二）、英文作文（三）、英文演说、英文辩论、英国史、美国史、欧洲古代文艺史、欧洲文学史（近世）

法文学系：法文学选读（一）（诗、散文、戏剧）、法文学选读（二）（诗、散文、戏剧）、法文学选读（三）（诗、散文、戏剧）、法国文学史（一）、法国文学史（二）、法国近代文学、法国述略、法国近世史、法语史、法国戏剧史、比较近代文学、演说、修辞学及作文（一）、修辞学及作文（二）、作文（三）

德文学系：德文学选读（一）、德文学选读（二）、德修辞学与文体学、德语史、德文学史大纲、德诗学、德国述略（历史、地理、风俗、经济、学术）、德国史概略、作文（一）、作文（二）

俄文学系：文法、散文及会话、地理、俄国文学史、俄国历史 ①

由上可见，20 世纪 20 年代初，北大废门改系之后，各文学系相较之前的文学门都有进一步的发展，课程设置也更加细化，外国文学学科呈现出更为丰富的发展面貌。中国文学系的课程在保留周作人主讲的"欧洲文学史"之外，又增设由他主讲的"文学概论"。同时，中国传统文学也细化为诗文（黄节主讲）、词曲（吴梅主讲）、小说史（周豫才主讲）等细部。由于讲授者皆为名家，在注重"各体技术之研究"的"文学"教育方面实为有所加强。由鲁迅讲授的"小说史"虽是中国文学系的课，但实际内容也多处涉及外国文学。冯至曾回忆过鲁迅的文学课堂，"我还记得鲁迅讲《苦闷的象征》。讲到

① 国立北京大学. 国立北京大学课程一览（九年度至十年度）[M]. 北京：国立北京大学，1921：14-18.

莫泊桑的小说《项链》时，他用沉重的声调读小说里重要的段落，不加任何评语，全教室平息无声，等读到那条失去的项链是假项链时，我好像是在阴云密布的寂静中忽然听到一声惊雷"①。可见，鲁迅十分重视文学作品的诵读，并不单单是传授文学知识，这实际上是继承了中国传统文学教育的重要方法。后来鲁迅根据课程讲义出版了《中国小说史略》，成为中国现代学术史上的一部经典著作。这部书创造性地将中国传统小说分为志怪、传奇、神魔、世情、人情、狭邪、侠义、公案等题材类型，将清代小说分为拟古派、讽刺派、人情派、侠义派。这种为小说作史并分类的讲授和撰述方式本身就是借鉴外国小说理论，参照外国文学资源融合创新的结果。这说明在现代教育中，外国文学的影响即使是在传统中国文学领域也已经非常深入，并由此带来文学观念和研究方式的转变与更新。

与此同时，以英文系和法文系为代表，以各体文学为核心的外国文学课程特色进一步凸显。如"英文学"按照年级分三年讲授，各年级皆按文体分类论述，主讲者有杨荫庆、柯劳文（Clark）、陈衡哲等。由胡适主讲的"英文学（四）"专研诗歌，一、二、三年级皆可选读。此外，英文学系还增设了英国文学史、演说、美国史、欧洲文艺史等课程。1920年至1921年的北大英文系，任课教员除外教之外，已经全为新派人物。此前在英文门讲授英国文学的辜鸿铭已经不在教员名单之上。除胡适外，讲授一年级英文学的杨荫庆和讲授二年级英文戏剧的陈衡哲也都是归国留学生。杨荫庆，字子余，河北武清人，早年留学美国康奈尔大学和英国伦敦大学，获教育硕士学位，为中国科学社早期社员，有多部教育学译著出版。当然，最引人瞩目的还是任教于此的陈衡哲女士。陈衡哲，祖籍湖南衡山，为1914年首届清华学校留美女生，芝加哥大学历史学硕士，北大首位女教授。留美期间，陈衡哲与胡适是好友，对胡适的白话文主张极为支持。她虽是历史学出身，但也热心新文学创作，曾发表短篇小说集《小雨点》，在中国新文学史上产生过一定影响。英文系的外教杜威女士（Miss Dewey）是胡适的老师、美国教育家杜威的女儿，此时正陪同其父在华讲学。胡适遂请她在英文系讲授"美国史"和"欧洲古代文艺史"两门课。由此可见，"新文化派"已经主导了当时英文系的主要课程设置和具体教学。此后几年间，又有陈源、郁达夫、徐志摩等新文学家在此开设文学类课程。

从1922年至1926年，北大英文系基本保持了一套较为稳定的课程方案，

---

① 赵为民. 北大之精神［M］. 北京：世界图书出版公司，2008：144.

除必修课外，还逐渐发展出丰富的选修课程，在专业化的道路上更进一步。这些课程有的留下了简要的指导书，可以帮助我们了解彼时北大外国文学课堂的大致讲授内容。以 1922 年至 1923 年英文学系所开主要文学科目为例，相关课程情况如下所示：

散文选读（毕善功、杨荫庆、张鑫海）：以 *Lewis Chase's English Essays for Chinese Students* 为教本。一年级必修；他系学生选习此科代第一外国语者，以此科为最相宜。人数多时分为两班。

现代戏剧（毕善功）：以本校所编印 Shaw、Wilde 及诸家名剧选本为教本。一年级选修。

小说（柴思、陈源）：以 *David Copperfield*, *Wuthering Heights*, *Pride and Prejudice* 等为教本。一年级选修。

短篇小说（胡适）：研究 Maupassant, Chekhov, Tolstoy, Kipling, O. Henry 诸家的短篇小说，讨论其技术。习此科者，除读书讨论外，亦须试作短篇小说，以为练习。三、四年级选修。

欧洲文学（柴思）：选读欧洲文学名著，自希腊起，至近世止。用 Zucker 博士选的 Western Literature（商务印书馆）为读本，旁及参考的史料。三、四年级选修。

莎士比亚（柯乐文）：选读 Shakespeare 的喜剧、悲剧、史剧，为详细之研究。二、三、四年级选修。

诗与诗剧（柴思）：以柴思博士的 *First Book of English Poetry* 及 *Modern Poetic Dramas* 为课本，研究英国诗与诗剧的技术。三、四年级选修。

写实主义与自然主义（胡适）：选读 Flaubert, Zola, Maupassant, Bulter, Hardy 诸家之作品，随时讨论其技术与主张。三、四年级选修。

英美文学一（陈源）：用 *W. J. Long's English Literature* 等，使学者略知英美文学的大概。二年级必修。

英美文学二（柯乐文）：选此科者，须多读名家著作。三、四年级选修。

十九世纪评论家（张鑫海）：用 *Matthew Arnold: Essays in Criticism* 等，研究十九世纪评论家的著述和理论。三、四年级选修。

伊丽莎白时代之文学（张鑫海）：研究 Queen Elizabeth 时代的作

者（除莎士比亚外），进行详细的研究。三、四年级选修。

戏剧史（宋春舫）：二、三、四年级选修。①

以上信息大体反映出1922—1923年北大英文系的文学课程情况。此后几年内个别课程有所变动和调整，如增加"英国文学史略"为必修课，删去了"英美文学"，但大体仍延续了20世纪20年代初的设置思路。从这一时期的主要文学课程来看，有几个倾向值得注意：

第一，20世纪20年代初外教（如毕善功、柴思、柯乐文等）在英文系担任课程的比重较大，许多文学课程也由外教担任，但几年之后，这类课逐渐由对外国文学有研究的中国学者担任，且多数为新文学家。由新文学家来讲授外国文学进一步说明中国新文学的创造发展与外国文学影响之间的密切关系。一个颇有意味的现象是，虽然这些人以新文学创作知名，但他们在大学讲堂从事的却是外国文学的教学，而不是专门教授新文学的写作。这说明当时的教育体制虽然给新式知识分子提供了容身之地，但倚重的仍是他们的知识积累，并非其文学创作能力。尽管如此，新文学家还是试图在外国文学教育中融入新文学创作。如胡适的"短篇小说"就特别说明选修者须试作小说，他的课程重在讨论外国文学的技术与主张。从整体文化氛围来看，虽然新文化运动此时已进入落潮期，但大学科系正在向着更为专业化的方向发展，课程的专业性和学理性也在加强。尤其是随着陈源、张歆海、徐志摩、郁达夫等曾经留学海外的学者和作家的到来，增强了英文系的专业师资力量，英文系的文学特色进一步凸显。如诗（一）和诗（二）这两门课由新文学诗人徐志摩担任教员，供各年级学生选修。诗（一）主要"研究英国诗的变迁沿革，选读各时期之代表作品"；诗（二）主要"读十九世纪大家专集"。又如，主讲"小说"的陈源曾留学英国，先后入爱丁堡大学、伦敦大学获博士学位，日后也成为现代文学评论家、散文家和翻译家。1922年陈源自英国回国后即在国立北京大学任教。他所讲授的"小说"为英文系一年级必修课程，主要"读近世小说数种，注重学生自动的读书能力及速度，为研究专家作品之预备"，所选的教本包括奥斯丁的《爱玛》和乔治·艾略特的《弗洛斯河

---

① 英文学系指导书［N］.北京大学日刊，1922-10-05（2-3），1923-09-10（3-4）.此处信息提取除个别译名外，基本按刊物刊载原貌录入。括号内为任课教员，个别课程不同学年由不同教员担任，亦一并放入括号内。

上的磨坊》等。① 他还负责讲授英国现代文学中的"萧伯纳"。郁达夫曾在此讲授一年级选修课"戏剧"，以王尔德和其他近代诸家名剧选本为教本。讲授"十九世纪评论家"的张歆海是白璧德的中国弟子，在课堂上讲授阿诺德的文学批评，显然有其老师的影响。讲授"戏剧史"的宋春舫则是我国最早研究和介绍西方戏剧及其理论的学者。这些课程应该说在 20 世纪 20 年代的中国极具开创性，由此可见，新文学家实为北大外国文学学科的发展做出了重要的贡献。

第二，此时的课程在系统性和全面性上虽不突出，但一定程度上注意了综合性文学课程与专题性文学课程的结合，开启了分期讲授外国文学的课程模式，并基本涵盖包括散文、诗歌、小说、戏剧在内的主要文学文体，甚至还出现了文学批评这样的理论课程。综合性的文学课程包括欧洲文学、欧洲古代文学、英美文学等，专题性的研究课程包括莎士比亚、短篇小说、写实主义与自然主义等。分期课程以英国近现代文学为主体，逐渐增加与完善。1922—1923 年此类课程包括"十九世纪评论家"（张歆海）、"伊丽莎白时代之文学"（张歆海）等。1924—1926 年，此类课程又增加了"十七世纪英国文学"（温源宁）、"十八世纪英国文学"（张歆海）、"维多利亚时代文学"（徐志摩）、"英国现代文学"（张歆海、陈源、温源宁）等。此外，由于当时并没有统一的教材，教师多采用自选文学篇目或参考书作为教本，选择较为自由，且多强调名家著作，讲授范围并不局限于英美国家，而是涉及法国、俄国等更多国家的文学，也体现出一种综合性的外国文学视野。

20 世纪 20 年代后期，由于新文学家逐渐占据北大外国文学学科教席，可以明显感受到这一时期北大的趋新倾向。如果与差不多同一时期国立东南大学西洋文学系的课程做比较，会发现北大英文系课程多偏重近现代英美文学，与国立东南大学对西洋古典文学的强调呈现出明显的差异。这也反映了"新文化派"与"学衡派"在择取外国文学资源上的分歧。② 尽管这些课程从今

① 国立北京大学英文学系课程指导书（十三年度至十四年度）[N]. 北京大学日刊，1924-10-06（3-4）.

② 五四新文学发生初期，就有过关于择取什么样的外国文学资源问题的讨论。周作人认为"古典的东西可以缓译"，以近代为主、属于不可不读的作品应尽早译出来。吴宓从新人文主义的立场出发，认为大学应该传授普遍的经典知识，对于新文学"惟选西洋晚近一家之思想一派之文章。在西洋已视为糟粕，为毒鸩者，举以代表西洋文化之全体"持反对意见。参见周作人. 翻译文学书的讨论 [J]. 小说月报，1921（2）；吴宓. 论新文化运动 [M]//徐葆耕. 会通派如是说：吴宓集. 上海：上海文艺出版社，1998：3.

天看来并不系统完善，新文学家对外国文学资源的择取也带有个人的趣味和偏向，教本的自由选择有时也难以保证教学的质量，但重视文学教育的总体特色已经凸显。即使是如"基本英文"这样"注重语音，读书，谈话的实习的训练"的课程，也要求学生读文学作品，"读物至少包含一种小说，一种戏剧"或"注重散文论文"。为外系学生继续研究英文而开设的"第一年英文"也要求选读者须于一年选读史蒂文森、威尔斯、亨利·詹姆斯、康拉德、高尔斯华绥、王尔德、萧伯纳等作家的小说和戏剧各一种，每月还须作文一次。与中文系以"文学史"为主体的课程不同，英文系虽也有部分文学史课程（如1925年重新增设"英国文学史略"为二年级必修课），但并不突出，占据主体的仍然是研究古今名家之杰作、代表性作品，注重文学的技术和艺术的"文学"课程。即使是如张歆海讲授的"英国文学史略"这样的课程，也提示学生"须于课外多读诸家的代表作品"①。重"文学"，轻"文学史"一定程度上成为此后我国高校英文系外国文学学科发展的一个普遍特点。

三、20世纪20年代北大外国文学课堂的新旧交锋

在新文化运动时代风潮的激荡下，20世纪20年代前后北大的外国文学课堂充满了新旧交锋。杨振声在《回忆五四》一文中谈到北大新旧中西并存甚至针锋相对的情况：

> 当时不独校内与校外有斗争，校内自身也有斗争；不独先生之间有斗争，学生之间也有斗争，先生与学生之间也还是有斗争。……有人在灯窗下把鼻子贴在《文选》上看李善的小字注，同时就有人在窗外高歌拜伦的诗。在屋子的一角上，有人在摇头晃脑，抑扬顿挫地念着桐城派古文，在另一角上是几个人在讨论着娜拉走出"傀儡之家"以后，她的生活怎么办？念古文的人对讨论者表示憎恶的神色，讨论者对念古文的人投以鄙视的眼光。②

杨振声1915年考入北大国文门，不仅是新文学的支持者，日后也成长为重要的新文学作家和教育家，并在多所高校讲授过外国文学课程。这段话颇

---

① 国立北京大学英文学系课程指导书（十三年度至十四年度）［N］. 北京大学日刊，1924-10-06（3-4）.

② 中国社会科学院近代史研究所. 五四运动回忆录［M］. 北京：知识产权出版社，2013：38-39.

为形象地描述了新文化运动时期北大校园新旧两派针锋相对的学风。在这种氛围之下，北大的外国文学课堂也不能不受到波及和影响。从文化立场上来说，新文化运动时期新旧两派皆参与到了北大早期的外国文学学科发展之中。外国文学课程既存在于中文系，也存在于英文系等外国文学系，总体来说形势的发展更有利于新派占据大学讲席。周作人和胡适都是"新文化派"的主力人物，他们所讲授的外国文学课程遵循文学的进化之说，具有明显的趋新色彩。周作人"欧洲文学史"因讲授外国文学知识在中文系中虽多少有点"异类"，但这门课的开设以及由此出版的讲义《欧洲文学史》却具有重要的学科史意义。这是中国人系统编纂欧洲文学史乃至世界文学史的较早尝试。这门课因周作人在北大任教，延续了多年，其影响也延伸至北京其他高校。即使眼光高如吴宓，后来也曾高度评价周作人讲授此课的意义。

胡适在英文系所开的课程"短篇小说"和"写实主义与自然主义"等正反映了这一时期他的主要关切，他的影响实际早已溢出了科系和校园。1918年3月15日，胡适在北大国文研究所发表演讲《论短篇小说》，在中国现代小说理论建构方面影响深远，被后来的学者评价为"从理论上开启了中国现代短篇小说文体观念的自觉时代"①。1919年9月，胡适又将此前数年间自己翻译的十余篇短篇小说汇集成册，题为《短篇小说集》，收录了莫泊桑、契诃夫（Антон Павлович Чехов）、吉卜林（Joseph Rudyard Kipling）、欧·亨利（O. Henry）等人的著作。翻译的语言除三篇为文言外，其余皆是白话作品，实为他进行汉语改革实验的一个标本。如果对比这一时期胡适所开课程的内容，不难发现，这些外国文学作品不仅是他提倡白话文学和短篇小说创作的重要资源，也是他课堂讲授的重要内容。可以说，作为教师的胡适在英文系开设相关课程，引导学生对短篇小说加以研究，正与他自身的文化主张相契合。此外，胡适所讲授的"亚洲文学名著·英译本"无疑是中国现代大学中最早开设的此类课程，实际上扩大了英文系的课程范围。通过英译本将学生的目光引向亚洲文学名著，引向东方文学，其意义自然不言而喻。

与"新文化派"对立，在1915年至1919年之间作为英文门（系）教授的辜鸿铭则是典型的文化保守主义者。1919年3月，蔡元培在致林琴南的信中谈到北大"思想自由，兼容并包"的办学方针，即以辜鸿铭一类人为例："例如复辟主义，民国所排斥也，本校教员中，有拖长辫持复辟论者，以其所

---

① 赧敬波. 中国新时期短篇小说论稿［M］. 北京：生活·读书·新知三联书店，2016：20.

授为英国文学,与政治无涉,则听之。"① 可见,辜鸿铭受聘于北大主要是讲英国文学,似乎(也应该)与政治无涉。但在新文化运动时代风潮的激荡下,外国文学课堂是不可能只做纯粹的学理研究而无关时代风云的。1919 年 7 月12 日,辜鸿铭在上海的《密勒氏评论报》上写了两篇英文文章提出了自己反对新文学的主张,批判胡适的"文学革命论",与新文化人开始正面交锋。他嘲笑胡适以粗鄙的"留学生英语"鼓吹所谓的"活文学",实为混淆视听,蒙蔽大众,指出中国的古文学与莎士比亚的高雅英文实不分高下。② 应该说,辜鸿铭对文学革命的反对源自他对西方文明与文学传统的深入理解,更来自他对以儒家文化为基础的中国古代文明的认同。正因为看到了近代西方物质主义、重商主义、政治强权和军事霸权的横行,他转而以中国古代文明为参照激烈地批判西方文化。

根据 1917 年入学北大英文门的罗家伦回忆:"辜先生虽是老复辟派的人物,但因为他外国文学的特长,也被聘在北大讲授英国文学。因此我接连上了三年辜先生主讲的'英国诗'这门课程。"③ 学界以前谈辜鸿铭在北大的任教,常会提及他在课堂上"乱发议论"和"拥护君主制度"④,抨击新文化等做派。还有研究者指出辜鸿铭最终被北大解聘,是因为"一年只讲了六首另十几行诗歌",将"辜教学极差"作为解聘的理由。⑤ 这些说法实际也有片面之处。撇开文化立场不谈,辜鸿铭虽是旧派代表人物,但他的外文造诣和学术水平却是深受学生钦佩的。据 1919 年考入北大哲学门的学生刘元功回忆:"辜除拥护封建主义的王朝外,对任何主义统统反对。辜的言行、装束,当时人常引以为笑谈,但北大学生对他所教的英国诗是很满意的,选修这一科的,除英文系外,也有别的系的学生。有一次他和胡适(当时是教务长)在第一院的甬道旁用英语大谈有关英文系的教学问题,同学们因好奇而蜂拥围观,一方面欣赏了两个年辈不同,仪表不同,思想意识不同,用同一外国语言谈不同的意见的对比;同时也赞叹了辜鸿铭对课程的严肃和认真。"⑥ 这段回忆

① 蔡元培. 致公言报函并附答林琴南君函 [M] //周署溪. 蔡元培讲教育. 北京:新华出版社,2005:25.
② 辜鸿铭. 辜鸿铭文集:下卷 [M]. 黄兴涛,译. 海口:海南出版社,1996:165-174.
③ 罗家伦. 回忆辜鸿铭先生 [M] //罗家伦. 逝者如斯集. 北京:商务印书馆,2015:94.
④ 冯友兰. 三松堂自序 [M]. 北京:人民出版社,2008:273.
⑤ 邓小林. 民国时期国立大学教师聘任之研究 [M]. 成都:西南交通大学出版社,2007:201.
⑥ 刘元功. 漫谈北大 [M] //中国人民政治协商会议全国委员会文史资料委员会. 文史资料存稿选编:教育. 北京:中国文史出版社,2002:33.

揭示了一些细节：辜鸿铭对待英国文学课程的态度在当时北大学生眼中是十分严肃和认真的，受到学生的欢迎，因此选修此课的人还有来自其他学系的学生。那么，为什么会有辜鸿铭因教学极不认真而被北大解聘的说法呢？胡适和辜鸿铭所争论的英文系的教学问题到底是何问题呢？

有研究者通过考证指出，两人的争论很可能源自英文门学生罗家伦就英诗课向北大校方提交的一封申诉信。这封信写于 1919 年 5 月 3 日，还未来得及递交，第二天就爆发了"五四"运动，几个月后，罗家伦又补充了此信，呈交校方。他在此信中洋洋洒洒罗列了辜鸿铭英诗课的几大"成绩"：一是每次上课必鼓吹"君师主义"，"英诗"课名不副实；二是"上课一年，所教的诗只有六首另十几行"，大量时间用来发无关议论，浪费学生光阴；三是不讲近代西洋诗，"总大骂新诗"无法满足学生的求知欲；四是按字解释英诗，对英诗的精神只字不提，却总以"外国大雅""外国国风""外国离骚"之语进行比附，非讲授英诗正道。① 据此信所述，似乎辜鸿铭的讲课内容和讲课方式都没有得到新派学生的认同。罗家伦请求减去辜鸿铭的授课钟点，改由胡适担任，以及英文门增加杜威教授（适逢在华讲学）的选修课。胡适当时正暂代北大教务长，对这封信有所寓目。因而，学生们围观的辜、胡之争也很可能正与罗家伦的这封信所谈的英文门的教学问题有关。

当历史的风云消散，信中所言今天来看不无过激色彩，罗家伦本人此后也不再提及此信，晚年他的回忆文章对辜鸿铭先生的态度却是更为温和与充满敬意的。因此，"五四"时期他对辜鸿铭的反对应该说更多是受到时代风潮的影响和激荡。罗家伦是"五四"运动的主要学生领袖之一，深受胡适等新文化人的影响，是当时北大新派学生的代表。1918 年年底至 1919 年年初，罗家伦与傅斯年等发起成立新潮社，创办《新潮》杂志，在青年学生中大力弘扬文学革命论，提倡白话诗文，一时间意气风发，声名大噪。由于思想观念上的差异，他对辜鸿铭及其英国文学课的不满也就不足为奇了。不过，由学生们的不同反映也可以看到，新旧两派人物同时在北大讲授外国文学，不但在教学上是有所竞争的，也给学生带来了较大的冲击和感受。总的来说，显然新派的力量在学生中的影响更大。即使不少学生对辜鸿铭的外国文学教学甚为认同，"赞叹了辜鸿铭对课程的严肃和认真"，但在新旧文化思潮相互激荡的历史背景下，这种认同显得微不足道，甚至鲜少有人提及。

---

① 邱志红. 中国社会科学院近代史研究所青年学术论坛论文集 [C]. 北京：社会科学文献出版社，2008：117–118.

1918 年毕业于北大英文门的李季是当年辜鸿铭的得意弟子。李季不但以甲等成绩从北大英文门毕业，还凭借着自己的英文专业素养，为马克思主义著作在中国的早期传播做了大量工作，是中国共产党早期创始人之一。李季虽不赞成老师的保守思想和政治立场，却极为佩服这位"辫子先生"的学问修养和人格魅力。他回忆起辜鸿铭当年对自己的英文训练，所谈甚详，或可反映作为外国文学教师的辜鸿铭的"教学成绩"：

> 辫子先生对于我既有一种特别好感，便叫我于每个星期日到他的家里去集谈，届时三年级有一位同学 I 君（他的英文还好）也来参加。除谈话外，常命我们将一段中文译成英文，并立时加以改正。行之既久，获益颇多。此外，他又督促我们读各种课外的英文名著，如卡莱尔、纳斯钦（John Ruskin）、亚诺尔特（Matthew Arnold）和波庐塔克（Plutarch）等的著作都在其列。如有询问，无不详为解释。因此通常的学生读书无人指导与疑难无从质问的痛苦，我算是从此解脱了。自问所读英文书籍比同班中任何同学为多。当毕业时，我虽因平时不注意于死板教课，名列第二，然英文毕业论文（阅卷者为 F 教授）只有我交卷最早，篇幅最长（约一百页），而分数也最多。①

这段回忆也足以证明，辜鸿铭对教学极为认真，从课内到课外，都对学生给予了全面细致的指导，学生也因此在学业上大为受益。这大约能反映此时北大英文系文学教育的一个侧面。时过境迁之后再看，应该说，单从外国文学专业素养、英文造诣和学术旨趣上讲，辜鸿铭不但赢得了当时北大英文门学生的尊敬，在全校学生中也有一定的影响力和感召力。这从前文所述哲学门刘元功的叙述中就可见一斑。

晚年的罗家伦对辜鸿铭的思想和学问有了更深入的理解，再写辜鸿铭当年的外国文学课堂，就不再有当年的激烈之语，又是另一番风景："三年之间，我们课堂里有趣的故事多极了""在辜先生的班上，我前后背熟几十首长短的诗篇""我们在教室里对辜先生是很尊重的"。一年只讲了"六首另十几行"英诗的辜鸿铭居然督促学生背熟了几十首长短诗篇，并赢得了学生的尊重。他还要学生尝试将如"天地玄黄，宇宙洪荒"之类的中文翻译成英文，

---

① 李季. 我的生平 [M]. 上海：亚东图书馆，1933：145.

或者将他自己的英文诗翻译成中文，最后自己也给出译文。虽然学生抱怨"这个真比孙悟空戴金箍还要痛苦"，但多年之后这些细节都成为"课堂里有趣的故事"①。这份回忆足以说明当时辜鸿铭的外国文学教学是颇有成绩的，并非当年罗家伦所指责的那样。当年英文门的学生袁振英在回忆辜鸿铭的文章中，也对其充满敬意，称自己在北大求学的三年间，几乎没有一天不同辜鸿铭见面，辜先生"也很得学生爱戴，胡适之先生也比不上"②。由此可见，当年北大较为自由的学术空气不仅兼容了立场不同的教师，也对学生的学术旨趣和文化选择产生了不同的影响。

如果联系今天，我们发现辜鸿铭采用的文学教育方式，如解释文辞、识记背诵、翻译实践乃至中外对比、名著阅读等至今仍是外国文学课程的重要教学途径。这里引人思考的问题是，为什么是学习英国文学的学生敢于向学校提出异议，表达对教授的不满以及汲取新知的渴望，充当了反对旧派人物的急先锋？恐怕正如论者所言，看似偶然的事件背后实有更为必然的原因："英文门英国文学教育模式提供的知识储备和思想资源，使得所培养的学生在经历新文化运动的洗礼过程中，更容易激发他们对自我意识的关注与思考，并自觉对传统文化进行反省与批判，进而提出文化觉醒的要求。"③ 学生对辜鸿铭课程的不同反映实际关乎在新旧冲突的历史时刻，外国文学科系到底应该提供给学生什么样的文学知识的问题。是如辜鸿铭一般逐字讲授古典英诗，以中国诗文传统比附英诗，以凸显中国固有文化的世界性价值，还是如罗家伦所言，为了解真正的世界潮流，外国文学课堂应多讲近代新诗及其精神？换言之，中国大学的外国文学讲授怎样才能既兼顾中国立场与世界视野，既传播知识学理同时又体现时代精神？这种兼顾在哪种程度上是合适和合理的？对于这些问题的回答显然并无标准答案，相关讨论和思考仍然可以延至当下。北大新文化运动时期外国文学课堂出现的新旧之争已经预示了此后百年中国外国文学学科发展中的某些关键问题。

---

① 罗家伦. 回忆辜鸿铭先生［M］//罗家伦. 逝者如斯集. 北京：商务印书馆，2015：94-95.

② 震瀛. 记辜鸿铭先生［J］. 人间世，1934（18）：21-23.

③ 邱志红. 中国社会科学院近代史研究所青年学术论坛论文集［C］. 北京：社会科学文献出版社，2008：123-124.

第二节 20世纪30年代外国文学教育的文学本位与中外沟通

一、北大外国文学学科与课程的演进

陈平原先生在谈老北大的文学教育时指出,"从初创的1898年,到全面抗战爆发的1937年,这四十年间,北大的文学教育,可以1917年为界,分为两个阶段。前二十年的工作重点,是从注重个人品位及写作技能的'文学源流',走向边界明晰、知识系统的'文学史';后20年,则是在'文学史'与'文学研究'的互动中,展开诸多各具特色的选修课,进一步完善专业人才的培养机制"①。这虽主要是讲北大中文系的文学教育,但大致也能反映新文化运动前后北大外国文学教育的一些变化。新文化运动期间北大的文科改革基本上确定了中文系中以"欧洲文学史"为内容的外国文学课程,也奠定了外文系尤其是英文系以英国文学为主体,以文学作品的鉴赏、解读与研究为中心的课程内容与教育模式。随着新文化运动的落潮,北大早期英文系发展中出现的新旧交锋逐渐不再显现,外国文学学科向着更具学理化和专业化的方向继续前进。不过,从当时中国教育的大环境来说,整个20世纪20年代中国高等教育仍然是较为落后的。即使是北大这样的国立大学,外国文学学科的培养规模也比较有限。以1922年为例,德国文学、法国文学两个系都各只有一名毕业生,而英国文学和中国文学两个系,也都分别只有三至五名毕业生。② 1927年至1929年,北大为奉系军阀所控制,遭受到严重摧残,在校学生人数锐减,全校每年只有一百多名毕业生,学科发展自然无从谈起。直到1929年秋,国民政府明令恢复国立北京大学,蒋梦麟开始执掌北大,北大方才重新迎来发展的机会。此外,1929年,国民政府《大学组织法》颁布后,高等教育学校系统得到整顿,本科教育由3年改为4年,大学选修课的数量和周学时数也相应增加。

在这一背景下,20世纪30年代以后,北大外国文学课程的数量与质量较20世纪20年代有了较大的发展,反映出中国现代学术的日益成熟和高等教育专业化程度的提高。先来看1929年至1930年北大英文系各年级必修科目和

---

① 陈平原. 作为学科的文学史[M]. 北京:北京大学出版社,2011:44.
② 萧超然,沙健孙,周承恩,等. 北京大学校史:1898—1949[M]. 上海:上海教育出版社,1981:155.

选修科目：

必修科目

一年级：散文（4）、诗（3）、英文作文（2）、翻译（2）、拉丁文（2）、莎士比亚（1）、戏剧（2）、文学概论（3）、初级法文或初级德文（4）

二年级：散文（2）、诗（2）、英文作文（2）、翻译（1）、拉丁文（2）、莎士比亚（2）、戏剧（2）、西洋文学（3）、古代文学（3）、音节学（1）、西文宗教史（2）、中国文学史概要（3）、中级法文或中级德文（3）

三年级：小说（2）、文学批评（2）、英文作文（2）、翻译（1）、拉丁文（2）、伊丽莎白时代文学（2）、戏剧（2）、中古代文学（1）、复兴时代文学（2）

四年级：小说（2）、英文作文（2）、翻译（1）、拉丁文（2）、十八世纪文学（2）、十九世纪文学（2）、今代文学（2）

选修科目

甲项：英国史（2）、西洋美术史（2）、培根之论文（2）、希腊文（2）、圣经文学（2）、比较文学（2）、古代神话学（1）、语音学（1）、演剧术（3）、演说术（2）、英文教授法（2）

乙项：但丁（2）、骚塞（2）、弥尔顿（2）、孟德论文（2）、约翰生、葛雷、柯林士、高尔斯宓士（2）、亚诺得（1）、瓦特彼得（2）

丙项：高级法文（3）、高级德文（3）

丁项：第一年英文（4）、第二年英文（4）、辅科英文A、辅科英文B（4）①

相较于20世纪20年代的课程设置，此时英文系增设了法文、德文、拉丁文等第二外国语课程，但必修科目仍以散文、诗、戏剧、小说、文学批评等各文学文体的分类教学为主，同时按照时期讲授的文学科目也继续保留。此时任教的教师既有温源宁、瞿孟生、瑞恰慈、温德等来华外教，又有陈福

---

① 李传松，许宝发. 中国近现代外语教育史［M］. 上海：上海外语教育出版社，2006：124-126. 括号内的数字代表每周学时数。

田、吴宓、王文显、叶公超等中国教师。由于地理位置的便利条件,他们中的许多人同时也在当时的国立清华大学等高校任教。吴宓在北大担任的课程是翻译,他虽反对新文学,主张学习西洋古典文学,但此时外国文学学科已经向着更有利于"新文化派"的方向发展。不管是北大还是清华,英文系的课程已经不能不注意近现代英美文学的状况。选修科目分甲乙丙丁四项,甲项中的文学类课程包括圣经文学、比较文学,乙项课程主要为作家的专题研究。选修课中较为引人注目的是"比较文学",该课程由新文学家杨振声兼职讲授。他此时正担任改组后的国立清华大学文学院院长兼中国文学系主任,极力提倡新旧文学的交流与中外文学的融会。杨振声在北大兼任的"比较文学"课程不仅面向英文系,同时他系学生亦可选修。比较文学课程在北大英文系的开设,实际上进一步丰富和拓展了外国文学学科的发展空间。

20世纪30年代北大外国文学学科的存续与发展也离不开相应的制度演化和改进。1930年年底,新文学旗手胡适重返北大。1931年,北大成立外国文学系,与中国文学系、哲学系、史学系、教育系等隶属于文学院。外国文学系下设英文组、法文组、德文组和日文组。胡适任文学院院长、外国文学系主任兼英文组主任。1934年6月《北平晨报》刊载了一份当时北大的升学介绍,为当时学子做升学参考。这份材料对北大的校史、研究院设置、各院系教授和课程概况做了介绍,特别提示"文理法三院各系教授均系国内专家"。中国文学系教授有马裕藻(主任)、刘复、钱玄同、沈兼士、马衡、黄节等。外国文学系英文组教授有胡适(主任)、朱光潜、蒯叔平、艾克敦、应诒、钟作猷等;法文组教授有梁宗岱(主任)、邵可占、富来等;德文组教授有杨震文(主任)、洪涛生、魏德明、刘钧等;日文组教授有周作人(主任)、徐祖正、李旦丘、钱稻孙等。这份教员名单大体可以反映出1930年代中期北大中文系和外文系的师资力量,外国文学系著名教授人数众多,学科力量在文学院中的比重其实并不低。然而,如果将中文系与外文系此时的教学方针及课程特点和新文化运动时期做一个对比,就会发现文学教育,尤其是外国文学教育在这近20年间已经发生了一些重要变化:

　　教学方针及课程特点:(一)中国文学系要求能以新颖的方法,整理国故,以新颖的眼光研究国故。必修科目:语音学、语言学、中国文字学、中国文字学史、中国文学、中国文学史、中国目录学、中国校勘学、中国古礼学、中国古历数学、中国古器物学。选修科目:中国声韵文字训诂研究、中国文法学研究、中国修辞学研究等。

（二）外国文学系要求精通外国文字，并发音准确，文法严整，以及澈底鉴赏外国文学。必修科目：名著选读、文学史、代表人物之研究、一世纪之故代文学、戏剧、诗歌、小说等。选修科目：名著名文人之研究、近代作品等。①

观察以上描述，可以发现 20 世纪 30 年代初，北大中文系的课程已经变成了清一色的传统文学、语言、文字类课程，目的是"以新颖的方法，整理国故，以新颖的眼光研究国故"。新文化运动时期北大中文系课程中的"西国文学史"或"欧洲文学史"等外国文学课程此时已不见了踪影。如前所述，"欧洲文学史"这门课多年来主要由周作人讲授，国文系和英文系都能选修，但他始终认为这门课是"勉强凑数的"，自己属于"帮闲罢了"②，"这件事并不是我所能担任的，所以不久随即放下了"③。据北大国文门 1917 级学生杨亮功回忆，当时国文系颇受尊敬的名教授是刘师培、黄侃、黄节和吴梅。这几位先生都受过传统的诗文训练，虽在新文化运动中立场偏于守旧，但讲授的中国文学课程强调体会作者用心，精研作文妙用，受到学生欢迎。至于朱希祖和周作人，虽属于"新文化派"，但教学效果不好。恰恰是这两人的课程有着"跨系"的特点，朱希祖所开"中国文学史"与周作人所开"欧洲文学史"，长期以来都是中文、英文两系学生可互选之课程。朱希祖当年给英文系学生讲授"中国文学史"，显然这门课在英文系的地位也是较为边缘的。再加上朱希祖为浙江海盐人，浓重的方音也让学生头痛，讲课效果自然可想而知。

曾经在北大留学的日本近代作家仓石武四郎回忆道："（朱希祖）教授文学史方面的课，但他说的话实在太难听明白了。……问了问旁边的同学，他回答说完全听不懂。"④ 于教师而言，虽然讲授"中国文学史"这门课是制度设计的结果，但此课延续多年也是朱希祖本人历史学术兴趣使然。朱希祖是北大史学系的主要创办者，在 1920—1931 年担任北大史学系主任。1931 年，

① 升学介绍：国立北京大学［M］//王学珍，郭建荣．北京大学史料：第 2 卷：下册．北京：北京大学出版社，2000：3180.

② 周作人．琐屑的因缘［M］//周作人．知堂回想录．石家庄：河北教育出版社，2002：468.

③ 周作人．东方文学系［M］//周作人．知堂回想录．石家庄：河北教育出版社，2002：522-523.

④ 仓石武四郎．仓石武四郎中国留学记［M］．荣新江，朱玉麒，辑注．北京：中华书局，2002：234.

朱希祖因北大内部派系矛盾,被学生驱赶,愤而辞职离开北大。由他所长期担任的英文系的"中国文学史"课自然就不再开设。可见,尽管在中文系开设"外国文学史"或英文系开设"中国文学史"是自晚清京师大学堂以来就有的一个设计,但落实在具体实践层面,往往效果不尽如人意。周作人的"欧洲文学史"也逐渐由"暂缺"变为"消失"。最终,20世纪30年代初,周作人转而改教"明清散文""六朝散文"等中国传统文学课程。

其实,无论是中文系的外国文学课程,还是英文系的中国文学课程,虽然后来人们也承认它们很重要,可实际情况却常常是学生对两者的皆不重视。这种态度背后实际关乎现代大学科系之间日益隆起的学科壁垒和师生对"学问"的想象。此时"新文化派"领袖胡适早已转向以"科学方法"整理国故,北大学生傅斯年呼应胡适的思路断言"国故的研究是学术上的事,不是文学上的事"①。另一位新文化人郑振铎指出,所谓文学研究"乃是文学之科学的研究"②。这些观念对于中文系的文学教育影响极大,对科学考据的推崇乃至迷信,逐渐成为中文系的主流。因此,20世纪30年代北大中文系显得较为保守,这与新文化运动时期形成了鲜明对比。

1931年,胡适就任北大文学院院长后,在中文系发表演讲谈及:"近四十年代,在事实上,中国的文学,多半偏于考据,对于新文学殊少研究。……我觉得文学有三方面:一是历史的,二是创造的,三是鉴赏的。历史的研究固甚重要,但创造方面更甚要紧,而鉴赏与批判也是不可偏废的。"③话虽如此,但在"历史"与"鉴赏""创造"之间,胡适仍然更偏重"历史"。加之此时,伴随着中国现代教育体制的完善与成熟,大学逐渐演化为研究专业学问的场所,学术界研究风气日浓,对学者的评价标准也日益提高。传统的诗文评注、鉴赏乃至创作常常不被认为是"学问"。长于旧体诗词,在北大任教的部分教员如林损、许之衡等,因不擅"著作",在现代学术体制的压力下,先后被迫离职。中文系不仅原有的侧重鉴赏评注的文学课程多被文学史课程所取代,而且随着文学观念的普及,一般性的文学知识往往不被认为是"学问"。在中文系讲授"欧洲文学史",在外文系讲授"中国文学史",因不符合师生对于"学问"的想象,这些课程也就渐渐失去了在课程系统中的地位。

---

① 傅斯年. 毛子水《国故和科学的精神》附识 [J]. 新潮, 1919 (5).

② 郑振铎. 研究中国文学的新途径 [M] //郑振铎. 郑振铎全集:第5卷. 石家庄:花山文艺出版社, 1998:285.

③ 胡适. 中国文学过去与来路 [M] //胡适. 胡适全集:第12卷. 合肥:安徽教育出版社, 2003:221.

　　反观当时北大外国文学系，则又是另一番光景。前引北大外国文学系教学方针中"澈底鉴赏外国文学"一语即反映出"文学本位"实则是当时外国文学系的主导方向。"文学史"的大行其道，使得"文学"在中文系受到压抑而被边缘化。相较于中文系的"文学失语"，各外国文学系大多却是以文学为本位的，偏重学生阅读与欣赏能力的培养，文学课程多以英美原版作品为教本。这种倾向实际自20世纪20年代就已经初步形成。外国文学系的文学课程以训练文学表达能力和培养文学素养为目标，注重对文学作品本身的研读和学生写作能力的提高，语言文字课程、文学史课程毋宁说是为研读文学服务的，因而在课程系统里并不占据主体地位。这一点与当时的中文系注重考据训诂，偏重文学史的教学有很大不同。

　　北大英文系改组成为外国文学系英文组之后，本科各年级基本的课程模式变化不大，选修科目则更为丰富多样。以1930—1931年北大外国文学系英文组的必修与选修科目为例，各年级除必修科目外，选修科目设英文普通选修科目和特别选修科目两类，基本为三、四年级共同选修，具体情况如下：

　　一年级必修科目：基本英文（3，蒯淑平）、戏剧（2，贝德瑞）、作文与论文选读（3，温源宁）

　　二年级必修科目：小说（2，蒯叔平）、戏剧（2，贝德瑞）、诗（2，叶崇智）、莎士比亚初步（2，杨宗翰）、作文与名家论文选读（2，蒯叔平）、英国文学史略（3，温源宁）

　　三年级必修科目：著名作品之研究（3，贝德瑞）、作文（2，贝德瑞）、翻译（2，徐志摩）、十八世纪文学（2，陈受颐）、十九世纪英国文学（2，温源宁）

　　四年级必修科目：文学批评（2，温源宁）、十八世纪文学（2，陈受颐）、十九世纪英国文学（2，温源宁）

　　英文组普通选修科目：小说史（2，蒯叔平）、戏剧史（2，王文显）、莎士比亚（2，王文显）、希腊悲剧（2，余上沅）、今代诗（2，徐志摩）

　　英文组特别选修科目：但丁（4，吴可读）、雪莱（3，徐志摩）、勃朗宁（2，涂序瑄）、罗瑟谛（2，涂序瑄）、哈代（2，徐志摩）、拉穆（2，叶崇智）、易卜生（2，余上沅）、培根论文（2，罗

昌)、箕茨（2，徐祖正)①

　　文学必修科目的延续，大量文学选修科目的增设，显示出20世纪30年代北大外国文学学科已经进入了相对稳定的发展时期。论及此时北大外国文学教育的潜在影响，可观冯至在回忆新文学家李广田的文章中所提到的北大20世纪二三十年代外文系的文学氛围：

　　　　广田在北京大学外文系学过英国文学。我20世纪20年代在北京大学读书，比广田早几年，读的不是英文，却常常从学英文的同学好友中了解一点当年学习英国文学的情况。学英文的学生一般要按照课程规定读莎士比亚十九世纪诗歌、狄更斯的小说等，但他们中间也有个别人偏爱英国的散文。……那时我常听亡友陈炜谟谈，兰姆在《莎士比亚戏剧本事》之外，写了些娓娓动听的散文，吉辛一生穷苦，在他创作小说的同时，怎样写他的《四季随笔》。……当然，不只是英国散文，别的国家类似的散文，也赢得一部分青年的喜爱，我曾经爱不释手地读过一本中文译的西班牙阿左林的散文集。……广田在外文系读英国文学，最欣赏几个英国散文作家，一方面是受到当时散文风气的影响，更重要的原因是从几个不甚著名的朴素的作家（有的不被人看作文学家）的笔下看到一个中国农村的儿子感到亲切的事物。②

　　这里提到的当年北大青年学子中间的"散文风气"很大程度上和当时英文系开设的文学课程有关。20世纪20年代以降，"散文"（essay）一直是北大英文系的主要课程之一，即使是供外系选修的"第一外国语"课程也多以散文讲授为主，并辅以作文训练。这为当时文学青年研究散文的艺术，直接接受外国文学影响提供了便利条件。

　　北大英文系不仅有着浓厚的文学氛围，而且教师的以身示范也启发了学生对于文学创作的兴趣。据1933年考入北大英文系的杨周翰回忆，"在北大英文系学习的两年多，单就本系课程说，我上过朱光潜先生的欧洲名著。朱

---

① 外国文学系英文组课程大纲［N］. 北京大学日刊，1931-09-14（6-7）. 括号内数字代表每周学时数。

② 冯至. 文如其人 人如其文［M］//梁理森. 中国当代文学研究资料：李广田研究专集. 昆明：云南人民出版社，1985：252-251.

先生这时刚到北大来授课，他从史诗、悲剧一直讲到歌德的《浮士德》。他不是空讲，而是读作品，用的都是英译本，他也用英语讲授。朱先生最善于在纷纭的现象中提炼出本质的东西。当时他住在后门慈慧殿，办文学杂志，他的寓所就是一间文学沙龙，我也经常去敬陪末座。朱先生使我开阔了对西方文学的眼界，同时使我对创作也产生了兴趣"。"不是空讲，而是读作品"恰恰说明了当时英文系以作品解读为中心的文学教育路径，与注重文学史知识史实积累的做法有所不同。杨周翰还提到梁实秋讲授莎士比亚，"逐段讲解，参照各家注释，颇能深入浅出"。潘家洵讲授王尔德，"对王尔德用字如何俏皮，分析得十分细腻，使学生深感到作品的感染力"。"应谊先生教我们小说，记得读的小说有《傲慢与偏见》，还有其他十九世纪小说，要求我们的阅读量是很大的。"① 由此可见，当时北大英文系的文学课程以文学作品的批评、分析、研读为主，强调文学文本的感染力。这种教育方式不仅给学生带来了外国文学知识，也促使学生对创作本身发生兴趣。梁遇春、废名、李广田等散文家均是北大外文系学生中的代表。与中文系偏重学术研究、培养学者的路径不同，外文系以文学为本位的授课特色除了使学生掌握外国文学知识之外，更易在文学创作上出成绩。

需要指出的是，当时英文系课程偏重文学作品鉴赏与解读，除教师的主动选择外，也有客观条件的限制。如柳无忌在回忆文字中提到，中国学生在欧美大学受到西洋学者的训练，学习近代的治学方法，写作有关外国文学的考证与论文，但"回国后继续为外国文学做考据训诂的工作简直不可能，因为图书馆的设备不佳，书籍杂志很缺乏。在中国，西洋文学的研究工作，只能限于翻译、介绍与批评。……严格地说，真正旁征博引的西洋文学的研究是不可能，也是不必需的。这些工作尽有西洋学者在他们的本国穷年累月地做着。我们在不适宜的环境下，倘使也要跟随他们，模仿他们，那是走上了一条绝路"②。曾经留学英国，在北大讲授"欧洲名著"的朱光潜，也曾试图引进西方文学的研究方法，但很快就转向了以美学的观点观察文学作品。"真正的文学教育不在读过多少书和知道一些文学上的理论和史实，而在培养出

---

① 杨周翰. 饮水思源：我学外语和外国文学的经历 [M] // 季羡林. 外语教育往事谈. 上海：上海外语教育出版社，1988：217.
② 柳无忌. 西洋文学的研究 [M] //柳无忌. 西洋文学研究. 北京：中国友谊出版公司，1985：5.

纯正的趣味。"① 这种转向一方面既有具体研究条件的限制，另一方面也说明朱光潜对偏重文学史的文学教育是有所批判的，故而希望以文学趣味的培养来实现真正的文学教育。这些经验或道出了中国的外国文学学科在发展之初所走道路的必然性，也启发我们思考中国的外国文学研究之路必须走出自己的特色。

二、中国文学与外国文学的沟通问题

当时在中文系提倡开设外国文学课程的，以国立清华大学最为积极。前文已述，国立清华大学中文系在20世纪20年代末即在新文学家杨振声、朱自清的主导下开设了多种外国文学课程，其最主要的目的是为中国新文学的发展提供比较和参考。这种设置也有利于打破当时各大学中文系和外文系的壁垒鸿沟，对完善学生的知识结构自然是有益的。但即使是在新文学家主导下的国立清华大学中文系，外国文学课程的开设也曾遭遇过不小的阻力。1934年5月，中文系学生曾开会要求系主任朱自清将"西洋文学概要"这门课取消，令朱自清颇感为难。不久后，中文系开会讨论，最终认为这门课仍然要坚持开。一门课的增加与消失，也关乎一个学科的演进和发展。外国文学课程在中国现代大学教育起步之时就被列入中文系的课程体系之中，有其历史必然性。随着大学日益向着研究高深学问的方向迈进，中文系的外国文学课程就遭到了合法性的质疑。

曾就读于北大国文系的冯至谈到，"五四"以前北大的国文系已经有欧洲文学史，1920年前后北大国文系设有文学概论、英诗译读、西洋戏剧与小说之类的课程，"那时北大国文系的学生除却关于中国语言与文学的种种课程外，还有机会读一读俄国的小说、北欧的戏剧、英国浪漫派的诗歌，听一听当时正在流行的勃兰兑斯、法朗士等人的批评理论"。但后来国文系的研究加深了，标准提高了，这些可能被人视为"不三不四"的课程就从课程表上被刷了下来，就连"系办公室里的西文书也像不受欢迎的客人似的被人送出了国文系的大门"。"这结果是两种不同的意见所促成的：一种人认为在中文系讲授西洋文学课程是多余的不必要的；另一种人则以为或属需要，但本系里须加深研究的门类还多得很，这些一知半解的关于西洋文学的零星知识实在

---

① 朱光潜.谈读诗与趣味的培养［M］//朱光潜.朱光潜全集：第3卷.合肥：安徽教育出版社，1987：351.

没有多大意义。反过来说,外文系之视中文系也不外乎这两种看法。"① 冯至的这些描述大致能反映出从五四到 20 世纪 30 年代左右北大中文系外国文学课程及教育氛围的演化。

值得注意的是,在外文系课堂对外国文学作品进行鉴赏和批评,并不存在如中文系那般不被视为"学问"的情况。或因对外国文学作品的引进往往也伴随着对相应的文学批评和文学理论资源的引进,这种解读在外文系似乎被视为自洽的。即使在中文系,引进外国文学的研究方法和理论视角也常常被视为一种新潮甚至是必需。李赋宁曾回忆 20 世纪 30 年代在清华中文系旁听闻一多的唐诗课:"闻老师喜用英语的文学批评术语解释、评论唐诗,并喜把唐诗中的意境和拜伦、雪莱诗中的意境相比较,以扩大学生的视野。"② 这种引入西方文论术语解读唐诗并加以比较鉴别的做法,不仅受到学生的认同,也被视为改革中文系课程的重要途径。20 世纪 30 年代初,胡适就曾希望闻一多能来北大任教,在给梁实秋的信中谈道:"我始终主张中国文学教授应精通外国文学;外国文学教授宜精通中国文学。故我希望一多能来北大国文系。"③ 当时闻一多和梁实秋同在国立青岛大学任教,正值胡适改革北大中文系课程,他希望能够引进像闻一多、梁实秋这样能兼通中外文学的教授。

胡适的这种沟通中外文学系的主张一定程度上或与杨振声的影响有关。20 世纪 20 年代末,国立清华大学中文系在杨振声的主持下,率先从课程建设方面将中外文学进行沟通,开设"西洋文学概要"和"当代比较小说"等课程。1929 年 9 月,在蔡元培的举荐下,杨振声离开国立清华大学,到国立青岛大学任校长。杨振声延续在国立清华大学时期的理念,对国立青岛大学的文科教育进行了一系列的改革。他在演讲中谈道,"设一个文学系,里面分为中国文学组、英国文学组、法国文学组、德国文学组、俄日等文学组。学中国文学者必须兼学一个外国文学组以为辅课。学外国文学者必须兼学中国文学组以辅课"④。由于杨振声历来主张中国文学系和外国文学系沟通,因此在改革国立青岛大学,选定两系主任时颇为用心良苦。他聘请闻一多和梁实秋同年来青岛,分别担任中国文学系和外国文学系主任。杨振声曾自豪地对胡

① 冯至.关于调整大学中文外文两系机构的一点意见 [M] //冯至.冯至自选集.北京:首都师范大学出版社,2008:243.
② 李赋宁.回忆我大学时代的几位老师 [M] //季羡林.外语教育往事谈.上海:上海外语教育出版社,1988:274.
③ 梁实秋.看云集 [M].台北:皇冠出版社,1984:49.
④ 杨振声.校长报告 [N].国立青岛大学周刊,1931-05-04 (1)。

适说："我们国文系主任的英文很好，外国文学系主任的中文很好，两个系主任彼此的交情又很好，所以我们中外文学系是一系。"① 这里指的正是闻一多和梁实秋。胡适非常看重杨振声的能力，曾多次约请杨振声回北大，对杨振声沟通中外文学系的主张深以为然。

以闻一多为例，或可进一步说明中外文学系在治学方式与文学教育方面的一些差异。闻一多早年留美，不仅是新文学的重要作家，而且能够借用西学的方法重新审视和看待中国文学，是一位融通中西的重要学者。1927年，闻一多曾在南京国立第四中山大学（后改名为国立中央大学）外文系任主任，同时教授英美诗、戏剧、散文等课。1928年，闻一多又到国立武汉大学任教，讲授"英诗初步""西洋美术史"等课，并开始从诗人向学者转变。1930年，他受杨振声聘请，到国立青岛大学任文学院院长兼国文系主任。在青岛期间，他曾参阅国外对于莎士比亚的研究，感慨"中国文学虽然内容丰富，但研究的方法实在落后了"②。他自己做《诗经》《楚辞》、唐诗等中国古典文学的研究，力图引进西方文化人类学的方法。"我走的不是那些名流学者的、国学权威的路子。他们咬定一个字、一个词大做文章；我是把古书放在古人的生活范围里去研究，站在民俗学的立场，用历史神话去解释古籍。"③

这些观点体现了闻一多融通中西的治学方法。在青岛期间，他不但给中文系的学生讲授"中国文学史""唐诗""名著选读"等课程，也给外文系的学生讲授"英诗入门"等课。在给中文系学生讲中国文学史时，"内容注重各时代之社会背景及作家的生活，以期阐明我国历代文艺思潮及其艺术所以形成、演变之因"。闻一多讲唐诗，依时次为先后，取唐代主要诗作，参以时代背景及作家生活，详加讲解，以期说明唐诗之特定的风格，并呈现唐代文化。④ 可以说，闻一多在中文系的授课注重的仍是文学史的研究路径，注重深入挖掘、系统整理和科学考证。

闻一多在外文系讲英国诗歌，则又呈现出另一番风貌。曾在国立青岛大学就读的诗人臧克家回忆道，"我在大学里的时候，闻先生给我们讲授英国六大浪漫诗人的诗。记得他在讲雪莱的《云雀》一课时，将云雀越飞越高，歌

---

① 杨振声. 为追悼朱自清先生讲到中国文学系 [J]. 文学杂志，1948（5）：34-40.

② 山东政协文史资料委员会. 悠悠岁月桃李情 [M]. 北京：中国文史出版社，1991：85.

③ 刘烜. 闻一多评传 [M]. 北京：北京大学出版社，1983：275.

④ 刘宜庆. 闻一多在青岛 [J]. 名人传记，2017（3）：11-18.

声也越强，诗句所用的音节也越长的情况，用充满诗情的腔调吟诵了出来"①。臧克家认为，闻一多自身的诗歌创作在技巧方面也直接受到外国诗歌的影响和启发。另一位当年的学生也提供了相似的回忆，"诗人出身的闻一多讲课也充满激情。他在教'英诗入门'时，当讲到雪莱的《云雀》一课时，随着云雀越飞越高，朗读的声音也越来越强，音节也越拉越长。诗人的想象在缓慢而低沉的吟诵中飞扬起来，把自己也把学生带到另一个世界去。他诗人的气质很浓郁，讲起课来，时常间顿地拖着'呵呵'的声音，听课的学生都陶醉了。这种讲课方式逐渐成为他后来授课的一大特色"②。这里所回忆的闻一多讲授外国文学的方式，正是外国文学系以文学为本位，注重文学作品的鉴赏品读及感染力的教学方式。显然，相较于考证注释，闻一多在外文系讲授诗歌更为注重技巧的模拟、诗意的喷发和情感表达的磅礴。

中国的外国文学学科自诞生之日起就存在着两种文学教育的路径，一条是存在于中文系当中，以中文系所开设的外国文学史课程为依托；另一条是以各语种为基础的外文系的文学教育。1938年，国民政府教育部重新整理大学课程，颁发《大学科目表》，统一制定了中国文学系和外国文学系必修及选修科目表。自此，高校中文系和外文系课程设置有了新的官方指导文件，但由于抗战爆发等因素，实际上各高校的外国文学课程仍有较大差异。这份文件明确规定中文系必修外国语或西洋文学史课程，并需要选修外国语文系课程，中文系的外国文学课程至少在制度层面得以存续。同时，外国文学系英文组设必修科目仍以各种文体作品的选读和分期研究为中心，选修科目则设有"文学批评""比较文学""文学概论"等课程。由于中文系科目表主要由朱自清、罗常培等制定，外文系科目表则由朱光潜、楼光来等学者负责，因此相当程度上参照了此前国立北京大学、国立清华大学、国立中央大学等高校的课程特色。从更大的范围看，这份科目表，实际上肯定了民国以来各主要大学中文系和外文系分别开设外国文学以及打通中外文学的思路。但是，这一科目设置并没有真正解决中国的外国文学学科发展的实际问题。一个显而易见的矛盾是，外国文学学科分别位于中外文两系，这种制度上的系别相隔，常常造成中外文系之间的互不沟通，由此也形成了治学方式及文学教育的一些差异。杨振声后来描述这一状况说："在文法两院的科系中，如哲学、

---

① 臧克家. 闻一多先生诗创作的艺术特色 [M] //武汉大学闻一多研究室. 闻一多研究丛刊：第1集. 武汉：武汉大学出版社，1989：68.

② 杨洪勋. 闻一多在青岛的两年 [N]. 半岛都市报，2009-04-29（B79）.

历史、经济、政治、法律各系都是治古今中外于一炉而求其融会贯通的，独有中国文学系与外国语文系深沟高垒，旗帜分明，原因是主持其他各系的教授多来自国外；而中国文学系的教授独深于国学，对新文学及外国少有接触，外国语文系的教授又多类似外国人的中国人，对中国文化与文学无从下手，因此便划成二系的鸿沟了。"①

这种状况从20世纪三四十年代渐渐引起了学界的反思，叶公超、闻一多等人后来都曾提出过将"语言"和"文学"分设两系的做法，文学系即包含中外文学。国立西南联合大学时期关于中文系和外文系的沟通问题，许多学者也给出了思考和建议，只可惜这些建议一时并不容易实现。② 现实中能够做的补救措施，除了中外文两系设置互选课程外，还有就是聘请一批具有比较视野，精通中外文学的学者同时在大学的中文系和外文系授课。这一点在20世纪30年代胡适执掌北大文学院期间已有所实践。20世纪30年代初，任教于北大英文系的朱光潜写作《诗论》，创新性地以西方美学的观点阐释中国传统作品，这引起了力图沟通中外文系的胡适的关注。朱光潜回忆道："一九三三年秋返国，不久后任教北大，那时胡适之先生掌文学院，他对于中国文学教育抱有一个颇不为时人所赞同的见解，以为国文系应请外国文学系教授专任一部分课。他看过我的《诗论》的初稿，就邀我在中文系讲了一年。"③ 这一时期正是胡适执掌北大文学院的阶段，对文学院中国文学系和外国文学系的沟通颇为用心。他力邀梁实秋、朱光潜等外国文学教授到中国文学系授课，以为只有靠这样"兼通中西文学的人"才能"在北大养成一个健全的文学中心"④。这不但反映了时人对于中国文学与外国文学沟通的期待，也从一个侧面说明了中国的外国文学学科的发展与现代大学中文系之间的复杂纠葛。

---

① 杨振声. 为追悼朱自清先生讲到中国文学系 [J]. 文学杂志, 1948 (5)：34-40.

② 参见叶公超. 大学应分设语言文字与文学两系的建议 [J]. 独立评论, 1935 (168)：5-8；闻一多. 调整大学文学院中国文学外国语文学二系机构刍议 [J]. 国文月刊, 1948 (63)：1-2. 另可参见张珂. 通向世界文学之路：民国时期中文系与外文系的世界文学课程设置与沟通 [J]. 中国比较文学, 2017 (3)：194-204.

③ 朱光潜.《诗论》抗战版序 [M] //朱光潜. 朱光潜全集：第3卷. 合肥：安徽教育出版社, 1987：4.

④ 梁实秋. 看云集 [M]. 台北：皇冠出版社, 1984：49.

第八章

"新文化派"影响下国立武汉大学等高校的外国文学教育

五四以后至20世纪30年代，"新文化派"以国立北京大学为中心，一方面积极推进文学与思想革命，另一方面也为推进外国文学学科发展、开展外国文学教育、培养外国文学研究人才、沟通中外文学等做出了不少尝试和努力。随着学者的流动和学风的推移，国立北京大学的这种示范很快影响了其他地方的高校。其中，国立武汉大学和国立北京大学有着明显的学统传承关系。胡适曾把国立武汉大学作为中国教育进步的典型向外国人展示，显示出大学之间密切的思想和学术关联。1928年以后，来自国立北京大学的师资力量不仅支持了国立武汉大学的学科建设，还带来了求新、求变的学风和自由主义思想，国立武汉大学的外国文学学科和教育在这一背景下亦获得了重要发展。同时，民国时期的其他大学也在外国文学教育方面有着丰富的实践。

第一节　国立武汉大学沿革与外国文学学科概况

国立武汉大学的前身可追溯到1893年晚清湖广总督张之洞在武昌设立的湖北自强学堂。自强学堂时期，即开设英文、法文、德文、俄文、东文（日文）等外语课程。1902年，自强学堂改为方言学堂，继续开设大量外语课程和伦理、文学、国语、历史、地理、公法、算法、体操等新式课程。方言学堂还增设译书处，专门翻译出版有关强国富民的实用书籍。1913年，北洋政府以武昌原方言学堂校舍为基础，改建国立武昌高等师范学校，仿照日本教育模式，设立英文、历史地理、数学物理、博物四部。1922年，又仿照欧美模式，设国文系、英语系、教育哲学系、理化系、历史社会系等四部八系。1923年9月，国立武昌师范大学成立。1924年，改名为国立武昌大学。1926年，又改组为国立武昌中山大学，奠定了国立武汉大学的发展基础。1928年，南京国民政府以原国立武昌中山大学为基础，组建国立武汉大学，初设文、法、理、工4个学院。1929年5月，王世杰任国立武汉大学首位校长。至1936年，学校已经成为拥有文、法、理、工、农5个学院，包括16个系、2个研究所的综合性大学。

武汉因地理位置远离北京等新文化中心，再加上连年战乱、经费无着、时局变动等因素，此地新文化发展相对落后。20世纪20年代，新思潮和新文学在北方学界轰轰烈烈开展并取得可观成绩，但其在武汉的传播却相对比较滞后。国立武汉大学外国文学学科的真正发展是伴随着新文学的引入而展开的。1924年9月，国立武昌大学成立后，教育部委派国立北京大学理化教授石瑛为校长。石瑛到任后即在李四光教授的帮助下对校务进行了整顿，其中一个措施就是把英语系改为外国文学系，凸显了文学教育的重要性。石瑛任国立武昌大学校长期间，注重活跃学术氛围，曾邀请胡适为师生做《新文学运动的意义》等演讲。在新文化氛围的影响下，20世纪20年代中期以后，一批新文学家和外国文学学者陆续来到国立武汉大学任教。新文学的发展与外国文学的引进密不可分，新文学进入武大校园，在一定程度上促进了国立武汉大学外国文学学科建设和外国文学教育开展。

国立武昌大学时期，学校从国立北京大学和其他学校聘请教授来校授课，其中就有新文学家郁达夫、张资平、杨振声等。郁达夫在这里开设了文学概论、小说论、戏剧论等课程，将新文学和西方文学知识带到武大。由于新文学家的到来和指导，国立武昌大学的进步学生也开始阅读新文学书刊，并用白话创作作品。如由刘大杰、胡云翼、贺杨灵、蒋鉴璋等十余人发起成立的艺林社（1925年1月）就得到新派教们的支持，并印行《艺林旬刊》。新文学家的到来和国立武昌大学学生新文学创作的开展冲击了校内以往的保守学风，一定程度上也给作为新文学重要影响来源的外国文学知识的传播营造了校园氛围。

国立武汉大学（下文亦简称"武大"）成立后，首任校长王世杰原是国立北京大学教授，也做过新文化史上著名杂志《现代评论》的主编。20世纪20年代，以《现代评论》杂志为中心所形成的"现代评论派"（1924—1928）是一个具有浓厚新文学色彩的文化流派，其基本成员包括《新潮》社员和北大的一批教授。虽然《现代评论》是一个以政论为主的综合性文化刊物，但由于办在北大，秉持开放性的态度，承绪思想自由、兼容并包的北大精神，对新文学的建设和文艺创作的繁荣，起到了重要作用。现代评论派的基本成员多数都曾留学英美，"大都具有中西文化的深厚修养，因而也具有开放的性格，具有融化西方文化的能力与勇气"①。他们对西方现代文学流派的文艺观

---

① 黄曼君. 现代评论派的历史存在［M］//黄曼君. 黄曼君文集：第4卷. 武汉：华中师范大学出版社，2016：246.

表现冷淡，尊奉希腊古典艺术和文艺复兴以来的人文主义艺术，形成了"冲和淡雅"的美学风格。在自由主义文艺思想的影响下，属于不同社团流派的许多新文学家都曾为《现代评论》撰写过文章，如创造社的郭沫若、郁达夫，新学社的闻一多、徐志摩，语丝社的林语堂、冯文炳，象征派的李金发等。这为王世杰就任国立武汉大学校长，招揽文科教授和研究人才，发展中国文学和外国文学学科提供了重要资源。

王世杰是《现代评论》前期（1924—1927）的主编，也是主要撰稿人之一。他就任国立武汉大学校长后，除了在珞珈山建设新校舍外，还大力改进国立武汉大学的学科设置。他认为武汉市处于九省之中，地位相当于美国的芝加哥，力图将国立武汉大学办成一所万人规模的"有崇高理想、一流水准的大学""要创造一个新的大学"①。为此，他邀请了一批《现代评论》和国立北京大学、国立清华大学的同人，如王星拱、闻一多、陈源、凌叔华、袁昌英等来到武大，希望建立一个像北大那样"兼容并包"的新的武汉大学。这批新文化人中许多人既是新文学作家，又曾留学欧美，对外国文学有专深研究。他们的到来既为武大开设了一批新文学课程，鼓励了新派学生的新文学创作，同时又壮大了外国文学师资队伍，为武大外国文学学科的发展贡献良多。当时武大的文学风气，新旧两派对立仍十分鲜明。新派教授先后有闻一多、叶圣陶、朱光潜、朱世溱、苏雪林、冯沅君等人，主要从事新文学的研究和创作，也兼及外国文学研究。旧派教授有刘赜、刘异、刘永济、谭戒甫、徐天闵等人，主要从事中国传统小学的研究。因为两派都名家如云，所以常有新旧之争。这种现象当然不是国立武汉大学独有，国立清华大学、国立北京大学以及后来的国立西南联合大学都有这种新旧之争。从 20 世纪二三十年代全国大学新文学课程的开设来看，1929 年，国立清华大学率先开设新文学研究的课程。此后仅一年，1930 年秋，国立武汉大学也开设了由沈从文讲授的新文学研究课程，后来苏雪林、袁昌英在此都开设过新文学课程。这说明国立武汉大学在引进新文学方面已经走在了当时全国大学的前列。

从外语学习和外国文学课程的开设来说，国立武汉大学有较好的历史传统与学习氛围。早在晚清自强学堂时期，张之洞就把学习西语、研读西学作为自强学堂重要教育目标，力求培养"融贯中西，精研器数""通殊方之学，

---

① 谢红星. 武汉大学校史新编：1893—2013 [M]. 武汉：武汉大学出版社，2013：69.

察邻国之政""上备国家任使"的"志士"和"通才"。① 当时著名英国文学专家辜鸿铭作为张之洞的幕僚，曾在此教授英语。国立武汉大学成立后，学校特别注重英语教学。首任校长王世杰认为，外语教学既是为了使学生获得阅读西书的自由，又是为提高学生的求学能力。"所谓求学的能力，当然包含方法与工具两个要素。所谓方法的训练，就是养成科学的头脑；所谓工具的训练，就是增进语言文字的知识。有了科学的方法，没有适应的工具，正如一个烹调能手，没有烹调的器物一样。"② 从 1930 年起，武大把"基本英文"规定为全校一年级学生的必修课，"基本英文"在第二学年仍不及格者，不准升级。为了加强英语教学，学校还专门设立了英语教学指导委员会。此外，当时武大理工两学院大部分使用的是国外原版教科书，学生的毕业论文亦多用英文写成。

从院系设置来看，国立武汉大学成立初期，设有文学院。首任校长王世杰十分重视办好文学院。他认为，"一个大学能否臻于第一流，端赖其文学院是否第一流。有了第一流的人文社会科学诸系，校风自然活泼，学生也会对本校校风有自豪的感情；有了好的文学院，理工学生也会发展对于人文的高度兴趣，可以扩大精神视野及胸襟"③。在这种思想指导下，文学院在武大建校初期就奠定了较好的基础。初创期的武大文学院即设中国文学系和外国文学系，为中国文学和外国文学的学科发展提供了制度保证。武大文学院强调通才和专家皆不可废，其培养目标一是养成"专门的学者"和"受过高等教育的通人"，培养"不闭塞的专门学者和不空泛的高等教育通人"；二是"养成学生自动读书研究的能力与习惯"，为此在课程设置上极为重视中国文学系与外国文学系的沟通。闻一多和陈源先后担任文学院院长，两人都主张打通中国文学系和外国文学系，使之可以互相比较借鉴。从 1928 年起文学院招收第一批学生，一直到抗战前，国立武汉大学的中国文学系和外国文学系不仅获得了一段较为稳定的发展时间，并且在中外文学课程的沟通方面做出了可贵的实践。"无论在文学的创造，研究或欣赏方面，没有参考，比较，是不会有新的眼光、新的方法、新的见解、新的发现的。目下课程中间，外国文学系以中国文学史为必修课，中国文学系设英文国学论著为必修课，而互相可

① 陶德麟．武汉大学百年校史考［M］//陶德麟．陶德麟文集．武汉：武汉大学出版社，2007：974.
② 谢红星．武汉大学校史新编：1893—2013［M］．武汉：武汉大学出版社，2013：62.
③ 刘双平．漫话武大［M］．武汉：武汉大学出版社，1993：62.

以选修的课程很多。"① 这些实践反映了当时闻一多、陈源等人的文学教育思想。

闻一多主张把中文系办成现代的中文系，不仅将外国语学习引入中文系之中，而且要求中文系学生多读外文书，接受现代知识。据当年在国立武汉大学开设过"中国文学批评史"的朱东润回忆，闻一多"极力主张要开设两门课。一门是中国文学批评史……还有一门课更特别，称为英文国学专著，专门选读一些英文写作的关于中国语言、文学、考古、艺术这一类的作品。坦白讲，英文在这方面，并没有多少重要著作，开课的意图是期望学生通过学习这些作品，多少看到西方学者治学的方法"②。据当时文学院的课程指导书记载，"英文国学论著"每周3小时，一年授完，教员为朱世溱（朱东润）。课程内容为"选读英文书籍关于国学之批评或研究，尤其注意其方法及理论。国学名著曾经翻译者，亦间行选读，借资比较，以增进研究之兴趣"③。"英文国学论著"的开设不仅在20世纪30年代的中国大学中较为鲜见，实属创新，即使放在今天来看，也具有一定的前沿性。当时设置此课虽然更多是为了借鉴域外汉学的治学方法，改进中国文学研究，但这门课本身所具有的跨文化比较色彩及其所昭示的中国文化的域外传播力和影响力，无形中却是对学生的一种更好的文学教育。

陈源继任武大文学院院长后，在闻一多课程改革的基础上，开设了更多的新文学课程及外国文学课程，进一步加强了中国文学系与外国文学系的互通。从1931年国立武汉大学中国文学系和外国文学系课程表比照来看（表8-1、表8-2），中国文学系不仅重视基本英文的学习，更将"英文国学论著"设为一年级必修课。这门课也是外国文学系的选修课程之一。同时，中国文学系开设了小说入门、戏剧入门、英诗初步、英国文学史、文学批评等与外国文学相关的选修课程。外国文学系的课程也有明显偏重文学的特色，除基本的文学课程外，还将中国文学史设为必修。此外，两系均设有教育学、史学、政治学、心理学等方面的选修课程。中外文学系的这些课程设置在夯实学生的中外文学基础，扩大学生学术视野，厚植学术根基方面均走在当时国内高校前列。这些课程设置的出现也说明新文化势力已经在国立武汉大学占

---

① 国立武汉大学文学院概况［M］//张研，孙燕京. 民国史料丛刊·高等教育：第1095卷. 郑州：大象出版社，2009：36.
② 朱东润. 朱东润自传［M］. 北京：人民文学出版社，2009：170.
③ 国立武汉大学文学院概况［M］//张研，孙燕京. 民国史料丛刊·高等教育：第1095卷. 郑州：大象出版社，2009：43.

据主导地位。这些课程奠定了 20 世纪 30 年代武大文学院的课程基础，此后一直到 1937 年全面抗战爆发，武大西迁乐山，个别课程虽有名称的微调，但基本上延续了此时的主要设置。

表 8-1 国立武汉大学中国文学系课程表（1931）

学期	必修课程	选修课程
一	基本英文、伦理学、现代文化、作文（一）（苏雪林）、文字学、中国文学史（苏雪林）、古今诗选（一）（汉魏六朝）	小说入门（胡光廷）、中国通史（一）、教育哲学、哲学概论、第二外国语
二	英文国学论著、声韵学、经学概论、诸子概论、古今诗选（二）（唐宋元明清）、作文（二）、中国小说史	戏剧入门（袁昌英）、中国通史（二）、教育学史、心理学、第二外国语
三	训诂学、校勘学、诗经学、文选学、诗专家研究、诸子专家研究	英诗初步（胡光廷）、中国通史（三）、中国哲学史（雷海宗）、史学方法、社会学、第二外国语
四	中国文学批评史（朱世溱）、词、戏曲、楚辞学、经学专书研究、目录学、古代文字学	诗专家研究、英国文学史（方重）、文学批评（张沅长）、中国通史（四）、近代中国政治史、印度哲学、因明学、第二外国语

表 8-2 国立武汉大学外国文学系课程表（1931）

学期	必修课程	选修课程
一	英文及作文（一）（李儒勉）、第二外国语、伦理学、现代文化、小说入门、希腊神话及圣经故事	英文国学论著、古今诗选（一）、欧洲通史（一）、中国通史、哲学概论
二	英文及作文（二）、第二外国语、中国文学史（苏雪林）、英国文学史（方重）、英诗初步（胡光廷）、戏剧入门（袁昌英）	心理学、古今诗选（二）、欧洲通史（二）、西洋哲学史、教育哲学

学期	必修课程	选修课程
三	高级英文及作文（一）（方重）、第二外国语、莎士比亚（本年授希腊悲剧）、散文（本年授文学批评）、欧洲小说（本年授英国小说）、翻译（本年授英文教授法）	词（钱南扬）、中国小说史（陈登恪）、欧洲通史（三）、伦理学美学
四	高级英文及作文（二）、希腊悲剧（方重）、近代诗（张沅长）、文学批评（张沅长）、英美小说（陈源）、英文教授法（李儒勉）	戏曲、中国文学批评史、德国作家（格拉塞）、近代欧洲政治史、希腊哲学研究、现代思潮

再来看当时外国文学主要课程的内容说明：

小说入门（每周3小时，一年授完）。本学程选择英文名家作品数种作为教本。其目的在于促进学生读书之能力，引起学生对于小说之兴趣，并指示学生研究小说之分析法。每一作品读完后，必将作者之身世、作风，以及此作品中之人物、结构、对话、描写、思想，做较有系统之讨论。

希腊罗马神话及圣经故事（每周3小时，一年授完）。本学程之目的，在于使学生了解西洋文学及艺术之背景。每学年之上半部时期，对于希腊罗马之重要神祇、英雄故事，以及荷马诗集之内容，均加以详细解释。下半部时期，对于圣经新旧约中各种重要故事，以文学的眼光加以研究与批评。

英国文学史（每周3小时，一年授完）。本学程讲授英国文学各时代之特点及社会之背景，使学生对于英国文学之变迁大势及文学与社会之关系得一简单之概念，并选读每时代作家之代表作品，俾学者获得更亲切之了解。

英诗初步（每周3小时，一年授完）。本学程选读英诗名作二三百篇，加以讲解研究。其目的在于使学生略知西洋诗之体裁、格调、法则、风格。且所读多能成诵，以养成纯文艺之欣赏力，做进一步研究之准备。

戏剧入门（每周3小时，一年授完）。本学程为入门功课，其目的在于使学生多读近世欧美有名之剧本，并研究其艺术。

莎士比亚（每周 3 小时，一年授完）。本学程讲授莎氏时代背景、当时剧场情形及莎氏生平与其文学价值，并取其名著数种讲解研究，使学生欣赏其作品之美妙。

希腊悲剧（每周 3 小时，一年授完）。本学程研究 Aeschylus, Sophocles 及 Euripides 三家之主要剧本。先授希腊悲剧之背景，后将选定各剧依次研读，以求能得各家之艺术方法及精神，相互阐明。

欧洲小说（每周 3 小时，一年授完）。本学程对于英国以外欧洲各国之小说均有所论列。并选读俄法德挪诸国代表作家之名著各一二种，做详细之研究。

英美小说（每周 3 小时，一年授完）。本学程对于英美小说，自初期以至今日，做系统的研究，并选读各时代的代表作品。

文学批评（每周 2 小时，一年授完）。本学程用比较的方法、历史的系统，去研究西洋文学批评的根本原理与派别沿革。除讲演选读名著之外，实地练习写作评论文字。

近代诗（每周 3 小时，一年授完）。本学程选读 19 世纪中叶至现在之英美诗人作品，研究其体裁、派别、思想、艺术、时代背景，并略读欧洲诗人作品以为比较。除欣赏之外，也使学生明了当代文艺潮流之趋向。

德国作家（每周 2 小时，一年授完）。本学程略述德国文学之沿革及其代表作家之著作及风格，并选读其作品。①

以上这些课程许多都是中国文学系和外国文学系学生可共同修读的课程。课程范围包括小说、诗歌、戏剧、散文、作家研究、文学批评等多种类型。课程总体偏重近世欧美文学，强调文学原典的阅读与研究，主张对作品做艺术上的分析与借鉴。"文学批评"和"近代诗"等课还尤为强调历史的、系统的比较，并涉及英美文学之外的文学作品。任课教员包括李儒勉、苏雪林、方重、陈源、张沅长、胡光廷等人。据 1936 年 12 月出版的《国立武汉大学一览》，外国文学方面的课程还增加了袁昌英开设的"近代戏剧"和"欧洲戏剧沿革"。前者"自易卜生起至近时为止，读英美法德俄名著二十余篇，并

① 此处信息根据《国立武汉大学文学院概况》（1931）提取整理。参见张研, 孙燕京. 民国史料丛刊: 文教·高等教育: 第 1095 卷. 郑州: 大象出版社, 2009: 37-47.

论及长篇及独幕剧理论与结构"，并提示"学生须作课外书报告文数篇"。后者"以历史之眼光，叙述欧洲悲剧喜剧之起源与发展，自希腊起至易卜生为止，同时参读各时期重要名著共十余篇，以与发展之程序互相印证"①。讲授这两门课程的袁昌英自 1929 年来到国立武汉大学外文系任教。她不仅是知名的新文学戏剧家、散文家，也是国立武汉大学外国文学学科的重要奠基人之一。在接下来的一节里，我们以袁昌英、陈源、朱光潜等人为例，进一步分析当时武大的外国文学教育。

第二节　袁昌英、陈源、朱光潜等外国文学名师在武大

20 世纪三四十年代，国立武汉大学在珞珈山期间和西迁乐山后，外国文学系一直是武大文学院中的大系，学生人数最多，最活跃。国立武汉大学外文系培养出来的学生，如叶君健、邹绛、考昭绪、杨静远、章振邦、吴鲁芹、齐邦媛、孙法理等后来都成为外国文学学者、翻译家或作家、诗人、散文家。以叶君健为例，他曾于 1933—1936 年就读于武大外文系。这三年里，外文系共开设 24 门必修课，18 门选修课，这个数量不可谓不丰富。除了外文系的英国文学史、英诗、散文、欧洲小说、翻译、戏剧入门、欧洲戏剧沿革等课程，他还上过中国文学史、中国小说史等中国文学系教师主讲的课程。武大当时注重中国文学与外国文学沟通的课程设置为其成长成才提供了良好环境。叶君健后来能用 10 种语言阅读写作，成为著名作家、文学翻译家、外国文学研究家，这与其在大学时代打下的宽厚学识基础不无关系。②这一时期，武大外文系教师队伍人才济济，即使在抗战十分艰苦的条件下也坚持开出了多样的课程。在这里讲授过外国文学课的名师包括袁昌英、陈源、朱光潜、方重、罗念生、戴镏龄等知名教授和学者。1946 年 8 月底，吴宓也曾来到国立武汉大学任教，在此约两年时间，其间讲授"英国浪漫诗人""文学与人生""世界文学史""文学评论"等课程。③ 此外，英国诗人朱利安·贝尔（Julian Bell）也曾在武大外文系任教。正是在这些名师的精心培育下，国立武汉大学的外国文学教育在当时中国的高校中才具有了代表性和典型性。

---

① 国立武汉大学．国立武汉大学一览［M］．武汉：国立武汉大学，1936：26.

② 徐正榜．叶君健先生的武大岁月［M］//杨欣欣，陈作涛．纸上春秋：武汉大学校报90年．武汉：武汉大学出版社，2009：14-19.

③ 吴学昭．吴宓与陈寅恪［M］．北京：生活·读书·新知三联书店，2014：318.

一、袁昌英、陈源与 20 世纪 30 年代武大外国文学教育

首先以袁昌英为例，或可窥见当年国立武汉大学外国文学教育之一隅。

袁昌英（1894—1973），字兰子、兰紫，湖南醴陵人。幼年曾随父入上海中西女塾学习英文，1916 年赴英留学，入爱丁堡大学学习西方戏剧，获文学硕士学位，成为留学欧洲的中国女性中获此学位的第一人。1921 年回国，在北京女子高等师范学院任教。1926 年赴法国继续留学，在巴黎大学主修法国文学和欧洲近代戏剧。这种求学经历为袁昌英此后的学术研究和文学创作打下了重要的基础。1928 年袁昌英回国后，先在上海中国公学讲授莎士比亚戏剧。1929 年 9 月起，任教于国立武汉大学文学院外文系，并担任系主任，成为数量有限的第一批"开山"教授之一。她所主讲的课程包括法文、希腊神话、希腊悲剧、莎士比亚、戏剧入门、欧洲近代戏剧等。1930 年起，开始发表文学作品，著述甚丰，主要作品有戏剧集《孔雀东南飞及其他》（商务印书馆 1930 年）、散文集《山居散墨》（商务印书馆 1937 年）等。编著有《法兰西文学》（商务印书馆 1929 年）、《法国文学》（商务印书馆 1946 年）等。

由于有着丰富的留学经历，对欧洲现代大学有着较深的了解，袁昌英不仅是一位新文学家，也是中国高等教育问题的思索者。早在 1928 年，袁昌英初回国之际就曾经提笔触及当时国内的高等教育问题。她的散文代表作《游新都后的感想》就针对当时南京的几所著名大学发表了一些颇有见地的评论。虽然袁昌英留学多年，十分了解西方文化，但对西方文化的态度毫无媚骨，而是有中国学者的严肃立场。她指出，当时南京的教会学校"注重洋文化，轻视国粹，它们好像国中之国，独自为政，不管学生所学的于她们将来对于本国社会的贡献，需要不需要，适用不适用，只顾贯注将西洋货输到她们脑子内去"[1]。这样全盘西化的结果脱离了中国的实际，只会培养出一些纯西化的、只会说外国话的青年。这篇文章已经显示出她对当时中国高等教育西化的反思，显示出一种文学家的敏锐和学者的睿思。20 世纪 40 年代，袁昌英在国立武汉大学的一次演讲中提出，"大学是培养气节，树植高尚人格的绝好场所"，"培养一个国民的道德或学问，正如栽植一枝花木一样，自其发扬以至成长，无时无刻不需要人家的尽心与竭力"[2]。她提出可以效仿古人的"潜移

---

[1] 袁昌英. 袁昌英散文选集 [M]. 天津：百花文艺出版社，2004：32.

[2] 袁昌英. 不言而教 [M] //骆郁廷. 乐山的回响：武汉大学西迁乐山七十周年纪念文集. 武汉：武汉大学出版社，2008：66.

默化"或"不言而教"的教育方法，使青年养成良好的道德风气。这些看法代表了身兼文学家、外国文学研究者、教师等多重身份的袁昌英的教育理念。

作为外国文学教师的袁昌英在这方面更是亲身示范，对待教学工作可谓一丝不苟。袁昌英的女儿杨静远写道："我母亲在教学上一丝不苟，精益求精，总是在不断地进行研究，积累新资料补充讲义。她的书房里，沿着两面墙摆满了中外书籍的书架，房中间还有一个很大的卡片柜，一屉一屉的卡片，密密地记载着资料。……在她苦心的培养和心血的浇灌下，造就出一大批外国文学人才，知名作家、翻译家叶君健先生，就曾是她的学生。"① 上过袁昌英外国文学课的章振邦回忆道，袁昌英在武大外文系以要求严格闻名。"大家对于她的课程个个认真对待，从不敢掉以轻心。由于老师的严格要求，我们在外文系三、四年级修习的两门文学课程——'近代戏剧'和'希腊悲剧'便成了两门重头课。袁老师不仅对欧洲戏剧有精湛的研究，而且对如何教好戏剧也有一套行之有效的教学法。"② 袁昌英讲授的"近代欧美戏剧"，指导学生精读易卜生的《野鸭》《玩偶之家》《罗斯马庄》，莫里哀的《伪君子》，契诃夫的《海鸥》《樱桃园》，贝克的《群庄》，豪普特曼的《沉钟》，罗斯丹的《大鼻子情圣》等。"希腊悲剧"课要精读《被缚的普罗米修斯》《俄狄浦斯王》《特洛伊妇女》等。这些课程内容之广博，即使放在今天看，也蔚为大观。

袁昌英讲课不照本宣科，而是精选作家的代表作进行细致深入的讲解和剖析，再指定阅读同一作家的其他作品，以培养学生的独立工作能力，并加深对作家的研究。由于袁昌英本人就是一位妇女解放运动的倡导者，她曾重点为学生讲过易卜生的《玩偶之家》。"讲到女主人公娜拉的性格发展，讲到她如何不甘做男人的玩物，如何与丈夫发生冲突最后导致出走，分析得淋漓尽致，富有很大的感染力。"学生上袁昌英的每堂课都要事先做好充分的预习准备，否则就会跟不上进度。若能够在她的课堂上认真记好英语笔记，课下整理之后便能成为一篇条理清晰组织严密的文章。她还要求学生在课堂之外针对每个作家写出翔实的读书报告，反复叮嘱学生要认真阅读原著，直接领会作品的实质，而不要把原著放在一边或草草过目，光凭几本参考书就妄加评论。她提倡学生独立思考，以批判性的眼光解读文学作品，并对学生的读

① 杨静远. 回忆我的母亲袁昌英 [J]. 株洲文史，1986（10）：149.
② 章振邦. 怀念袁昌英教授 [M] //骆郁廷. 乐山的回响：武汉大学西迁乐山七十周年纪念文集. 武汉：武汉大学出版社，2008：195.

书报告认真批阅指导。她告诫学生要养成认真的、诚实的学习态度，"写读书报告不可以光是罗列各家之说，重要的是讲出自己的观点，讲错了也不要紧"①。在平时的教学中，袁昌英还从如何看参考书、如何做卡片、如何积累资料等多方面指导学生开展研究工作。这些回忆充分展示出了作为外国文学教师的袁昌英的教学方法、教育理念和对学生的影响。

20世纪30年代袁昌英任教于国立武汉大学，这个时期是其作为外国文学研究者和新文学作家著述的高峰期。到珞珈山以后，她不仅写了大量的散文、随笔，还写了大量的外国文学批评论著，涉及英国作家莎士比亚、哈代，美国戏剧家奥尼尔（Eugene O'Neill），挪威戏剧家易卜生，比利时戏剧家梅特林克，意大利戏剧家皮兰德娄（Luigi Pirandello）和法国新戏剧运动等。这些论著配合了袁昌英的外国文学教学，尤其是戏剧教学，显示出教学与研究的相互促进。袁昌英当时在武大外文系的授课门数是最多的，从"莎士比亚"到"希腊悲剧"，从"法文翻译"到"英语翻译"，这些课程涉及英语、法语、汉语，无不需要极深的研究功底。以其开设的莎士比亚课而言，袁昌英由此也成为我国早期研究莎士比亚的重要学者之一。她写的《夏洛克》（1931）是我国较早运用精神分析学方法对《威尼斯商人》中的夏洛克进行深入分析的论文。文章将夏洛克的性格与民族性结合起来，认为他是由意识、个人意识和集体主义意识凝聚而成的"复仇主义的化身"，因而这个人物是一个悲喜剧交叉并存的形象。她的另一篇长篇论文《莎士比亚的幽默》（1935），从"幽默"这一美学范畴出发，认为英国人的幽默或与英国风土有关，并以莎士比亚的五个剧本为例，探讨了莎翁的幽默艺术。这些研究成果亦可视作其在武大讲授莎士比亚课的收获。

翻译家孙法理曾谈及20世纪40年代听袁昌英讲授莎士比亚课的印象，"袁先生不但是五四时代的知名女作家，而且留学英国和法国，获得过爱丁堡大学硕士学位。在英国时与徐志摩、陈西滢等是好友，学养深厚。她的莎士比亚课分量很重，采用的是英国学院派的教法，旁征博引。……以后我写毕业论文就写了莎士比亚，四十年后甚至教起莎士比亚，翻译起莎士比亚的作品来。""袁先生的课引起了我对戏剧的广泛兴趣。……我那时对戏剧爱好到了入迷的程度。……我这把爱好戏剧的火是袁老师点燃的。"② 另有学生回

① 章振邦. 怀念袁昌英教授［M］//骆郁廷. 乐山的回响：武汉大学西迁乐山七十周年纪念文集. 武汉：武汉大学出版社，2008：196-197.
② 罗惜春. 袁昌英评传［M］. 湘潭：湘潭大学出版社，2015：93-94.

忆，袁先生讲莎士比亚，要求学生精读并写论文的剧本有《李尔王》《奥赛罗》《暴风雨》《威尼斯商人》等。为了让学生对莎翁的剧本有更深的理解，她还亲自辅导学生用英语演出《皆大欢喜》等莎剧。她的英国淑女气派更是武大校园的一道别致风景，对学生有很大的吸引力。有人甚至只为听她说话，专程来蹭外国文学课听。袁先生讲《奥赛罗》，穿着浅蓝色的西装套裙，胸前别着一对白兰花，颤抖着举起双手。朗诵男主人公的独白，扮演起女主人公的忧伤和恐惧，银边眼镜里又闪烁着迷蒙的泪光。学生的作业写得好，她喜欢用"最美"这样的字眼来夸赞。① 这种课内课外富有亲和力、感染力同时又严格要求的教育方式，大大激发了学生的学习兴趣。不难体会到，这种教育效果既来源于袁昌英对外国文学的深刻感悟与热爱，又出于身为人师的责任感与使命感，真正实践了她所主张的"潜移默化"或"不言而教"的暗示方法。

抗战期间，国立武汉大学西迁至四川乐山，在十分艰苦的条件下，袁昌英对学生也做到了严格要求和悉心指导。当时武大校园学生社团演剧活动十分活跃，有"峨眉剧社""丛丛剧社"和"南开剧社"等多个学生剧社。这些剧社多演外国名剧，如王尔德《莎乐美》《少奶奶的扇子》，莎士比亚《李尔王》等，还演出吴祖光、曹禺等新文学家的剧作②，显示出武大校园外国文学和新文学传播的活跃氛围。袁昌英以研究西方戏剧名，除开设外国戏剧课程之外，还指导学生外国戏剧的排练演出。"峨眉剧社"公演《莎乐美》时，特地请袁昌英为该剧写推荐文章，希望能得到对这个剧本的褒扬之语。袁昌英却以散文家的敏锐和学者的严肃认真，对该剧进行了批判，由此写成了一篇充满个人风格的文学评论。她由在巴黎的留学经历写到对作品的感受："（《莎乐美》）从艺术方面讲起来，是一节完整美妙的音乐，是一块美玉无瑕的玛瑙。它的音节的凄婉、结构的整洁、意象的奇幻、词句的凄丽，都使我想起那一片巴黎月夜的箫声，又使我想起那只乳白色的玛瑙小花瓶，独幕剧的工整殆未有过之者也。"③ 在肯定了《莎乐美》在王尔德创作生涯中的代表性之后，她转而批判道："《莎乐美》是以唯美主义为形式，以颓废病态的题材为内容。当然，唯美的形式不一定要颓废的内容，可是颓废的内容不能没有唯美的形式，固此颓废派与唯美主义就结下了不解之缘。"④ 她特别提醒

---

① 罗惜春. 袁昌英评传 [M]. 湘潭：湘潭大学出版社，2015：96.
② 谢红星. 武汉大学校史新编：1893—2013 [M]. 武汉：武汉大学出版社，2013：89.
③ 袁昌英. 袁昌英散文选集 [M]. 天津：百花文艺出版社，2004：19.
④ 袁昌英. 袁昌英散文选集 [M]. 天津：百花文艺出版社，2004：20-21.

学生，"别为美的艺术所诱而误认为其内容为健全。这种病态的、颓废的作品，披上优美动人的艺术形式最易于把人引入歧途"①。这篇评论不但讲清楚了唯美主义与颓废主义之间的关联，还显示出袁昌英充满哲理化的散文风格。更重要的是，作为一篇为中国学生而写作的文章，袁昌英还联系此前蔡元培、朱光潜的"美感教育"，引导学生批判性地看待西方现代艺术的价值与局限，体现出鲜明的中国学者立场和对青年学生的思想关怀。

再来看袁昌英的好友，时任武大文学院院长兼外文系主任的陈源。

作为《现代评论》的创办人之一，陈源对中西文学都有很深的造诣，在中国现代文学史上以与鲁迅的笔战闻名。这些论争文章后来被收入《西滢闲话》一书，引起较大反响。其文笔行云流水，恣意从容，被徐志摩誉为"中国的法朗士"。这个评价已经点出了陈源与外国文学的密切关联。不过，鲜少有人论及其外国文学教师身份。前文提及，陈源在1920年代留英回国后在北大英文系任教，开启其教师生涯。20世纪30年代在武大，他开设过"英文短篇小说""英国文化""翻译""世界名著"等课。上过他的课的学生袁望雷回忆道，陈源上课虽不发讲义，不用教本，指定几本书作为基础读物，但讲课时能旁征博引，头头是道。"同学们觉得陈老师是一位通儒，这门课最能表现他的学识渊博。"② 另一位学生王陆回忆道，陈源先生讲授英文小说课时，发给每位同学小说精选目录，并附有图书馆书刊编号，以便大家借阅。"他讲述其中名著的故事梗概及其文学价值，同时还指定课外读物，每次一二十页，阅读后要大家提出问题，如无问题，他就要提问。"③ 另一位学生吴鲁芹回忆道，陈源的课非常受学生欢迎，尤其是"短篇小说"课让他有"如沐春风"之感，是学生时代最快乐的一段回忆。④ 这些回忆反映出陈源在当时武大学生心目中是一位通儒名师。作为教师的陈源十分重视教育，尤其重视学生的人格教育。他主张大学教授应以身作则，为大学示范良好的学风。他以欧洲的大学和中国的书院为例说明学风的重要："欧洲的大学往往因为有了几个人格伟大的教授，全校的学风甚至于全国的学风，居然一变。中国从前也有许多

---

① 袁昌英. 袁昌英散文选集［M］. 天津：百花文艺出版社，2004：25.

② 袁望雷. 怀念吾师陈源教授［M］//骆郁廷. 乐山的回响：武汉大学西迁乐山七十周年纪念文集. 武汉：武汉大学出版社，2008：176.

③ 王陆. 乐山时期的武大外文系［M］//骆郁廷. 乐山的回响：武汉大学西迁乐山七十周年纪念文集. 武汉：武汉大学出版社，2008：252.

④ 涂上飙. 珞珈风云：寻找十八栋别墅里的名人名师［M］. 武汉：武汉大学出版社，2020：37.

书院，造成一种特殊的学风，这不能完全归功于治学方法，大部分还得力于人格的陶冶。……只有一般专心学问的教授以身作则，由人格的感化，养成好学的学风。"① 这说明，陈源不仅有自己的一套外国文学教学方法，而且形成了一种学术与人格并重的教育理念。

陈源在担任武大文学院院长期间，不但为文学院建设殚精竭虑，从教学计划到延请名师都亲力亲为，还进一步推动了新文学课程和新文学家进入武大课堂。有研究者认为，国立武汉大学由于系国民政府所办，在 20 世纪 30 年代左翼文学盛行的年代，武大却保持了自由主义的特色与基调，并不提倡左翼文学，故而新文学的发展有其鲜明特点。② 从外国文学学科史的角度看，20 世纪 30 年代武大外国文学学科与新文学课程在此的发展协同并进，彼此成就。外国文学系的主要教师基本上都持自由主义的文化立场，较为靠近新文学，或者本身就是新文化阵营中的成员。他们既以深厚的学识占据外文系讲席，传播外国文学知识，又在新文学创作和思想革新方面引领风气。新文化阵营内部的联结与交往，不但推动了武大文学院新旧势力对比的转变，对思想观念的革旧布新和外国文学学科发展也有着较为积极的意义。

以沈从文、苏雪林进入武大为例，两人因学历问题在当时曾遭遇过不小的阻力。1930 年，胡适向陈源推荐沈从文来武大任教。他回信说："从文事我早已提过几次。他们总以为他是一个创作家，看的书太少，恐怕教书教不好。……我极希望我们能聘从文，因为我们这里的中国文学系的人，差不多个个都是考据家，个个都是连语体文都不看的。"③ 由此可见当时旧派势力在武大的保守氛围。最后，在陈源的促成下，沈从文于 1930 年 9 月开始为中文系学生讲授新文学研究。他在武大任教期间编写的《新文学研究》讲义，发表的关于汪静之、徐志摩、闻一多等人的作家论为其日后的文学批评奠定了基础。虽然沈从文在武大仅上了一学期课，但这门课在武大已经有了发端。在他离开后，袁昌英推荐苏雪林来到武大。在陈源的要求下，苏雪林接替沈从文继续开设新文学研究课程，并最终成长为一位现代文学的重要研究者。这些史实不仅显示出当时新文化人之间的彼此联结，也反映了他们对引入新文学较为一致的态度。陈源作为留英知识分子，虽然对知识和学养十分看重，但他所秉持的自由主义文化理念又使他能够较好地容纳新文学在教育空间的

---

① 陈源. 西滢闲话 [M]. 石家庄：河北教育出版社，1994：173.

② 王彬彬. 中国现代大学与中国现代文学 [M]. 上海：上海人民出版社，2011：417.

③ 耿云志. 胡适遗稿及秘藏书信：第 35 册 [M]. 合肥：黄山社，1994：85-87.

开拓。同时，作为外国文学研究者，陈源特别强调新文化运动以来的文学成就与外国文学的影响是分不开的。他提出，搞文学当然要靠读书，但恰恰不能去读中国古书，而必须多读外国书。就算中国与欧洲的文学各有它们不能比较的特点，欧洲文学也不能不做我们新文学的灵感来源。他们的文学"特殊的精神还是在尊自由，重个性，描写自然，实现人生。……中国的新文学运动，方在萌芽，可是稍有贡献的人，如胡适之、徐志摩、郭沫若、郁达夫、丁西林、周氏兄弟等都是曾经研究过他国文学的人"①。虽然陈源对于中国古书的看法有些偏激，认为古书代表"死文字"，近代外国文学是"活文学"，但在捍卫白话文地位，借鉴外国文学方面，在当时还是显示出一种较为积极的进步意义。

值得一提的是，陈源的夫人凌叔华也是新文化阵营的重要成员，她早年毕业于燕京大学外文系，是知名女作家和画家。由于避嫌，凌叔华随陈源在武大期间并未任教，但仍然从事文学创作、翻译和绘画，包括用英文创作《古韵》。同时，她还是《武汉日报》副刊《现代文艺》的主编。她与外籍教师朱利安·贝尔合作，翻译自己的小说，与伍尔夫（Virginia Woolf）通信交流，以独特的方式寻求东西文学的对话，将中国文学的声音传播至世界。凌叔华在武大期间还与袁昌英、苏雪林交往甚密，友谊深厚，三人被称为"珞珈三女杰"。她们的交往某种程度上也促进了外国文学与新文学在武大的融会交流。

可以说，正是在陈源担任文学院院长期间，武大文学院的师资力量和文化氛围发生了历史性的转变。众多新文化教师相继在这里聚集，成为武大文学院的中坚力量。他们不少人既是新文学作家、研究者，同时也是武大 20 世纪 30 年代外国文学学科的重要建构者。武大文学院在为新文学提供存在空间的同时，也开拓了外国文学学科在这里的发展空间，奠定了此后武大外国文学的学科基础。

二、朱光潜与 20 世纪 40 年代国立武汉大学的外国文学教育

最后，我们再以提倡美感教育、曾在武大外文系任教的朱光潜为例，管窥经过 20 世纪 30 年代的发展，武大外国文学教育在 20 世纪 40 年代取得的成绩与影响。

朱光潜既是著名美学家、文艺理论家，也是一位外国文学教学名师。

---

① 陈源. 西滢闲话 [M]. 石家庄：河北教育出版社，1994：223，225.

1939 年由国立四川大学到西迁至乐山的国立武汉大学任教，给武大学生留下了深刻印象。袁昌英的女儿杨静远作为武大外文系的学生，曾于 1942 年上过朱光潜的英诗课。她回忆道："英诗是二年级的课。还在一年级的时候，我就听高年级的同学说，朱先生的英诗课有趣极了，可又难极了，先生要求很严，不像有些教师只在台上讲，听不听由你。朱先生常会讲着讲着冷不丁地叫起一位同学，要他朗读或背诵一首诗，回答一个问题，解释一句诗或一个词。考试题也出得深而活，不易得高分。对不用功的学生，他会毫不客气地给他一个不及格。"[①] 在物资十分匮乏的战时，朱光潜以美国诗人帕尔格雷夫（Francis Turner Palgrave）主编的《英诗金库》为课本，手把手地教学生如何去欣赏诗歌：

> 他像个酷爱珍品的艺术家。你可以感受到，他对这些人类性灵的结晶是如何怀着深情厚爱，又如何切望一代又一代青年学子和他一样珍爱它们。每当学生心有灵犀有所领悟时，他喜形于色，像遇到了知音。……朱先生虽也给我们浅易地讲解英诗的韵律格式等基本知识，介绍每一首诗的艺术技巧和思想内涵，但这不是他的重点。他主要是教我们闭目凝神，努力体验诗人所曾体验的感受：用内在的眼光去看诗人的所见，用内在的耳去听诗人所闻，用内在的舌去品味诗人所尝的酸甜苦辣。[②]

可见，相较于文学知识的获得，朱光潜更为注重学生艺术领悟力和艺术感受的培养。毕业于国立武汉大学外文系的学者、作家齐邦媛在其回忆录《巨流河》中，深情且详尽地追忆了她听朱光潜英诗课及交往的经历：

> 他又问了我为什么要"读"哲学系，已经念了些什么哲学的书？我的回答在他看来大约相当"幼稚无知"（我父亲已委婉地对我说过），他想了一下说，"现在武汉大学搬迁到这么偏远的地方，老师很难请来，哲学系有一些课开不出来。我已由国文处看到你的作文，你太多愁善感，似乎没有钻研哲学的慧根。中文系的课你可以旁听，

---

① 杨静远. 朱光潜先生的英诗课 [M] //骆郁廷. 乐山的回响：武汉大学西迁乐山七十周年纪念文集. 武汉：武汉大学出版社，2008：140-141.

② 杨静远. 朱光潜先生的英诗课 [M] //骆郁廷. 乐山的回响：武汉大学西迁乐山七十周年纪念文集. 武汉：武汉大学出版社，2008：141-142.

也可以一生自修，但是外文系的课程必须要有老师带领，加上好的英文基础才可以认路入门。暑假回去你可以再多想想再决定。你如果转入外文系，我可以做你的导师，有问题可以随时问我。"

这最后一句话，至今萦绕在我心头。①

可以看到，作为外国文学教师的朱光潜十分爱才、惜才，能够做到慧眼识人、因材施教。齐邦媛回忆道，朱光潜虽以《英诗金库》为课本，但并不按照编者的编年史次序讲授，而是首先以品味文学为主进行选读，教学生认识什么是好诗，然后则以知性为标准选读英诗。华兹华斯的《露西组诗》等诗篇、莎士比亚的十四行诗、雪莱的《西风颂》等诗歌都曾是朱光潜讲授的重点。尤其是讲《西风颂》时，齐邦媛写道，"在文庙配殿那间小小的斗室之中，朱老师讲书的表情严肃，也很少有手势，但此时，他用手大力挥拂、横扫……口中念着诗句，教我们用 the mind's eye 想象西风怒吼的意象。这是我第一次真正地看到了西方诗中的意象。一生受用不尽"②。朱光潜讲英诗善于会通中西，以中国诗词中的意境做比较参照，并且要求学生将所学英诗全部背诵。在他的影响下，后来齐邦媛始终把英文诗和中国诗词作为一种感情的乌托邦，"即使是最绝望的诗也似有一股强韧的生命力。这也是一种缘分，曾在生命漂浮的年月，听到一些声音，看到它的意象，把心拴系其上，自此之后终生不能拔除"③。

朱光潜善于启发学生从生活中寻找审美，倡导人生的艺术化，这也是他一生所追求的理念。齐邦媛还谈及一件往事，朱光潜曾邀请学生们去他家喝茶，深秋时节院子里积了厚厚的落叶。有一位男同学拿起扫帚要帮老师打扫，朱老师立刻阻止说："我等了好久才存了这么多层落叶，晚上在书房看书，可以听到雨落下来、风卷起的声音。这个记忆，比读许多秋天境界的诗更为生动、深刻。"④ 当时齐邦媛正在读雪莱，此后一生，齐邦媛都把一院子落叶和雪莱《西风颂》中的意象联想在一起。可见，朱光潜的言传身教不仅给齐邦媛留下了深刻印象，而且成了她记忆中一道抹不去的人文风景。正如研究者所指出的，"朱先生这种融会言行感染的人格教育，上接孔夫子

---

① 齐邦媛. 巨流河 ［M］. 北京：生活·读书·新知三联书店，2010：108-109.

② 齐邦媛. 巨流河 ［M］. 北京：生活·读书·新知三联书店，2010：114.

③ 齐邦媛. 巨流河 ［M］. 北京：生活·读书·新知三联书店，2010：119.

④ 齐邦媛. 生命的品味：课上 ［M］//韩进. 乐山的回望. 武汉：武汉大学出版社，2018：170.

'从游'的教育精神，下启国难时期一代学子之纯洁心性，是真正意义上的人文教育"①。朱光潜以身示范的文学教育方式，无疑也成为武大外国文学学科的重要历史积淀。

从1940年7月至1946年年底，朱光潜担任国立武汉大学教务长，这一时期也是他的学术著作出版的一个高峰期。《谈修养》《诗论》《我与文学及其他》《谈文学》等重要论著皆在这一时期发表。作为一位教育家，朱光潜还发表了多种高等教育论著如《论大学的校风》《文学院课程之检讨》等，总结和反思抗战时期的高等教育。其中，《文学院课程之检讨》一文对于我们今天反思大学中文系和外文系的文学教育仍具有十分重要的启发意义。这篇文章以国民政府教育部1938年整理大学科目表为引子，反思了大学文学院（包括中国文学系、外国文学系、哲学系、历史学系）的课程设置问题，至今仍值得重读。

朱光潜认为，大学科目数量必不宜多，学习时间必宜长。而现行课程之大弊，则适在科目繁多与年限短促。部定大学一、二年级共同必修科目，其意本在弥补高中教育之缺陷。但现行科目与高中课程多为重复，致使学生兴趣不高，"养成玩视共同必修科之心理"，"对全部大学教育也是影响殊恶"。这样做的结果，"基本训练之目的未达，而分系科目之时间反被侵占浪费"。以外国文而言，"学英文必期能看书作文，学不至能看书作文而弃之是浪费时间与精力也"。共同必修科目占据大学四年学分全体之半数，分系专门学科所占时间仅两年有余，在如此短促的时间里勉求周全，结果仍不得不蹈于肤浅。

朱光潜进而以英法大学为例，特别是以自己在爱丁堡大学的求学为例，说明课程数量不应在多，而应在每门修习时间长。与之相比，当时国内大学文学院英文组的课程，"则诗歌、小说、戏剧、散文，无体不备，此外尚有分期研究、欧洲名著、专家研究等，其完备周密，盖有过于英国大学之英文系，然普通大学英文组毕业生中求能作一篇通顺文字，翻译一篇作品而无误解，写一篇有特见之书评者十不得一。课程如彼堂皇，成绩如此低劣，谁为厉阶？此实际从事教育者所不能不深省者也！"朱光潜从中国教育的长远发展立场出发，批评大学课程多"偏重常识，忽略要籍"，有迎合社会一般肤浅心理之弊。学生疲于上课，好高骛远，无自习运思之机会，敷衍考试，博得一文凭，以为进身之阶，学不坚实，对所操之业大半不能胜任，工作效率低微。"此于

① 张国功．风流与风骨：现当代知识分子其人其文［M］．南昌：二十一世纪出版社，2015：18.

民族文化及国家事功之前途，均为极大之危机。负教育之责者，对此必有深切之觉悟，不然，来日大患当方兴未艾也。"

谈到中国文学系的课程设置，朱光潜认为，受西方语文学科学方法的影响，当时国内大学中文系多分设语言文字组，将初学不易问津的语文研究责之于本科生，有过于躁进之嫌。他提出中国文学系"文学与语文科目宜并设，学此可兼修亦可侧重，至于专研文学或专研语文，则宜展期至研究所阶段，博学而后守约，治学程序，固宜如此也"。他还从东西方文学的不同历史背景与传统入手，讨论了文学教育在中国与西方出现偏差的原因。

> 历来草大学中国文学系课程者，或误于"文学"一词，以为文学在西方各国，均有独立地位，而西方所谓"文学"，悉包含诗文、小说、戏剧诸类，吾国文学如欲独立，必使其脱离经史子之研究而后可。此为误解……经史子为吾国文化学术之源，文学之士均于此源头吸取一瓢一勺发挥为诗文，今仅就诗文而言诗文，而忘其所本，此无根之学，鲜有不蹈于肤浅者，此其一。文学在西方固较为独立，然仍为人文全体之一部分，欲通文学者对人文之其他部门亦不容漠视。西方文学家与习文学者固亦不自囿于诗文、戏剧、小说，大学文学系于本国之古典著作涉及哲学、历史、政治、教育、宗教、艺术以至于科学者，固皆一律讨探，亦不限于文学，此其二。吾国少数学者，援西方之例，倡文学独立，实亦仅知其一未知其二也。①

朱光潜认为中国文学有其固有传统，应追本溯源，看到中国文学的独特性与整体性，不能仅仅以西方标准加以化约。况且西方的文学历史亦应放置在其全部人文学科的整体视野中去看，而不能脱离这种联系孤立看待。这种看法体现了对中外文学共通性和差异性的重视与强调，一定程度上回应了当时一些学者对于中国文学与外国文学关系的反思。如钱基博在《现代中国文学史》（1933）中明确反对不顾各自风俗传统将中国文学与欧西文学胡乱比较。他指出，"文学之作，根于民性，欧亚别俗，宁可强同？张冠李戴，世俗知笑；国文准欧，视此何异！比以欧衡，比诸削足，履则适矣，足削为

---

① 朱光潜.文学院课程之检讨［M］//朱光潜.朱光潜全集：第9卷［M］.合肥：安徽教育出版社，1993：79-80.

病"①。刘麟生《中国文学概论·序》（1934）也指出，"中国文学的发展与西洋文学所取的途径，稍稍有些不同"，"西洋文学，小说、诗歌、戏剧三者，乃其最大主干"。中国学界"近数年来，以受西洋思潮，始认小说、戏剧为文学"。如果不顾我国"文学范围较广"的客观事实，而完全以源自西方的"纯文学"观为标准，则小说戏曲之外的大量文体便无从安置。② 可见不少人当时已经从中外文学传统、文化背景的差异性等角度，论述所谓纯文学观念在衡量本国文学时的局限性。这种认识自然也反映在对大学文学教育的反思上。朱光潜明确表示，要本着历史的态度尊重中国文学传统的实际，否则就是"从全体割裂脏肺，徒得其形体而失其生命也"。他特别指出，即使在西方，文学虽有其相对独立的地位，但文学与其他学科知识的关联，仍是西方文学教育的一种传统，并没有单纯就文学论文学。

对于外国文学系的课程，朱光潜也进行了深刻的反思，并讨论了当时几个主要的争议：一是语文与文学孰重；二是科目分类以文学类别为准，还是以时间为准；三是英文以外是否应顾及其他外国文学；四是课程重选读还是重演讲，即课程应以教师讲为主，还是以学生读为主的问题。显然这些议题是十分具体的，即使放在今天来看，也常常是大学外文系课程设置所要面临的一些现实问题。

针对第一点，朱光潜认为，文学以语文为媒介，不精通语文，决难精通文学。但语文之最上表现，为文学作品，不深致力于文学，决难精通语文。过去教会大学偏重语文，现今国立大学多偏重文学，都有所不妥，应取长补短，于讲授文学之中寓语文基本训练。其中的关键在于改进教法，慎选作品，由浅入深，循序渐进，使读者于无形之中逐渐吸收第一流作品之风格。第二点关于按文学类别设课还是按时期设课的问题，朱光潜认为两类课程应各有侧重。分期研究侧重点不在选读，而在明了一个时代的特殊精神，特殊供应和文学趋势演变的原委。他建议，为避免与按文学类别设课的重复，可系统规划学生最低限度的必读书十数种。第三点关于学习其他国家文学的问题，朱光潜认为西方文学各国皆有其特长，希腊、意、法、德诸国之重要，实不亚于英美。如果学外文者对于欧洲文学仅窥一斑，难免偏僻孤陋实为不幸。为补救缺陷，新制科目表中特设古代与近代名著选读，正是为了使学习者不自囿于英国文学，而能了解各国文学之大概，以引起进一步修读的兴趣。他

---

① 钱基博. 现代中国文学史［M］. 上海：世界书局，1933：8.

② 胡适等. 文学论集［M］. 上海：中国文化服务社，1936：59.

还特别批判了以"欧洲文学史"代替这类课程的做法，认为文学即作品，作品以外无文学，如果只读文学史，无异于隔靴搔痒，道听途说。第四点选读还是讲演的问题，朱光潜认为训练文学修养的最直接办法，是使读者与作品发生密切关系。与其教师多讲，不如奖掖学生自读作品，略授以分析批评之方法。不读作品徒听讲演，则或终身为文学门外汉。如果学生精力耗于并无创新的空疏讲义，徒为装点门面，则得不偿失，将失去文学教育的意义。① 此外，从大学教育的整体性出发，他还主张打破系界限，将一院之中的课程，按照相近原则分类，采取"通系分组制"，允许学生自由选课。因"学生基本训练不足，不宜过于专门"，学生自由选课，或更有利于人才培养，这实际代表了一种通识教育的理念。

朱光潜以多年在中国文学系和外国文学系的任教经验和对中国教育的深入观察，切中时弊地回应了与文学教育相关的多个问题。这些观察和反思，不仅在当时具有指导意义，对于今天新文科背景下的外国文学教育与相关学科建设来说仍有借鉴意义，应给予中外文学学科史高度评价。朱光潜重视中外文学传统的独特性与差异性，重视语言学习与文学学习的相辅相成，重视分期研究与文体研究相结合，重视外国文学整体知识与文化精神的获得与关联，重视学生对文学作品的浸润涵养等。这些论述不仅是一份非常具体的关于高等教育体制内如何实行外国文学教育的意见和建议，也是对民国时期外国文学学科建设与发展的深思与反省，蕴含了论者对于外国文学与国民教育关系的思考。朱光潜给我们留下了民国时期中国文学学科史、外国文学学科史上关于学科建设与课程反思的一份重要文献。

第三节　民国其他大学的外国文学教育述略

国立东南大学、国立中央大学、国立北京大学、国立武汉大学等高校在我国外国文学学科史、教育史上有着重要的地位和贡献。伴随着中国高等教育和现代学术的日渐发展与成熟，从 20 世纪 20 年代末至 30 年代，民国时期的其他大学在外国文学教育方面也留下了不少珍贵的足迹，很多高校的中文系和外文系在外国文学课程设置方面也颇具可观之处。这里略述一二，或可

---

① 朱光潜. 文学院课程之检讨［M］//朱光潜. 朱光潜全集：第 9 卷［M］. 合肥：安徽教育出版社，1993：81-83.

窥见我国外国文学学科史先驱者们探索实践的丰富性。

首先看国立大学。先以北方的国立北平师范大学和国立北平大学女子文理学院为例。

国立北平师范大学国文系课程总体来说虽较为保守，但也设有"新文学概论"选修课程，具体内容除说明新文学的历史及趋势，也重在说明外国文学之影响。外国语文系课程旨在"使人能借外国文字而研究学术""使有志之士撷取西方文化之精英，明嬗变之迹得失之概"。该系课程分为语言、文学两部分。文学课程"以英国文学为主，旁及西方古今各国文学，以各种文学史为纲，以各种名作及重要专籍为目"。该系课程在近代欧西文学外，亦较为重视古典文学，开设了诸如欧西中世纪文学、培根文论、欧西传记、莎士比亚、弥尔顿、希腊罗马文学等特色课程。①

国立北平大学女子文理学院设文史学系和英文学系。② 文史学系课程"以中国语言文学及历史为范围，以培植文学史学专门人才为宗旨"。文史学系不但开设了"中国现代文学"必修课，也设有部分外国文学课程。如必修科目中设有"西洋文学名著选读"，选修科目设有"欧洲文艺思潮"。"西洋文学名著选读"主要"选授西洋名文，并指示其风格，用备欣赏，阐明作法，以资观摩。""欧洲文艺思潮"则"综述最近欧洲主要文艺思潮，上起文艺复兴，下迄大战以后。俾学者认识近代世界文学演进之一般的趋势"。该校英文系的课程旨趣强调"以应用为主，赏鉴为辅，在使学生得实际应用之英文知识，并能欣赏现代及古时之主要英文作品"。为此，课程设置方面一年级以语言训练为主，二年级起开始选授名家散文作品，三、四年级注重欣赏文之训练，文学类课程亦十分丰富。该系所开设的文学类必修科目包括文学概论、希腊神话、圣经故事、短篇小说、英国文学史、名家散文选、诗、小说、文学批评、近代戏剧、希腊文学史、现代西洋文学、莎士比亚、十九世纪诗等。文学选修科目包括英国小说史、中国现代文学、欧洲文艺思潮等。

中国现代文学与欧洲文艺思潮两门课程在文史学系和英文学系的同时开设，借鉴比较之意不言自明。英文学系的文学课程也具有较为系统的规划，希腊神话、圣经故事、希腊文学史等课程的开设有助于学生从源头上了解欧西文学的起源与发展，涉及欧洲古典文学的教育。英国文学史、现代西洋文

① 国立北平师范大学. 国立北平师范大学一览 [M] //张研，孙燕京. 民国史料丛刊·高等教育：第 1067 卷. 郑州：大象出版社，2009：120，123-153.
② 国立北平大学. 国立北平大学一览 [M] //张研，孙燕京. 民国史料丛刊·高等教育：第 1064 卷. 郑州：大象出版社，2009：115-120.

学等课程又可以使学生明了英美文学从古至今发展之纲要。按照文体或专题开设的近代戏剧、诗、诗论、小说、文学批评、十九世纪诗等科目，又较为重视选读和讨论近代以来具体的文学作品，旨在使学生了解相关作家作品的文学价值、主要作风，掌握文学批评之原理和历史。有的课程如"诗论"还具有比较文学研究的性质，在"从近代美学观点讨论诗的起源、本质、内容、形式、情趣、意象、声律等问题"之外，同时"取中国诗与西方诗做比较研究，看中国诗长处何在，短处何在"。根据教职员名录，英文学系曾聘请朱光潜、吴宓等外国文学名家来此任教，这在一定程度上也保证了诗论、希腊文学史等课程的开设。

在西南地区，由教育家张澜1926年创办的国立成都大学在外国文学与新文学教育的互动方面也有可观之处。根据出版于1929年的《国立成都大学一览》①，该校文科分四系：中国文学系、英文学系、教育心理学系、历史学系。文学家吴芳吉、李劼人等曾在中国文学系任教。中国文学系不仅较早开设了现代文学概要课程，第一年、第二年所修课程也包括了英国文学史、英国散文诗歌选读、英国说部戏曲选读、英文世界文学史等外国文学课程。可见，在设计者眼中，中国文学系的学生已经不可能不读外国文学。该校英文系由廖天详②担任主任，所开设的必修课程有剧诗、记事文、叙事史文、议论文、小说、神话学、修辞学、英文学史、希腊文学、拉丁文学、意大利文学史、法国文学史、德国文学史、俄国文学史、希腊语、拉丁语、翻译、比较文学、文法学等。该系课程多按文体分类，具有十分明显的偏重文学的特色，每种文体要连续修读二至三年。尤为引人注目的是，该系多种文学课程涉及英美以外的西方文学，希腊语、拉丁语、希腊文学、拉丁文学等各国文学史的开设在国内高校亦较为鲜见。英文系将"比较文学"设为必修科目，将"新文学"设为选修科目，也体现出较为超前的学科意识。查教员名单可知，当时英文系的主要教员多为毕业于英美大学的英美籍人士。这在一定程度上虽有利于将国外大学的文学研究成果引进国内，保证了英文系文学课程的开

---

① 国立成都大学. 国立成都大学一览［M］//张研, 孙燕京. 民国史料丛刊·高等教育: 第1104卷. 郑州：大象出版社，2009：51-54.

② 廖天祥（1880—1953），字学章，四川华阳县人，早年在日本留学，加入同盟会，受到孙中山的赏识。回国后一直从事教育事业。民国初年再次东渡日本，入东京立教大学。专攻英国古典文学，并钻研德、法、希腊、拉丁等外国语。1926年，应国立成都大学校长张澜邀请，任国立成都大学英文系教授兼主任。参见成都市双流区档案馆，成都大学档案馆. 图说双流［M］. 成都：电子科技大学出版社，2016：116.

设，但也说明当时国立大学本土外国文学教师的匮乏。

相较之下，1927 年由多所专门学校合并而成的国立四川大学风气较为复古，中文系的课程以蜀学为正统，教学方法和课程设置较为僵化守旧。虽然"欧洲文学史"（1 学年，6 学分）被列入了中文系课程，但由于教员缺乏，实际上并未开设。这种状况在新文学家刘大杰来校任教以后开始发生变化。他认为中文系学生也需要修读外国文学课程，因为"一个学文学的人，至低对历代文学流变思潮，应备有一系统的概念；此外对于西洋文学，亦颇应有相当之认识"①。刘大杰将"过去只注重训诂、讲经、说文的一套教学方法引导到注重当代中国和世界文学的思潮的变迁上来；突破传统的教学方法，引导学生注重中外文学的横向交流，倡导对文学流变做历史的、动态的研究和总结，发现其内在的联系和相互差异，找出文学发展的客观规律"②。为此，刘大杰为三年级文学组学生开设了"现代文学"这门必修课，主要讲述中国最近五十年来之文学，涵盖戊戌政变与文坛之新趋向、晚清诗词之流派、晚清之翻译与小说、"五四"时代之新文化运动、欧美文学之输入、新文学概论等内容。③ 这门课程较为重视近代以来外国文学翻译和输入对于中国文学之影响，对于中文系学生了解新文化运动的性质、内容和社会意义极有帮助。这门课程的开设给蜀学氛围浓郁的国立四川大学中文系带来一定冲击，在当时受到一定的责难，幸而在校长任鸿隽的支持下才得以继续。该课程也成为此后国立四川大学重视现代文学课程，发展现代文学学科的重要起点。总的来说，在 20 世纪 30 年代以后的国立大学中，现代文学与外国文学的课程互动已成为一种较为常见的设置，两者相辅相成，多有交流，并常常指向比较文学研究。

与此同时，国立四川大学外国文学系旨在"造就译述与写作人才，训练良好之英文师资"。为此，外国文学系低年级课程以语言文字基本训练为主，三、四年级则文学与文字并重，"务使学生可从文学的作品里学习文字，从文字的熟练上了解文学，俾能将文字与文学打成一片"。该系所开必修文学课程及教员包括圣经故事（林玉霖）、希腊罗马神话（林玉霖）、文学入门（谢文炳）、英国文学史（谢文炳）、英国短诗选（张志超）、近代戏剧（金尤史）、英国长诗选（张志超）、英国短文（张志超）、英国小说（谢文炳）、希腊戏

---

① 李怡，康斌. 现代四川边缘作家研究 [M]. 成都：巴蜀书社，2020：318.

② 四川大学校史编写组. 四川大学史稿 [M]. 成都：四川大学出版社，1985：186.

③ 国立四川大学. 国立四川大学一览 [M]. 成都：国立四川大学，1936：27.

剧（石璞）、英国十八世纪文学（钟作猷）、英国十九世纪文学（钟作猷）、文学批评（金尤史）等，选修课程包括传记文学（宋诚之）、现代英美散文（林玉霖）等。① 担任课程的教员多具有国外大学留学经历或在国内多所高校的任教经历。如谢文炳为外国文学系主任兼教授，清华学校出身，留学美国斯坦福大学、康奈尔大学等校，回国后曾在国立武汉大学、国立成都大学、安徽大学等校任外文系教授。金尤史为美国普林斯顿大学文学硕士，曾担任过武昌中山大学等校教授。林玉霖为圣约翰大学文学学士，哥伦比亚大学哲学硕士，曾在厦门大学、光华大学等校担任英文教授。张志超为国立东南大学文学学士，担任过国立成都大学、中国公学、广西大学等校英文教授。钟作猷为英国爱丁堡大学博士，曾在国立北平大学和国立北京大学任教。石璞（字蕴如）毕业于国立清华大学外国语文系，后也成为著名作家和外国文学研究学者。宋忠廷（字诚之）为外国文学系的特聘教授，为英国牛津、剑桥两所大学研究院毕业。② 由此可见，外国文学系文学课程不但较为丰富系统，师资力量也较为强大，因此可以保证相关课程的连续开设。外国文学系文学课程皆十分重视作品的研读，规定作品选读应占到相关文学课程的三分之二，着力培养学生的文学鉴赏和批评能力，不少课程指导书还列出了较为详细丰富的原版课程用书及参考书。

再来看省立大学。前文已述，位于湖北的国立武汉大学在全国较早引入了新文学课程，外国文学与新文学的发展在武大形成一种互动之势。国立武汉大学文学院由于闻一多的主张还开设过"英文国学名著"一课，在中文系中这门课可谓极为特殊，独树一帜，较早开启了我国大学课程中对海外汉学的关注，凸显了一种比较的视野。与此可以形成呼应的是，20世纪20年代末，位于长沙的省立湖南大学在中国文学系的必修学程中设有"英文名著选读""比较文学"等课程，并将"现代诗文研究"作为必修。省立湖南大学文学院下设中国文学系，虽暂无外国文学系，但中国文学系也通过课程设置的方式引入了外国文学与比较文学。该系的选修学程就包括西洋文学史、中国哲学史、理学、西洋哲学史、印度哲学、哲学概论等科目。③ 这种设置明显有打通文史哲诸领域之意，旨在为学生铺设较为广阔的学术根基，这在当时的省立大学中也是较为突出的。

---

① 国立四川大学. 国立四川大学一览［M］. 成都：国立四川大学，1936：30-36.
② 国立四川大学. 国立四川大学一览［M］. 成都：国立四川大学，1936：1-3.
③ 湖南大学. 湖南大学一览［M］//张研，孙燕京. 民国史料丛刊·高等教育：第1101卷. 郑州：大象出版社，2009：421-425.

再以省立安徽大学为例。筹办于 1928 年的省立安徽大学初创时即设文学院，至 20 世纪 30 年代中期，其下属的中国语文学系、外国语文学系课程已较为完备。刘文典、杨亮功、伍光健等学者先后担任过文学院院长。根据 1936 年出版的《安徽大学一览》①，文学院在中外文课程编制上注重普通知识与实际应用，尝试参照国外大学教育潮流和国内各大学之趋势，改定课程。安徽大学中国语文学系在本国语言文字文学课程之外，也注意了外国文学课程的引入和设置。该系课程目标分为文艺和学术两个方面，其中关于文艺方面的目标即提出"使学生明了近代世界文艺之内容及其思潮演变之概况"，养成学生鉴赏、研究、发表文艺作品的能力。为此，中文系专门设置了"近代世界文艺类"这一课程类别，具体课程涵盖小说原理、戏剧原理、诗歌原理、近代世界文艺思潮等必修科目，还设有西洋文学史、日本文学、外国文艺批评等选修科目，其课程内容明显受到新文化运动以来的新文学发展潮流影响。如"诗歌原理"的课程目标即提出对"关于西洋诗歌外形律及内在律等重要问题"加以讨论，"西洋之自由诗运动，中国之白话诗运动，以及'纯粹诗'等倾向，亦加以叙述与批判"。"近代世界文艺思潮"的课程内容为"叙述文艺复兴以后直至十九世纪末欧洲文艺思潮，对于各'流派''主义'所发生的社会背景及其影响等，特加注意。"又如，"西洋文学史"的课程目标在于"使学生对西洋文学获得明晰之概念，内容根据洛利哀比较文学史，特林华脱世界文学，莫尔顿世界文学，法格欧洲文学入门等书，对希腊以来之西洋文学作一简明扼要以叙述"。从课程内容和目标上来看，这一时期安徽大学中文系的外国文学课程较为注重文学史的研究，旨在对文学的演变发展原因及趋势做出说明，使学生获得关于外国文学的基本知识。

与之比照，安徽大学外国语文系将培养目标分为语言和文艺两类，其中文艺方面提出"养成学生有欣赏欧美日本文艺之能力""使学生明了欧美日本文艺之内容及其思潮演变之概况""使学生有用优美文字以翻译欧美日本文艺名著之能力"。外国语文系力图兼顾学生对外国文学的欣赏、研究与翻译能力的培养。为此，外国语文系的课程也分为外国语言类、外国文艺类和实用英文类三大类。外国文艺类的课程涵盖散文选、短篇小说选、长篇小说、西洋戏剧、莎士比亚、英美诗选、英国文学史、美国文学史、文学批评等必修课

---

① 安徽大学. 安徽大学一览 [M] //张研, 孙燕京. 民国史料丛刊·高等教育：第 1088 卷. 郑州：大象出版社，2009：125-142.

程，还有近代小说研究、诗歌研究、十九世纪英国诗歌、西洋古代文学研究、西洋近代文学思潮、圣经文学等选修课程。总的来说，外文系文学课程或注重文学作品内容与精神的研读，或探讨文艺思潮和内容的演进，或研究作品的艺术及技巧，整体设计较为系统完备。其中部分课程甚至带有前沿性质，如"美国文学史"的开设，旨在对"美国自殖民时代迄十九世纪末之文学大纲，加以系统的研究，并特别注重对于世界文学有影响之各大文学家之思想及文体内容"。美国文学因其历史短暂，在世界文学史中属于后来者，因而为很多人所轻视。从20世纪二三十年代国内高校的美国文学课程设置来看，能开设美国文学课程的多是办学经费和师资力量较充裕的国立大学，如国立北京大学、国立中央大学、国立暨南大学等。因而，作为中南部地区的省立大学——安徽大学，这一课程无疑是我国美国文学学科史上的早期重要实践，在20世纪30年代的中国实为难能可贵。

在私立大学中，得益于北京的文化资源优势，由蔡公时等人创办于1916年的私立北京民国大学（后改名为民国学院）的文科教育发展亦较早，马君武、蔡元培等学者和教育家曾先后出任该校校长。其文科分哲学系、英文学系、历史学系、中国文学系、教育学系和新闻学系。根据1924年左右出版的《北京民国大学一览》，该校除把外国文作为各系基本科目外，中国文学系的选修科目亦遵照教育部大学规程开设了"欧洲近代文学史"。其英文学系课程也十分丰富，基本科目包括英美近代文学概论、英国文学史、英文修辞学及文体学、英国语言之变迁及构造、英文语言之研究与练习、散文选读、戏剧选读、诗选读、作文、第二外国语等。选修科目包括欧洲文学概论、欧洲近代文学论、希腊罗马文学史、西方文化史、中国文学概论、中国文学史、哲学概论、美学概论、声律学大意、中国史、世界史、英国史。总体来看，由于师资力量限制，该校的文科教育中较为突出对作为整体性、常识性的外国文学课程（如欧洲文学概论、欧洲近代文学论等）的开设，另一方面又试图在各文体的选读方面（如散文选读、戏剧选读、诗选读等）有所增进。该校还尤为注意了英文与中国问题的结合，设置了诸如"英文在中国之势力""英文于中国文字之影响""英文于中国文学之影响"等研究课题。这些课题在一定程度上已经涉及比较文学研究。

再来看上海的中国公学。1928年至1930年，胡适从海外归国，由于时局变动，无法返回北大，遂在上海出任中国公学的校长。作为"新文化派"的领袖，其间他进行了一系列的革新举措，对中国公学进行院系改革。如裁撤工学院、法学院等，设文理学院和社会科学院及中国文学系、外国语文学系、哲学系等 7 个系。由于受胡适的影响，中国公学的中国文学系不仅较早开设了现代文学研究、现代文艺思潮、新文艺试作等课程，还设有 4 学分的外国文学名著选读课，体现出对新文学的重视和沟通中外文学之意。特别是由于徐志摩的举荐，胡适还聘请已在新文学领域崭露头角但没有多少学历的沈从文担任中国公学的教员，这曾在外界引起轩然大波。与中国文学系中的趋新精神相呼应，外国语文学系的文学教育则体现出经典与现代相结合的特点。该系除将英国文学史、古典神话、易卜生、戏剧、莎士比亚、浪漫诗人、小说、希腊悲剧、散文概论、文学批评史等设为必修课程，还开设了短篇小说、法国文学概观、德国文学概观、日本文学概观、现代文学概观、美国文学史、弥尔顿等选修课程。从这些文学课程的设置及内容，不难看到新文化运动以来的时代影响，既有经典作家与专题研究，又十分注意现代文学的发展趋势，强调文学史之外的作品阅读。如"英国文学史"指示目的在给学生以系统说明，注重各时代文学之源流变迁，使学生得充分之文学常识。同时又强调讲演之外，学生仍须读教授指定之选本。"短篇小说"须读英法俄美短篇作品。"古典神话"研究希腊罗马之神话，及其与英国文学之关系。"现代文学概观"须选读现代英美法德俄意诸国之作品。"美国文学史"则于研究史以外，兼读美国文学杰作若干，教授须特别注意美国之现代文学，并说明美国文学精神之形成。此外，该系还规定专习英文学者，须修相当数目之他系课程，例如美术史、哲学史、历史学等，体现出明显的多学科意识。可以说，胡适一定程度上将此前国立北京大学的外国文学课程模式引入了中国公学，强调对外国文学的整体认知与比较研究，并不局限于一国一时代，凸显文学中的现代精神。

此外，在 1927—1937 这十年中国私立大学发展的黄金期，私立厦门大学、私立大夏大学、私立光华大学、私立岭南大学等在中国文学系和外国文学系也都设置了相当数量的外国文学课程。需要强调的是，"现代文学""现代文艺""文学概论"等课程虽多在中国文学系开设，但它们的实际内容已经不可能局限在中国文学内部，而必须与更广阔的世界文学发生关联或进行比较。彼时多所高校的外国文学系的文学课程也并不局限于英美文学，而是常常带有比较文学性质，或强调整体西方文学的研究。比如，始建于 1916 年的私立福建协和大学中国文学系在 20 世纪 20 年代末开设"文学概论"和"文学批评"必修课程。前者主要"讲述世界文学思潮的变迁及现代文学的趋势，并分析各种文学的原理"，后者"讲述文学批评之原理，并实行评论及比较中外重要文学作品"。① 两门课程分别从文学潮流、原理和批评实践的角度互为补充，显示出文学研究方法的日益成熟。又如，私立厦门大学文学院设中文组和外文组，中文组的"现代文学"课程，"讲授现代各家文艺之派别，分析其内容与作风，并说明所受外国各派文艺之影响"。外文组的"西洋文学史"强调"使学生能得整个西洋文学之观念"②。此外，私立大夏大学英文系的"文学概论"课程以英国文学为主体兼及欧洲各国文学之比较。该系还开设有歌德、雨果、托尔斯泰小说、希腊戏剧等西方文学专题课程，侧重相关作家作品的世界文学影响。③ 私立岭南大学文理学院中国语言文学系的培养目标提出学生应站在"比较文学的立场，以研究中国文学""应以西方文学为辅修科"。其西洋语言文学系则提出轻国家文学，"以整个欧洲文学为研究之中心"的目标。④

以上所举虽是冰山一角，但已经能够反映民国时期更多高校外国文学、比较文学、新文学等学科起步阶段彼此紧密关联的学科状况。总的来说，从20 世纪 20 年代末至 30 年代，不管是国立大学、省立大学，还是私立大学，不管是中文系还是外文系，文科教育中对于外国文学已经有了相当丰富的课程实践，这些无疑是高等教育领域极为可贵的外国文学学科史资源和积淀。外国文学教育在高等教育的文科当中不仅占据十分重要的地位，而且课程体系已经趋于成熟，或较为接近今天的外国文学课程设置。外国文学教育不仅成为沟通中外文学、培养现代国民精神的重要途径，亦成为培育新的学科方向的重要摇篮。

① 私立福建协和大学. 私立福建协和大学一览［M］//张研，孙燕京. 民国史料丛刊·高等教育：第 1091 卷. 郑州：大象出版社，2009：251-252.
② 私立厦门大学文学院. 私立厦门大学文学院一览［M］//张研，孙燕京. 民国史料丛刊·高等教育：第 1092 卷. 郑州：大象出版社，2009：42，46.
③ 私立大夏大学. 私立大夏大学一览［M］//张研，孙燕京. 民国史料丛刊·高等教育：第 1092 卷. 郑州：大象出版社，2009：236-239.
④ 私立岭南大学. 私立岭南大学一览［M］//张研，孙燕京. 民国史料丛刊·高等教育：第 1088 卷. 郑州：大象出版社，2009：126，133.

结　语

　　近代以来，外国文学在中国的学科化和知识化进程是在一个相当特殊的
场域中展开的，对民国时期外国文学与国民教育关系这个问题的探讨自然也
不可能限于一端，而需要综合考虑中国特殊的历史语境与文化观念、体制基
础与知识主体等因素。陈平原先生指出，19 世纪下半叶开始的西学东渐，进
展最为神速、影响最为深远的当数教育体制，尤其是百年中国的大学教育。①
在近代欧洲，大学成为创造知识的主要场所是在 18 世纪晚期到 19 世纪初期。
华勒斯坦（Immanuel Wallerstein）指出，"19 世纪思想史的首要标志就在于知
识的学科化和专业化，即创立了以生产新知识、培养知识创造者为宗旨的永
久性制度结构"②。大学教育所代表的现代教育体制，本身即现代性演进的一
个结果。由于中国现代学术体系的构建不是在自身的历史演进中自然完成的，
而主要是移植和输入外来学术体系的结果。因此，外国文学在中国从观念到
学科的发展始终伴随着中国人在接受外来文化时所经历的传统与现代、中学
与西学等话语的矛盾与张力。外国文学的学科化与知识化进程是我们观察民
国时期外国文学与国民教育关系的重要路径。
　　在近代全球知识的流动与传播之中，百年来中国文学的发生和发展已然
离不开与外国文学的交流与交往。民族国家观念的诞生与强化，现代文学观
念的转变与现代学术体制的建立也必然要求将外国文学作为现代知识的一种
融入国民教育。外国文学对中国文学的发展、社会思想的变革和现代国民意
识的塑造，发挥过重要的作用，有着不容忽略的价值。伴随着中国现代国民
教育体系的起步和建立，中国人对外国文学的选择、接受和利用，突出地表
现在高等教育场域的学科建构与知识传播之中。民国大学体制下，随着学科
名称的逐步明晰和细化，现代学科意识逐渐明确，文学、语言学、史学、哲
学等趋于相对独立。学者的工作也变得学科化和专业化，标志着中国现代学

---

①　陈平原. 作为学科的文学史［M］. 北京：北京大学出版社，2011：1.
②　华勒斯坦. 开放的社会科学［M］. 刘锋，译. 北京：生活·读书·新知三联书店，
　　1997：8-9.

术的自觉。可以说，外国文学融入国民教育最显著的结果就是其在大学中作为学科专业的设置与作为学术研究对象的立足，并以此确立起一种学术身份。外国文学在国民教育中以制度化的学科形式出现和发展，外国文学学者群体和文化空间日渐形成，成为外国文学中国化和现代化进程的重要标志。从知识生产的逻辑与旨归来说，作为民国时期外来知识的外国文学，不仅依赖教育体制的建立，以此获得学科化和专业化的发展，以及获得传播并产生影响，而且它与其他人文科学一样，同样肩负着现代大学教育所强调的学术文化使命。这种历史实践正体现出现代性语境当中知识生产与学科规训之间相互依存的关系。

作为知识生产与传播的主体，从晚清到民国时期的几代知识分子目睹了中国近代以来西方文化冲击中国传统的事实。他们当中很多人远渡重洋，学习西方文化，回国后在新兴的大学教育的舞台上进行着艰苦的、开创性的工作，同样成为外国文学在中国知识生产与传播的主体。从民国建立到20世纪二三十年代，在中国现代教育与学术发展的关键时期，不管是文化保守主义者还是较为激进的新文化派，都在探索中国现代文化的建设之路。通过对这段历史的触摸，我们发现他们中的绝大多数不只是简单地、盲目地吸收外来文化，照搬西方的学术方法和思想主张，而是始终将其作为自身文学创作与知识传承的滋养成分。他们普遍以西方文化为借鉴，重新审视、批判和阐释中国的传统文化，希望通过外来文明的参照开阔国人的文化视野，使中国文化获得更新与创造。这一过程既呼应着时代大潮的召唤，也夹杂着他们丰富复杂的个人感受。将外国文学引入国民教育，利用并阐释其价值，是这些知识主体最重要的创造活动之一。他们创设外国文学学科，开设外国文学课程，使得外国文学成为现代国民教育体系中的重要学科内容与知识构成，形成了中国本土化的外国文学学科范式、教育理念和文化态度，影响深远。这进一步说明，民国时期实为中国现代学术史、教育史上值得继续深入反思的重要篇章。

面对域外文明的冲击，现代中国有着不同思想和背景的知识分子对外来文化资源的择取不尽相同。这种选择的差异构成了中国的外国文学学科建构与知识生产的差异性面貌，显示出中国人在接受西学方面的多样化特点。虽然有着不同思想和观点的知识分子对外国文学乃至西学的接受程度不同，个体之间具有诸多差异，但探索外国文学与中国文学的互动与沟通，借鉴外来文明以促进中华文明的新生与发展，却可以说是他们的历史共性。他们在外国文学的知识生产与传播中尤为注重中国文化立场，强调为中国文学创作服务，主张会通中西，兼容并蓄，实现东西文化的交流与创造，可以说是他们的最大共识与宝贵经验。他们当中许多人为建立中国的外国文学学科，更新发展中国文学，促进中外文明交流互鉴，做出了巨大贡献。这个过程显然并不等同于"全盘西化"。因为中国知识分子在引进传递外国文学知识的同时，更作为历史的主体实现着中国现代新文化和新文学的创造，优秀者更是在此过程中坚定了对中华文化的自信，有着超越传统与现代、中学与西学的世界性文化眼光与格局。今天我们要充分尊重和体会这种历史性，不能简单地以进步的历史逻辑衡量他们的思想和观点，更应从中汲取促进学科更新与学术发展的内在动力。

总之，外国文学的学科建构与知识生产，与中国现代国民教育的兴起与变迁紧密相关，与时代浪潮密不可分，反映了近代以来中国文化与思想边界的移动和改造，是对本土文化的不断超越与丰富。外国文学在中国的学科化和知识化进程伴随着现代国民教育的发展与成型，国民教育的探索和实践为外国文学的中国化提供了必要的环境条件和生长土壤。外国文学融入国民教育，成为国民教育知识体系不可分割的一部分，具有鲜明的时代意义，也是一种历史的必然。外国文学与中国现代国民教育相融合的结果，不但形塑了中国视野下的外国文学经典与知识构成，而且常常与中国人的民族精神、国家观念和文化认同相互交融激荡，是产生中国新文化、新文学的重要力量来源。外国文学与国民教育的真正融合，不仅仅表现为中国人对外国文学知识的获取，更在于人类智慧与精神财富对心灵的启迪，在于沟通中外的对话能力的建立，在于对具有多样性的世界文化、世界文学、世界文明的尊重和包容。民国时期外国文学与国民教育之间的互动关系和丰富实践，形塑了百年来我国国民教育中外国文学知识生产的基本框架，为新中国成立以后的外国文学在国民教育中的存续发展奠定了重要基础，也提供了可资借鉴的丰富资源与历史经验，值得人们重新反思与认识。

参考文献

一、晚清民国时期文献（按音序排列）

（一）著作

[1] 高乃同.蔡孑民先生传略 [M].北京：商务印书馆，1943.

[2] 曾朴，徐念慈.博物大辞典 [M].上海：宏文馆，1907.

[3] 东北大学.东北大学概览 [M].奉天：东北大学，1928.

[4] 东北大学.东北大学一览 [M].奉天：东北大学，1926.

[5] 樊荫南.当代中国名人录 [M].上海：良友图书印刷公司，1931.

[6] 郭有守，刘百川.国民教育 [M].北京：商务印书馆，1944.

[7] 国立北京大学.国立北京大学课程一览（九年度至十年度） [M].北京：国立北京大学，1921.

[8] 国立清华大学.国立清华大学一览 [M].北平：清华大学，1930.

[9] 国立中央大学.国立中央大学一览 [M].南京：国立中央大学，1930.

[10] 胡适.文学论集 [M].上海：中国文化服务社，1936.

[11] 教育部国民教育司.国民教育法规辑要 [M].南京：正中书局，1946.

[12] 李季.我的生平 [M].上海：亚东图书馆，1932.

[13] 钱基博.国学文选类纂 [M].北京：商务印书馆，1935.

[14] 钱基博.现代中国文学史 [M].上海：世界书局，1933.

（二）报刊

[1] 倭斯弗.美术通诠：古代鉴别 [J].严复，译.寰球中国学生报，1907（5-6）.

[2] 倭斯弗.美术通诠篇一：艺术 [J].严复，译.寰球中国学生报，1906（3）.

[3] 曹云祥.开学词 [J].清华周刊，1925，24（1）.

[4] 东北大学编辑部.东北大学英文学会简章 [J].东北大学周刊，1929（78）.

［5］范存忠．谈谈我国大学里的外国文学课程［J］．国风，1932（1）．

［6］飞生．国魂篇［J］．浙江潮，1903（1）．

［7］傅斯年．毛子水《国故和科学的精神》附识［J］．新潮，1919（5）．

［8］郭斌龢．浙江大学校歌释义［J］．国立浙江大学校刊，1941（102）．

［9］国立北京大学英文学系课程指导书（十三年度至十四年度）［N］．北京大学日刊，1924-10-06（3-4）．

［10］国立中央大学文学院外国文学系课程一览（二十一年度上学期）［J］．国立中央大学日刊，1932（810）．

［11］胡刚复．昨日总理纪念周胡刚复院长讲"大学教育"［J］．国立浙江大学日刊，1937（123）．

［12］胡先骕．朴学之精神［J］．国风，1936（1）．

［13］梁实秋．南游杂感［J］．清华周刊，1923（280）．

［14］柳诒徵．送吴雨僧之奉天序［J］．学衡，1924（33）．

［15］论教育［J］．东方杂志，1904（7）．

［16］麦孟华．论中国国民创生于今日［J］．清议报，1900（67）．

［17］茅于美．敬悼梅光迪先生［J］．东方杂志，1946（2）．

［18］缪凤林．通论：文情篇［J］．学衡，1922（7）．

［19］钱端升．清华学校［J］．清华周刊，1925（362）．

［20］外国文学博士赏给中国文学进士［J］．教育杂志，1909（8）．

［21］外国文学系英文组课程大纲［N］．北京大学日刊，1931-09-14（6-7）．

［22］微笑．外文系教授近况［J］．国立浙江大学日刊，1937（121）．

［23］万声扬．中国当重国民教育［J］．湖北学生界，1903（2）．

［24］文本科本学年各门课程表［N］．北京大学日刊，1918-9-26（2-3）．

［25］文科英文门研究所教员及研究员表［N］．北京大学日刊，1919-12-06（2）．

［26］文理学院举行第三次茶会纪［J］．国立浙江大学日刊，1937（217）．

［27］闻一多．调整大学文学院中国文学外国语文学二系机构刍议［J］．国文月刊，1946（43）．

［28］吴宓．希腊文学史［J］．学衡，1923（13）．

［29］吴宓．英诗浅释凡例［J］．学衡，1922（9）．

［30］校闻：今日"学术广播"梅迪生先生讲"文学在教育上之位置"［J］. 国立浙江大学日刊，1937（197）.

［31］杨振声. 校长报告［N］. 国立青岛大学周刊，1931-05-04（1）.

［32］杨振声. 为追悼朱自清先生讲到中国文学系［J］. 文学杂志，1948，3（5）.

［33］叶公超. 大学应分设语言文字与文学两系的建议［J］. 独立评论，1935（168）.

［34］佚名. 论文学与科学之不可偏废［J］. 大陆，1903（3）.

［35］英文学系指导书［N］. 北京大学日刊，1922-10-05（2-3），1923-09-10（3-4）.

［36］云窝. 教育通论［J］. 江苏，1903（9-10）.

［37］震瀛. 记辜鸿铭先生［J］. 人间世，1934（18）.

［38］孙超，王史. 中国宜亟开民智论［J］. 时务报，1897（43）.

［39］周作人. 翻译文学书的讨论［J］. 小说月报，1921（2）.

［40］昨日毕业典礼盛况［J］. 国立浙江大学日刊，1937（224）.

二、中文著作（按音序排列）

［1］卡尔·曼海姆. 意识形态与乌托邦［M］. 姚仁全，译. 南昌：江西教育出版社，2014.

［2］马克斯·韦伯. 社会科学方法论［M］. 韩水法，莫茜，译. 北京：商务印书馆，2013.

［3］布尔迪厄. 艺术的法则：文学场的生成与结构［M］. 刘晖，译. 北京：中央编译出版社，2001.

［4］米歇尔·福柯. 知识考古学［M］. 谢强，马月，译. 北京：生活·读书·新知三联书店，1998.

［5］艾布拉姆斯. 镜与灯：浪漫主义文论及批评传统［M］. 郦稚牛，译. 北京：北京大学出版社，1989.

［6］费正清. 剑桥中华民国史：下卷［M］. 刘敬坤，译. 北京：中国社会科学出版社，1994.

［7］吉尔兹. 地方性知识：阐释人类学论文集［M］. 王海龙，译. 北京：中央编译出版社，2004.

［8］杰弗雷·盖尔特·哈派姆. 人文学科与美国梦［M］. 生安锋，沈蠹，译. 北京：社会科学文献出版社，2019.

［9］仓石武四郎．仓石武四郎中国留学记［M］．荣新江，朱玉麒，辑注．北京：中华书局，2022.

［10］森有礼．文学兴国策［M］．林乐知，任廷旭，译．上海：上海书店出版社，2002.

［11］松浦章，内田庆市，沈国威．遐迩贯珍：附解题：索引［M］．上海：上海辞书出版社，2005.

［12］狭间直树．梁启超·明治日本·西方［M］．北京：社会科学文献出版社，2001.

［13］艾儒略．西学凡［M］．济南：齐鲁书社，1995.

［14］艾儒略．职方外纪校释［M］．谢方校，译．北京：中华书局，1996.

［15］利玛窦，金尼阁．利玛窦中国札记［M］．何高济，王遵仲，李申，译．北京：中华书局，2017.

［16］彼得·威德森：现代西方文学观念简史［M］．钱竞，张欣，译．北京：北京大学出版社，2006.

［17］雷蒙·威廉斯．关键词：文化与社会的词汇［M］．刘建基，译，北京：生活·读书·新知三联书店，2005.

［18］伊格尔顿．二十世纪西方文学理论［M］．伍晓明，译．北京：北京大学出版社，2007.

［19］《老照片》编辑部．老照片［M］．济南：山东画报出版社，2018.

［20］《南大百年实录》编辑组．南大百年实录：上卷［M］．南京：南京大学出版社，2002.

［21］国务院古籍整理出版规划小组．东西洋考每月统记传［M］．北京：中华书局，1997.

［22］安尊华．梁启超教育思想研究［M］．北京：知识产权出版社，2014.

［23］班固．汉书［M］．杭州：浙江古籍出版社，2000.

［24］北京大学，中国第一历史档案馆．京师大学堂档案选编［M］．北京：北京大学出版社，2001.

［25］蔡元培．蔡元培讲读书［M］．南京：河海大学出版社，2019.

［26］周蜀溪．蔡元培讲教育［M］．北京：新华出版社，2005.

［27］蔡元培．蔡元培全集：第17卷［M］．杭州：浙江教育出版社，1998.

［28］蔡元培．蔡元培全集：第3卷［M］．杭州：浙江教育出版社，1997.

［29］查明建，谢天振．中国20世纪外国文学翻译史：上卷［M］．武汉：湖北教育出版社，2007.

［30］陈广宏．中国文学史之成立［M］．上海：上海古籍出版社，2016.

［31］陈国球．文学如何成为知识［M］．北京：生活·读书·新知三联书店，2013.

［32］陈平原，夏晓虹．二十世纪中国小说理论资料：第 1 卷：1897—1916［M］．北京：北京大学出版社，1997.

［33］陈平原．作为学科的文学史［M］．北京：北京大学出版社，2011.

［34］陈青之．中国教育史［M］．合肥：安徽人民出版社，2019.

［35］陈雪虎．理论的位置［M］．桂林：广西师范大学出版社，2019.

［36］陈玉堂：中国近现代人物名号大辞典［M］．杭州：浙江古籍出版社，1993.

［37］陈源．西滢闲话［M］．石家庄：河北教育出版社，1994.

［38］成都市双流区档案馆，成都大学档案馆．图说双流［M］．成都：电子科技大学出版社，2016.

［39］成都市政协文史学习委员会．成都文史资料选编：教科文卫卷·下·人物荟萃［M］．成都：四川人民出版社，2007.

［40］程国赋．隋唐五代小说研究资料［M］．上海：上海古籍出版社，2005.

［41］程正民，程凯．中国现代文学理论知识体系的建构：文学理论教材与教学的历史沿革［M］．北京：北京大学出版社，2005.

［42］单士厘．癸卯旅行记［M］．北京：朝华出版社，2017.

［43］邓小林．民国时期国立大学教师聘任之研究［M］．成都：西南交通大学出版社，2007.

［44］杜作润．高等教育的民办和私立比较研究［M］．上海：上海科学技术文献出版社，1993.

［45］段怀清．王韬与近现代文学转型［M］．上海：复旦大学出版社，2015.

［46］方维规．历史的概念向量［M］．北京：生活·读书·新知三联书店，2021.

［47］冯友兰．三松堂自序［M］．北京：人民出版社，2008.

［48］冯至．冯至自选集［M］．北京：首都师范大学出版社，2008.

［49］傅宏星．吴宓评传［M］．武汉：华中师范大学出版社，2008.

［50］耿云志．胡适遗稿及秘藏书信：第 35 册［M］．合肥：黄山书社，1994.

［51］辜鸿铭．辜鸿铭文集：下卷［M］．黄兴涛，译．海口：海南出版社，1996.

［52］故宫博物院明清档案部．清末筹备立宪档案史料：上［M］．北京：中华书局，1979.

［53］顾明远．教育大辞典［M］．上海：上海人民出版社，1998.

［54］贵州省遵义地区地方志编纂委员会．浙江大学在遵义［M］．杭州：浙江大学出版社，1990.

［55］郭廷以．郭廷以口述自传［M］．北京：中国大百科全书出版社，2009.

［56］郭卫东，牛大勇．中西融通：严复论集［M］．北京：宗教文化出版社，2009.

［57］韩进．乐山的回望［M］．武汉：武汉大学出版社，2018.

［58］何辉斌，蔡海燕．20世纪外国文学研究史论［M］．杭州：浙江大学出版社，2014.

［59］何启，胡礼垣．新政真诠［M］．沈阳：辽宁人民出版社，1994.

［60］胡适．胡适全集：第12卷［M］．合肥：安徽教育出版社，2003.

［61］胡适．胡适日记全编：第5册［M］．合肥：安徽教育出版社，2001.

［62］胡适．胡适文存：第3册［M］．北京：外文出版社，2013.

［63］胡适．胡适学术文集［M］．北京：中华书局，1998.

［64］华勒斯坦．开放的社会科学［M］．刘锋，译．北京：生活·读书·新知三联书店，1997.

［65］黄金麟．历史、身体、国家：近代中国的身体形成：1895—1937［M］．北京：新星出版社，2006.

［66］黄曼君．黄曼君文集：第4卷［M］．武汉：华中师范大学出版社，2016.

［67］黄人．中国文学史［M］．苏州：苏州大学出版社，2015.

［68］黄遵宪．黄遵宪全集：上册［M］．北京：中华书局，2005.

［69］霍益萍．近代中国的高等教育［M］．上海：华东师范大学出版社，1999.

［70］金观涛，刘青峰．观念史研究［M］．北京：法律出版社，2009.

［71］金以林．近代中国大学研究：1895—1949［M］．北京：中央文献出版社，2000.

［72］康有为. 康有为全集：第三集［M］. 上海：上海古籍出版社，1992.

［73］康有为. 康有为遗稿：戊戌变法前后［M］. 上海：上海人民出版社，1986.

［74］康有为. 康有为政论集［M］. 北京：中华书局，1981.

［75］康有为. 欧洲十一国游记［M］. 长沙：湖南人民出版社，1980.

［76］邝启漳. 一代名师周其勋［M］. 桂林：漓江出版社，2020.

［77］李传松，许宝发. 中国近现代外语教育史［M］. 上海：上海外语教育出版社，2006.

［78］李赋宁. 第一届吴宓学术研讨会论文选集［M］. 西安：陕西人民教育出版社，1992.

［79］李华兴. 民国教育史［M］. 上海：上海教育出版社，1997.

［80］李继凯，刘瑞春. 追忆吴宓［M］. 北京：社会科学文献出版社，2001.

［81］李建中，高文强. 文化关键词研究［M］. 武汉：武汉大学出版社，2016.

［82］李剑萍，杨旭. 教育家康有为研究［M］. 济南：山东人民出版社，2016.

［83］季羡林. 外语教育往事谈［M］. 上海：上海外语教育出版社，1988.

［84］李良佑. 中国英语教学史［M］. 上海：上海外语教育出版社，1988.

［85］李怡，康斌. 现代四川边缘作家研究［M］. 成都：巴蜀书社，2020.

［86］李怡. 作为方法的"民国"［M］. 济南：山东文艺出版社，2015.

［87］栗永清. 知识生产与学科规训：晚清以来的中国文学学科史探微［M］. 北京：中国社会科学出版社，2012.

［88］梁景和. 清末国民意识与参政意识研究［M］. 长沙：湖南教育出版社，1999.

［89］梁理森. 李广田研究专集［M］. 昆明：云南人民出版社，1985.

［90］梁启超. 梁启超论教育［M］. 北京：商务印书馆，2017.

［91］梁启超. 梁启超全集［M］. 北京：北京出版社，1999.

［92］梁实秋. 看云集［M］. 台北：皇冠出版社，1984.

［93］林传甲. 中国文学史［M］. 长春：吉林出版集团股份有限公司，2017.

［94］林煌天. 中国翻译词典［M］. 武汉：湖北教育出版社，1997.

［95］刘禾．跨语际实践：文学、民族文化与被译介的现代性［M］．宋伟杰，译．北京：生活·读书·新知三联书店，2002.

［96］刘建军．百年来欧美文学"中国化"进程研究：第 1 卷·理论卷［M］．北京：北京大学出版社，2020.

［97］刘双平．漫话武大［M］．武汉：武汉大学出版社，1993.

［98］刘烜．闻一多评传［M］．北京：北京大学出版社，1983.

［99］柳无忌．西洋文学研究［M］．北京：中国友谊出版公司，1985.

［100］鲁迅．且介亭杂文［M］．北京：人民文学出版社，1993.

［101］陆费逵．教育文存［M］．西安：西安大学出版社，2018.

［102］罗岗，陈春艳．梅光迪文录［M］．沈阳：辽宁教育出版社，2001.

［103］罗家伦．逝者如斯集［M］．北京：商务印书馆，2015.

［104］罗久芳．我的父亲罗家伦［M］．北京：商务印书馆，2013.

［105］罗惜春．袁昌英评传［M］．湘潭：湘潭大学出版社，2015.

［106］骆郁廷．乐山的回响：武汉大学西迁乐山七十周年纪念文集［M］．武汉：武汉大学出版社，2008.

［107］吕效祖．吴宓诗及其诗话［M］．西安：陕西人民出版社，1992.

［108］吕章申．中国近代留法学者传［M］．北京：紫禁城出版社，2008.

［109］吕长顺．晚清中国人日本考察记集成：教育考察记［M］．杭州：杭州大学出版社，1999.

［110］马君武．马君武集［M］．武汉：华中师范大学出版社，1991.

［111］孟德斯鸠．法意：上册［M］．严复，译．北京：商务印书馆，1981.

［112］闵卓．东南大学文科百年纪行［M］．南京：东南大学出版社，2003.

［113］摩罗，杨帆．人性的复苏：国民性批判的起源与反思［M］．上海：复旦大学出版社，2011.

［114］南京大学校史研究室．南京大学校史资料选编（第 2 卷）：南京高师与东南大学时期［M］．南京：南京大学出版社，2019.

［115］赧敬波．中国新时期短篇小说论稿［M］．北京：生活·读书·新知三联书店，2016.

［116］彭青龙，杨明明．文学经典重估与当代国民教育［M］．北京：清华大学出版社，2020.

［117］齐邦媛．巨流河［M］．北京：生活·读书·新知三联书店，2010.

［118］齐家莹．清华人文学科年谱［M］．北京：清华大学出版社，1999.

［119］钱林森，周宁．中外文学交流史：中国—希腊、希伯来卷［M］．济南：山东教育出版社，2015.

［120］钱永红．求是忆念录：浙江大学百廿校庆老校友文选［M］．杭州：浙江大学出版社，2017.

［121］钱中文．巴赫金全集：第 2 卷［M］．石家庄：河北教育出版社，2009.

［122］钱钟书．钱钟书作品集［M］．兰州：甘肃人民出版社，1997.

［123］乔森纳·卡勒．当代学术入门：文学理论［M］．李平，译．沈阳：辽宁教育出版社，1998.

［124］清华大学校史研究室．清华大学史料选编：第 1 卷：清华学校时期：1911—1928［M］．北京：清华大学出版社，1991.

［125］璩鑫圭，唐良炎．中国近代教育史资料汇编：学制演变［M］．上海：上海教育出版社，2007.

［126］桑兵．晚清民国的国学研究［M］．上海：上海古籍出版社，2001.

［127］山东政协文史资料委员会．悠悠岁月桃李情［M］．北京：中国文史出版社，1991.

［128］沈国威．六合丛谈：附解题：索引［M］．上海：上海辞书出版社，2006.

［129］沈卫威．"学衡派"谱系：历史与叙事［M］．南京：南京大学出版社，2015.

［130］沈卫威．胡适周围［M］．北京：中国工人出版社，2003.

［131］书同．君子儒梅光迪［M］．福州：福建教育出版社，2019.

［132］舒新城．中国近代教育史资料［M］．北京：人民教育出版社，1981.

［133］四川大学校史编写组．四川大学史稿［M］．成都：四川大学出版社，1985.

［134］宋恩荣，章咸．中华民国教育法规选编：1912—1949［M］．南京：江苏教育出版社，1990.

［135］孙文治．东南大学校友业绩丛书：第 1 卷［M］．南京：东南大学出版社，2002.

［136］孙应祥，皮后锋．严复集补编［M］．福州：福建人民出版社，2004.

［137］孙中山．孙中山全集：第 2 卷［M］．北京：中华书局，1982.

［138］陶德麟．陶德麟文集［M］．武汉：武汉大学出版社，2007.

［139］涂上飙.珞珈风云:寻找十八栋别墅里的名人名师［M］.武汉:武汉大学出版社,2020.

［140］王彬彬.中国现代大学与中国现代文学［M］.上海:上海人民出版社,2011.

［141］王炳照,阎国华.中国教育思想通史:1840—1911:第5卷［M］.长沙:湖南教育出版社,1994.

［142］王德威.哈佛新编现代中国文学史［M］.成都:四川人民出版社,2022.

［143］王德滋.南京大学百年史［M］.南京:南京大学出版社,2002.

［144］方麟.王国维文存［M］.南京:江苏人民出版社,2014.

［145］王国维.王国维文选［M］.上海:上海远东出版社,2011.

［146］姜东赋.王国维文选［M］.天津:百花文艺出版社,2006.

［147］王国维.王国维文学美学论著集［M］.北京:生活·读书·新知三联书店,2018.

［148］王国维.王国维哲学美学论文辑佚［M］.上海:华东师范大学出版社,1993.

［149］王森然.近代名家评传初集［M］.北京:生活·读书·新知三联书店,1998.

［150］王学珍,郭建荣.北京大学史料:第1卷［M］.北京:北京大学出版社,1993.

［151］王学珍,郭建荣.北京大学史料:第2卷［M］.北京:北京大学出版社,2000.

［152］王振乾,丘琴,姜克夫.东北大学史稿［M］.长春:东北师范大学出版社,1988.

［153］吴宓.世界文学史大纲［M］.北京:商务印书馆,2020.

［154］吴宓.文学与人生［M］.王岷源,译.北京:清华大学出版社,1993.

［155］吴宓.吴宓日记［M］.北京:生活·读书·新知三联书店,1998.

［156］吴宓.吴宓诗话［M］.北京:商务印书馆,2005.

［157］吴宓.吴宓诗集［M］.北京:商务印书馆,2004.

［158］吴学昭.吴宓书信集［M］.北京:生活·读书·新知三联书店,2011.

［159］吴宓.吴宓自编年谱:1894—1925［M］.北京:生活·读书·新

知三联书店，1995.

[160] 吴其昌．梁启超传［M］．长春：吉林出版集团股份有限公司，2017.

[161] 吴汝纶．东游丛录［M］．长沙：岳麓书社，2016.

[162] 吴学昭．吴宓与陈寅恪［M］．北京：生活·读书·新知三联书店，2014.

[163] 武汉大学闻一多研究室．闻一多研究丛刊：第 1 集［M］．武汉：武汉大学出版社，1989.

[164] 夏晓虹．追忆康有为［M］．北京：生活·读书·新知三联书店，2009.

[165] 萧超然．北京大学校史：1898—1949［M］．上海：上海教育出版社，1981.

[166] 谢红星．武汉大学校史新编：1893—2013［M］．武汉：武汉大学出版社，2013.

[167] 邢建昌.20 世纪 80 年代以来文学理论的知识生产及其相关问题［M］．北京：人民出版社，2019.

[168] 熊月之．晚清新学书目提要［M］．上海：上海书店，2007.

[169] 徐葆耕．会通派如是说：吴宓集［M］．上海：上海文艺出版社，1998.

[170] 徐中玉．中国近代文学大系：文学理论集［M］．上海：上海书店出版社，1994.

[171] 严复．论世变之亟：严复集［M］．沈阳：辽宁人民出版社，1994.

[172] 严复．严复论学集［M］．北京：商务印书馆，2019.

[173] 严复．严复全集：第 7 卷［M］．福州：福建教育出版社，2014.

[174] 严复．严复集：第 2 册［M］．北京：中华书局，1986.

[175] 杨晓．中日近代教育关系史［M］．北京：人民教育出版社，2004.

[176] 杨欣欣，陈作涛．纸上春秋：武汉大学校报 90 年［M］．武汉：武汉大学出版社，2009.

[177] 杨扬．文学的凝视［M］．上海：上海文艺出版社，2011.

[178] 杨毅丰，康蕙茹．民国思想文丛：学衡派［M］．长春：长春出版社，2013.

[179] 伊格尔顿．二十世纪西方文学理论［M］．伍晓明，译．北京：北京大学出版社，2007.

[180] 余来明. 文学概念史 [M]. 北京：人民文学出版社，2016.

[181] 袁昌英. 袁昌英散文选集 [M]. 天津：百花文艺出版社，2009.

[182] 张彬. 倡言求是 培育英才：浙江大学校长竺可桢 [M]. 济南：山东教育出版社，2004.

[183] 张国功. 风流与风骨：现当代知识分子其人其文 [M]. 南昌：二十一世纪出版社，2016.

[184] 张凯，朱薛友. 郭斌龢学案 [M]. 杭州：浙江大学出版社，2019.

[185] 张珂. 民国时期我国的英美文学研究 [M]. 北京：中央编译出版社，2017.

[186] 张启祯，周小辉. 万木草堂集 [M]. 青岛：青岛出版社，2017.

[187] 张清常. 张清常文集：第 5 卷 [M]. 北京：北京语言大学出版社，2006.

[188] 张雪蓉. 美国影响与中国大学变革：1915—1927 [M]. 北京：华龄出版社，2006.

[189] 张研，孙燕京. 民国史料丛刊：文教·高等教育 [M]. 郑州：大象出版社，2009.

[190] 张枬，王忍之. 辛亥革命前十年间时论选集：第 1 卷：上册 [M]. 北京：生活·读书·新知三联书店，1960.

[191] 张仲民，章可. 近代中国的知识生产与文化政治：以教科书为中心 [M]. 上海：复旦大学出版社，2014.

[192] 章太炎. 国故论衡 [M]. 上海：上海古籍出版社，2003.

[193] 赵为民. 北大之精神 [M]. 北京：世界图书出版公司，2008.

[194] 浙江大学校史编辑室. 费巩烈士纪念文集 [M]. 杭州：浙江大学校史编辑室，1980.

[195] 郑观应. 郑观应集：上册 [M]. 上海：上海人民出版社，2013.

[196] 郑立琪. 百年回望话精神 [M]. 南京：东南大学出版社，2008.

[197] 郑振铎. 郑振铎全集：第 5 卷 [M]. 石家庄：花山文艺出版社，1998.

[198] 政协遵义市红花岗区委员会. 遵义浙大西迁大本营 [M]. 遵义：政协遵义市红花岗区委员会，2011.

[199] 中国人民政治协商会议辽宁省委员会文史资料研究委员会. 辽宁文史资料选辑："九一八"前学校忆顾 [M]. 沈阳：辽宁人民出版社，1991.

[200] 中国人民政治协商会议全国委员会文史资料委员会．文史资料存稿选编：教育［M］．北京：中国文史出版社，2002．

[201] 中国社会科学院近代史研究．五四运动回忆录［M］．北京：知识产权出版社，2013．

[202] 中华梅氏文化研究会．梅光迪文存［M］．武汉：华中师范大学出版社，2011．

[203] 周川．中国近现代高等教育人物辞典［M］．福州：福建教育出版社，2018．

[204] 周宪，陈蕴倩．观念的生产与知识重构［M］．北京：生活·读书·新知三联书店，2013．

[205] 周勇．江南名校的中国文化教育［M］．北京：教育科学出版社，2008．

[206] 周作人．知堂回想录［M］．石家庄：河北教育出版社，2002．

[207] 朱东润．朱东润自传［M］．北京：人民文学出版社，2009．

[208] 朱斐．东南大学史：第1卷［M］．南京：东南大学出版社，2012．

[209] 朱光潜．朱光潜全集：第3卷［M］．合肥：安徽教育出版社，1987．

[210] 朱光潜．朱光潜全集：第9卷［M］．合肥：安徽教育出版社，1993．

[211] 朱红梅．社会变革与语言教育：民国时期学校英语教育研究［M］．武汉：华中科技大学出版社，2011．

[212] 朱庆葆，陈进金，孙若怡，等．中华民国专题史：教育的变革与发展［M］．南京：南京大学出版社，2015．

[213] 朱希祖．朱希祖文存［M］．上海：上海古籍出版社，2006．

[214] 朱鲜峰．"学衡派"与近代中国大学教育［M］．南京：南京大学出版社，2021．

[215] 朱有瓛．中国近代学制史料：第2辑：上册［M］．上海：华东师范大学出版社，1987．

[216] 朱有瓛．中国近代学制史料：第3辑：下册［M］．上海：华东师范大学出版社，1992．

[217] 竺可桢．竺可桢全集：第2卷［M］．上海：上海科技教育出版社，2004．

[218] 竺可桢．竺可桢全集：第6卷［M］．上海：上海科技教育出版

社，2005.

[219] 邹容．邹容文集［M］．重庆：重庆出版社，1983.

[220] 邹振环．晚明汉文西学经典：编译、诠释、流传与影响［M］．上海：复旦大学出版社，2011.

三、论文及报刊文章

[1] 陈德正，胡其柱．19 世纪来华传教士对西方古典学的引介和传播［J］．史学理论研究，2015（3）．

[2] 陈后亮．文学跨学科研究的三重内涵：基于对英文学科百年发展历程的反思［Z］．中央民族大学外语学科前沿讲座，2022-09-23.

[3] 陈众议．学术史研究及其方法论辨正［J］．外国文学动态研究，2020（3）．

[4] 陈众议．外国文学研究七十年述评［J］．东吴学术，2019（5）．

[5] 狄霞晨，朱恬骅．严复与中国文学观念的现代转型：以新见《美术通诠》底本为中心［J］．复旦学报（社会科学版），2021，63（1）．

[6] 傅宏星．近代中国大学西洋文学系的创立与人文理想考识：以东南大学西洋文学系为中心：1922—1924［J］．华中师范大学学报（人文社会科学版），2015，54（4）．

[7] 高传峰．梅光迪与西迁前的国立浙江大学：1936—1937［J］．新文学史料，2022（2）．

[8] 郭双林，龙国存．"国民"与"奴隶"：对清末社会变迁过程中一组中坚概念的历史考察［J］．中国文化研究，2003（1）．

[9] 蒋承勇．跨学科互涉与文学研究方法创新［J］．外国文学研究，2020，42（3）．

[10] 教鹤然．中国现代文学研究的方法论探索：评《作为方法的"民国"》［J］．现代中国文化与文学，2018（3）．

[11] 金衡山．外国文学研究的跨学科方式及其缘由：从美国文学研究谈起［J］．四川大学学报（哲学社会科学版），2021（6）．

[12] 李伟民．现代大学外国文学课程的设置与制度安排［J］．河南大学学报（社会科学版），2020，60（1）．

[13] 刘贵福．梅光迪、胡适留美期间关于中国文化的讨论：以儒学、孔教和文学革命为中心［J］．近代史研究，2011（1）．

[14] 刘建军．外国文学中国化的基本经验［N］．社会科学报，2019-

10-03（5）.

　　［15］刘宜庆．闻一多在青岛［J］．名人传记，2017（3）.

　　［16］马睿．作为文化选择与立场表达的西学中译：温彻斯特《文学评论之原理》中译本解析［J］．中山大学学报（社会科学版），2013，53（1）.

　　［17］马小泉，李景文．民国教育史料丛刊序［J］．寻根，2015（4）.

　　［18］聂长顺．Education 汉译名厘定与中、西、日文化互动［J］．中国地质大学学报（社会科学版），2008（4）.

　　［19］彭鹏．《东西洋考每月统记传》与中西文化交流［J］．文史知识，2017（4）.

　　［20］邱志红．中国社会科学院近代史研究所青年学术论坛论文集［C］．北京：社会科文献出版社，2008.

　　［21］桑兵．清末兴学热潮与社会变迁［J］．历史研究，1989（6）.

　　［22］沈国威．康有为及其日本书目志［J］．或问，2003（5）.

　　［23］温华．"外国文学"课程设置与学科发展：从清末到民国［J］．中国图书评论，2011（10）.

　　［24］文辅相．我对人文教育的理解［J］．中国大学教学，2004（9）.

　　［25］杨果．"跨学科"非"解学科"：文学研究中心的数字人文应用［J］．中国文学批评，2022（2）.

　　［26］杨洪勋．闻一多在青岛的两年［N］．半岛都市报，2009-04-29（B79）.

　　［27］杨静远．回忆我的母亲袁昌英［J］．株洲文史，1986（10）.

　　［28］杨扬．海外新见梅光迪未刊史料［J］．华东师范大学学报（哲学社会科学版），2013（5）.

　　［29］杨竹亭．求是之光［J］．浙江大学校友通讯，1988（6）.

　　［30］张弛．晚清维新运动与中国"文学"观念的演进［J］．文学评论，2022（1）.

　　［31］张传敏．晚清学制改革中的白话与文学：作为"五四"新文学发生的前奏［J］．山东社会科学，2006（1）.

　　［32］张珂．通向世界文学之路：民国时期中文系与外文系的世界文学课程设置与沟通［J］．中国比较文学，2017（3）.

　　［33］张瑛，罗执廷．断代史思维、微观史学方法与民国文学史研究：由《民国文学史论》丛书引出的思考［J］．现代中国文化与文学，2021（2）.

　　［34］郑焕钊．梁启超与"中国文学"概念的现代发生［J］．暨南学报

（哲学社会科学版），2015，37（11）．

　　[35] 钟少华. 中国近代第一部百科全书型的工具书 [J]. 百科知识，1983（3）．

　　四、英文文献

　　[1] DAMROSCH D. *Teaching World Literature* [M]. New York：The Modern Language Association of America，2009.

　　[2] PIZER J. *The Idea of World Literature：History and Pedagogical Practice* [M]. Baton Rouge：Louisiana State University Press，2006.

　　[3] SHUMWAY D R. *Creating American Civilization：A Genealogy of American Literature as an Academic Discipline* [M]. Minneapolis：University of Minnesota Press，1994.